FVA

Lucía Etxebarría

Von Liebe, Neugier, Prozac und Zweifeln

Roman

Aus dem Spanischen
von Ralph Amann

Frankfurter Verlagsanstalt

Die Originalausgabe erschien 1997 unter dem Titel:
AMOR, CURIOSIDAD, PROZAC Y DUDAS
im Verlag Plaza y Janes Editores, S. A., Barcelona

Deutsche Erstausgabe
1. Auflage 1998

Schutzumschlag und Einbandgestaltung: Bertsch & Holst
Herstellung: Katja Holst
Satz: Fotosatz Reinhard Amann, Aichstetten
Druck und Bindung: Clausen & Bosse, Leck
Printed in Germany
ISBN 3-627-00064-1

1 2 3 4 5 6 - 02 01 00 99 98

Für José Ignacio Echevarria,
meinen Vater

Doch der Herr, der Allmächtige, gab sie preis,
er gab sie der Vernichtung preis
durch die Hand einer Frau.
Ihr Held fiel nicht durch die Kraft junger Männer,
nicht Söhne von Riesen erschlugen ihn,
noch traten ihm hohe Recken entgegen.
Nein, Judit, Meraris Tochter,
bannte seine Macht mit dem Reiz ihrer Schönheit.
Sie legte ihr Witwengewand ab,
um den Bedrängten in Israel zu helfen.
Sie salbte ihr Gesicht mit duftendem Öl,
sie schmückte ihre Haare mit einem Diadem
und zog ein Leinenkleid über, um ihn zu verführen.
Ihre Sandalen bezauberten sein Auge.
So schlug ihre Schönheit sein Herzen in Bann.
Das Schwert traf seinen Nacken mit Wucht.

Judit, 16: 5-9

Viele leidenschaftliche Begegnungen werden Sie erleben, steht in meinem Horoskop. Eine Zeit heftiger, aber flüchtiger Liebesbeziehungen. Mit Küssen wird Ihnen ein Rosenkranz aus Namen geflochten werden. Einige Liebhaber werden nüchtern sein, andere zärtlich. Ich werde sie in allen Farben und Größen erleben, ein paar Blonde und Schwarze, ein paar Kleine und Große. Nur eine Sache ist ihnen allen gemein: die Männlichkeit, die sich unruhig zwischen ihren Beinen bewegt.

Ein paar werden großmäulig und lang und stolz sein. Wie Segelmasten hoch und fest. Mächtig und raffiniert, selbstsicher und schlau, reif und entschlossen werden sie mich erobern. Werden hineinkommen, um sich groß aufzuspielen, sich an ihrem Platz fühlen, in ihrem Büro, und fest umspannt und umschlungen werden sie ihre Rolle einnehmen. Sie wissen um ihre Macht, sie werden kommen und gehen, sich begeistern und immer schneller werden. Imperien einer Nacht, Monarchien eines Kusses.

Andere werden klein sein und unruhig und ausgelassen. Ein bißchen unartig und neugierig, werden auf engstem Raum spielen und forschen und sich zu allem hinreißen lassen. Süße Entdecker, die mir manchmal entwischen werden wie schlüpfrige Schlangen oder die Seife im warmen Wasser. Sie werden staunend über meine nassen Muskeln gleiten, hochklettern, ein wenig gierig und ungeduldig, um verzückt zum feuchtwarmen Versteck hinüberzuhüpfen, das auf sie wartet. Wie Fischlein werden sie in meinem inneren Fluß umherspringen, glücklich und durchnäßt wird es ihnen ziemlich egal sein, wie und wohin. Sie sind unkompliziert im Denken. Nehmen kaum etwas ernst, schon gar nicht sich selbst.

Du kannst deine Liebhaber noch so sehr lieben, aber nie besitzen. Selbst wenn sie dich anbeten, werden sie dich nie festhalten. Sie sind sprunghaft und munter, flüchtig und explosiv und lassen weder ein Andenken noch eine Spur zurück. Kaum die Erinnerung bleibt, unbeständig und sehnsüchtig, an die glücklichen Stunden, die einzigen, die zählen, die wahrhaft gelebten.

A wie die Atypische

Er war der erste Mann seit einem Monat, der erste seit der Katastrophe. Ich fühlte mich allein, gnadenlos allein, animalisch und gefräßig wie ein Piranha. Ich war gierig nach Wärme, Zärtlichkeit und Liebe. Was ist daran so komisch? Wir alle brauchen von Zeit zu Zeit jemanden, der uns umarmt. Ich hatte mir nicht viel erhofft, das sicher nicht, aber auf eine derartige Enttäuschung war ich nicht gefaßt.

Erstens: Er war winzig. Was ich unter winzig verstehe? Ich weiß nicht ... Zwölf Zentimeter? Eine winzige Angelegenheit jedenfalls. Die Gegenwart seines Gemächts war so lächerlich, daß ich drauf und dran war, ihm vorzuschlagen, mich von hinten zu nehmen, weil es nicht weh tun konnte. Wie sollte mir *so etwas* weh tun? Aber das kann man einem Typen schlecht sagen, den man gerade in einer Bar kennengelernt hat. Was soll's, also haben wir es traditionell gemacht, ineinander verschraubt und geifernd wie zwei Aale. Unsere Beckenknochen schlugen hart aufeinander, über mir hörte ich ihn keuchen, den tapferen Bergsteiger, der vergeblich darauf beharrte, einen Gipfel zu erreichen; aber das Mikroglied mühte sich zäh und ausdauernd in meinem Schritt ab, entwischte meinen Lippen, und jeder neue Anlauf war nur ein weiterer aussichtsloser Versuch, einen Schlund auszufüllen, dessen Tiefe sein Geschlecht an Ausmaß und Verlangen weit übertraf.

Der Typ kam zu keinem Ende. Ich simulierte spielerisch meine Lust in der vergeblichen Hoffnung, daß meine vorgetäuschte Erregung bei ihm eine echte auslösen und er aus Mitgefühl kommen würde, aber von wegen. Nichts zu machen. Er rammelte stundenlang, oder zumindest hatte ich den Eindruck, daß Stunden vergangen sein müßten, in denen er mich betatschte und beleckte, um mich mit einer Schicht aus ungeschickten Küssen und Speichel zu bedecken. Sein Dreitagebart rieb mein Gesicht auf wie grobes Schleifpapier, während ich daran dachte, daß ich schlafen müßte, daß ich wenigstens einmal sechs oder sieben Stunden schlafen müßte, nachdem ich in der letzten Woche nie mehr als vier geschlafen hatte. Ich veränderte die Stellung und versuchte es mit allen Tricks, aber es half nichts, er kam nicht. Also blieb mir nichts anderes übrig, als ihn zu fragen, was los sei. Er meinte, es gefalle ihm besser, es lange hinauszuzögern als zu kommen. Ich weiß nicht, ob das wahr ist, wahrscheinlich ist es realistischer, anzunehmen, daß er mir nichts geben *konnte* oder daß ich ihm nicht richtig gefiel oder daß er den Nachmittag im Bad damit zugebracht hatte, sich bis zum Umfallen einen runterzuholen. Keine Ahnung. Glaubt nur nicht, ich sei abgebrüht, ich bemühte mich, nett zu sein und ihm nicht verstehen zu geben, daß hier ein jämmerliches Unglück, ein Präzedenzfall für physische und chemische Inkompatibilität vorlag, eine der schrecklichsten Erfahrungen meiner ersten vierundzwanzig Jahre. Ganz zu schweigen von den Gewissensbissen und der Angst, die solche Zufallsbekanntschaften in unseren Aidszeiten auslösen.

Beim Abschied konnte ich förmlich riechen, was er fühlte: Es würde kein zweites Mal geben. Was für mich total okay war. Vielleicht sehen wir uns irgendwann zufällig am Tresen wieder. Wenn er nicht anders kann (weil ihn sonst niemand bedient), wird er zerstreut bei mir bestellen und so tun, als könne er sich an nichts erinnern. Ist mir doch egal. Oder vielleicht auch nicht. Tief in einem hat sich ein Gefühl von Stolz abgelagert, das, ob man will oder nicht, verletzt wird, wenn man bestimmte Erwartungen nicht erfüllt oder irgend jemandem nicht richtig gefallen hat, und vielleicht schmerzte mich diese Gewißheit an jenem Morgen. Aber dann dachte ich, er hat sich doch in dich verliebt, und erinnerte mich daran, wie mich seine Anmache und seine Blicke angekotzt hatten. Idiotische Schuldkomplexe, unangemessene Schamgefühle ...! Am Ende glaubte ich fast selbst, daß es am besten war, wenn ihm das Ergebnis unseres fruchtlosen Zweikampfes ebensowenig gefallen hatte wie mir, obwohl mein bedürftiges Ego immer die Befriedigung des anderen braucht, selbst wenn ich unerfüllt bleibe.

Das Schlagen der Wohnungstür hallte in tausend Echos in mir wider. Um den Knall zu ersticken, begrub ich meinen Kopf unter dem Kissen, bevor ein unaufhaltsames Schluchzen in mir aufstieg. Es war nur eine Frage von Sekunden, bis der Kopfkissenbezug durchnäßt war. Ein dichter weißer Schleier verklärte meinen Blick, ich sah das eingefrorene Bild von Iain vor mir, immer wieder Iain, der sich in meiner Netzhaut festgesetzt hatte. Das Bild war wie mit glühendem Eisen so tief eingebrannt, daß selbst ein Monat voller Ecstasy es nicht ausgelöscht hat.

Zu gerne wäre ich wieder sieben gewesen. Damals war mir alles Schmutzige und Verdorbene fremd, und ich habe nicht einmal gewußt, was ein Geschlecht ist und mich auch nicht darum geschert, ein Zustand glücklicher Unwissenheit, den ich seither nie wieder erreicht habe. Vier Dinge hat mir das Alter geschenkt, auf die ich liebend gerne verzichten könnte: Liebe, Neugier, Sommersprossen und Zweifel. Und dieser Satz ist zu allem Überfluß nicht einmal von mir, sondern von Dorothy Parker.

Kindheit. Beim Tauchen nach Erinnerungen wringe ich mir das Hirn aus. Ich sehe mich als kleinen Knopf, die lockigen Haare mit einer gewaltigen blauen Schleife hinten zusammengebunden, hineingezwängt in die gräßliche Schuluniform: weiße Bluse, blaue Weste und Jacke, marineblauer Bundfaltenrock, am Saum umgenäht und in der Taille abgesteckt, weil meine Familie sparsam sein mußte und der Rock mindestens vier Jahre lang halten sollte. Ich kenne kein einziges Mädchen, das von klein auf nicht lieber ein Junge gewesen wäre. Zumindest manchmal. Das mit dem Gummitwist und den Sandförmchen im Schulhof hatte natürlich seinen Reiz, aber hinderte uns nicht daran, die Jungs um ihre Freiheit zu beneiden, die unter den Säulengängen Ball spielen durften und Eidechsen mit Steinschleudern beschossen. Das war Jungensache. Wir sollten mit sauberer und herausgeputzter Uniform wieder nach Hause kommen, die Schleifen an ihrem Platz, und von Anfang an wurde uns klargemacht, daß die Spiele der Jungen mit der Wahrung unseres äußeren Scheins vollkommen unvereinbar waren.

Als ich in die Schule kam, nervte es mich wahnsinnig, daß Gott ein Mann sein sollte. Von dem Moment an, als sie mir klarmachten, daß Gott männlich ist, fühlte ich mich winziger und, ohne etwas dafürzukönnen, wie ein Mensch zweiter Klasse. Wenn Gott mich nach seinem Ebenbild geschaffen hatte, warum hatte er mich dann zu einem Mädchen gemacht, wenn er *Er* ist, mit männlichem Artikel? Dann handelte es sich um *Gott Vater*, und wenn wir zu ihm beteten, riefen wir ihn als *Vater unser* an. Mein Vater hatte sich von zu Hause verpißt, als ich vier war, so daß ich der Erfüllung väterlicher Pflichten sowieso nicht traute und auch nicht glaubte, daß irgend jemand sich dazu verpflichtet fühlt, mir besondere Aufmerksamkeit zu widmen, bloß weil er mein Vater ist. Mal ganz abgesehen davon, daß er sich als

Junge logischerweise vor allem um seinesgleichen kümmern wird, also um jene Bande von Rackern, die auf der anderen Seite der Schulmauer herumtobten, die Jungen der *Maristas*, mit denen wir höchstens im Bus zusammensaßen, die natürlich Ball spielen und auf Bäume klettern durften und keine lächerlichen Schleifen tragen mußten, die um jeden Preis an ihrem Platz zu bleiben hatten.

Uns blieb das Schlechteste, bloß weil unsere Ururururur-oma Lust verspürt hatte, einen Apfel zu essen, den sie nicht hätte essen sollen. Wir durften nicht Pfarrer werden, den Kelch weihen, Moscatel trinken, geschweige denn vor dem Altar im grünen Meßgewand aus voller Lunge die Sonntagspsalmen singen; das Höchste, was wir erhoffen durften, war: Nonne zu werden, unsere abrasierten Haare unter einer schwarzen Haube zu verstecken, mit einem schlecht geschnittenen Ordenskleid (das bis zu den Knöcheln reicht) herumzurennen, um zukünftige Mädchengenerationen mit Geschichten von der Hölle und dem Fegefeuer zu terrorisieren, sobald sie alt genug sind, in die Schule zu gehen. Arme Nonnen. Fade kleine Ameisen mit zwielichtiger Berufung, die auf der Flucht vor ihren tyrannischen Vätern oder einem verarmten Elternhaus oder aus Furcht vor der sozialen Schande, als alte Jungfer zu enden, in den Orden eingetreten waren. Mäusegesichter, die beharrlich nach Kernseife und Kampfer duften und deren Geruch beim Gemurmel aus den Bundfalten des schwarzen Gewandes und der Haube entweicht, um über die endlosen steinernen Gänge zu wabern. Niemand von uns wollte Nonne werden. Also ich jedenfalls nicht. Missionarin ginge vielleicht noch, aber Nonne, nicht ums Verrecken. Meine Mutter hatte uns früh zu verstehen gegeben, daß es das schlimmste Schicksal ist, das einem blühen kann. Sie hat es nie ausdrücklich gesagt, aber trichterte meiner Schwester Rosa ein, sie müsse sich besser pflegen und sich mehr aus Jungs machen, um nicht als Nonne zu enden. Und nur durch den Tonfall, mit dem sie *als Nonne enden* sagte, begann meine Schwester, sich auf einmal zu schminken und zurechtzumachen und auf die Straße zu gehen, um alle Jungs anzulachen, die ihr vor die Füße kamen.

Kurz und gut, wir hatten also die Möglichkeit, Nonne zu werden und uns *Töchter Mariae* zu preisen. Für mich klang das mit der Jungfrau Maria immer nach einem Trostpreis (auch wenn ich mich davor gehütet habe, es zu sagen), weil das Bild der Jungfrau in der Kirche bedeutend kleiner war als der gekreuzigte Christus, jener blutüberströmte und ergreifende Christus, jener Ehrfurcht einflößende und beinahe schöne Christus, jener leidende und aus klagendem Holz zu Fleisch und Blut geschnitzte Christus. Ein kleines Bildnis zu seiner Linken zeigte eine Figur mit kindlichen Zügen, blondem Haar, blauen (von Tränen ausgewaschenen) Augen, die mit einem Diadem aus Sternen gekrönt und in ein weißes Gewand und einen hellblauen Umhang gehüllt war. Es erinnerte mich vage an meine Mutter, mit dem feinen Unterschied, daß im Gesicht meiner Mutter nicht einmal das angedeutete Lächeln der Mutter Gottes aufscheinen würde. Später lernte ich, daß Maria als Jüdin aus Galiläa vom Typ her dunkel gewesen sein muß. Aber das Bild der blonden Statue aus der Kirche hat sich trotzdem eingeprägt, immer wenn ich an Jesus Christus oder seine Mutter denke, stelle ich sie mir blond vor.

In unserer Schule vertraute man uns bereits mit vier Jahren der Jungfrau an. Das Leben war damals einfach. Es war angenehm und süß, eintrainierten und abgedroschenen Pfaden zu folgen … In etwa erinnere ich mich noch an die Opferzeremonie. Sie bestand darin, daß wir Mädchen schwankend durch den Mittelgang nach vorne schlichen und dabei eine riesige weiße

Lilie in den Händen balancierten, die beinahe größer war als wir selbst und die wir zu Füßen der Jungfrau auf den Altar stellten. Im weiteren Verlauf übergab uns der Pfarrer eine kleine Medaille, die uns als *Töchter Mariae* auswies, und hier muß man wissen, daß es sich nicht um eine verdiente Auszeichnung handeln konnte, denn niemand hatte uns je gefragt, ob wir an dieser Party teilnehmen wollten.

Tochter Mariae zu sein markierte einen bedeutenden Unterschied zu den Jungen der *Maristas*, den »Soldaten des Herrn«. Es verstärkte das Gefühl, per Geburt zu einer frustrierenden Tatenlosigkeit verurteilt zu sein. Es beginnt damit, nicht auf Bäume klettern zu dürfen, und sollte damit enden, eine gute, demütige Hausfrau zu werden, die ihre Stimme nicht erhebt.

Jesus packte letzten Endes seine Siebensachen, reiste um die Welt, las hier und dort ein paar Schüler auf, vermehrte Brote und Fische, erweckte Tote zum Leben, heilte Kranke, rannte übers Wasser, bekehrte ein paar Römer und unterhielt diverse Tischgesellschaften. Aber die Jungfrau, was hat die Jungfrau aus ihrem Leben gemacht? Sie kann noch sosehr die Mutter Gottes sein, trotzdem bleibt sie in der Heiligen Schrift eine zweitrangige Figur, die in den Religionsbüchern reglos und resigniert auf ihrer Wolke thront (die Hände vor der Brust gefaltet) und eine gleichmütige Langeweile ausstrahlt. Sogar ihre Wunder sind zweiter Klasse. Der Vatikan brauchte Jahrzehnte, um sie anzuerkennen.

Also: Schon als kleines Kind wäre ich, wie alle, lieber ein Junge gewesen. Da ich nun einmal ein Mädchen bin, nistete sich in meinem Köpfchen schon früh die Ahnung ein, daß ich keine Jungfrau werden würde. Für die Liebe zur Erde werde ich den Himmel verlieren, aber was willst du da machen.

Mit elf Jahren kam dann das Schlimmste. Unbarmherzig ist

das Leben, wenn dir aus purer Laune die Kindheit verdorben wird. Da war ich so glücklich mit meinen Puppen, und plötzlich enthüllten mir die Nonnen das große Geheimnis des Lebens. Der Herr hatte mir, wegen des bloßen Umstands, als Mädchen geboren zu sein, einen Schatz in meinem Körper versteckt, den alle Männer dieser Erde um jeden Preis heben wollen. Mein Auftrag ist nun, diesen Schatz unversehrt zu bewahren und meinen Körper zur größten Ehre des Herrn (*Er*) zu einem uneinnehmbaren Heiligtum zu machen. Die Einweihung in die große Verantwortung erfolgt an besagtem Tage, an welchem zum ersten Male dein Körper die Güte hat, dir einige Tropfen Blutes zu gewähren, eines Blutes, das dich an jenes Opfer gemahnt, welches du dem Herrn (*Er*) erbringen sollest, um ihm das zu vergüten, was *Er* vordem für dich getan hat.

Die Geschichte mit dem Blut und der Verantwortung, dem Heiligtum und Opfer hat mich derart in Angst und Schrecken versetzt, daß ich meinen Schwestern heimlich die Binden klaute, als ich das erstemal meine Tage bekam und niemandem etwas davon erzählt habe, weil die soziale und moralische Verantwortung für die schmalen Schultern eines Kindes, dessen Busen noch immer flach war, ein paar Nummern zu groß ist.

Es ist verrückt, jetzt daran zu denken, wo ich seit drei Monaten keine Menstruation mehr hatte. Ohne schwanger zu sein.

Denkt nicht, die Amenorrhöe (im Fachausdruck) belaste mich. Es ist echt kein Vergnügen, ein klebriges blutiges Rinnsal zwischen seinen Beinen zu spüren, wenn man irgendwo draußen herumläuft, sich darum zu kümmern, die *Tampax* in der Tasche zu haben, damit man sich nicht mitten auf der Party seine besten Hosen versaut. Ohne von den Bauchkrämpfen und Schmerzen, der schlechten Laune des prämenstruellen Syndroms und all dem Zeug zu reden. Oder meint ihr, es ist toll, wenn einem auf der Straße die Köter nachrennen wie einer läufigen Hündin? Ich weiß noch, einmal wollte mich ein Straßenköter an der Bushaltestelle besteigen. So ein glänzendes rosa Ding stand an seinem Pimmelchen heraus. Damals war ich noch ganz klein und wäre vor Scham fast gestorben. Ich gab's ihm mit dem Regenschirm, aber nichts zu machen, das machte ihn noch mehr an. Vielleicht war das ja ein Sadomasohund, keine Ahnung. Auf jeden Fall kraß. Also na ja, ich bin happy, wenn die Regel nicht kommt. Aber meine Gynäkologin teilte meine Meinung nicht und schiffte mich auf eine lange Odyssee durch Laboratorien und Krankenhäuser ein, um mein Blut wieder mit der Welt zu verbinden.

Die ersten Untersuchungen: Bluttests und Ultraschall. Zunächst fand die Ärztin nichts Auffälliges und meinte, das ganze Problem komme vom Streß. Für mich klang das eher lächerlich. Ich bin schließlich Kellnerin, und Kellnerinnen leiden nicht unter Streß. Vorsicht, ich stehe dazu, in einer Bar zu kellnern, und finde es überhaupt nicht schlecht, auch wenn meine Schwestern sich darauf versteifen, daß ich etwas Ernsthaftes anfangen soll. Ich bin nicht blöd und würde ja etwas anderes machen, wenn ich könnte. Aber die meisten Leute glauben, man sei ein Idiot, wenn man in einer Szenebar arbeitet, *no señor*, mir bleibt auf diese Weise einfach mehr Zeit für die Doktorarbeit, zum Lesen und für andere Sachen. Im Augenblick geht es mir gut damit, auch ohne Sozialversicherung und festen Arbeitsvertrag und ohne die anderen Formen von Sicherheit und all diesen Scheiß, den meine Schwestern so schätzen. Was zum Teufel bedeutet die Arbeit im Leben? Ich kann davon leben, und das ist das Wichtigste.

Aber klar, das kriegen Schwestern nicht in ihren Kopf, die den ganzen Tag um einen herumsummen: Cristina, so kann es nicht weitergehen, Cristina, was soll nur aus dir werden ... Wie die Schmeißfliegen! Meine Schwester Rosa, so eine Luxusangestellte, ist tatsächlich der Ansicht, daß wir alle so leben sollten wie sie, um ganz nach oben zu kommen, und ich kann mir denken, daß eine kellnernde Schwester für sie dieselbe Schande darstellt wie eine Hure für einen Sizilianer. Nach ihrer Vorstellung vom Leben läßt sich der Wert einer Person ganz einfach bemessen: Du mußt nur den Durchschnittswert aus den Nullen auf dem Girokonto, der Quadratmeterzahl ihrer Büros und der Anzahl der Untergebenen errechnen, um jedem und jeder eine Zahl zwischen null und zehn zuzuordnen. Sie ist eben ein Genie; sie kann dir die Quadratwurzel einer vierstelligen Zahl ohne Stift und Papier ziehen und weiß alle Hauptstädte dieser Erde auswendig, sogar die allerkleinste. Aber sie ist, was zu ihrer Begabung paßt, ziemlich eigenartig. Sie geht fast nie mit jemandem aus und ist so verschlossen, daß ich sie als vakuumverpackt bezeichnen möchte.

Auch meine zweite Schwester ist nicht ohne. Vor zwei Wochen rief meine Mutter total besorgt bei mir an, um über Ana zu reden. Schon als ich diese beherrschte, eisige Stimme am anderen Ende hörte, war mir klar, irgend etwas mußte passiert sein. Meine Mutter meldet sich sonst nie bei mir. Ihre seltenen, funktionalen Anrufe haben immer einen triftigen Grund. Ohne Anlaß wagt sie sich nicht auf die wacklige Brücke, die wir aus verhüllten Vorwürfen und absurden Unterstellungen über die Kluft gespannt haben, die uns trennt. Ihr habt ja keine Ahnung, wie weh es tut, sich einzugestehen, daß einen nur ein Band aus wechselseitigem Mißtrauen mit seiner Erzeugerin verbindet. Während meine Mutter über meine Schwester redete und mir erklärte, wie besorgt sie sei, weil Ana, die solideste und liebreizendste aller Hausfrauen (deren Tugenden wir niemals wanken sehen), seit einiger Zeit ununterbrochen am Heulen sei und man förmlich dabei zusehen könne, wie sie vom Fleisch falle, hatte ich das Gefühl, daß sie von einer Unbekannten redet. Was weiß ich von meiner Schwester Ana? Eigentlich sprechen wir nie miteinander, und ich glaube, wir haben es nicht einmal getan, als wir noch unter einem Dach lebten (was tausend Jahre her sein muß). Seien wir ehrlich, in ihren Augen bin ich eine Schlampe, und ich finde sie wiederum spießig. Darin besteht unsere geschwisterliche Verbundenheit. Man redet nicht gerne über seine Familie, weil man merkt, daß es keine Planke gibt, an die man sich im allgemeinen Schiffbruch sich auflösender Familien, ungesicherter Arbeitsplätze, flüchtiger Beziehungen und drohender Geschlechtskrankheiten klammern könnte.

Meine gynäkologischen Probleme sollten mit einer zweiten Untersuchung gelöst werden, einer Kürettage (um euer Feingefühl nicht zu verletzen, erspare ich euch alle Einzelheiten davon, wie eine Gewebeprobe aus den Eierstöcken entnommen wird). Danach gab die Ärztin dem Problem den Namen *Endometriose*, eine Masse toter Zellen oder so hatte sich in der Schleimhaut der Gebärmutter angesammelt und blockierte dort alles. *Endometriose* ist eine der häufigsten Ursachen weiblicher Unfruchtbarkeit, und ich wußte nichts von meinem Glück. Also verschrieben sie mir Tabletten, von denen mir hundeelend wurde und die ein wahnsinniges Gekotze und tierischen Schwindel auslösten, ohne die Schmerzen zu rechnen, grauenvolle Magenkrämpfe, als ob es einem die Gedärme zerreißt. Zwei Tage lang wankte ich in den Straßen zwischen schief stehenden Gebäuden umher, die ich undeutlich wahrnahm, um alle zwei Meter stehenzubleiben und eine halbdurchsichtige, gallige Flüssigkeit auszuspucken, die mir immerzu im Mund zusammenlief. Aber auch die Pillen halfen nichts, die Regel blieb weiter aus.

Deshalb erfolgte die vorerst letzte und endgültige Untersuchung, eine Bestimmung des Hormonspiegels. Der Befund, zu dem meine Ärztin nach vier Wochen voller Analysen, Ultraschalluntersuchungen, Ausschabungen, Spiegelungen und weiteren Angriffen auf meine weibliche Intimität (mein inzwischen so häufig überfallenes Heiligtum) kam, lautete, und nun haltet euch fest, was für einen niedlichen Namen sie diesmal gefunden haben, ich leide unter einem *Überschuß an Testosteron*. Um euch auf die Sprünge zu helfen, Testosteron ist ein männliches Hormon und Östrogen ein weibliches, und der menschliche Körper, jeder menschliche Körper, besitzt einen Anteil an beiden. Ihr Verhältnis bestimmt unser Geschlecht. Beim Überwiegen von Östrogen: weiblich. Bei Testosteron: männlich. Und ich, ausgerechnet ich, habe mehr Testosteron, als frau haben sollte, und bekomme deshalb meine Tage nicht. So was von naheliegend, bei diesen Brüsten und diesen Hüften. Ich, die weiblichste Figur auf dieser Erde, soll zuviel männliche Hormone haben.

Ein paar Tage später entdecke ich in der *Cosmopolitan* einen Artikel genau zu dem Thema. Laut *Cosmopolitan* haben sie in Amiland damit begonnen, eine Reihe von Menopausianerinnen mit Testosteron zu behandeln, um sie wieder ordentlich auf Trab zu bringen und ihren klimakterischen Verdruß zu beenden. Dabei wurde festgestellt, daß die Libido der Frauen, die mit Testosteron behandelt wurden, ins Uferlose schießt. Ich kann mir gut vorstellen, wie die armen, unbezähmbaren und rabiaten Damen über Briefträger, Milchmänner, Zeitungsausträger und jeden x-beliebigen Bock herfallen, der ihnen vors Visier gerät. Die Ärzte unternahmen daher eine ernsthafte Untersuchung des Phänomens und gelangten zu folgenden Erkenntnissen: Wir Frauen mit erhöhtem Testosterongehalt besitzen entschiedenere sexuelle Impulse und sind aggressiver und entschlossener.

Als ich fünfzehn wurde und meine Mutter es satt bekam, meine Tobsuchtsanfälle zu ertragen, wurde ich zu Tausenden von Psychologen geschickt, von einem zum anderen. Mein halbes Leben habe ich damit zugebracht, die vermeintlichen Ursachen meines Verhaltens und meiner Gefühle analysieren zu lassen. Meine unkontrollierte Promiskuitat war nach Meinung der Ärzte die Suche nach einer Vaterfigur. Die Streitereien mit meiner Mutter wurden als verzweifelter Versuch interpretiert, meine eigene Persönlichkeit durch Konfrontation zu definieren. Und nun ergibt der Hormonspiegel, daß ich mir diese unzähligen Stunden auf der Couch hätte sparen können, in denen ich versuchte, mich an den ersten gefutterten Brei zu erinnern, weil die Erklärung für meine Leidenschaften und Ausbrüche denkbar einfach ist: ein schlichter Hormonüberschuß.

Rosa, meine reservierte Schwester, ist ein ähnlicher Fall. Alle dachten, die Frau sei so seltsam introvertiert, weil sie die Geschichte mit meinem Vater stark getroffen habe, der sich mir nichts, dir nichts aus dem Staub gemacht hatte, ganz plötzlich und ohne etwas zu sagen. Sie landete ebenfalls beim Psychiater (zugegeben, bei uns zu Hause ist es recht heftig, zwei Schwestern beim Psychiater, und die Älteste sitzt mit ihrer tierischen Depression heulend zu Hause), aber der Arzt erklärte ihr, alles liege an ihrem Serotoninmangel. Das bedeutet, meiner Schwester Rosa fehlte es an der Substanz, die als Neurotransmitter zwischen den Zellen des Gehirns fungiert. Rosa nimmt jetzt Prozac, jene magische und völlig legale Zauberdroge, die angeblich ihren Serotoninpegel reguliert und aus ihr eine neue Frau macht. Warten wir's ab.

Wie gesagt. Ich habe zu viel Testosteron und ihr fehlt Serotonin. Und je nach Mangel- oder Überschußtheorie haben unsere Probleme überhaupt nichts mit den persönlichen oder familiären Verhältnissen zu tun, sondern beruhen ausschließlich auf der chemischen Zusammensetzung unserer Gehirne und Eierstöcke, so daß ihr Freuds, Lacans, Jungs und Rogers euch ganz schön blamiert habt, ihr Lieben. Aber ist es nicht umgedreht so, daß uns das Leben derart mitgenommen hat, daß es in Rosas Gehirn die Produktion von Serotonin abstellte und in meinen Eierstöcken wie verrückt Testosteron produzieren ließ. Und wer weiß, was es gerade mit irgendeinem Organ von Ana veranstaltet. Denn wenn ich mich recht entsinne, waren wir einmal, als ich noch ganz ganz klein war, so etwas wie eine normale Familie. Wir Schwestern erzählten uns im Dunkeln unter den Betttüchern Märchen und waren nicht den ganzen Tag deprimiert und niedergeschlagen, heulten nicht nur herum und machten uns gegenseitig zur Sau; alle Welt fand uns damals niedlich und süß und so reizend und ziemlich normal. Kurz und gut, wer war zuerst, die Henne oder das Ei? Beherrscht uns der Körper oder beherrschen wir ihn? Irgendwie eine interessante Frage.

Die Gynäkologin insistiert darauf, mich mit anderen Tabletten zu behandeln, aber ich weigere mich, weil ich keine Lust habe, wieder zu brechen und Magenkrämpfe zu bekommen, und mir nicht sicher bin, ob ich die Regel überhaupt wiederhaben will. Außerdem ist meine Lust zum Vögeln rapide schwächer geworden, seit Iain mich verließ oder ich ihn oder wir uns (vor einem Monat, einem Alptraum von Monat), und ich habe Angst, meine Libido könnte vollständig am Boden liegen, wenn nun auch noch mein Testosteronpegel sinkt. Tja, meine Schwestern lästern immer, ich sei männergeil und promisk, aber ich bin, wie ich bin, sei es, weil mein Vater uns sitzenließ, sei es, weil ich zu viel Testosteron produziere: Ich bin so und finde es gut und habe überhaupt keine Lust, auf den einzigen greifbaren Spaß zu verzichten, den uns das Leben bietet.

wie Bauchlandung

Das Leben müßte ein Kalender sein. Jeden Tag ein Blatt abreißen und ein unbeschriebenes beginnen. Aber das Leben ist eine geologische Schicht. Alles kumuliert, alles beeinflußt sich wechselseitig. Alles trägt zu irgend etwas anderem bei. Jeder Regenguß kann morgen ein Erdbeben auslösen.

Als ich dreizehn war und Donostia für mich die Stadt war, in der meine Großeltern lebten, flanierte ich mit meinem Freund Mikel an der Promenade am Meer entlang. Mikel und Cristina, immer Hand in Hand.

Mikel war dreizehn Jahre alt, kam aus Bilbao und wohnte nebenan in einem großen, alten Haus. Seine Mutter war über den Sommer erkrankt und wurde ins Hospital eingewiesen. Da sich die Geschichte in die Länge zog, schickte der Vater seinen einzigen Sohn zu seinem Bruder in die Ferien, zu Mikels Onkel nach San Sebastian. Aber der Onkel, ein Lehrer und introvertierter Junggeselle, hatte weder Zeit noch Lust, sich mit seinem Neffen zu beschäftigen, so daß der arme Junge sich dazu verdammt sah, durch den Garten des Hauses zu streifen, Echsen zu verfolgen und den Katzen Steine nachzuwerfen. Es war nur eine Frage von Tagen, bis wir uns kennenlernten und unzertrennlich wurden.

Eigentlich taten wir nichts Besonderes. Wir stritten darüber, ob Schnecken *bígaros*, *magurios* oder *carraquelas* heißen und Krebse *txangurros* oder *carramarros*. Ansonsten machten wir uns über ein Schild an der Kaserne der Guardia Civil lustig, dem eine passende Bombe einen Buchstaben entführt hatte, so daß aus dem heroischen Wahlspruch »*Todo por la Patria*«, »Alles für das Vaterland«, ein korrektes »*Todo por la Patri*«, »Alles für Patri«, entstanden war. Mikel meinte, Patri sei eine der besten Huren der Altstadt (die direkt hinter der Kaserne anfing) und außergewöhnlich beliebt bei den jungen Posten. Oder wir verfolgten Tauben im Park und versuchten, den fliegenden Ratten vergeblich einen Tritt zu verpassen. Später, als der Abend hereinbrach und die ersten Lichter im Hafen angingen, blieben wir lange mit aufgestützten Ellenbogen an der Balustrade stehen und schauten aufs Meer. »Stell dir vor«, sagte ich dann, »eines morgens würdest du runter an den Strand gehen und Santa Clara wäre dort, wo der Berg Urgull steht, und der Berg Urgull dort, wo Santa Clara liegt. Du könntest dir unzählige Male die Augen wischen, um dich zu überzeugen, daß dir lediglich der Kater vom letzten Besäufnis einen Streich spielt, aber wenn du wieder hinsiehst, bleibt der Berg in der Mitte und die Insel links davon, und am schlimmsten daran ist, daß nur du und niemand sonst es bemerkt. Waren es die Marsmenschen? Ist das der Beginn von Plan 10?« Fast jeden Nachmittag haben wir das gespielt, und jeden Nachmittag hat es uns denselben Spaß gemacht. Wenn wir vorher zwei Bier getrunken hatten, machte es noch mehr Spaß. Und jeden Morgen, wenn Mikel und Cristina an den Strand gingen, war das erste, was wir taten, nachzusehen, ob Berg und Insel noch an ihrem Platz waren.

Am Ende der Ferien versprachen wir uns, jedes Jahr eine Postkarte zu schreiben, um zu bestätigen, daß die beiden Brocken geblieben sind, wo sie immer waren, und sich immer noch nicht dazu entschlossen hatten, ihren Platz zu tauschen.

Im Laufe der Jahre ist wohl jeder von uns gelegentlich nach

Donostia zurückgekehrt, einzeln und aus verschiedenen Gründen, ohne einander die versprochene Karte zu schicken. Einige Jahre haben wir uns weder gesehen noch gesprochen.

Auch wenn wir es niemals gesagt hatten, wir waren verliebt gewesen, aber die Liebe hält nicht ewig.

Santa Clara dagegen bewegt sich nicht vom Fleck.

Jahre später verbrachte ich meine ersten Ferien mit Iain ebenfalls in Donostia, und seitdem bleiben die Uferpromenade, die Tauben im Park, die Balustrade am Strand und das Profil Santa Claras unwiderruflich mit ihm verknüpft. San Sebastian hörte auf, das Städtchen der Großeltern zu sein, das staubige, große, alte Haus, die Spaziergänge mit Mikel entlang der Strandpromenade, und wurde ganz einfach zu der Stadt, in der Iain und Cristina entdeckt hatten, daß sie sich liebten. Jetzt gerade, in den letzten Tagen, wo die Medien nicht aufhören, vom Filmfestival in San Sebastian zu berichten, habe ich weder eine Zeitung in die Hand nehmen können noch Fernsehen geschaut, weil ich wußte, daß ich den Anblick vom Hotel Victoria Eugenia ebensowenig ertragen würde wie den von der Promenade, vom Park, vom Strand und am allerwenigsten den von der Insel Santa Clara.

Und das ist so, weil nur die Krebse oder *txangurros* oder *carramarros* oder wie immer sie heißen mögen, sich trauen, mit dem Kopf zuerst in die Spalten zwischen den Steinen zu springen, in Abgründe, die hundertmal größer sind als ihr eigener Körper.

Nur die Krebse.

C wie Computer

In sieben Tagen erschuf Gott die Welt. Wenig später vertrieb er Adam aus dem Paradies und ließ ihn zur Strafe im Schweiße seines Angesichts sein Brot verdienen. Apple produziert im Jahr mehrere Millionen Computer. Millionen virtueller Welten, die tagtäglich von siebenundzwanzigjährigen Demiurgen entworfen werden, von Mikroknechten mit überwältigendem IQ... Bei afrikanischen Stämmen beträgt die wöchentliche Arbeitszeit eines Erwachsenen im Durchschnitt etwa zehn Stunden. Wir Europäer arbeiten mindestens vierzig. Der Fortschritt hat unseren Urgott in allem übertroffen, einschließlich der Grausamkeit. Deshalb lieben wir die artifiziellen Paradiese: aus Sehnsucht nach besseren Zeiten.

Als ich von zu Hause auszog, arbeitete ich eine Zeitlang in einem Büro. In einem großen Informatikkonzern. Hardware. Besser gesagt, Computer, Drucker, CD-ROMs und andere intelligente, kleine Roboter, die angeblich dazu geschaffen werden, den Menschen die Arbeit zu erleichtern. Was für eine Ironie. Das gesamte Informationsmaterial zu den Produkten erscheint auf Englisch, und die arme Magd, die Praktikantin und junge Anglistikstudentin durfte es übersetzen, bearbeiten und an die Fachzeitschriften verschicken, damit der, der dort den Job schmiß, schreiben konnte, daß ein 6.x CD-ROM-Laufwerk eine ausgezeichnete Zugriffszeit bietet oder eine PCI-Grafikkarte bei leistungsfähigen Geräten, die mit Pentiumprozessoren ausgestattet sind, für professionelle Bildbearbeitungen und 3-D-Darstellungen hervorragend geeignet ist. Ihr hättet mich damals sehen sollen. Ich beherrschte Begriffe wie VGA-Karte, parallele Schnittstelle, Treiber, serielle Schnittstelle B, Slot für 16-bit-Karten, Digitalfilter für Audiokarten oder Kühlkörper für Signal- und Mikroprozessoren aus dem Effeff. Ich verbrachte mein Leben dort, hockte in dieser Grabkammer, meiner kleinen Mastzelle, einem Raum von weniger als zwei Quadratmetern, den zwei Tische in L-Form begrenzten. Die tagtägliche Belastung ruinierte meine Augen, die von dem gespenstischen Licht des Bildschirms und dem grellen Licht der Halogenlampen immer schlechter wurden, und durch die unnatürliche Haltung, mit der ich über die Tastatur gebeugt saß, bekam ich irrsinnige Rückenschmerzen. Mit einem Schlag zwei Dioptrien und Skoliose. Und das alles für ein beschissenes Gehalt, weil ich als Studentin einen Praktikantinnenvertrag hatte, und das hieß im Klartext, daß ich genausoviel ackern durfte wie andere auch, aber erheblich weniger verdiente. Aber das war nicht einmal das Schlimmste. Am schlimmsten war die Herde, mit der ich jeden Tag wie ein Torero zu kämpfen hatte. Zum Brechen waren die aufgedonnerten Sekretärinnen, die auf ihren Gucci-Imitaten herumstaksten, denen die Heißlufthauben und goldenen Strähnchen ihre Haare zu Stroh und Fasern verarbeitet hatten, die in ihrem Leben nie etwas anderes gelesen hatten als die *Supertele* und die *Gala* und die nichts anderes konnten, als über den Film vom letzten Abend oder den neuen Freund von Chabeli (der Tochter von Julio Iglesias) zu reden und gegenseitig aufeinander herumzuhacken. Zum Speien war der Personalchef, der die Wiedereinführung der Todesstrafe befürwortete, um ein für allemal mit dem Terrorismus aufzuräumen, aber mir immer dreist auf den Busen starrte, wenn wir zusammen im Fahrstuhl standen. Zum Kotzen waren die leitenden kaufmännischen Angestellten, denen eine Wolke billigen Parfums jeden Morgen ins Büro vorauseilte, in ihren schlecht sitzenden Anzügen Marke *Emidio Tucci* aus dem Kaufhaus, die in der Leistengegend ausbeulten und an den Schultern Falten warfen und immer zu groß oder zu klein waren, Knechte der Stangenware, die nicht genug Geld hatten, um sich einen maßgeschneiderten Anzug zu leisten, aber so tun mußten als ob.

Versprochen haben sie das Blaue vom Himmel. Gute Leistung mache sich bezahlt, durch eine bedeutende Position und ein entsprechendes Gehalt. Nach einem Jahr entlarvte ich die infantilen Illusionen und naiven Erwartungen und kapierte, daß man niemals aufsteigen und ein besseres Gehalt bekommen wird. Nach jeder Geschäftsbilanz wurden die Gehaltserhöhungen vertagt, wegen der Krise, in der sich die Nation im allgemeinen und die Firma im speziellen befindet. Von wegen Krise, verarschen kann ich mich alleine. Sie bezeichneten das Nachlassen der Gewinne als Krise, das natürlich nicht zu ihren Kosten ging. Sie verdienen statt zighundertdreiundzwanzig Millionen Peseten wie im Vorjahr nur noch zighundert Millionen. Da hast du sie, die tolle Krise. In Wirklichkeit wollte die Firma uns nicht besser bezahlen, weil das Geld in die Taschen des Führungspersonals floß, die ihre Arbeitsverträge rechtzeitig achtstellig vergoldet hatten. Glaubt ihr etwa, diese Fatzkes seien ihr Geld wert, in ihren *Armani*-Anzügen und ihren silbernen Manschettenknöpfen von *Chus Burés*, die sie von ihren Angetrauten zum Hochzeitstag geschenkt bekommen hatten? Nicht ums Verrecken. Mein Chef, der glänzende Leiter der Marketing-Abteilung, der eine Million Peseten im Monat einstreicht, also elfmal soviel wie ich, telefonierte stundenlang mit seinen Geliebten, die bei ihm wechselten wie bei anderen das Rasierwasser: *Davidoff, Fahrenheit, Calvin Klein*, Ana, Lucía, Loreto ... Immer im Trend! Dabei konnte er nicht einmal Englisch oder die Kommata richtig setzen. Das weiß niemand besser als ich, weil ich seine Faxe korrigieren mußte. Der Typ war 41, hatte seinen *Master IESE* (der seine Eltern eine Stange Geld gekostet haben dürfte) und plumpste in die goldenen achtziger Jahre, jene glücklichen Jahre, in denen totale Nullen zu astronomischen Gehältern eingestellt wurden, als ob sie Fußballspieler wären. Das Glück der demographischen Lotterie. Wäre er fünfzehn Jahre später gekommen, hätte ihm ein anderer Wind um die Nase geweht. Wir Nachzügler müssen den Wandel mit beschissenen Gehältern über uns ergehen lassen, um überall die Löcher zu stopfen. Dabei arbeiten wir mindestens so viel wie sie. Wir machen nie pünktlich Feierabend, bleiben nie bei unseren vorgeschriebenen acht Stunden und bekommen unsere Überstunden nicht bezahlt. Aber jeder kann sich natürlich verdammt glücklich schätzen, für die Firma arbeiten und Opfer bringen zu dürfen, kann vor Vergnügen platzen, überhaupt dort zu sein, denn auf jeden von uns kommen vier arme Schweine, vier Aasgeier, die über unseren Köpfen kreisen, und die liebend gerne unseren Job übernehmen würden, wie der Personalchef zu jeder Gelegenheit betonte. Beim Nachrechnen stellte man fest, daß man in der Stunde weniger verdiente als eine Putzfrau. Ich stand morgens um acht Uhr auf und kam abends gegen halb acht völlig abgelaufen nach Hause. Hatte keine Lust zu gar nichts, wollte nur noch essen und ins Bett fallen. Keine Bücher mehr, keine Konzerte mehr, keine Kinobesuche mehr. Am Samstagabend hatte ich die Schnauze voll, zog mir eine Jeans und ein paar Lederstiefel an und stürzte regelmäßig gnadenlos ab, pfiff mir Cuba-Libre und Koks bis zum Abwinken rein, um das ganze

Elend zu vergessen. In dem Jahr dröhnte ich mich zu, wie ich mich in meinem Leben nicht wieder zugedröhnt habe, und vögelte alles, tatsächlich alles, was mir morgens ab sechs Uhr in die Finger kam, als mir der Unterschied zwischen einem leitenden Angestellten von Sony und einem Lagerarbeiter vom Großmarkt vollständig gleichgültig zu werden begann. Den Juni, als die Examen an der Uni anstanden, überlebte ich nur mit Hilfe von Amphetaminen, um irgendwie durchzukommen. Mit den Taschen voller Spickzettel setzte ich meinen Abschluß aufs Spiel, bloß weil ich keine Zeit hatte, mich in Ruhe vorzubereiten, und in der Firma machten sie sogar noch Theater, weil ich fehlte, und forderten von meinem Professor eine Bestätigung dafür, daß ich an den Prüfungen teilgenommen hatte und nicht mit meinen Freunden einen saufen war.

Wir hatten keine Chance, diese Schlacht zu gewinnen, es sei denn, wir wären auf die Barrikaden gegangen und hätten die Revolution ausgerufen, aber dafür waren wir schon zu entfremdet und ausgelaugt, zu hypnotisiert von stundenlanger, unablässiger Arbeit und apokalyptischen Diskursen über die brenzlige wirtschaftliche Situation. Es kam keinem von uns in den Sinn. Wir besaßen keine Waffe gegen die Mittvierziger-Führungskräfte mit ihren Doppelnamen. Aber am schlimmsten, am allerschlimmsten war die Anstellung von so einer Torte, die sich López-Santos y Martínez de Miñon nannte und die mit ihrem *Golf GTI* ins Büro kam, den Papi gekauft hatte, mit Klamotten von *Prada* und Taschen von *Loewe*, bezahlt von Papi, und die super rassig war und super in Form, nach ihrem erholsamen Skiwochenende in Andorra, auf Kosten von Papi, und die aller Welt so elegant und stilvoll vorkam und dabei kaum bis drei zählen konnte. Aber da sie die Tochter eines Aktionärs war und gerade ihren *Master* in Kommunikationswissenschaften abgeschlossen hatte, den ihr, wie sollte es anders sein, Papi bezahlt hatte, setzten sie mir die Frau an den Nebentisch und zahlten ihr erheblich mehr. Sie konnte naturgemäß keine Kommata setzen, aber blieb ganz cool, als ich eine fünfzehnzeilige Pressemitteilung, die sie vier Stunden lang redigiert hatte, Wort für Wort in zehn Minuten überarbeiten mußte, weil die Supereselin »der Computer der« schrieb, ohne Komma zu setzen, allein wie das klingt, und in fünfzehn Zeilen das Verb »haben« fünfundzwanzigmal wiederholte, und damit war der Moment gekommen, an dem ich mich fragte: »Was zum Teufel tust du hier? WAS ZUM TEUFEL?« Es war das Erscheinen dieser total Zurückgebliebenen, die jeden Satz mit »weißt du?« beendete und für die alles total toll und total wer weiß was war, die mich davon überzeugte, daß man mich hereingelegt hatte wie einen Esel mit dem alten Trick Möhre und Stiel, und als ich eines morgens hinunter zur Apotheke ging, um mir Aspirin zu kaufen, weil ich die Rückenschmerzen kaum noch aushalten konnte, schien mir die Sonne ins Gesicht und machte mich darauf aufmerksam, daß ich mein Leben verschwendete, das einzige Leben, das ich besitze (weil ich eine Frau bin und keine Katze), und mir wurde klar, daß ich seit zwei Jahren die goldene Wärme der Sonne nicht mehr auf der Nase gespürt hatte, daß meine Jugend begann, in diesem Büro mit gepanzerten Fensterscheiben dahinzuwelken. Seelenruhig stieg ich in den mechanisch plappernden Aufzug dieses High-Tech-Gebäudes, fuhr in den dritten Stock, »Die Tür öffnet sich«, so der Lautsprecher mit metallener Stimme, ging zu meinem Schreibtisch und gab im Computer den Befehl ein: *Delete all.* Im Computer leuchtete die Warnung auf, daß alle Informationen auf der Festplatte gelöscht würden: »Möchten Sie das *Volume* wirklich löschen?« Ich tippte vollkommen sicher, sicher, wie ich mich in meinem Leben noch nie gefühlt hatte, so sicher wie mein Name Cristina ist, *Ja* ein und fühlte mich wie die freieste Frau der Welt, fühlte mich glücklich, lebendig und ausgelassen, das erstemal seit zwei Jahren, obwohl ich eine vielversprechende Karriere auf dem Sektor der Kommunikation sausenließ, wie meine Schwester Rosa sagte.

Und jetzt kellnere ich.

In der Bar verdiene ich mehr als im Büro, die Morgenstunden gehören mir, mir allein, und die freie Zeit ist mir wichtiger als die besten Gehälter dieser Erde. Ich bereue die Entscheidung absolut nicht, und niemals, wirklich niemals arbeite ich noch einmal in so einem Konzern.

Eher gehe ich auf den Strich.

D wie Droge und DJ

Wenn einmal niemand an der Theke steht, versuche ich mich mit geschlossenen Augen auf die synthetischen Klänge zu konzentrieren, die Musik zu sehen wie eine irisierende Zwiebel, die ich langsam und sorgfältig Schicht für Schicht auspacke, eine nach der anderen, bis hin zu der innersten, die speziell für mich entworfen wurde: ein Geschenk des Rave. Dann lasse ich sie durch meine Venen pulsieren, durch meine Kapillaren und Arterien, lasse sie mit meinem Wasser und meinem Blut vermischt durch den Körper fließen, bis sie in meinen Kopf steigen und mich vollständig durchströmen. Ich löse mich in Musik auf, lösche mich aus, dehne und verwandle mich, werde flüssig und polymorph. Dann kommt ein *roll on*, ein radikaler Break im Rhythmus, gefolgt von einer verlängerten Sequenz, die sehr, sehr langsam beginnt, aufdreht, bis sie den Technorhythmus wiedergefunden hat, stampfend und beharrlich im Takt des Herzschlags. Die Dunkelheit lädt dazu ein, sich treiben zu lassen, und schleppt mich bis zum Lautsprecher, der die monotone und geometrische, energetische und lineare Musik auskotzt, die vom Ecstasy in meinem Kopf geschmeidig wird.

Aber der Zustand kann nie lange anhalten. Dafür bleibt an der Bar keine Zeit. Früher oder später muß ich jemanden bedienen und kehre in die Welt der Lebenden zurück. Auf der Bühne tanzt die Masse einträchtig zum Rhythmus eines einzigen Herzschlages, einer einzigen Musik, einer einzigen Droge, einer einzigen kollektiven Seele. Der DJ ist der neue Messias, die Musik das Wort Gottes, der Wein des Christentums wurde zu Ecstasy und die Ikonographie der Kirchenfenster zu den Monitoren des Fernsehens. Das Revival uralten Stammeslebens, wie man sagt, genetisch vererbt im kollektiven Unbewußten.

Für einen Augenblick kehre ich in die Realität zurück und werde mir der treuen Seelen um mich herum bewußt, der Masse, die ihre Arme wie ein Mensch beim Schrei von »Rave!« in den Himmel reckt. Auch ich nehme am gemeinsamen Ritus teil, vom DJ geweiht, den wir loben und preisen, und flehe ihn von ganzem Herzen an, er möge mich mit den anderen neu erschaffen und erlösen, ein Wunder vollbringen und mit einem Federstrich diesen letzten Monat auslöschen.

Mich wieder in jene Zeiten zurückversetzen, in denen du mich die Deine nanntest.

Jede Nacht betäubt uns die Musik aus 5000-Watt-Boxen, riesigen schwarzen Kästen, Bastardtöchtern der Büchse der Pandora, die, nach dem Lärm zu urteilen, alle Winde und Stürme in sich enthalten. Gestern, am Samstag, habe ich dort von zwölf bis acht Getränke ausgegeben und dann, trapp, trapp, rauf mit den Coca-Cola-Kästen, runter mit den Bierkästen, raus mit den letzten Hängern, den Zurückgebliebenen, überall die benutzten Kondome aufgesammelt: Auf den Toiletten, na klar, auf den mit rotem Samt bespannten Sesseln, auf der Tanzfläche (AUF DER TANZFLÄCHE? Ja, auf der Tanzfläche, sieht so aus, als ob ein großer Haufen *Basic Instinct* gesehen hat) und hinter den Boxen, in der Ecke, nach dem Geschmack der Fünfzigjährigen, im Dunkeln. Da alle auf E sind, ist es unvorhersehbar, wo und wann sie die Lust überkommt, erregt vom Karussell der Bauchnabel, es miteinander zu treiben. Und gut, mir wäre es egal, sollen sie leben, wie sie Lust haben, es sind zwei Tage, *no future*, wenn ich nachher nicht die dreckigen Kondome aufsammeln müßte, was ziemlich eklig ist, wie sich jeder vorstellen kann.

Als ich aus dem *Planeta X* herauskam, fiel gleißendes Sonnenlicht in meine Augen. Es war bereits Tag. Ich ging mit den anderen Barkeepern frühstücken. Danach ins *God*, ein *Afterhour* in der Nähe vom *Planeta X*. Viel Techno, viele Jungs auf E, viel stroboskopisches Licht. Chundachundachundachunda... acieeed! Die Mädchen tanzten *Gabba* – die Arme schlaff, die Muskeln verrenkt, der Kopf oszilliert von einer Seite zur anderen – wie Puppen, die man aufziehen kann und denen eine Feder herausgesprungen ist. Ich hätte nach Hause gehen sollen, schlafen, aber, wie das so ist, bekam ich jetzt Lust darauf, daß zur Abwechslung MIR jemand einen Drink vorsetzt. Als wir aus dem *God* herauskamen, war es vier Uhr. Ich hätte Hunger bekommen sollen, aber die winzigen Pillen, die mich rund um die Uhr an der Theke wach halten, lassen mich nicht essen. Ich bin Haut und Knochen. Sehe aus wie eine aus Dachau. Egal, den Typen gefällt es. Wie Kate Moss, nur mit Titten. Sehr geil, sehr trendy. Es muß ja einen Grund dafür geben, daß ich Barfrau bin: Die Typen stehen auf mich. Sehr *machista*, ich weiß, aber von irgend etwas muß man sich ja ernähren oder nicht ernähren wie in meinem Fall. Es tut mir entschieden leid. Aber das Leben ist so, ich habe es nicht erfunden.

Es gibt so viele einsame Männer in dieser Stadt. Wenn du mit dem Fuß auf den Boden stampfst, kommen sie unter den Steinen hervor. Wie die Mücken zum Licht kommen sie, wenn du allein bist. Auch die Frauen sind allein, viele Frauen. An der Theke höre ich mir ihre Geschichten an. Über die Frauen und die Männer, die sie liebten und verloren, die Drogen, die sie ausprobierten, ihre Leiden, ihre Freuden und ihre kleinen Überraschungen.

In dieser Nacht habe ich so viele Geschichten gehört von unglücklicher Liebe und Einsamkeit, daß ich einen ganzen Katalog davon herausgeben könnte.

Ich kann sie an ihren Gesichtern erkennen. Ich komme an die Bar und kann in wenigen Sekunden sagen, wie viele Kunden sich einsam fühlen. Ecstasy hilft nur für ein paar Stunden. Manchmal nicht einmal das. Sie sind auf E, lassen sich gehen, aber im Grunde bleiben sie einsam. Es gibt keine Droge, die das kuriert.

Ein Junge, der seine Traumfrau in einer Bar kennengelernt hatte, lehnte sich gegen die Box. Eine Rothaarige in Klamotten von *Gaultier*. Sie tranken, sie flirteten. Sie trieben es tierisch auf dem Klo miteinander. Er schrieb sich ihre Nummer auf. Bekam Schiß, sie anzurufen. Wußte kaum noch, wer sie war. Hatte Zweifel: Wie viele Typen haben sie schon auf dem Klo gebumst? Als er sich traute, versuchte er es zweimal, aber es ging niemand ans Telefon. Danach hatte er das Gefühl, es sei zuviel Zeit vergangen. Vielleicht hatte sie einen anderen kennengelernt? Vielleicht erinnerte sie sich nicht an ihn? Er erinnerte sich auch nicht mehr genau. Er konnte nicht sagen, welche Nasenwurzel, wie der Schlag ihrer Wimpern, welche Haarfarbe. Er wußte nicht, ob sie wirklich so toll war, wie er glaubte. Viele Nächte verbrachte er in der Bar, in der er sie kennengelernt hatte, aber sah sie nicht wieder. Seitdem schläft er allein.

Einem Mädchen steht das Wort Geliebte ins Gesicht geschrieben ... Immer verliebt sie sich in verheiratete Männer. Sie vögelt sie in Hauseingängen, in Hotelzimmern, auf zurückgeklappten Kabriolettsitzen, in Parks, in Fahrstühlen und auf den Designerklos in Bars. Trotzdem weiß sie nicht, wie es ist, zusammen aufzuwachen und gemeinsam im Bett zu frühstücken.

Diese Stadt ist zu groß, sagen manche, das macht es so schwer, Beziehungen aufrechtzuerhalten ...

Jeder hat seine Geschichte.

Diese Stadt ist voll von Männern, die in der Dunkelheit der Bars verzweifelt nach einer Frau suchen.

Diese Nacht habe ich so viele Geschichten gehört...

Ich habe auch meine Geschichte.

Ich habe den verloren, den ich liebte. Er erklärte mir nichts. Ich bat ihn auch nicht darum. Was zählt, ist, daß er mich verlassen hat. Vielleicht habe ich ihn verlassen. Er geht nicht ans Telefon. Er wird seine Gründe haben.

Den einsamen Jungs, die mit hängenden Köpfen zu mir an die Bar kommen, einen Drink bestellen, müßte ich erklären, daß ich ihre Löcher nicht stopfen kann, daß ich von meiner Liebe verlassen wurde und daß mir der Hardcore-Techno zu allem Überfluß so langsam auf die Nerven geht.

Ich arbeite in einer Bar. Sonntags ziehe ich durch die Kneipen, saufe wie ein Loch und verpulvere das Gehalt in Ecstasy, damit ich nicht daran denke, daß mich mein Liebster verlassen hat. Ich mag noch so dünn und noch so nett sein. Ihm hat es nicht gereicht. Die Beziehungen der Neunziger, sagen sie. Vergänglich. *No future*. Generation X. *C'est la vie*.

Ich arbeite in einer Bar, und jede Nacht dröhnen mir die Ohren und rast mir der Puls. Mein Herz schlägt dreihundertmal in der Minute. Ich bekomme schrecklichen Durst und könnte den Brunnen der Kybele austrinken. Ich spüre die Lichter vom Dancefloor, fasse sie an und mache aus der Musik Bilder.

Die Musik steigt unwiderstehlich an und versucht uns mit ihrem ohrenbetäubenden Willen platt zu machen. Von der Bar aus sehe ich schemenhaft ein schillerndes Gewebe aus Armen und Beinen und glänzenden Hemden, eine menschliche Masse, bunte Haare, die im Rhythmus von tausend atavistischen Trommeln wogen. Lichtschläge entstehen aus dem Nichts, *flash*, und verschwinden noch in derselben Sekunde, in der sie uns blenden, schwarz, grelles Licht flammt auf und trifft den Schlag unseres Herzens. Ich schwimme gegen den Strom, wenn ich durch den Saal laufe, um die Gläser und Flaschen von den verwüsteten Tischen abzuräumen. Die Körper um mich herum, komprimiert und vielfach perforiert, stoßen gegeneinander, die Personen sind schon keine Personen mehr, die Identität jedes einzelnen verschmilzt im Tiegel der Masse, was ich um mich herum fühle, ist ein siedendes Magma mit kleinen Bläschen, die von Zeit zu Zeit an die Oberfläche steigen.

Ich arbeite in einer Bar, und jede Nacht fühle ich, daß ich irgend etwas verzweifelt brauche, aber ich weiß nicht genau was. Ich merke, wie die Sehnsucht in mir aufsteigt, so rasend und erdrückend, daß es mir den Atem verschlägt.

Ich brauche einen Schwanz zwischen meinen Beinen.

Ich will, daß du zurückkommst, Iain, daß du mich hier herausholst.

Ich will, daß du mich rettest.

Das Leben ist traurig, und die Nächte in Madrid sind nicht so toll, wie alle glauben. Glaubt es mir, ich kenne sie.

wie einsam, eifersüchtig, ehrgeizig und enthaltsam

Das flackernde Licht der blauen Scheinwerfer bricht meinen Blick. Ich könnte hier sein oder an jedem anderen Ort. Meine Gedanken schweifen für Augenblicke ab, und ich sehe mich an Millionen von Orten: bei Iain im Bett, in Lines Zimmer, in meiner Badewanne. Aber nicht hier, hier bestimmt nicht. Es ist zweiundzwanzig Uhr im *Planeta X*, und ich bin damit beschäftigt, mit einem Lappen die Theke und den Staub von den Flaschen zu wischen. Nicht, daß es nötig wäre, echt nicht, aber mir ist langweilig und was Besseres fallt mir nicht ein. Es gab Zeiten, in denen ich ein Buch mitbrachte, um die toten Löcher zu überbrücken, in denen ich niemandem etwas zu trinken bringen mußte. Aber der Geschäftsführer verbot es, weil ich mit Buch kein gutes Bild abgebe. Eine selten dämliche Erklärung, vor allem weil der Typ in seinem Leben noch nichts anderes durchgeblättert hat als das Telefonbuch. Aber der Geschäftsführer ist der Geschäftsführer, und ich, ich bin nicht mehr als eine Bedienung, so daß mir nichts anderes übrigblieb, als zum Teufel zu gehen und die Klappe zu halten und das Buch eben zu Hause zu lassen.

Es ist mir total egal, was meine Schwestern sagen. Es geht mir am Arsch vorbei, wenn sie meinen, ich mache keine seriöse Arbeit. Meine Schwestern haben überhaupt keine Ahnung vom Leben. Die eine gabelte einen Hanswurst auf, der bereit ist, sie auszuhalten, einen dieser weißen Raben, die es nicht mehr gibt, und die andere hat einen Volltreffer in der genetischen Lotterie gelandet.

Und ich, ich bin jetzt hier in meiner Lieblingsbar, der Bar, die meinen Schwestern erhebliche soziale Schande bereitet, und mache wie ein Wirbelwind Flaschen sauber. Durch das Halbdunkel sehe ich im Spiegel, wie eine weibliche Figur die Tanzfläche überquert. Sie kommt mit großen und schnellen Schritten näher, so wie die Mädchen aus der Werbung von *Charlie*. Ein Scheinwerfer beleuchtet ihren Körper, und zu meiner Überraschung erkenne ich meine Schwester Rosa. Ich habe keine Ahnung, was zum Teufel Rosa in diese Bar treibt, sie, die *Trance* nicht ausstehen kann und unfähig ist, irgend etwas zu hören, was nach dem neunzehnten Jahrhundert komponiert worden ist.

Meine Schwester kommt zur Theke herüber, setzt sich auf einen Barhocker, legt ihren teuren Kamelhaarmantel auf den Hocker daneben und schlägt ihre Beine in einer Herrschaftlichkeit übereinander, die nur Lesben und reiche Frauen besitzen.

Ich versuche ein cooles Lächeln aufzusetzen. Aber sicher gelingt es nicht, denn ich bin keine gute Schauspielerin.

»Das nenne ich aber eine freudige Überraschung«, sage ich, »wem oder was verdanke ich die Ehre? Die Prinzessin von Monaco höchstpersönlich hat sich dazu herabgelassen, in meiner bescheidenen Hütte einzukehren.«

»Mach du nur deine dummen Scherzchen und du siehst mich nie wieder«, antwortet meine Schwester so gelassen, wie es ihre Art ist. Sie verliert fast nie die Fassung. Niemand würde vermuten, daß wir Schwestern sind. Weder vom Aussehen her noch vom Charakter.

»*Euer Durchlaucht* mögen verzeihen«, sage ich. »Es stand in keinster Weise in meiner Absicht, Sie zu verletzen. Aber eines ist so sicher wie das Amen in der Kirche, *Euer Durchlaucht* ist eine bildhübsche Erscheinung. Was für ein elegantes Kleid ...« Es ist zwar nicht genau mein Stil, aber ich muß zugeben, daß es gut aussieht. Von weitem sieht man schon, daß es sauteuer gewesen sein muß.

»Genug der Komplimente. Wir wissen beide, daß ich keine Designerklamotten bräuchte, wenn mir Jeans so gut stehen würden wie dir.«

Meine Schwester ist eine eifersüchtige Person. Das war sie schon immer. Außerdem schlage ich in Jeans auch nicht gerade ein wie eine Atombombe. Und wenn ich die Kohle hätte, die sie hat, und mir die Klamotten bei Loewe kaufen könnte, würde ich meine Jeans wahrscheinlich auch nicht mehr anziehen. Wer weiß?

Ich frage, was sie trinken möchte, und sie meint eine Coca-Cola. Light.

»Bist du dir sicher«, frage ich, »daß ich dir nicht doch lieber einen kleinen Whisky geben soll?«

»Sicher«, bestätigt sie, wie es ihre Art ist, gelassen und ohne einen Gesichtsmuskel zu verziehen.

»Wie du willst.« Ich lasse die Schultern fallen, um ihr zu verstehen zu geben, daß sie nicht weiß, was ihr mit ihrer Enthaltsamkeit entgeht. Aber gut, man soll wenigstens nicht sagen können, ich hätte es nicht versucht. Ich öffne den Kühlschrank und hole eine Flasche Coca-Cola heraus. Light. »Und *Euer Durchlaucht*«, fahre ich fort. Ich nenne sie immer *Euer Durchlaucht*, was ihr tierisch auf die Nerven geht. »Was führt dich hierher? Wem oder was verdankt deine nichtswürdige Schwester dein Erscheinen?«

»Ist ja mal wieder gut.« Die Stimme von Rosa klingt leicht, aber auch nur leicht genervt. »Als ich aus dem Büro ging, habe ich mir gedacht, daß ich auf dem Weg einen kleinen Zwischenstopp bei dir einlegen könnte, um dich daran zu erinnern, daß du Ana mal anrufst.«

Ich lasse die Cola zur Hälfte stehen und schaue sie verblüfft an. Nur meine Schwester, die fleißige Biene, ist in der Lage, um zehn von der Arbeit zu kommen.

»Du kommst jetzt von der Arbeit? JETZT?«

»Ja, ich bin einen Bericht durchgegangen, den ich morgen abgeben muß.«

»Verdammt, Alte, daß ist doch kein Leben, was soll ich dir sagen, da können sie dir noch so viel Schotter zahlen«, damit lasse ich es bewenden und serviere endlich besagte Coca-Cola mit Eiswürfelchen und Zitronenscheibchen.

»Das ist auch kein Leben, wenn ich hierherkommen muß, um dich zu sehen, und du nie zu Hause bist.« Rosa nimmt einen gierigen Schluck Coca-Cola und fährt fort: »Bitte, laß uns nicht streiten, mein Kopf ist schon schwer genug. Ich meine ja nur, daß du mal bei Ana vorbeischaust. Mama hat mich angerufen und mir gesagt, daß sie sich ernstlich Sorgen macht.«

»Es wird schon nicht so wild sein. Das einzige, was Ana passieren kann, ist, daß sie sich langweilt und ein bißchen Theater machen will ...«

»Das glaube ich nicht. Ich habe das Gefühl, es ist ernst. Gestern rief ich sie an, und da klang sie sehr deprimiert. Ich habe gemerkt, daß es ihr ziemlich schlecht geht. Aber da sie so distanziert zu mir ist, konnte ich wenig für sie tun. Sie erzählt mir nichts ... Aber sie klang wirklich ganz eigenartig.«

»Und was glaubst du, könnte ich da machen? Wenn ihr euch nicht nahe seid, was soll ich da sagen ... Shimon Peres und Arafat sind enge Freunde im Vergleich zu uns.«

»Gut, du weißt, daß es Ana schwerfällt, zu verstehen, was du aus deinem Leben machst.«

»Und mir, zu verstehen, was sie aus ihrem macht! Sie soll keinen Scheiß reden ... Als ob es Spaß machen würde, den ganzen Tag mit gefalteten Händen zu Hause zu hocken. Und ich zerreiße mir darüber ja auch nicht das Maul.«

»Ich würde denken, daß du das gerade tust«, bemerkt meine spitzfindige Schwester und trommelt mit den Fingern auf die Theke. Die makellosen Nägel, kurz und nicht angemalt, sind tadellos gefeilt.

»Ich kritisiere sie nicht. Und mach dir keine Sorgen, ich schwör' dir, daß ich, sobald es geht, bei ihr vorbeischauen werde. Auch wenn ich wenig für sie tun kann, weil es mir ebenfalls beschissen geht. Beschissen, beschissen, bäähschisssssssen ...!«

»Warum?« Meine höfliche Schwester versucht, ein anteilnehmendes Lächeln aufzusetzen und sich interessiert zu zeigen.

»Iain hat mich verlassen«, verkünde ich mit ernster Stimme und versuche meine unerschütterliche Schwester zu erweichen.

»Hör mir auf. Was für eine Neuigkeit. Das wievielte Mal ist es?« Offensichtlich ist es mir nicht gelungen.

»Nein, DIESMAL ist es ernst, meine Liebe, das schwöre ich dir«, insistiere ich mit beleidigtem Gesicht, und diesmal muß ich es nicht spielen, weil es mir aus der Seele kommt. »Es ist fast einen Monat her. Wie haben noch nie so viel Zeit getrennt verbracht.«

»Ehrlich gesagt, glaube ich, daß es das Beste ist, was dir passieren kann. Dieser Mann macht dich nur unglücklich«, stellt meine verständige Schwester fest.

»Was du nicht sagst ...! Er war ein Traum. Intelligent, zärtlich, sensibel ...«

»Sensibel? Daß ich nicht lache. Erinnerst du dich an den Tag, an dem wir uns im *Retiro* trafen? Deine arme Freundin Line, dieses hoffnungslos magersüchtige Skelett, ein erbärmlicher Anblick, kurz davor, ins Krankenhaus eingeliefert zu werden, und dein Freund, der sensible, bringt es fertig und sagt: ›Dieses Mädchen wird von Tag zu Tag hübscher. Wie sie abgenommen hat.‹« Meine sarkastische Schwester nimmt noch einen Schluck von ihrer Coca-Cola. »Das muß schon ein ziemlicher Trottel sein. Mal abgesehen davon, daß es mir merkwürdig vorkommt, daß er ein anderes Mädchen so toll findet, wenn die eigene Freundin und die Schwester der Freundin dabei sind. Aber sag mal, wie geht es Line?«

»Gut. Sie ist schon lange wieder aus dem Krankenhaus heraus. Man hat sie nicht einmal eine Woche dortbehalten, also wird es nur halb so wild gewesen sein. Sie geht jetzt zu einem Psychologen und ist relativ ruhig geworden. Außerdem ist nicht klar, ob meine Freundin magersüchtig war oder nicht, weil Magersucht eine mentale Krankheit ist und Line nicht genau auf das klinische Schema von Anorexie paßt.«

»Deine Freundin sah aus wie ein Ultraschall vom heulenden Wind.«

»Das ja, aber trotzdem weist sie wohl die typischen mentalen Symptome einer Magersüchtigen nicht auf, die sehr perfektionistische und introvertierte Personen sein sollen und ihre Sexualität nicht ausleben, das jedenfalls sagen die Psychiater...«

»Ihre Sexualität nicht ausleben? Ah, ich verstehe. Dann leidet Line wohl eher nicht unter Anorexie.« Soweit meine ironische Schwester.

»Erstens geht man von verschiedenen Sorten von Magersucht aus, seitdem die Hysterie der Top Models aufgeflogen ist und es immer mehr kultige Beschäftigung mit dem Körper gibt. Zweitens, wenn du versuchst, dich über meine Freundin lustig zu machen, will ich dir mal sagen, daß von uns du die Magersüchtige sein müßtest, wenn die Dinge so einfach wären, jedenfalls bist du diejenige, die ihre Sexualität nicht auslebt.«

»Kein Mensch würde behaupten, daß ich meine Sexualität ablehne.« Übertrieben prononciert betont Rosa die Silben. Verletzte Rosa! Ich scheine ihre Schranken der Unempfindlichkeit übertreten zu haben!

Ich schmunzle, zufrieden.

»Pah, das sagt doch jeder«, fahre ich fort, »bei den vielen Liebhabern, die man von dir kennt. Meine Tochter, an deiner Seite ist selbst die Jungfrau von Rocío eine Hure.«

»Damit das klar ist: Im Prinzip lehne ich weder meine Sexualität noch irgendwelche Liebesbeziehungen ab. Ich habe mich schlicht und einfach dafür entschieden, allein zu bleiben, unabhängig zu sein, mich selbst zu ernähren, um keine Szenen und Demütigungen ertragen zu müssen.«

»Übertreib nicht, Rosa. Beide Dinge lassen sich verbinden: Du kannst weiter unabhängig sein und für dich selbst aufkommen und trotzdem ab und zu vögeln.«

»Theoretisch, ja. Aber in der Praxis nicht. Mach dir nichts vor, Cristina.« Meine herablassende Schwester seufzt und versucht sich die Aura einer äußerst scharfsinnigen Frau zu verleihen. »Die Männer in meinem Alter haben bis weit über zwanzig im Hause ihrer Eltern gelebt. Falls sie nicht immer noch dort leben. Und während all dieser Jahre haben sie in einem Haus gelebt, in dem ihre Mama nicht arbeitete, sondern sich befleißigte, ihnen immer die Betten und das Essen zu machen, in einem Haus, in dem sie im Unterschied zu ihren Schwestern zu jeder Tages- und Nachtzeit ein- und ausgehen konnten. Zu allem Überfluß gingen die meisten von ihnen in eine Klosterschule, in der ihnen beigebracht wurde, sich süße, stille und demütige Mädchen zu suchen.«

»Und, was sagt das?«

»Das sagt sehr viel. Denn es ist eine Generation großer Kinder, die nicht verstehen kann, daß ich nicht daran denke, mein Leben damit zuzubringen, ihnen das Bett zu machen, für sie zu sorgen und ihnen ihre Mutter zu ersetzen.«

»Aber nicht alle Männer sind so ...«

»Mag sein, aber die Ausnahme habe ich bis jetzt noch nicht kennengelernt. In meiner Firma sieht man es ganz deutlich. Alle verheirateten Dinger mit Kindern beklagen sich über dasselbe. Er hilft ihnen nicht im Haushalt, er steht nicht auf, wenn das Kind weint, er kümmert sich einen Feuchten darum, wie es in der Schule geht, und käme nie auf die Idee, mal zu den Lehrern zu gehen und mit ihnen zu reden ...«

»Aber das liegt daran, daß eure Tippsen totale Kühe sind. Du müßtest nur mal hören, wie die sich am Telefon melden.«

»Aber Cristina, die Meinung, daß sich die Frauen um die Babys kümmern, ist so verbreitet, daß die meisten Firmen keine Frauen in führenden Positionen einstellen, falls sie noch nicht über Vierzig sind oder ihre Kinder bereits großgezogen haben.«

»Ich verstehe das nicht. Warum?«

»Tja, es ist nun einmal so. Ich müßte mittlerweile stellvertretende Direktorin sein. Ich bin besser ausgebildet, viel besser ausgebildet, viel, viel besser als der Schwachkopf, der den Posten hat. Aber als Frau befördern sie mich nicht.«

»Aber schau, was willst du, wenn die Dinge so schlecht stehen, dann laß es, dann lebe dein Leben und laß dich nicht in deinem Büro verbittern.«

»Was heißt das schon, sein Leben leben?«

»Na, ausgehen, Leute kennenlernen, einen saufen ...«, ich mache absichtlich eine Pause, bevor ich die Bombe hochgehen lasse, »und vögeln!«

Meine souveräne Schwester übergeht geflissentlich die Anspielung.

»Ich hätte keine Lust dazu, jede Nacht auszugehen, und Sex interessiert mich auch immer weniger.«

»Du wirst auch noch magersüchtig. Daß du Coca-Cola light trinkst, ist schon ein schlechtes Zeichen.«

»Nein, nein, ich finde es unbefriedigend, mit jemandem zu schlafen, der unfähig ist, mich wirklich zu respektieren, und nicht einsieht, daß wir auf demselben Niveau stehen. Ich trage mein Geschlecht im Kopf und nicht zwischen den Beinen.«

»Es ist seltsam, vor ein paar Tagen versuchte ich Line dasselbe zu erklären ...«

»Das ist nicht seltsam. Das ist unsere Zeit. Ist dir nicht aufgefallen, wie viele Filme und Bücher von Homosexuellen gemacht werden und wie erfolgreich sie geworden sind? Die patriarchalische Ära ist überholt, und wir Geschlechter sind dazu verurteilt, uns nicht zu verstehen.«

»Die patriarchalische Ära ... Rosa, verzeih, aber du wirst von Tag zu Tag blasierter. Du redest wie ein Kohlkopf mit Schleife. Aber es ist wahr, der Krieg der Geschlechter, meine ich. Der einzige Typ, der mich jetzt interessieren könnte, und das verrate ich dir nur, weil du meine Schwester bist, ist Iain. Der Rest ist eine Bande von Idioten.«

»Nur weil du ihn idealisierst. Dein Iain ist so unreif wie der Rest. Dabei hast du dich selbst immer darüber beschwert, daß Iain eine Mimose ist. Und er beschwerte sich immer darüber, daß du einen zu starken Charakter hast.«

»Mein Charakter ist auch wirklich zu stark.«

»Nicht stärker als der von den meisten Männern, mit denen ich täglich zu tun habe. Nur wird das bei Frauen nicht gern gesehen, wohl aber bei Männern.«

»Rosa, um Gottes Willen, fang nicht wieder an mit deinen feministischen Litaneien ...«

»Doch, Frau ... Ich erlebe es täglich im Büro. Wenn uns die Lieferanten etwas nicht pünktlich in Rechnung stellen und ich hart bleibe und ein bißchen aufbrause, finden sie das problematisch. Der Personaldirektor, dieser Vollidiot, erzählt mir jeden Tag, daß ich meine Umgangsformen mildern soll. Obwohl der stellvertretende Direktor alle Welt den lieben, langen Tag beschissen behandelt: Lieferanten, Sekretärinnen, Verwalter, die Finanzdirektorin oder eben mich. Er hat im Leben noch kein freundliches Wort an irgend jemanden gerichtet. Während ich, na klar, mein Verhalten mäßigen soll ...«

»Was du dir alles anhören mußt. Siehst du? Als Kellnerin passiert einem das nicht.«

»Dafür kannst du auch nicht weiterkommen. Und hast keine Zukunft. Jetzt bist du vierundzwanzig und siehst geil aus hinter der Theke, aber in zehn Jahren, wenn dir dieser Vorbau herunterkommt, und du mit deinen Brüsten Fußball spielen kannst, gibt es niemanden, der dich als Kellnerin will. Dann wirst du merken, wie du deine Zeit und deinen Kopf verschwendet hast.«

»Erstens, laß meine Titten in Ruhe, die gehen dich nichts an. Zweitens, merk dir, ICH verschwende meinen Kopf nicht.«

»Du bist zu intelligent, um in einer Bar zu arbeiten.«

»Schon wieder die alte Leier. Ich werde so lange in einer Bar arbeiten, wie ich Bock darauf habe.«

»Und welche intellektuelle Befriedigung bringt dir das?«

»Rosa, ich habe es satt, immer dasselbe Thema zu diskutieren. Intellektuelle Befriedigung suche ich mir in meiner freien Zeit. Wenn ich hier weg bin, kann ich lesen, ins Kino gehen und ...«

»Lesen ist passiv. Ich meine kreativ produzieren. Für etwas wichtig sein und sich auch so fühlen.«

»Jetzt kommt die Feministin. Erzähl du mir, daß es nützlich

ist, die Probleme dieses Großkonzerns zu lösen, der seine Angestellten verarscht und ihnen jeden Tag für einen lächerlichen Lohn acht Stunden lang das Leben versaut. Aber du sorgst ja dafür, daß ihnen vom Finanzamt der Gewinn ihrer Gaunereien und Betrügereien nicht einbehalten wird. Welch stolze Tätigkeit! Da bin ich lieber unnütz. Im Klartext, meine Hübsche, hör auf, dich über meine Arbeit lustig zu machen. Dein schlechtes Gewissen werde ich wenigstens nicht haben, außerdem arbeite ICH nicht für eine machistische Struktur!« vollende ich voller Wut.

Vermutlich hätte mir meine Schwester gerne noch gesagt, daß es mehr als eine blasierte Person in dieser Bar gibt, aber als der erste Gast dieser Nacht kommt, hält sie sich zurück. Es handelt sich um einen kleingewachsenen, megafrisierten Typen, der nicht über Dreißig sein dürfte. Mit einem rosafarbenen Polohemd, Bundfaltenhosen und italienischen Schuhen. Er ist kaum größer als ein Meter siebzig. Ein kleiner Snob von dreißig Jahren. Sicher ein Broker. So sieht er jedenfalls aus.

»Entschuldigst du mich einen Augenblick?« sage ich zu meinem schwesterlichen Overachiefer und gehe, um den Gast zu bedienen. »Sag an.«

»Ich möchte einen Whisky mit Coca-Cola«, verkündet der mit der Brille hochtrabend. Er spricht, als hätte er sich eine Pommes quer in den Mund gesteckt.

»Was für einen Whisky?« frage ich aus reiner Routine. Dabei weiß ich selbst, daß überall der gleiche Fusel drin ist.

»Ich weiß nicht«, zögert er, »wie heißt der in dieser braunen Flasche, die da oben im Regal steht?«

»Das ist kein Whisky«, lasse ich ihn mit überlegenem Unterton wie eine Königin wissen. »Das ist Gin.«

»Dann will ich einen Gin mit Coca-Cola. *Diesen* Gin«, betont er.

»*Dieser* Gin ist sauteuer«, sage ich mit besonderem Nachdruck.

»Das ist egal. Geld spielt keine Rolle.«

Großmäuliger Wichser.

»Außerdem komme ich da oben nicht ran ...«

»Na dann steig auf einen Stuhl oder eine Kiste. Ich bin der Gast und du die Bedienung, und wenn ich einen bestimmten Gin bestelle, wirst du ihn mir wohl servieren, oder etwa nicht?«

Ich werfe ihm einen vernichtenden Blick zu, überlege, ob ich ihn zum Teufel jagen soll oder ihm Rosas Coca-Cola ins Gesicht schütte. Aber letztlich schnappe ich mir eine Kiste und steige, so gut es geht, bis zum obersten Regal. Während ich versuche, die bewußte Flasche zu erreichen, drehe ich mich um und stelle fest, daß dieser Wichser in aller Seelenruhe in die Betrachtung meines Arsches vertieft ist. Mit der nächsten Bewegung sehe ich Rosa, die ebenfalls die Szene beobachtet.

Meine riesige Schwester steht vom Barhocker auf und erhebt sich zu ihrer vollen Größe von hundertachtzig Zentimetern (ohne Absätze).

»Würde es dir etwas ausmachen, den Arsch meiner Liebsten nicht weiter mit dieser Unverschämtheit anzustarren?« fragt sie den Jungen im rosa Hemd höflich.

Der Typ wird so rosarot wie sein Hemd.

»Ihr seid ein Paar?« kommt mit zitternder Stimme.

»Ich bin ihre Freundin und habe einen schwarzen Gürtel in Karate, falls es dich interessiert«, höre ich meine unberechenbare Schwester sagen.

In ihrer vollen Größe steht sie vor ihm (größer als er), stemmt ihre Hände in die Hüften und schaut ihn feurig an. Wenn sie einen Revolver gehabt hätte, wäre sie meiner Meinung nach kurz davor gewesen, ihn aus den Schuhen zu schießen. Ich schaue sie an, Augen wie Bauklötze, den Mund so weit offen, daß Agassi mit Leichtigkeit einen Ball darin untergebracht hätte. Aber meine Schwester läßt sich nicht beirren.

»Warum gehst du nicht auf die Tanzfläche«, schlägt Rosa dem mit der Brille vor, ohne auch nur annähernd ihre Ruhe zu verlieren. »In Kürze werden hier Horden von kleinen Mädchen antanzen, denen du in aller Ruhe auf den Arsch schielen kannst.«

Die Brille zieht ab, ohne Gin und ohne ein Wort zu sagen.

»Du arbeitest also nicht in einer machistischen Struktur? Ich sehe schon«, bemerkt meine ironische Schwester so ruhig, als würde sie übers Wetter reden, und trinkt ihre Coca-Cola eilig mit einem Schluck aus. »Es ist schon fast elf, und morgen muß ich um sieben wieder raus. Ich gehe. Vergiß nicht, Ana anzurufen.«

Sie nimmt ihren Mantel und geht zum Ausgang. Ich brauche ein paar Sekunden. Als ich meine Sprache wiedergefunden habe, läuft sie gerade mitten über die Tanzfläche.

»ROSA!«

Sie dreht sich um ...

»Was?«

... ich lache.

»Danke.«

»Keine Ursache. Und vergiß nicht, Ana anzurufen.«

»Mach ich.«

In drei Schritten ist sie über die Tanzfläche, martialisch, erhaben und voller Stil. Alle Lichter der Bar reflektieren auf ihrer Jacke, nicht einmal die Scheinwerfer können der Versuchung widerstehen, dieser blonden, unnahbaren und unergründlichen Amazone mit ihren Blicken zu folgen. Wie ich sie so mit der Sicherheit eines dahinsurrenden Pfeiles die Tanzfläche überqueren sehe, denke ich bei mir, auch wenn ich mich vielleicht mit meinen Schwestern nicht sehr gut verstehe und wir nicht viel miteinander zu tun haben, muß ich doch zugeben, verdammt noch mal, daß es Momente gibt, in denen ich sie wahnsinnig bewundere.

F

wie frustriert

In der Harvard-Yale-Broschüre der Soziologen Bennet und Bloom von 1987, die auf der Grundlage des parametrischen Analysemodells verschiedener Bevölkerungsgruppen entstand, heißt es wörtlich: »Dreißigjährige, alleinstehende Frauen mit akademischer Ausbildung haben eine 20%ige Chance, sich zu verheiraten, mit fünfunddreißig eine 5%ige und mit vierzig eine 1,3%ige. Frauen mit akademischer Ausbildung, die ihr Studium und Berufsleben der Ehe voranstellen, haben mit der Schwierigkeit zu kämpfen, sich zu verheiraten.«

Selbst Hellseher meinen, daß es wahrscheinlicher ist, daß einer Frau um die Dreißig eine Bombe auf den Kopf fällt als ein Mann. Ich bin dreißig und so müde, daß ich mich anstrengen muß, um die schwere Eingangstür unten im Haus aufzudrükken. Die Coca-Cola, die ich bei Cristina in der Bar getrunken habe, hat gereicht, um das letzte Stück des Heimwegs zu überstehen, aber jetzt merke ich, daß über vierzehn Stunden ununterbrochener Tätigkeit auf meinem Körper lasten, und spüre die Müdigkeit in jedem einzelnen meiner Knochen.

Es fällt mir schwer, meiner kleinen Schwester recht zu geben, aber vielleicht habe ich ja wirklich nichts davon, so viel zu arbeiten.

In den Fabriken der industriellen Revolution arbeiteten die Leute bis zu zwölf Stunden am Tag. Seitdem haben sich die Gewerkschaften vorrangig um den Abbau der Arbeitszeiten bemüht. Einige Studien zur industriellen Psychologie, die von der Yale University herausgegeben wurden, haben gezeigt, daß sich ein Arbeitstag von mehr als acht Stunden über längere Zeit negativ auf unsere psychische und physische Verfassung auswirkt.

Aber trotz der sozialen Fortschritte und des beachtlichen Wandels unserer Arbeitsbedingungen komme ich genau wie die ausgebeuteten Arbeiter im neunzehnten Jahrhundert täglich auf zwölf bis vierzehn Stunden.

Aus Trägheit bleibe ich am Briefkasten stehen und schaue, ob mich etwas Überraschendes erwartet. Auf dem Kasten steht der Nachname: Gaena, und nicht mein voller Name, Rosa Gaena. Es ist gefährlich, zu zeigen, daß frau alleine lebt. Ich öffne ihn. Ahne, was ich finden werde, Briefe von der Bank und Werbezettel.

Im Aufzug werfe ich einen Blick auf den Bankauszug, den ich bekommen habe. Ich sollte all dieses Geld anlegen. Jeder weiß, wie absurd es ist, Geld auf einem Girokonto stehenzulassen. Ich darf nicht vergessen, morgen meinen Anlageberater aufzusuchen, um zu sehen, was er mir empfiehlt.

Entschlossen öffne ich die Tür zu meinem konzeptuellen, strikt monochromen Appartement. Alles Überflüssige ist eliminiert. Dadurch wirkt es modern. Schwarzes Sofa mit Designerteilen von Philippe Starck. Durchsichtiger Acryltisch. Fernseher, Video und Hi-Fi-Anlage in Schwarz. Sogar die CDs (zum größten Teil Klassik) stehen in einem schwarzen Schrank, der eigens dafür entworfen wurde. Schwarze Regale, schwarze Aschenbecher, schwarze Lampen. Schwarzer Teppichboden, makellos gesaugt. Selbst das Notebook ist schwarz.

Und hinten an der Wand hängt eine riesige Schwarzweißvergrößerung eines Photos von *Diane Arbus*, die mich ein halbes Vermögen gekostet hat. Die einzige persönliche Note, die ich mir in diesem minimalistischen Umfeld gestattet habe.

Als erstes, wenn ich nach Hause komme, ziehe ich den Anzug mit dem grauen Jackett aus und hänge ihn vorsichtig in den Schrank.

Die von John T. Molloy 1977 veröffentlichte Studie *Dress for Success* empfiehlt maßgeschneiderte Anzüge für Führungskräfte im Büro: »Frauen, die diskrete Kleidung tragen, haben 150% bessere Chancen, wie Führungskräfte behandelt zu werden, und ihre Autorität wird mit 30%iger Wahrscheinlichkeit seltener von Männern in Frage gestellt.«

»Eine Kleidung, die Ihre Sexualität vorführt, beeinträchtigt den beruflichen Erfolg der Frau. Sich kleiden, um professionell erfolgreich zu sein, und sich kleiden, um sexuell attraktiv ins Auge zu springen, sind zwei Wünsche, die sich, man könnte sagen, wechselseitig ausschließen.«

Mir gefallen geschneiderte Anzüge, sie sind praktisch. Wenn ich jeden Tag die Bluse und ein paar Accessoires wechsele, kann ich drei Tage hintereinander denselben Anzug anziehen. Meine Anzüge sind auch von allerbester Qualität: *Loewe*, *Armani* und *Angel Schelesser*. Ich habe drei: einen grauen, einen marineblauen und einen schwarzen.

Zurückhaltende Farben für ein betont sachliches Image.

Im Büro trage ich immer Seidenblusen, zugeknöpft bis zum Hals, deren Farben ich mit den eleganten, zweiteiligen Sets von Halskette und Ohrringen kombiniere. Zur ockerfarbenen Bluse das Bernsteinensemble von *Agatha*. Zur weißen das silberne von *Chus Burés*, zur flaschengrünen das mit Malachit und Gold von *Berao*.

Ich besitze drei Paar Schuhe exakt desselben Modells von *Robert Clergerie* zum Kombinieren (grau, marineblau und schwarz): einfacher, eleganter Schnitt und diskrete Dreizentimeterabsätze. Damit ich morgens nicht lange überlegen muß, was ich anziehe.

Denn Zeit ist Gold wert.

Im Schrank für die Geschäftskleidung herrscht penible Ordnung. Die Schuhe stehen paarweise. Die Anzüge hängen links, jeder auf dem dazugehörigen Bügel. Die Hemden hängen rechts, sorgfältig gebügelt. Das Bügeln übernimmt selbstverständlich das Dienstmädchen, denn ich kann meine Zeit nicht mit Bügeln verschwenden.

Die Strümpfe in einer Schublade, die Unterwäsche in der nächsten (Büstenhalter und weiße Slips von *La Perla*, ebenso elegant wie zurückhaltend) und in der untersten die Taschentücher.

Alles makellos.

In dem Schrank daneben, dem mit meiner restlichen Wäsche, herrscht Chaos. Von den Bügeln baumeln Jeans und bedruckte Hemdchen, die Ausgehgarderobe und Sommerkleidchen fliegen in einer wilden Mischung aus Farben und Formen durcheinander. In der einen Schublade stapeln sich Wollpullis, in der nächsten die schwarze Unterwäsche, die Slips und die Bodies, die Strapse und Strümpfe. Und in der untersten liegt eine undefinierbare Schicht aus wasserfesten Mützen, opulenten Hüten, Hippiehemdchen, psychedelischen Shirts, vergoldeten Gürteln und gestreiften Schals.

Spuren und Erinnerungen aus den verschiedenen Epochen meiner Existenz, die ein Archäologe erforschen könnte, um von Ablagerung zu Ablagerung zu verifizieren, zu welcher Ära jeder einzelne Fund gehört.

Manchmal glaube ich, dieser zweigeteilte Schrank ist eine Metapher für meine Persönlichkeit.

Im Büro muß ich neben meiner Kleidung auch auf mein Verhalten achten. In den Versammlungen darf frau nicht unbedacht in ihren Haaren drehen oder die Träger des Büstenhalters justieren, mit der Halskette oder den Ohrringen spielen, die Strumpfhosen dehnen oder imaginäre Flusen von der Bluse auflesen.

»Achten Sie auf die Stellung Ihrer Beine. Männer setzen sich, wie es ihnen angenehm ist: breitbeinig, die Ferse auf dem Knie oder mit übereinandergeschlagenen Beinen. Frauen sollten dagegen im beruflichen Umfeld vorsichtiger sein und darauf achten, daß andere durch den Reiz ihrer Beine nicht abgelenkt werden.«

»Schließen Sie die Beine in gerader Linie, wenn Sie die Knie, Waden oder Fesseln übereinanderlegen, und lassen Sie sie nicht V-förmig auseinandergehen. Diese Stellung wird nämlich häufig von nervösen Ticks begleitet oder dem Wippen desjenigen Beines, das auf dem anderen liegt. Dadurch büßen Sie Ihre sichere Ausstrahlung ein, die sich dagegen bei den männlichen Kollegen einstellt, und wirken infantil oder kokett.«

Unverzeihlich, falls man effizient wirken und ernst genommen werden will.

Wie ich es liebe, nach Hause zu kommen und mich anzuziehen und mich hinzusetzen, so wie es mir gefällt.

Mit meinen Beinen zu spielen, wenn ich Lust dazu habe.

Ich löse die Haare, ziehe eine Pyjamahose und ein altes graues Hemd über und gehe in die Küche, um nachzusehen, ob etwas Eßbares vorhanden ist. Der Kühlschrank ist voll Light: Cola light, Magerjoghurts, kalorienarme kleine Käse und *Nestea*-Packungen ohne Zucker. Nichts Verderbliches und Vergängliches, da ich fast nie zu Hause esse.

Mit Joghurts bewaffnet, den Löffel in der Hand, wende ich mich im Salon dem Fernseher zu. Heute zeigen sie Viscontis *Leopard*.

Im schwarzen Sofa mache ich es mir bequem, schaukele absichtlich mit den Beinen.

Wie ich es genieße.

In dem Moment klingelt das schwarze Telefon.

Ich zucke zusammen. Ich habe einen Verdacht oder besser gesagt: Ich weiß, was es ist. Die Versuchung ist groß, den Anrufbeantworter antworten zu lassen, aber dann gehe ich selbst hin. Die Neugier ist zu stark.

Ich nehme ab. Nach drei Sekunden artikuliere ich mit zitternder Stimme ein schüchternes »Hallo«.

Auf der anderen Seite der Leitung hört man das Summen der Leere.

Ich nehme mich zusammen und wiederhole »HALLO?« Mit entschiedenerer Stimme. Immer noch keine Antwort.

Ich warte.

Durch den Hörer dringt Musik, anfangs fast unwahrnehmbar. Dann wird sie immer deutlicher, bis sie perfekt zu erkennen ist. Es ist *The fatal hour* von Purcell. Den Text erkenne ich.

The fatal hour comes on a pace which I would rather die than see, cause when fate calls you from this place you go to certain misery.

Ich halte die Luft an. Ein paar lange Minuten vergehen, bis die Verbindung unterbrochen wird. Wer es auch gewesen sein mag, er oder sie hat aufgelegt. Sehr langsam, wie in Zeitlupe, lege ich den Hörer wieder an seinen Platz.

Vor vielen, vielen Jahren konnte ich genau dieses Lied Note für Note singen, ohne ein einziges Mal einen Ton nicht zu treffen. Bis zum zehnten Lebensjahr lernte ich Gesang, und die Nonnen, die mir zu einem Wechsel ins Konservatorium rieten, hielten mich für ein Wunderkind. Aber nicht nur im Bereich der Musik. Bei den Tests, die alle Mädchen des *Colegio* bestehen mußten, um in den *quinto curso* der Primaria zu kommen, rief die *madre superiora* sogleich meine Mutter an, um ihr das sagenhafte Ergebnis mitzuteilen: Der Test hatte einen Intelligenzquotienten von 155 ergeben.

Das beste Ergebnis, das es jemals in der Geschichte des *Colegio* gegeben hatte.

Damals ging mein Vater von zu Hause weg, und ich gab den Gesangsunterricht auf. Ich hätte weiter teilnehmen sollen, aber ehrlich gesagt, hatte ich keine Lust mehr zu singen. Meine Mutter akzeptierte meine Gründe ebenso wie meine Lehrer, obwohl sie nicht einverstanden war. Aber ich muß meiner Mutter zugute halten, daß sie meine eigenen Entscheidungen immer respektiert hat.

Sogar als ich klein war.

Das Telefon klingelt wieder. Ich stelle den Anrufbeantworter leise und lasse ihm seinen Lauf. Ich verspüre keine Lust, noch einmal *The fatal hour* zu hören.

Genau kann ich die Beziehung zwischen den zwei Entscheidungen nicht erklären: zwischen der meines Vaters, uns zu verlassen, und meiner, den Gesang aufzugeben. Aber ich bin mir sicher, daß sie zusammenhängen. Wenn er nicht gegangen wäre, hätte ich weiter gesungen.

Ich wußte schon vorher, daß er uns verlassen würde, ich glaube, ich wußte es sogar, noch bevor er sich selbst dazu entschlossen hatte.

Im Sommer wurde es mir klar, in diesem letzten, den wir gemeinsam in Malaga verbrachten.

Wir hatten ein Appartement in Fuengirola gemietet, gegen den Wunsch meiner Mutter, die lieber in den Norden gefahren wäre, nach San Sebastian oder nach Zarautz.

Meine Mutter fand die Strände des Südens geschmacklos. Sie

vermißte die bürgerliche Eleganz der baskischen Strände, den bedeckten Himmel und das eiskalte Wasser des Kantabrischen Meeres.

Meiner Mutter gefielen die matriarchalischen Strände, an denen die stolzen Baskinnen sich nicht entwürdigten, auch nur einen Zentimeter mehr von ihrer Anatomie zur Schau zu stellen als unbedingt notwendig und entschlossen und athletisch in eleganten, dunklen, einteiligen Badeanzügen die Brandung entlang flanierten.

Meine Mutter liebte den Sonnenschirmrummel nicht, die Schwedinnen im Bikini, die Sonnencremetuben, die aufgedrehten Transistorradios und die saisonalen andalusischen Flamencobeachboys, die mit ihren schweren Goldketten auf der behaarten Brust protzten.

Meine Mutter mit ihrer weißen, fast durchsichtigen, sommersprossigen Haut, die ich geerbt habe, zog es vor, erst am späten Nachmittag zum Strand hinunterzugehen, um sich nicht zu verbrennen. Sie verbrachte die Vormittage zurückgezogen im schattigen Haus und las im Schlafzimmer ein Buch, mit dem Ventilator auf Hochtouren.

Aber mein Vater war ein Verehrer des Mediterranen, er liebte die fritierten Calamares, die man am Strand verkaufte, die Dominospiele, die spontan im großen Innenhof der Urlaubssiedlung stattfanden, und das Stimmengewirr der Mütter, die ihre Kinder brüllend vom Strand riefen: TONI, HÖR AUF, SAND ZU FRESSEN, ICH WERD' DIR FEUER UNTERM ARSCH MACHEN, TEUFELSBRATEN!

Mein Vater liebte die schwarzen Augen und Haare der Andalusierinnen, das Ebenbild seiner selbst, seiner Augen und Haare, die er nur einer seiner Töchter, Cristina, der jüngsten, vererbt hat.

Während wir zwei anderen weiß und blond herauskamen wie meine Mutter, schwach und bleich, feingliedrig wie in Marmor gemeißelt.

Vielleicht wurde Cristina deshalb zu seiner Augenweide, zum Liebling, der einzigen, die er durch die Luft wirbelte und liebkoste, sie mit ihren kleinen verspielten Schneckenlöckchen.

Und Cristina trällerte zärtlich und lachte den ganzen Tag über, während wir zwei Älteren viel ernster und artiger wirkten.

Ich weiß daher nicht, ob Cristina glücklicher geboren wurde oder ob sie so werden konnte, weil sie von ihrem Vater ganz anders geliebt wurde.

Denn die Zärtlichkeit meiner Mutter hilft einem wenig.

Meine Mutter verlor keinen Augenblick ihre ernste, aristokratische Haltung, die sie in den Augen der Männer zu einer wahrhaften Dame machte und ihr die Antipathie der Frauen einbrachte. Falls es meiner Mutter etwas ausgemacht hatte, die Ferien isoliert in ihrem Elfenbeinturm der Literatur zu verbringen, hat sie das niemals geäußert.

So, wie sie nie etwas äußerte.

Es muß dieser wahnsinnige Intelligenzquotient gewesen sein, der mir sagte, die Dinge stehen nicht gut, es herrscht eine unausgesprochene Spannung im Haus, obwohl nie gestritten wurde und ich kein einziges lautes Wort hörte.

Aber genau diese Kälte ließ die schlimmsten Katastrophen erahnen.

Es herrschte die Ruhe vor dem Sturm.

Diese Form der Distanz war nicht normal. Es war nicht normal, daß meine Mutter ihre Morgenstunden lesend verbrachte und zur Abenddämmerung lange einsam am Ufer spazierenging und mein Vater seine Vormittage in den Strandbars zubrachte, den Mittag über Siesta hielt, am Nachmittag Domino spielte und abends ausging.

Wann mein Vater nachts nach Hause kam, wußte ich nie, aber fest stand, daß er nur selten mit uns zu Abend aß.

Mit meinem Eimer und meinem Schäufelchen spazierte ich durch die Siedlung und fragte mich, warum mein Vater, der in den Strandcafés so witzig und gesprächig war, sich in eisiges Schweigen hüllte, sobald er bei uns war.

Manchmal wurden wir drei Mädchen von ihm zu einer Bootsfahrt abgeholt. Dann hörte ich ihm zu, wie er gegen den Wind lachte und seine Späße mit den Möwen machte. Warum konnte er zu Hause nicht ebenso vergnügt sein? Warum sprach er am Tisch kaum ein Wort?

Jener Sommer verging. Das *Colegio* trat auf den Plan, mit dem karierten Rock und der Uniform und den Büchern, die in Wachstuch eingeschlagen wurden. Meine Mutter war den Tag über in der Apotheke, wir im *Colegio* und mein Vater sonstwo. Er besaß eine kleine Firma für Importe und Exporte, lebte ohne feste Arbeitszeiten und reiste viel umher. Wir sahen ihn nicht oft.

Und es kam der Abend, an dem meine Mutter völlig aufgelöst weinend am Eßzimmertisch saß und den Kopf in ihren Armen verborgen hielt, als ich vom *Colegio* nach Hause kam, als würde ihr das Herz zerreißen.

Niemals habe ich sie zuvor weinen sehen. Niemals.

Mein Vater war nicht da, was niemanden überrascht hätte. Aber auch die Anzüge und Hemden waren nicht mehr im Schrank, waren verschwunden, ebenso wie sein Päckchen Tabak, das immer auf dem Nachttischchen gelegen hatte, und der Rasierpinsel und die Rasierseife aus dem Regal im großen Badezimmer. Er war gegangen. Er hatte seine Sachen genommen und war gegangen. Nie wieder etwas von ihm gehört.

Eine Welt brach plötzlich in sich zusammen wie ein Gebäude, das in die Luft fliegt.

Das Telefon bricht in die Erinnerungen ein und bringt mich in den schwarzen Salon zurück.

Es gibt Nächte, in denen das Telefon bis zu sechsmal klingelt, zwischen neun, da komme ich gewöhnlich nach Hause, und etwa halb eins, der Stunde des letzten Anrufs. Ich weiß nicht, ob aus Rücksicht auf meinen Schlaf oder weil der Anrufer am nächsten Morgen auch zur Arbeit muß.

Natürlich vermißte ich meinen Vater. Aber nicht sehr. Soviel Lebensfreude er auch ins Haus gebracht haben mochte, die Veränderung war genaugenommen nicht so gravierend. Schließlich war er fast nie zu Hause, und wenn er da war, dann nur für Cristina.

Aber es gab etwas anderes. Einen besonderen Grund dafür, ihn zu vermissen. In meiner Klasse hatten alle Mädchen einen Papa und eine Mama. Alle und jede. Bis auf mich gab es keine Töchter von Witwen oder alleinstehenden Frauen. Es war schrecklich, anders zu sein.

Bei meinen Freundinnen zu Hause war es überall gleich. Distanzierte Väter, unzugänglich, mit Anzug, die nur ganz selten zu den Töchtern ins Zimmer kamen, um ihnen bei den Hausaufgaben zu helfen oder um für etwas Ordnung zu sorgen. Die Mütter waren zärtlich und rochen nach dem Shampoo von *Legrain*, waren etwas füllig und kindisch davon geworden, den ganzen Tag über zu Hause zu bleiben und die Kleinen zu hüten.

Ich fand solche Mütter ein bißchen dumm. Im Vergleich zu meiner, jener Walküre mit stählernen Augen, die eisig und kalt war wie ein *iceberg*, die Flaubert las und Mozart hörte.

Dieser Frau, von der ich so viel habe.

Wenn sie mich nach meinem Vater fragten, schämte ich mich zu Tode. Ich wollte nicht anders sein, noch verschiedener sein, als ich mich ohnehin schon immer gefühlt hatte.

Es gab viele Gründe, weswegen ich mich anders fühlte: Mir gefielen Bücher und keine Puppen, mir gefiel Purcell, und *Formula V* fand ich blöd, ich blieb lieber zum Lesen zu Hause, statt in den Tennisclub zum Spielen zu gehen. Aber diese kleinen Unebenheiten hatte niemand auf den ersten Blick wahrgenommen. Ich kannte sie, und damit war es gut.

Aber jetzt kam noch etwas Neues hinzu, das mich von den anderen Mädchen trennte. Unübersehbar im Gegensatz zu allem anderen.

Bei mir zu Hause gab es den Papa nicht, den es sonst überall gab.

Ich haßte meinen Vater dafür, daß er uns das angetan hatte, wo auch immer er stecken mochte.

Gott sei Dank waren wir wenigstens wirtschaftlich nicht abhängig von ihm. Meine Mutter hatte die Apotheke, so daß die Tragödie sich nicht auch noch in eine Katastrophe auswuchs. Dennoch wurde es schwierig, die ganzen Kosten zu tragen, jetzt, da ein Verdienst im Hause wegfiel, was zur Folge hatte, daß meine Tante, die Schwester meiner Mutter, die ein Jahr zuvor Witwe geworden war, mit ihrem Sohn Gonzalo zu uns zog.

Tante Carmen war ein wenig zerstreut und sehr nett. Mir gefiel sie gut, auch wenn ich nichts Besonderes für sie empfand. Ehrlich gesagt fand ich sie ein bißchen dumm und oberflächlich.

Gonzalo sah wirklich gut aus. Niemand hätte die Evidenz einer solchen Tatsache bezweifeln können. Groß war er, sehr groß, der einzige Junge, den ich kannte, der viel größer war als ich. Mit ebener Nase und durchdringendem Blick. Seine Augen wirkten wie zwei graue Seen, wie zwei Gebirgsseen, die von seiner Nase getrennt wurden und den Eindruck machten, als ob ihr Wasser am Grund unerträglich kalt sein müsse.

Ich verliebte mich sofort in ihn.

Er war fünfzehn. Ich zehn.

Die einzige war ich nicht. Gonzalo eroberte die Herzen im Sturm. Seit er im Haus lebte, erfüllte ein beständiges Klingeln des Telefons die Luft. Es klingelte praktisch ohne Unterbrechung. Als ob sich alle Mädchen in Madrid darauf verständigt hätten, zur gleichen Zeit bei Gonzalo anzurufen.

Ans Telefon ging er nie. Das war Grundsatz. Es waren die Frauen in unserem Haus, die damit beauftragt wurden, Gonzalo die Identität der Anruferinnen mitzuteilen. Es ist Laura. Sag ihr, daß ich nicht da bin. Es ist Margarita. Scheiße, die nervt. Gut, ich komme. Manchmal gab es strikte Anweisungen. Falls eine gewisse Anabel anruft, bin ich nicht da. Habt ihr verstanden? Ich bin nicht da.

Das Telefon klingelt. Diesmal ist es nicht für Gonzalo. Ich verspüre überhaupt keine Lust, den Hörer abzunehmen. Leise gestellt, lasse ich den Anrufbeantworter laufen. Ich bin mir sicher, daß es der anonyme Anrufer ist.

Sonst ruft mich in letzter Zeit niemand an.

Gonzalo konnte ganze Nachmittage in seinem Zimmer verbringen, dem ehemaligen Bügelraum, und Musik hören. Aber die Musik, die Gonzalo hörte, hatte nichts mit der zu tun, die ich bis dahin kennengelernt hatte.

Die Musik, die ich liebengelernt hatte, war weich und still, langsam und anhand einer inneren Ordnung und einem klaren System sorgfältig aufgebaut. Es gab ganze Noten, halbe Noten, Viertelnoten, Achtelnoten, Sechzehntelnoten, Zweiunddreißigstelnoten und Vierundsechzigstelnoten. Eine ganze Note entsprach dem zeitlichen Verlauf von zwei halben, eine halbe dem von zwei Vierteln und so weiter. Der Takt teilte zeitlich regelmäßig die Notenlinien, die von einem Schlüssel angeführt wurden, dem *g* oder dem *f*, der die Tonart vorgab.

Alles besaß eine strikte Ordnung, eine Erklärung, war klar und logisch.

Dagegen ließ sich die Musik, die Gonzalo hörte, nicht mit Notenlinien beschreiben. Es war leicht, den Takt zu identifizieren: Viervierteltakt. Aber der Rest versank im Chaos. Die Stimmen waren unrein und wechselten die Tonart, die Gitarren klangen verzerrt und quietschten, der Baß schwankte im Rhythmus. Zum Teil gab es keine Melodie, oder die Melodie wiederholte sich mit solch lästiger Insistenz, daß sie unerträglich wurde.

Trotzdem, da Gonzalo davon begeistert zu sein schien, bemühte ich mich, Interesse zu zeigen. Ich lernte, mit den Füßen den Takt zu klopfen, so wie ich es bei Gonzalo beobachtet hatte, wenn er las. Ich stellte fest, daß fast alle Kompositionen von Hendrix in Moll geschrieben waren, kannte schließlich alle Songs der Stones auswendig und konnte einige der Kinks pfeifen.

Und trotzdem schenkte Gonzalo meinen Erfolgen keine Beachtung. Er schien nicht einmal zu bemerken, daß es mich gab. Gonzalo hatte nur für eine der Schwestern Augen: Cristina. Cristina, diese kleine rebellische Koboldin mit ihren schwarzen Augen.

Dieser Tagedieb aller Aufmerksamkeiten.

Cristina verbrachte Stunde um Stunde im Zimmer von Gonzalo. Er las Comics, und sie spielte Puppenstube. Auch wenn ich einmal eine Entschuldigung hatte, um ins Allerheiligste einzudringen – gewöhnlich, um einen Anruf auszurichten –, bekam ich nur einsilbige Antworten, die mit einem bezeichnenden »Mach die Tür beim Gehen zu!« endeten.

Ich hätte Cristina umbringen können.

Als sie klein war, als sie nur ein sprachloses dunkles Püppchen war, habe ich sie in meinen Armen in den Schlaf gewiegt. Ich habe ihr die Windeln gewechselt und ihr das Fläschchen gewärmt.

Wie verrückt habe ich sie geliebt.

Als kleines Mädchen war ich, wie zu erwarten, nicht eifersüchtig auf meine Schwester gewesen. Wahrscheinlich weil ich nie die Empfindung gehabt hatte, daß mir die Kleine in irgendeiner Form die Zuwendung der anderen gestohlen hätte. Mein Vater war fast nie da, und meine Mutter war zu niemandem sehr zärtlich.

Cristina gehörte zu mir, mein Spielzeug.

Bis sie vier war, zu lispeln begann und immer niedlicher wurde, liebte ich Cristina. Ich liebte sie, bis mein Vater sie liebte. Als Cristina vier wurde, liebte ich sie nicht mehr.

Als sie sieben wurde, haßte ich sie bereits.

Offen gestanden hatte ich nie besonderen Erfolg bei den Männern. Im *Colegio* ging ich meine eigenen Wege. Schnell wurde mir klar, daß ein Mädchen wie ich, so groß und zurückhaltend, nicht zum Star geboren war.

Ich konzentrierte mich auf Schule und Hobbys, die Jungs ließen mich so kalt wie die *Bravo*, *Hanni und Nanni*, die Partys, die um halb zehn zu Ende waren, und der Glanz von babyrosafarbenen Fingernägeln.

Ich verzichtete auf alles, was bei Mädchen meines Alters vermutet wurde.

Ich hatte meine Bücher, meine Platten und meine eigene Welt, der Rest interessierte mich nicht. Was ich zu tun hatte, tat ich, ich lernte für die Prüfungen und schrieb Arbeiten, die Bibliographien und Fußnoten enthielten.

Einmal hörte ich, wie die anderen Mädchen an den Waschbecken über mich redeten, während ich mich in einem der Klos versteckt hielt. Die ist schlaksiger als eine Vogelscheuche, tuschelten sie. Es war mir egal. Unabhängig von ihrem Urteil machte ich weiter. Mädchen meines Alters waren mir gleichgültig. Alles war mir gleichgültig.

Ohne es zu wissen, hatte ich mich in eine dreizehnjährige Nihilistin verwandelt.

Der einzige, der mir immer wichtig blieb, war Gonzalo. Ich hing weiterhin an ihm.

Aber das war mein Geheimnis.

Das Telefon klingelt wieder. Ich schaue auf die Uhr. Es ist Viertel nach zwölf. Es wäre besser, nicht abzuheben, aber ich tue es trotzdem. Ich weiß genau, was kommt. *The fatal hour*. Ich nehme den Hörer ans Ohr und lausche.

The fatal hour comes on a pace which I would rather die than see.

Diesmal warte ich nicht, bis auf der anderen Seite aufgelegt wird, sondern hänge den Hörer in die Gabel.

Mit vierzehn begann die Vorbereitung auf den *Bachillerato*, und ich überraschte die ganze Familie damit, daß ich mich in den Prüfungen für Naturwissenschaften entschied: Mathematik, Physik und Chemie. Sie fanden es seltsam, weil ich mich bis dahin nie sonderlich für Naturwissenschaften interessiert hatte. Dagegen hatte ich immer sehr viel gelesen und im *Colegio* alle Wettbewerbe im Schreiben gewonnen. Meiner Mutter und meinen Lehrern war es ein Rätsel.

Aber für mich war es ganz klar.

Es wirkte beruhigend, daß trotz aller ständigen Wechsel, daß trotz des urplötzlichen Verschwindens vom Vater und des Ausspannens des Cousins durch eine sechsjährige Schwester ein

Universum existiert, das von unveränderlichen Regeln regiert wird. Ein Universum, in dem zwei und zwei immer vier bleibt, ob dein Vater geht oder nicht, und in dem die Summe der Quadrate der Katheten immer so viel ist wie das Quadrat der Hypotenuse.

Da kann sich Cristina auf den Kopf stellen.

Mit dem Feuer einer Konvertierten begann ich mit Mathematik und schloß, wie zu erwarten war, die Prüfungen mit allen Auszeichnungen ab. Während meine Mitschülerinnen ihre Zeit damit verbrachten, sich die Fingernägel mit Glanzlack zu lackieren, die wallenden Haare zu locken, die Augen zu schminken und mit den Jungs der *Maristas* Verabredungen zu treffen und Telefonnummern auszutauschen, verschloß ich mich in mir selbst und in meinen Zahlen, vollkommen unbeteiligt an dieser Welt voller Verabredungen und Flirts, voller Gelächter und Coca-Cola und riesiger Eiscremetuten, die jenseits der Mauern meines Hauses und meines *Colegio* existierte.

Eine Welt mit Männern.

Währenddessen hatte Tante Carmen sich dazu entschlossen, sich endgültig in San Sebastian niederzulassen, und zog mit Gonzalo davon. Als ich es erfuhr, erstickte ich zwei Nächte hindurch mein Schluchzen im Kopfkissen.

Lieber sterben als erleben, was passierte.

Ich tröstete mich mit Elemententafeln und Valenzen, die ich fließend auswendig lernte, über seinen Auszug hinweg und verwandelte die Verzweiflung über den Verlust meiner ersten Liebe in die erste Auszeichnung in Chemie, die das *Sagrada Corazon* erlebt hatte.

Wie zu erwarten, bekam ich die Achtkommafünf in den Auswahlprüfungen, die beste Note, die eine Schülerin meines *Colegio* jemals bekommen hatte. Meine Zukunft stand mir sternenklar vor Augen: Ich wollte Naturwissenschaften studieren und dann als Buchprüferin arbeiten oder in der Wissenschaft bei mathematischen Modellen bleiben.

Ich wurde in der naturwissenschaftlichen Fakultät immatrikuliert. In meinem Semester waren fünf Mädchen und sechzig Jungs. Aber trotz der Masse der Männer, unter denen man wählen konnte, fühlte ich mich weiterhin nicht sonderlich angezogen vom anderen Geschlecht.

Ehrlicherweise muß ich zugeben, daß sich in meiner Klasse auch nicht unbedingt der Stolz des anderen Geschlechtes versammelt hatte. Die meisten hatten fettige Haare und pickelige Haut und ein paar Kilo zuviel auf den Rippen, weil sie den größten Teil des Tages zurückgezogen im fahlen elektrischen Licht mit Studien verbrachten.

Nach dem zweiten Studienjahr war ich die einzige Studentin meines Semesters, die im September in keinem Fach eine Prüfung nachzuholen hatte. Niemanden wunderte es. Damals betrieb ich Naturwissenschaften mit mohammedanischem Eifer.

Im Grunde bedauerte ich fast, daß ich alles bestanden hatte, weil die Aussicht auf drei tatenlose Monate bei meiner Hyperaktivität trostlos wirkte.

Damals gab Ana bekannt, daß sie heiratete.

Meine Schwester Ana, die älteste, erschien mir immer vorbildlich in ihrer teuren, diskreten und etwas kindlichen Garderobe, die Verkörperung von Besonnenheit und christlichen Prinzipien.

Ihre kleinen Kostüme mit Blümchen, diese schottischen Röckchen, die nichts enthüllten. Reine Unschuld und Ausgeglichenheit. Dazu kam ein anständiger Freund und löblicher Lebenswandel: Ana war die Seele des Haushalts, die fast immer in der Wohnung blieb.

Sie lebte hinterm Mond.

Ich fand sie übertrieben kleinmütig und kindisch für ihre zweiundzwanzig Jahre. Immer still und artig. Eine Ausbildung als Fremdsprachensekretärin hatte sie gerade abgeschlossen, ohne die geringste Absicht, damit ins Arbeitsleben einzusteigen. Uns war klar, daß Ana heiraten und dann ihren eigenen Haushalt ebenso übernehmen würde wie zuvor unseren, wenn ihr Borja, der überanständige Freund und angehende Ingenieur, erst einmal seine Ausbildung abgeschlossen und eine gute Arbeit gefunden hatte.

Letztlich hatte ich nichts an Ana auszusetzen. Ihr Leben war weder besser noch schlechter als meines. Und ihre Obsession für Ordnung und Sauberkeit ersparte uns anderen das Staubwischen, Bettenmachen und Wäschebügeln. Ein vom Himmel gefallenes Dienstmädchen.

Traurig war nur, daß wir sie durch die Heirat in Kürze verlieren würden.

Gonzalo war natürlich zur Hochzeit eingeladen.

Zwei Jahre hatte ich Gonzalo nicht gesehen.

In den vergangenen Sommern hatten wir uns auch in Donostia nie gesehen, weil er in England oder Frankreich war, um Sprachen zu lernen.

Warum sollte ich es leugnen: Ich brannte darauf, ihn wiederzusehen.

Ich kaufte mir dafür mein bestes Kleid. Ein Kleid aus schwarzem Satin, tailliert, mit golden eingefaßtem Saum. Goldene Schuhe mit Absätzen. Auch wenn es schwer werden würde, auf ihnen zu laufen.

In meinen Augen wirkte ich lächerlich, wie eine Zirkusfigur, die es zufällig auf eine Galaveranstaltung verschlagen hatte.

Vor dem Spiegel stellte ich mir immer wieder dieselbe Frage:

Was mag Gonzalo denken, wenn er mich als Vamp verkleidet das erste Mal nach zwei Jahren wiedersieht? Ich versuchte mir einzureden, daß die Antwort unwichtig ist, daß diese Obsession, die ich für Gonzalo empfunden hatte, nur eine Kaprice der Heranwachsenden gewesen war und daß ich beim Wiedersehen merken würde, daß er mir in Wirklichkeit niemals etwas bedeutet hatte.

Ich hatte nicht Gonzalo geliebt, sondern die Idee der Liebe selbst.

Cristina kaufte sich ihr erstes Damenkleid. Weiß, aus Leinen, mit Faltensaum im Schoß. Der komplette Wahnsinn. Ihr Oliventeint und ihre ebenholzfarbenen Locken wurden vom Weiß noch unterstrichen. Und das durchsichtige Leinen ließ auf unerhörte Weise ahnen, daß sie aufgehört hatte, ein Mädchen zu sein.

Cristina stellte mich in den Schatten. Das stand fest. Wie schon seit Jahren.

Als wir die Kirche betraten, hörte ich das Getuschel in meinem Rücken: »Ist es wahr, daß sie erst vierzehn ist?« Ich drehte mich um. Ein junger Mann Mitte Zwanzig schaute Cristina an wie ein Kind die Auslagen in einer Konditorei. Es mußte ein Freund von Borja sein.

Gonzalo stand in der ersten Reihe. In einem schwarzen Smoking. Mein Herz hüpfte. Niemals hatte ich ihn so hübsch gesehen.

In meinem Kopf spukten die alten Phantasien umher, der Traum, mich mitten in der Nacht in Gonzalos Zimmer zu schmuggeln und ihn am ganzen Körper zu küssen: die Schläfen, die Lider, die Mundwinkel, den Hals, die Schultern, die Brustwarzen, den Bauch, den Nabel, während Gonzalo weiter schlief und nie aufwachte. Meine jugendlichen Phantasien gingen damals nicht weiter.

Aber als zwanzigjährige Rosa wußte ich sie trotz aller Jungfräulichkeit zu komplettieren.

Die Lippen wanderten herab bis zur Leiste, bis zu einem vollendeten Phallus, enorm, fast jugendstilartig wie mit einem *Airbrush* gesprüht, ohne blaue Venen und Unvollkommenheiten, ein Phallus, der dort seit ewigen Zeiten auf mich wartete, den ich bis auf die Wurzel in den Mund nahm, dessen süßen Duft ich einatmete, den ich zärtlich mit der Zunge umstrich; danach bestieg ich ihn, so wie ich es in Filmen gesehen hatte, er nahm sich meine Hüften, packte mich, ließ mich auf und ab tanzen, preßte seine Finger in meine Schenkel und nahm mir mit einem Schlag diese sperrige Jungfräulichkeit, die mich seit vielen Jahren belastete.

Es tat nicht weh. Es konnte nicht weh tun, und selbst wenn es weh tun würde, würde ich es lieben. Ich würde den Schmerz genießen, wie ich als Mädchen die Angst beim Achterbahnfahren genossen habe. Es war wie Achterbahnfahren. Einsteigen, aussteigen, durchdrehen, sich selbst verlieren.

Genau das dachte ich in der Kirchenbank, als ich meiner Schwester bei ihrer Eheschließung zusah.

Als Sakrileg ist es zu entschuldigen. Ich war niemals gläubig. Nicht einmal im *Colegio*. Die Gebete, der Rosenkranz und die Ave-Marias waren für mich mechanische Repetitionen von Wörtern.

Gut. Alle Welt war sich darin einig, daß ich immer wußte, was ich wollte. Ich wollte noch in dieser Nacht mit Gonzalo schlafen. Ich war davon überzeugt, daß es nicht allzu schwer werden dürfte.

Gonzalo ist ein Frauenheld. Wenn ich es ihm leichtmache, sagte ich mir, wird er nicht nein sagen. Außerdem sehe ich ziemlich gut aus. Vielleicht nicht so atemberaubend wie Cristina, aber dafür interessant, eher wie eine schmachtende und bleiche Schönheit, mit grauen Augen (wie Gonzalo) und sehr weißer Haut.

Meine Mutter hat mir ihre aristokratische Haltung und elegante Schönheit vererbt, wenn auch weniger stark ausgeprägt.

Nach der Trauung gab es ein Bankett im *Mayte Commodore*. Wie es bei Borjas Eltern zu erwarten war.

Im Laufe des Abends trank ich literweise Champagner, um mir Mut zu machen. Die Nacht verflog im Hin und Her zur Toilette, um dem Champagner in meiner Blase seinen Lauf zu lassen und meine Schminke zu korrigieren, die ausnahmsweise zu einer Hommage an die außergewöhnliche Nacht geraten war.

Im Spiegel des Hotels erprobte ich mein bestes Lächeln. Dreihundertfach bemalte ich mir die Lippen. Bürstete und bürstete die blonden langen Haare. Erprobte die Blicke des Begehrens, die ich in den Wäschekatalogen bei den Models gesehen hatte. Meine Lippen glänzten von der Kosmetik, öffneten sich und entblößten die Zähne, als ob meine Finger in kochendem Wasser steckten.

Die Schultern wölbte ich so nach hinten, daß sich das Licht auf dem unteren Teil meiner Brüste spiegelte. Mein Körper, fand ich, sei schön. Große Frauen sind doch angesagt. Fast alle Models sind so groß wie ich.

Ich fand mich nicht schön gekleidet, aber ich dachte, Gonzalo könnte es begehrenswert finden. Sah ich nicht ein bißchen aus wie die Mädels in den Zeitschriften?

Die roten Lippen halb offen, das blonde Haar aufgewühlt.

Als der Ball sich dem Ende zuneigte, wollten die Jüngeren noch in eine Disko gehen. Ich haßte Diskotheken aus tiefster Seele. Normalerweise wäre ich lieber nach Hause gegangen, diesmal natürlich nicht. Ich hätte nie daran gedacht, die günstige Chance zu verpassen, Gonzalo nahe zu kommen.

In der Diskothek war es sehr dunkel. Die Sessel waren rot und mit Samt bezogen. Von der Decke hing eine Kugel aus Tausenden winzigen, rechteckigen Kristallen, die sich drehte und drehte. Das Licht blendete hundertfach in spitzen Strahlen direkt das Hirn.

Gonzalo kam zur Tür herein. Ich nahm mich zusammen. Ging auf ihn zu und hängte mich an seinen Arm. »Komm, wir tanzen«, wie süßer Honig. Er lachte und wir gingen tanzen. Die Musik toste. Drum-Computer. Vier Viertel. Tic tac tic tac tic tac. Es war schwer zu tanzen. Die Arme und Beine mußten losgelassen werden. Ich wollte eine Art beseelter Roboter werden.

Es gelang mir nicht. Aber Gonzalo lachte, und ich versuchte zurückzulachen.

Plötzlich sah ich in der Mitte Cristina, strahlend wie eine weiße Göttin. Sie tanzte mit geschlossenen Augen. Bewegte den Kopf schwerelos im Rhythmus der Musik, wiegte sich. Gonzalo löste den Blick nicht von ihr. Wendete sich ihr zu wie ein Automat. Begann, an ihrer Seite zu tanzen.

Es war schwer, alles zu verfolgen. Auf der Tanzfläche drängten sich die Körper und versperrten die Sicht. Dazu das plötzliche Aufflackern des Lichtes. Flash, Finsternis. Gonzalo kommt zu Cristina. Fünfundzwanzig Jahre. Er nimmt ihre Hüften. Vierzehn Jahre. Der Kopf geht an ihren Hals. Der Rest ist verdeckt. Jemand hat sich beim Tanzen vor mich gestellt. Ich drehe mich. Gonzalo liegt auf Cristinas Schulter. Cristinas Arme sind locker. Hängen schlaff am Körper. Gonzalo hält sie weiter im Arm. Er wiegt sie von einer Seite zur anderen. Cristinas Kopf beugt sich vor. Ein Wasserfall schwarzer Haare fällt nach rechts. Sprüht blaue Funken. Cristina scheint kurz davor, umzukippen. Tanzende Menschen. Schatten, das Ende der Szene verdunkelt. Umarmt. Ich, reglos.

Es war unmöglich, weiter zu tanzen. Ebenso unmöglich, ihnen zu folgen.

Ich blieb die ganze Nacht wach. Die Wut hielt mich in einer Art Dämmer. Und irgendwo, ganz tief, auch Angst. Cristina war noch ein Mädchen, und Gonzalo hatte einen gewissen Ruf.

Um neun hörte ich sie endlich kommen. Ich schlüpfte verschlafen in die Küche, im Nachthemd, und bekam noch das Ende mit. Cristina, zerzaust, hatte ihre Strümpfe in der Hand und das Kleid komplett ruiniert. Meine Mutter beschimpfte sie von vorne bis hinten, von Nutte an aufwärts, sie bereue es, sie zur Welt gebracht zu haben, und verpaßte ihr zwei schallende Ohrfeigen.

Es war nicht die Art meiner Mutter, derart die Kontrolle zu verlieren. Es zeigte sich, was wir im Grunde alle wußten. Meine Mutter liebte Cristina nicht. Cristina erinnerte sie zu sehr an ihren Exmann, der ohne Erklärungen gegangen war. Nein, sie hatte sie von Anfang an nicht geliebt. Vielleicht war sie sogar gegen ihren Willen gekommen. Wie sonst erklärte sich der Altersunterschied von sechs Jahren, die uns trennten, gegenüber zweien bei Ana und mir? Vielleicht sah meine Mutter in Cristina nur das unerwünschte Resultat einer Begegnung zur Unzeit.

Aber in Cristinas Gesicht lag trotz aller Beleidigungen und der Ohrfeigen ein Ausdruck tiefen Glücks. Wie ich sie haßte in diesem Moment. Ich hätte ihr den Hals umdrehen können.

Mit meinen eigenen Händen. Ohne Gewissensbisse.

G

wie gestreßt und grau

Zu guter Letzt habe ich auf Rosa und meine Mutter gehört und bin meine Schwester Ana besuchen gegangen. Ihre Wohnung liegt nicht weit von mir entfernt, nicht einmal eine halbe Stunde, wenn man schnell geht, und so bin ich zu Fuß gelaufen, um zur Abwechslung von all dem Saufen und den Drogen ein bißchen Sport zu treiben. In der halben Stunde traf ich fünf Typen, die Unsinn hinter mir her geflüstert haben. Einer meinte was zu meinen *domingas*, wie die keltisch-iberischen Männer früher zu den weiblichen Brüsten sagten. Ein anderer meinte voll kitschig, ich sei die erste Blüte seines Frühlings. Bei den anderen dreien konnte ich gar nichts verstehen, so murmelten sie ihre Anmache in die Kragen ihrer Hemden. Auf dem Weg dachte ich, daß wir niemals eine exakte Wahrnehmung unseres eigenen Bildes zu besitzen scheinen. Ich halte mich für ein Mädchen wie jedes andere und würde mich bei Schönheitswettbewerben links liegenlassen. Trotzdem tuscheln die Männer mir ihre mehr oder weniger liebenswerten und unverschämten Adjektive auf der Straße zu. Vielleicht bin ich hübscher, als ich denke. Oder die Nonnen haben recht, und die Typen denken nur an das eine.

Irgendwann stehe ich vor Anas Haus. Ich klingele ein paarmal an der Sprechanlage. Niemand macht auf. Gerade als ich gehen will, kommt eine Dame mit schwarzem Hündchen aus der Tür auf die Straße. Da sie die Tür aufhält, schmuggle ich mich in den Hauseingang, einen Tempel, der der Geschmacklosigkeit geweiht wurde, mit Stucktäfelung, Spiegeln in vergoldeten Rahmen wie bei King Lear, goldgerahmten niederländischen Seestücken, zwei Kunstledersesseln und einem schauerlichen, mit Jagdszenen dekorierten Schirmständer, dem Höhepunkt der Sammlung. Ein kitschiger Blümchenteppich verliert sich auf dem Weg zum Fahrstuhl. Ich steige ein, der Aufzug fährt mich nach oben, und im großen Spiegel prüfe ich, wie ich aussehe. Was soll's, das bin ich eben. Im weißen Hemd, mit tadellosen, neuen Jeans, ohne Flicken und alles, mit Lederstiefeln. Zöpfchen und ohne Schminke. Präsentabler kann ich nicht aussehen. Unschuldig und verspielt wie eine Universitätsstudentin.

Meine älteste Schwester trägt immer Markenklamotten, und ich will mir keinen ihrer abfälligen Blicke einfangen. Sie wirft vernichtende Blicke um sich, die schlimmsten, die es gibt. Rosa ist dagegen wenigstens direkt und ehrlich. Rosas Augen spazieren von oben nach unten, gleiten über den ganzen Körper, von Kopf bis Fuß, und man sieht, daß sie meint, daß ich völlig heruntergekommen aussehe. Aber die Blicke von Ana sind richtig unangenehm, sie traut sich nicht richtig hinzuschauen und checkt trotzdem ab. Man überrascht sie plötzlich bei einem verstohlenen Seitenblick, was weiß ich, auf die alten Jeans oder die löchrigen Strümpfe und weiß, daß sie denkt: Wie kann sie nur in dieser Aufmachung herkommen? Um mir die Abfuhr zu ersparen, habe ich die Schlaghosen und bauchfreien Hemden gleich zu Hause gelassen, meine Baruniform, und habe mich als dezente Person zu meiner Schwester Ana auf den Weg gemacht, um meiner Schwester Rosa den Gefallen zu tun. Ehrlich gesagt, ist mir nicht wohl dabei. Ich habe mich nicht einmal getraut, sie vorher anzurufen, ihr Bescheid zu geben, daß ich komme. Ich wollte mir von meiner snobistischen Schwester Ana nicht irgendwelche Ausflüchte anhören müssen. Wir treffen uns noch seltener, als man denken könnte, und dann nur zu Familienessen und ähnlichen Anlässen, und selbst da tauschen wir höchstens ein paar Floskeln aus. Ich fürchte, daß sie sich nicht besonders freut, wenn ich komme. Außerdem wird sie sich denken können, daß ich nicht aus eigenem Antrieb hier bin.

Vielleicht ist Ana auch gar nicht zu Hause. Wenn, dann stecke ich ihr einen Zettel in den Briefkasten und habe meine Pflicht getan. Hätte es erledigt. Wie so oft.

Dabei ist mir Ana nicht etwa verhaßt oder so. Wir verstehen uns im Grunde genommen eigentlich nicht schlecht. Aber eben auch nicht besonders gut, da brauchen wir uns nichts vorzumachen. Mich macht das bedrückende Schweigen verrückt, das unvermeidlich entsteht, wenn wir alleine sind. Meine Themen (Musik, Männer, Drogen, Bücher, Kino, Psychokiller, Dirty Realism) interessieren Ana nicht die Bohne und die von Ana (Einrichtungen, Kinderläden, Schönheit, Küche, Mode) langweilen mich zu Tode. Bei allen Gelegenheiten (Familienessen und verschiedene Feiern) vermeiden wir behutsam jede tiefere Unterhaltung, weil wir sonst früher oder später unvermeidlich vor Augen geführt bekommen, daß ich in ihren Augen eine Schlampe bin und ich sie gnadenlos spießig finde. Ich weiß nicht warum. Scheiße, dabei sind wir nur acht Jahre auseinander. Acht. Da kann man noch nicht unbedingt von einem Generationenkonflikt sprechen.

Ich stehe vor Anas Wohnungstür. Ich werde noch einmal klingeln. Schaden kann es nicht. Die Wohnung ist groß, und wenn Ana in ihrem Zimmer ist, hört sie vielleicht die Sprechanlage in der Küche nicht.

Ich klingele und warte ewig. Keine Antwort. Als ich aufgeben und zurück zum Aufzug will, höre ich, wie die Schlösser hinter der verbarrikadierten Tür knacken. Ich drehe den Kopf und sehe, wie sich die Tür ein Stück weit öffnet, so, daß die Sicherheitskette eingehakt bleibt. Im Spalt erahne ich das blonde Profil meiner Schwester mit den Löckchen einer Fee und den Grübchen eines Engels.

»Ana, ich bin's, Cristina«, sage ich.

»Was machst du hier?« höre ich sie sagen. Sie scheint ehrlich überrascht. Die Stimme klingt matschig, so, als wäre sie gerade aufgestanden.

»Na ..., ich war hier in der Nähe, um ein paar Sachen einzukaufen, und dachte, ich komme kurz hoch, um dich zu sehen.«

Eine lächerliche Ausrede.

»Aber natürlich ...«, ein paar Sekunden tut sich gar nichts. Vielleicht ist ihr Hirn mit der Verarbeitung der Informationen beschäftigt, die ich ihm gerade eingegeben habe. »Aber bleib doch nicht draußen stehen ... Komm herein.«

Sie macht die Tür ganz auf und läßt sich sehen. Obwohl sie immer noch im Nachthemd dasteht. Die blonden Haare sind durcheinander. Sie macht einen verlorenen Eindruck. Sie erinnert mich an die Raver, die jede Nacht im *Planeta X* in den rotbezogenen Sesseln abhängen und stundenlang mit leerem Blick und halb geöffnetem Mund dümmlich in die Stroboskoplichter schauen.

»Wie geht's«, frage ich. »Du siehst nicht besonders aus.«

»Ich glaube, ich bekomme die Grippe«, antwortet sie. »Mir tut der Kopf so weh. Aber komm herein, bitte.«

Ich gehe voran in den Salon und mache mich auf dem Sofa *Roche Bobois* breit. Die Vorhänge von *Gastón y Daniela* im Salon sind zugezogen, und der Raum liegt im Halbdämmer, obwohl es bereits zwölf ist. Die Bögen, Mauernischen und verschiedenen Höhen der Böden und Decken verleihen dem überwiegend weißen Zimmer eine eigenartige Bewegung. Der Stahlbau und die Glasarbeiten sind von *Vilches*, dreißigtausend Peseten der Quadratmeter. Als Tischchen benutzen sie ein altes Nähkästchen, das sie auf einer Versteigerung gekauft haben (was der Flitterkram wohl kostet?). Darauf steht ein altes Telefon, das sie passend zum Rest der Einrichtung ebenfalls ersteigert haben, ein schwarzes, glänzendes, altes Stück, das wie ein überdimensionaler, getrockneter Käfer aussieht. Ich bin zwar keine Spezialistin auf diesem Gebiet, in keinster Weise. Aber ich kenne die Details, weil dieser Salon der ganze Stolz meiner Schwester ist und ich zigtausendmal gehört habe, wo sie jedes einzelne Stück gekauft hat und wieviel Zeit sie dafür gebraucht hat, den passenden Stoff in der Farbe auszuwählen, die dort hineingehört. Wenn ich an meine Wohnung denke, eine Art Streichholzschachtel mit ein paar Möbeln, die ich auf der Straße aufgelesen habe, mit abbröckelnden Wänden und einem Bad, das nach einem Klempner schreit, kann ich einen Anflug von Neid kaum unterdrücken.

Der Fernseher (Bildschirm 46 Zoll mit LCD-Projektor, Stereo) läuft, ein Makrogerät japanischer Technologie, das zwischen den ersteigerten Schätzen, rustikalen Möbeln und Sisalteppichen irgendwie fremd wirkt. Auf dem Bildschirm brüllen zwei aufgemotzte Mädchen mit unmöglichen Frisuren in venezolanischem Akzent aufeinander ein. Anas Augen heften sich mit verlorenen Pupillen auf den Bildschirm. Ich unternehme einen Versuch, ihre Lethargie zu durchbrechen.

»Und, wie geht's?«

Sie dreht sich überrascht zu mir um. Als ob ihr jemand auf die Schulter geklopft hätte.

»Verzeih, ich war völlig in Gedanken. Möchtest du vielleicht etwas trinken?«

»Ein Glas Wasser. Aber bleib ruhig sitzen. Ich hole es mir selbst.«

In der Küche suche ich mir ein Glas in dem Schrank aus hellem Granitimitat. Das Design vom Geschirr, den Gläsern und der Einrichtung in der Wohnung ist durchweg von *Ágata Ruiz de la Prada*. Gott sei Dank knallt Ana, ganz im Gegensatz zu mir, ihre Gläser nicht auf den Boden, wenn sie wütend wird, denn jedes einzelne dürfte ein Schweinegeld gekostet haben. Das Wasser läuft in ein altes Granitbecken, das Ana seinerzeit eigens aus Italien importieren und mit zwei alten Bronzehähnen aus Trentino versehen ließ. Die alten Kacheln an der Wand stammen von einer Keramikfabrik aus Ibiza. Dieses Gemach ähnelt mehr einem Museum als einer Küche und die Spüle mehr einem Taufbecken als einer Spüle. Mit dem Glas Wasser in der Hand gehe ich zurück. Ana hat den Fernseher ausgeschaltet.

»Also …« (Mama und Rosa machen sich Sorgen und meinten, ich solle dich mal besuchen. Nun wollte ich sehen, was zum Teufel mit dir los ist und ob ich dir helfen kann. Wollte ich sagen, aber mir fehlen die Eierstöcke, die man braucht, um so direkt zu sein.) »was hast du in letzter Zeit gemacht?«

»Nichts, gar nichts. Nichts und noch mal nichts.« Wie ein Computer betont sie die Worte in sonorem Tonfall, wie ein Killercomputer, der ein Spezialschiff steuert, wie die weibliche Version von *Hal*.«

»Frau, jetzt werd nicht so pathetisch. Irgend etwas wirst du gemacht haben.«

»Ich habe gegessen und geschlafen. Ich habe wenig gegessen und noch weniger geschlafen. Ich habe für meinen Mann und mein Kind gesorgt. Ich habe schlecht für sie gesorgt.«

»Stimmt, wo ist euer Kind?«

»Im Kinderladen. Je früher man damit anfängt, desto leichter lernen sie soziales Verhalten.«

»Wer sagt das?«

»Die Psychologen.«

»Vertrau du nur den Psychologen. Du siehst ja, was sie aus mir gemacht haben.«

»Nun, so schlecht ist das nicht ...«

Schweigen. (Abgesehen davon. Du siehst aus, als ob es dir sehr schlecht ginge. Wenn du nicht meine Schwester wärest, würde ich denken, du hättest Drogenprobleme. Ich habe dich noch nie mit solchen Augenringen gesehen. Du siehst aus wie ein Gespenst.)

»Doch, mir geht es schlecht. Mit Iain ist Schluß. Seit einem Monat.« Ich bereue jedes einzelne Wort, praktisch bevor ich es ausgesprochen habe. Im Grunde, was zum Teufel geht sie mein Privatleben an? Aber wahrscheinlich geht es mir echt so schlecht, daß ich meinen Kummer in alle vier Winde schreien muß.

»Hast du ihn verlassen?« fragt sie mich.

»Nein, er hat mich verlassen.«

»Oje, das tut mir leid. Aber du wirst bestimmt nicht lange brauchen, um einen anderen zu finden. Dir ist das schließlich immer leichtgefallen.«

(Nutte, mitten ins Gesicht?)

»Ich werde es überleben.«

»Na klar. Du würdest selbst noch einen Atomkrieg überleben.«

(Was zum Teufel will sie damit sagen? Was soll diese Anspielung?)

»Das nun auch nicht.«

»Fast. Du warst immer stark, schon als du klein warst. Rosa

und du, ihr könntet Bäume versetzen. Nur ich nicht. Ich bin eine schlappe Kuh.«

»Was sagst du da?«

(Ana, bitte, nicht die Märtyrerin.)

»Ich weiß nicht mehr, was ich sage. In letzter Zeit geht es mir nicht besonders gut.«

»Du solltest raus, an die frische Luft gehen. Es kann nicht gut sein, den ganzen Tag zu Hause zu hocken.« (Mach dich mal locker, zieh um die Blöcke und setz deinem Esel von Mann die Hörner auf. Du mußt mal wieder richtig gefickt werden. Das sieht ja ein Blinder.)

»Dasselbe sagt Mama.«

Ich stehe auf, halte das Glas Wasser in der Hand und schaue aus dem Fenster. Es ist ein verhangener, kalter Tag. Die Bäume, der Gehsteig, die Schaukel, alles wie in einen weißen Schleier gehüllt (gefrorener Dampf der Luft? reine Einbildung?), wie mit Chromtönen gemalt: ein stählernes Grau mit blassem Blau. Ich schaue den Kindern zu, die auf dem Spielplatz spielen. Ein rothaariges Mädchen mit kurzen Zöpfen und gestreiftem Hemd, das mich entfernt an Line erinnert, gleitet die Rutschbahn hinunter. Im Sandkasten sitzt ein Junge, der höchstens drei ist, gefährlich nahe bei den Schaukeln und schaufelt sich voll mit Sand. Das junge Mädchen, das wahrscheinlich auf das kleine Pärchen aufpassen soll, sitzt auf der Bank und blättert in ihrer Zeitschrift. Der grüne Anstrich, mit dem die Bank vormals angestrichen wurde, ist schon seit langem abgeblättert und rostig. Ich atme tief. Aber ewig kann ich nicht aus dem Fenster schauen. Ich muß zu meiner Schwester zurück. Ich kann mir genau vorstellen, wie die Unterhaltung weitergehen wird. Wir werden über belanglose Dinge reden, über die Bar, die ich aufgeben soll, wenn es nach meiner Familie ginge, weil ich als dreisprachige Akademikerin hinter einer Theke stehe, darüber, wie teuer alles geworden ist, über das Kind, das jeden Tag größer wird, die letzte Gehaltserhöhung von Borja, ihrem Mann, meinem Schwager, und über all diese Dinge, die uns im Grunde einen Teufel scheren und die wir dazu benutzen, die Dinge zu vergessen, die uns wirklich etwas bedeuten, über die wir aber nicht zu reden wagen. Wir erwähnen weder diese mörderische Sehnsucht, die ich nach Iain empfinde, noch die Gründe, die Ana in einen kathodischen Zombie verwandelt haben könnten, der nach Schnulzserien und dem Glücksrad süchtig ist. Die Augen weiter auf die Fensterscheibe geheftet (auf ein feuchtes Fenster schrieb ich seinen Namen), spüre ich eine Mischung aus unterdrückter Wut und Unvermögen (meine Augen werden wie diese Scheibe), die durch die Speiseröhre aufsteigt wie runtergewürgte Kotze. Auf der anderen Seite der Scheibe gibt es einen Spielplatz und eine Rutschbahn und ein paar spielende Kinder und Millionen Dinge, die man sehen oder machen kann, aber meine Schwester gibt sich damit zufrieden, das Surrogat der Realität komprimiert auf einem 46 Zoll breiten Bildschirm zu sehen. Ich könnte sie am Kragen ihres Morgenrockes packen und durchschütteln. Ich möchte sie zum Reagieren bringen. Aber gleichzeitig fühle ich keine moralische Autorität in mir, um irgendwelche guten Ratschläge zu erteilen. Ich bin selbst kein Beispiel für strahlendes Glück, und mit welchem Recht sollte ich da das Lebenskonzept von irgend jemandem in Frage stellen können. Ich setze mich wieder in den Sessel, nehme meine Beine zusammen, wie es anständige Mädchen tun, um die nächste halbe Stunde stoisch zu ertragen, in der wir über nichtssagende Gemeinplätze plaudern werden, die keine von uns beiden in Verlegenheit bringen. Es ist gelaufen. Noch eine halbe Stunde, um nicht unhöflich zu sein. Und danach werde ich nach

Hause gehen, in meine fünfzig Quadratmeter große Wohnung, in meine wackeligen Wände, die aus purer Notwendigkeit mit alten Möbeln eingerichtet wurden, die ich aus verrotteten Containern zusammengelesen habe.

Lächelnd wende ich mich meiner Schwester zu, tief entschlossen noch eine weitere Schippe Erde auf den Grabhügel der Wahrheit zu schaufeln. Noch eine halbe Stunde belanglose Konversation, und ich werde meine schwesterlichen Pflichten erfüllt haben. Werde sie erfüllen. Wie immer.

H wie Heulerei

Der Geruch von Cristinas Parfum weht noch durch die Zimmer, ein wahnsinnig süßer Duft, den ich nicht kenne. Kein teures Parfum. Es wird Patschuli sein oder so etwas, das sie von einem dieser modernen Flohmärkte hat. Ich hätte ihr vieles zu sagen gehabt, und trotzdem habe ich die meiste Zeit über den Mund nicht aufbekommen und erfolglos in meinem Kopf nach einem unverfänglichen Thema gekramt. Ich glaube, sie ging, weil sie mich nicht länger ertrug. Ich langweile oder deprimiere sie oder beides. Und ehrlich gesagt, gebe ich ihr keine Schuld daran. Sie hat mich allein zurückgelassen in diesem Raum. In dieser Einsamkeit, in der ich fast jeden Vormittag verbringe. Borja ist arbeiten und das Kind im Kinderladen. Es bleibt niemand, für den ich sorgen könnte, abgesehen von mir selbst. Und nicht einmal das gelingt mir gut.

Das Licht dringt durch die Vorhänge, streift über den Boden, als ob es mich daran erinnern wollte, daß draußen ein Tag existiert, der gelebt sein will. Ein Tag, der jenseits von mir stattfindet, ohne daß ich etwas dagegen unternehme. Heute morgen bin ich in den Salon gegangen, tief entschlossen, ein wenig zu nähen, aber schon nach zwei Einstichen überfiel mich eine schreckliche Müdigkeit, und am Ende lag ich wieder vorm Fernseher und habe nichts getan. Ich wollte eigentlich aus alten Vorhängen, Kleidern und Stoffen eine Patchworkdecke fertigen, die einzelnen Stücke und Reste aneinandernähen, bis eine einzige Oberfläche entsteht.

Die Geschichte von Papa und Mama ist auch eine Patchworksteppdecke. Als die älteste von uns drei Schwestern habe ich am meisten gesehen, gehört und miterlebt, und trotzdem weiß ich nichts, weiß ich nur, daß ich nichts weiß, wie dieser Philosoph sagt.

Mit den alten Photoalben könnte ich die Geschichte nacherzählen und mit den Gesprächen zwischen Mama und Tante Carmen, die ich belauscht habe und durch die ich manches weiß, und manchmal, wenn die Traurigkeit Mama abschnürte wie eine zu eng gebundene Schärpe, erlaubte sie sich mir gegenüber überraschende Vertraulichkeiten. Ein paar Sachen haben sie mir erzählt, andere habe ich mir aus allem zusammengereimt, und den Rest habe ich wahrscheinlich erfunden. Ich brauchte eine Geschichte, um mir eine Vergangenheit zu schneidern, und bastelte sie mir, so gut ich konnte, aus den Erinnerungsfetzen und Fragmenten zurecht, so als ob es sich um eine Patchworkdecke handelte, bis sie, wie ich glaube, der Wahrheit am nächsten kam.

Ich war immer stolz auf dieses Zimmer. Ich habe es immer besonders schön gemacht, und das war gar nicht so einfach. Die Stühle, Sofas und Vorhänge müssen mindestens einmal im Monat abgesaugt werden. Die Scheibengardine muß ebenfalls einmal im Monat richtig mit Seife gewaschen und darf dann weder getrocknet noch ausgewrungen werden. Wenn sie sauber ist, wird sie in Zuckerwasser getunkt, damit sie ihre Stärke bekommt, und feucht aufgehängt, damit sie nicht faltig wird.

Wenn wir das Leben reinigen könnten wie ein paar Scheibengardinen, wenn unsere Flecken in einer Waschmaschine verschwinden würden, dann wäre alles einfacher. Jedenfalls kümmere ich mich schon seit einiger Zeit nicht mehr richtig um meine Vorhänge und Scheibengardinen. Im Moment ist mir alles egal.

Seit mehr oder weniger einem Monat bin ich immerzu am Weinen.

Mama war ein Mädchen aus gutem Hause, kam aus San Sebastian und ging nach Madrid, um Pharmazie zu studieren. In Madrid wohnte sie in einer *Residencia*, die von ein paar Nonnen mit strengen Auflagen und Regeln für junge Frauen geleitet wurde. Es gab eine Zeit zum Aufstehen und eine Zeit zum Essen und eine Zeit zum Studieren und eine Zeit, zu der frau spätestens zu Hause sein mußte.

Die Photos von damals, verschwommene schwarzweiße Zeugen, zeigen unter dem Staub, der sich mit den Jahren im Album gesammelt hat, undeutlich ihre Züge. Mama, die noch keine Mama war, mit langer blonder Mähne, die sie unter Gewaltanstrengung glattbügelte, und grauen Augen, die ihr mit sicherem Strich ins Gesicht gezeichnet sind, umrahmt von riesigen Wimpern, die jeder mit Schmetterlingen verwechseln mußte, sobald Mama blinzelnd davonflatterte. Mama waren die Miniröcke zu verwegen, sie trug strenge Kleider, die ihr bis exakt einen Millimeter über die bloßen und schön gezeichneten Knie gingen, wahrscheinlich welche von *Scherrer*, denn Mama hatte damals mehr als genug Geld, um sich welche von *Scherrer* leisten zu können, wenn sie Lust dazu hatte. Mama ist hübsch. Sehr hübsch. Die Jungs aus ihrer Klasse nannten sie wegen ihrer langen glatten, blonden Haare und der grauen Augen die Schwedin. Diese lange, lange Mähne war ihr Stolz, gestand mir Mama einmal. Jede Nacht, vor dem Schlafengehen, gab sie sich dem abendlichen Ritual der Bürste hin. Eine halbe Stunde lang. Hundertmal fuhr sie mit der Bürste hindurch. Damit sie glänzten. Damit sie in der Universität leuchteten und er stolz auf sie sein konnte.

Am schlimmsten sind in diesem Zimmer die Sofakissen, die sich in ein Trauerspiel verwandelt haben. Die schwarzen Flecken der Wimperntusche sind als unvergängliche Zeugen meiner Heulerei zurückgeblieben, weil ich nachts in die Kissen weine, damit Borja das Schluchzen nicht hört.

Man muß versuchen, die Kissen zu waschen, ohne daß die Füllung feucht wird. Am einfachsten ist es, sie mit abnehmbaren Bezügen zu beziehen, dann kann man sie getrennt waschen und den Innenteil trockenreinigen.

Ich denke gar nicht daran, die Bezüge zu waschen. Ich werde sie wegschmeißen. Und werde andere kaufen, wenn ich dafür nicht auf die Straße hinuntergehen müßte, wozu ich überhaupt keine Lust habe.

Mama lernte Papa auf einer Party der Universität kennen, auf einer Party, die um zehn endete und auf der die Platten von Paul Anka noch auf einem Pick-up abgespielt wurden. Sie schaute nicht zweimal hin. Papa drängte sich ihr beim bloßen Betreten des riesigen Saales wie eine Offenbarung auf, weil Papa sich zehn Zentimeter über den Rest der Anwesenden im Saal erhob. Noch in der Sekunde, in der sie ihn sah, entschied sie, daß er ihr gehöre oder keiner. »Selten doof«, sagte Mama später, wenn sie an diese erste Begeisterung einer Zwanzigjährigen zurückdachte. »Die größte Dummheit, die ich in meinem Leben begangen habe.«

Mir ist gerade am alten Nähkästchen eine gut sichtbare Schramme aufgefallen. Dieser Nähtisch ist eine antiquarische Rarität, aber wie soll man das einem zweijährigen Kind erklären? Und wenn es in seiner Wut den Laster gegen das Kästchen schmeißen will, gibt es niemanden, der es aufhält.

Die Schramme kriegt man mit einem weißen, feuchten Tuch heraus. Auf das Tuch legt man einen gröberen, ebenfalls leicht befeuchteten Lappen und bügelt mit einem heißen Dampfbügeleisen darüber, weil die Hitze die Fibern ausdehnt und einebnet.

Wäre nur das Leben ebenso leicht zu behandeln wie die häuslichen Widerwärtigkeiten.

Papa war atemberaubend. In meiner Erinnerung vermischen sich die Photos aus dem Album mit jenem Papa, den ich bis zu meinem zwölften Lebensjahr hatte, und das Ergebnis ist eine Art Gregory Peck mit andalusischem Akzent. Er hatte dunkle Haare und dunkle Augen, eine gerade Nase, die sich in einem perfekten Winkel von fünfunddreißig Grad abzeichnete, und ein riesiges, strahlendes Lachen. Seine Zähne waren ebenmäßig und so weiß wie die reinen Apfelsinenblüten, die der Jungfrau dargebracht werden. Es ist verblüffend, wie sehr ihm Cristina ähnelt, denke ich, während ich das Album durchblättere, und werde ein wenig neidisch. Mir würde es auch gefallen, wenn mich alle nicht nur so nett, sondern richtig wahnsinnig hübsch finden würden. Anachen ist so ein gutes Mädchen, so gut, sagen die Freundinnen aus Donostia immer. Ein gutes Mädchen. Aber ich bin kein Mädchen. Ich bin zweiunddreißig.

Papa studierte Wirtschaft und hauste in einem löchrigen Kämmerlein in einer Pension in der Calle Huertas, das so beißend kalt war, daß man mit den Zähnen klapperte und nachts mit zwei Pullovern und einer Wollmütze schlafen mußte.

Papa brachte Mama mit seinem Akzent aus Malaga zum Lachen, er verwechselte »s« und »z« und verschluckte am Ende die Konsonanten. Er redete über alles, was ihm durch den Kopf schoß. Seine Zunge war zehn Sekunden schneller als sein Hirn. Mama lachte, wie sie noch niemals gelacht hatte, wie niemand sie auf den langweiligen Spaziergängen durch den Park von San Sebastian zum Lachen gebracht hatte. Papa flanierte mit ihr über die *Gran Vía* und konnte sie nicht einmal zu einem Kaffee einladen, so wenig Geld hatte er. Sie müssen einen witzigen Kontrast abgegeben haben, Mama in ihren tadellosen Kleidern à la Jackie Onassis und Papa in seinem alten, viel zu kurzen, karierten Mantel, einem Erbstück seines Vaters, und dem abgetragenen Strickschal, mit dem er seinen kantigen Filmschauspielerunterkiefer unterstrich.

Zwei Menschen können kaum unterschiedlicher sein. Sie war blond und hatte so graue Augen wie Rosa und ich. Er war dunkel und hatte so schwarze Augen wie Cristina. Sie war so klein wie ich. Er war so groß wie Rosa. Sie war so zurückhaltend wie Rosa und ich. Er war so schnattrig wie Cristina. Sie war eine Tochter aus gutem Hause, die Tochter eines Anwaltes. Er war der Sohn eines Lehrers, aus einer Lehrerfamilie, in der immer darüber geredet wurde, wie viele Opfer sie gebracht hatten, um ihn auf die Universität schicken zu können.

Die Vorhänge von *Gastón y Daniela* sind hinüber, vor allem an den Bordüren. Das Kind hängt sich mit seinen fettigen Händen daran. Ich muß der Haushaltshilfe sagen, daß sie sich darum kümmert. Gott sei Dank sind sie aus Baumwolle und lassen sich in der Waschmaschine waschen und müssen danach nicht gebügelt werden. Man kann sie schleudern und direkt aufhängen. Durch ihr Eigengewicht hängen sie sich aus und werden tadellos.

Die Familie von Mama ist meine Familie. Die Großeltern haben mich mit aufgezogen, seit ich zwölf war, habe ich jeden Sommer in ihrem großen Haus in San Sebastian verbracht. Tante Carmen, die bei uns wohnte, war wie Balsam für die Wunden meiner Mutter. Die Tante Carmen, so eine gute Frau und so wenig geschickt, die Arme. Und Gonzalo, mein Cousin, der Sohn von Tante Carmen, so hübsch, so wahnsinnig hübsch, so verwöhnt und so kompliziert. Den lieben langen Tag blieb er eingeschlossen in seinem Zimmer, hörte seine Platten, las seine Comics und ging hochmütig mit allen Frauen im Hause um, bis auf Cristina, sein kleines Spielzeug, die damals noch ihre Zöpfe trug und lispelte. Cristina war niedlich und lustig und hamsterte sich die ganze Aufmerksamkeit der beiden Adonisse der Familie ein, die von Vater und Cousin. Beide waren uns gegenüber zwar nie abweisend, Gott bewahre, waren bisweilen sogar sympathisch und freundlich, schenkten uns aber nur wenig Beachtung.

Über die Familie meines Vaters weiß ich nicht viel. Als Vater ging, brach die Verbindung ab. Auch wenn ich es immer noch seltsam finde, daß der Großvater sich nicht im geringsten um seine Enkel sorgte. Aber die Familie meines Vaters scheint alles mögliche zu sein, nur nicht normal. Seine Mutter, meine Großmutter, starb, als sie Vaters kleinen Bruder zur Welt brachte. Und sein Vater muß wiederum ein Ekel gewesen sein, der, soviel ich gehört habe, mit der Gürtelschnalle und solchen Dingen um sich prügelte. Vaters ältere Schwester, Remedios, ging mit zwanzig Jahren aus dem Haus, heiratete einen fünfzehn Jahre älteren Mann und beging fünf Jahre später Selbstmord, als er sie verließ. Soviel ich weiß, hat sie sich im Bad die Adern aufgeschnitten und ist verblutet. Mama bekam es nur beiläufig mit, Papa redete nie darüber. Ich wurde bleich, als sie es mir erzählte, denn ich glaube, man braucht viel Mut, um so eine Sache zu machen. Ich könnte es bestimmt nicht. Der andere Bruder, Francisco, wurde Mönch und lebt jetzt als Pfarrer in irgendeinem kleinen Dörfchen in der Provinz Malaga, von dem ich nicht einmal weiß, wie es heißt. Und der kleine Bruder, Mauricio, landete irgendwann in einer psychiatrischen Klinik. Ich nehme an, jeder versteht, warum meine Mutter den Kontakt nicht aufrechterhalten wollte. Was ich nicht richtig verstehe, ist, warum mein Großvater väterlicherseits niemals versucht hat, uns zu sehen. Er muß wohl wirklich ein Ekel gewesen sein.

Das Parkett hat lauter Schrammen, von dem Lastwägelchen des Kleinen. In einem selten dämlichen Moment kaufte Borja diesen Lastwagen. Nun werden wir bald den Boden wieder abziehen müssen. Da müssen wir erst wieder die Maschine zum Abschleifen mieten, dann das Holz mit heißem Wasser nachwaschen, nach ein paar Tagen die Fugen und Risse mit Lösemitteln reinigen, um den Rest wegzubekommen, und schließlich im Abstand von vierundzwanzig Stunden zweimal den Lack auftragen.

Vor zwei Monaten habe ich mich noch hingestellt und selbst lackiert. Aber jetzt fühle ich mich zu müde für derartige Geschäfte. Ich könnte den ganzen Tag nur heulen.

Papa und Mama haben nach einem Jahr geheiratet, obwohl mein Großvater, der Vater meiner Mutter, darüber nicht sehr glücklich war. Meine Mutter sagt, daß eine Frau niemals die Dummheit begehen sollte, einen Mann zu heiraten, den sie nicht genau kennt. Als die Hochzeit mit Borja im Raum stand, sagte sie nur immer wieder, ich solle es mir gut überlegen. Ich solle nichts überstürzen. Ich solle nie etwas tun, was ich später einmal bereuen könnte.

Meine Mutter hatte noch nicht einmal ihr Studium abgeschlossen, als sie heirateten. Ihr wäre es lieber gewesen, noch zu warten, aber mein Vater insistierte. Er könne nicht leben ohne sie. Als Beweis ihrer Liebe müßte sie für immer die Seine und nur die Seine werden. Wenn ich sie richtig verstanden habe (sie hat es nie offen gesagt, aber angedeutet), dann hatten sie bereits miteinander geschlafen, und sie fühlte sich ihrem katholischen Gewissen gegenüber verpflichtet, die Verbindung zu legitimieren. Ich kann mir gut vorstellen, wie seine verführerische Stimme, intim wie das Rascheln der Laken, diese Schuldgefühle bestärkte und wie er seine funkelnden schwarzen Augen hypnotisierend in die grauen meiner Mutter bohrte, um sie zu becircen.

Zunächst ging alles gut. Seine unerschöpfliche Lebensfreude, dieses Lachen eines Filmstars, seine Witze und Aufmerksamkeiten. Er wollte jede Nacht mit ihr ausgehen. Ins Kino oder in eine Kneipe oder zu Freunden von ihm. Er konnte nicht zu Hause bleiben. Am Anfang fand sie es toll, aber mit der Zeit ging es ihr auf die Nerven. Sie wollte nicht jede Nacht ausgehen. Am Ende ging er alleine weg.

Außerdem trank er so viel. Zu Beginn fand Mama es nicht schlimm, daß er jeden Tag trank. Sie war sehr jung, und alles, was er sagte, nahm sie auf wie ein Gesetz. Aber nachdem sie dreihundert und so viele Nächte seinen süßsauren Atem im Bett gerochen hatte, fand sie es nicht mehr normal. Ebensowenig normal wie die Tatsache, daß sie jede Nacht alleine war. Er sagte nur, sie könne ja gerne mitkommen, wenn sie Lust dazu hätte, aber sie blieb lieber zu Hause und las ein Buch, weil sie diesen Wahn nicht verstand, jede Nacht ausgehen zu müssen, solange ein kleines Mädchen im Haus war, das von seinem Vater kaum etwas hatte. So entfernten sie sich bereits, bevor sie sich gefunden hatten.

Heute morgen habe ich versucht, gefüllte Eier zu machen. Das erstemal seit fünfzehn Tagen habe ich mich in die Küche gestellt und gekocht, und obwohl ich es früher jeden Tag gemacht habe, wurde es ein Desaster. Die Mayonaise ist geronnen. Um sie wieder zu binden, habe ich zwei Löffel mit kochendem Wasser unter einen kleinen Teil der Sauce geschlagen und den Rest der Sauce dann nach und nach rührend dazugegeben. Aber ich wüßte nicht, wie man ein Paar wieder verbindet, dessen Beziehung angesäuert ist.

Die Erinnerungen an meinen Vater sind sehr verschwommen. Als er ging, wurde ich gerade zwölf Jahre alt, so daß die Bilder entsprechend unscharf sind. Ein Fachwerkhaus aus Erinnerungen, umrankt von Gefühlen, bei denen ich mir nicht sicher bin, ob sie von mir sind oder von meiner Mutter, aus Unterhaltungen mit ihr. Der lebensfrohe Vater, an den ich mich erinnere, der für mich der Sonnenschein des Hauses war, ist für meine Mutter wenig mehr als ein durchtriebenes und egozentrisches großes Kind, das unfähig war, Verantwortung zu übernehmen und für uns dazusein, wenn es nötig war. Unfähig, seinen Töchtern mehr zu geben als Liebkosungen und Zärtlichkeiten zur falschen Zeit, die wir natürlich um so mehr genossen, je unerwarteter sie waren, und unerwartet waren sie immer, weil wir nie wußten, wann unser Papa auftauchen und wann er wieder verschwinden würde. Tante Carmen meinte einmal, daß es sicher eine andere Frau gebe, und Mama antwortete, daß es sicher mehrere gebe, aber das schien ihr tatsächlich wenig auszumachen. Mama ist die stärkste Frau, die ich kenne, abgesehen von Rosa natürlich. Manchmal kann man sich nur wundern, daß wir drei denselben Namen tragen.

Alle behaupten, Cristina und mein Vater seien sich zum Verwechseln ähnlich, und wenn ich mir die Photos ansehe, habe ich den Eindruck, daß sie recht haben. Wenn man in das Bild meines Vaters ein paar lange Haare und die dazugehörigen Kurven malt, sieht er aus wie Cristina. Rosa ist wie meine Mutter, sagt man, wegen der blonden Haare und der schlanken Figur und der Stärke und Entschlossenheit ihres Charakters, der aus Zement und Selbstsicherheit zusammengemischt zu sein scheint, während ich eher aus Gelatine bin, immer kurz vorm Umkippen, so wie das Gericht, das ich heute morgen gekocht habe, bevor ich mich heulend ins Bett gelegt habe.

Früher schmeckte es göttlich. Borja liebte es. Schritt für Schritt habe ich es immer nach einem Rezept von Mama gemacht: Zwei Löffel pulvrige Gelatine werden mit 60 Milliliter Wasser vermischt. Die Mischung sollte man gute zwei Minuten ziehen lassen und danach auf dem Feuer unter ständigem Rühren ganz sanft in einer Schüssel auflösen. Zuvor muß eine Form vorbereitet und mit kaltem Wasser ausgespült werden, in die man Gelatine hineingibt. Die Form wird dann in eine größere Schüssel mit Eis gelegt, und die Gelatine und die Fruchtstücke werden schichtweise dazugegeben, wobei jede einzelne Schicht fest geworden sein muß, bevor die nächste dazugekommt. Vor dem Herausheben aus der Form sollte man sie zwei Stunden im Eisschrank kalt werden lassen.

Wem ähnele ich? Meine Statur und die Augen ähneln meiner Mutter. Aber von wem ich diesen Hang zum Weinen und den unklaren Geist geerbt habe, weiß niemand. Und trotzdem kann ich mich an Dinge erinnern, die Rosa oder Cristina nicht einmal vermuten würden. Das liegt daran, daß ich sie nicht erzähle. Ich erzähle gar nichts, wenn ich hier auf dem Bett liege. Wenn das Mädchen nachher kommt und saugt, werde ich mich zusammenreißen und meine zerschlagene Willenskraft aufraffen.

Es gibt eine Szene, die ich tief in meiner Brust verschlossen habe und die ich keiner meiner Schwestern erzählt habe, nicht einmal meine Mutter weiß, das ich davon weiß. Ich war fünf oder sechs. Ich schlief mit meinem rosa Bärchen im Arm im Bett und hatte meinen Flanellpyjama mit den blauen und rosa Blümchen an. Ich erinnere mich noch sehr gut. Irgendein Geräusch weckte mich auf, und durch den Spalt unter der Tür sah ich Licht, das aus dem Salon kam. Neugierig schlich ich mit nackten Füßen über den Parkettboden, geschmeidig wie eine Katze, öffnete langsam, ganz langsam meine Tür, schlich mit lautlosen Schrittchen durch den Flur und tastete mich im Halbdunkel an den Wänden entlang. Während ich durch den Flur ging, wurden die Töne aus dem Salon klarer, und was anfangs nur inkohärente Laute waren, unzusammenhängende Wörter, Fragmente einer unterbrochenen Konversation, drang, je lauter es wurde, immer deutlicher an mein Ohr, bis ich die klare aufbrausende Stimme von Papa und die schüchternen Vorwürfe von Mama erkannte. Jetzt, dreißig Jahre später, nehme ich an, daß sie sich wieder einmal darüber beschwerte, daß er so spät nach Hause kam. Und er hatte wahrscheinlich mehr als gewöhnlich getrunken. Das Anachen von fünf Jahren schlich auf Zehenspitzen immer näher heran, bis es zum Salon gelangte. Von der Tür aus konnte ich alles sehen, ohne gesehen zu werden. Das Geschrei erfüllte mittlerweile den ganzen Raum. Papa hatte Mama an ihren langen königlichen Haaren gepackt und ließ sie auf Knien über den Boden kriechen. Im Gesicht meiner Mama sah man den Schmerz. Aber in ihren stählernen, grauen Augen funkelte fest entschlossen ihr ungebrochener Stolz. Ich wußte nicht, was tun, hätte gern geschrien und gesagt, er solle unsere Mama loslassen, ihr nicht weh tun, aber die Angst hatte mich so gelähmt, daß ich kein Wort über die Lippen bekam. Er gab ihr eine schallende Ohrfeige, die wie ein Schuß die Luft zerriß, und ich merkte, wie ich mir vor lauter Schreck in die Hosen pinkelte. In kleinen Schritten bin ich in mein Zimmer zurück, bin den Weg in Windeseile zurück, ohne Lärm zu machen.

Mama trägt seitdem die Haare kurz und hat sie nie wieder wachsen lassen.

Es wird Zeit, die Rosensträucher auf der Terrasse zu schneiden. Dann verschwinden die Spitzen, die den Pflanzen ein unordentliches Aussehen verleihen. Die Zweige über der gepfropften Stelle müssen alle geschnitten werden, und nur die zwei oder drei Knospen, die am nächsten zur Gabel liegen, dürfen bleiben, wenn sie gut aussehen.

Irgend jemand hat mich beschnitten, glaube ich, und deshalb bin ich, wie ich bin, bin ordentlich und sehe ordentlich aus. Kein Zweig ist gewachsen, wo er nicht sollte. Ich bin ein beschnittener Strauch, der nach irgendwelchen Anweisungen gewachsen ist. Eine Schere hat sich die rebellischen Knospen vorgenommen, die zukünftigen Blüten, die reichen Dornen an den Rosen. Wenn ich später geboren worden wäre, wer weiß, hätte ich vielleicht Cristina werden können.

wie intolerant

Das erste, was der Fahrer beim Öffnen der pneumatischen Türen des Autobusses sieht, sind meine Beine, die in endlosen, bis zur Stufe reichenden Strumpfhosen stecken. Eine unbescheidene Laufmasche läuft am linken Bein gefährlich den Schenkel bis zum Knöchel hinunter. Ihnen folgen Beine in diesen ausgeblichenen Jeans der Studenten, die an den Schenkeln und unter den Pobacken zerrissen sind. Bevor der Fahrer so recht versteht, wie ihm geschieht, hat er im Spiegel Line und mich vor sich, so als seien wir einem Katalog von *Don Algodon* entstiegen. Alles an unserem Aussehen (Klamotten ruiniert, Schminke verwischt, Laufmaschen) verrät, daß wir von einem Fest kommen und noch nicht geschlafen haben. Aber ich weiß nicht, ob der Fahrer schlau genug ist, um das zu bemerken. Und wenn, was zum Teufel geht es ihn an?

Mein enganliegendes, schwarzes Kleid zeigt etwas unverschämt die atemberaubenden Kurven meiner achtundfünfzig Kilo, vielleicht ein bißchen zu übertrieben, so daß ich mich darin wie der Grundriß eines Stieres aus der Zucht von Pablo Romero fühle: schwarze, gestochene Macht und Wildheit. Dagegen wirkt Line wie ein Engel mit ihren dreiundvierzig Kilo im rosafarbenen *Dragon-Ball*-Hemdchen Größe zwölf Jahre, den Ponyfransen, den beiden kurzen, blonden Zöpfen und ihren riesigen himmelblauen Augen, in denen ein ewiger Ausdruck des Staunens liegt.

Ich durchwühle meine Tasche. Krame wild herum, ohne zu finden, was ich suche. Der Fahrer hängt mit großen Augen und offenem Mund in meinem Dekolleté, das, wie ich bereits andeutete, ein bißchen freizügig... Verzweifelt schaue ich Line an, die versunken und abwesend von der Welt ihrer Musik aus dem Walkman lauscht.

»Verdammte Scheiße, ich finde das beschissene Portemonnaie nicht.«

»WAAAAS?« meint Line und nimmt sich die Kopfhörer von den Ohren. Sie hat gesehen, wie sich meine Lippen bewegten, aber nicht verstanden, um was es geht.

»ICH FINDE MEIN PORTEMONNAIE NICHT, VERFLUCHT!«

Mein Kreischen platzt in einen stillen Autobus. Line sieht aus, als ob die Schallmauer vor ihren verblüfften Augen zusammengebrochen sei, und ich merke plötzlich, wie uns die anderen Fahrgäste, alles Männer, anstarren. In dieser Herrenversammlung fallen wir so wenig auf wie eine Kakerlake in einem Milchtopf.

»Vielleicht haben sie es geklaut, Cris«, meint Line zu mir.

»Das würde mich nicht wundern«, murmele ich und rege mich kurz auf. »Ich hatte meine Sachen zu den anderen Taschen geworfen und sie bis heute morgen da liegenlassen, und auf dem Fest war voll der Mob. Scheiße, das hat uns gerade noch gefehlt!«

Ich schütte den Inhalt der Tasche auf einen leeren Sitz: Tampax, ein Buch, die Kleenex, ein Slip für alle Fälle, der Lippenstift und so ein Zeug fliegt heraus samt einer Schachtel Kondome und alles einem schwächlichen, schüchtern aussehenden Jungen mit Brille, klebrigen Haaren und gestreiftem Hemd vor die Füße. Der Junge errötet, macht seine Tasche auf und vergräbt seine Nase in irgendwelchen Aufzeichnungen.

Auf dem Platz taucht der Geldbeutel auf.

Ich nehme einen Schein hervor und lege ihn auf das Kassenbrett. Den wütenden Blick vom Fahrer übersehe ich mit königlicher Erhabenheit. Während der Autobus anfährt, setzen wir uns in die Sitzreihe parallel zum Fenster in seine Nähe.

Aus der Mitte des Busses starren uns ein paar Arbeiterlein an. Der eine dürfte über fünfzig, der andere knapp über zwanzig sein, blaue Latzhosen und die Sporttasche zwischen den Beinen. Der Jüngere freut sich offensichtlich an unserem Anblick.

»Das fehlte noch«, schieße ich los, weil ich eine neue Laufmasche in den Strümpfen entdecke. »Scheeeiße!« Hätte ich das Geld, das ich in den letzten Jahren für Strümpfe ausgegeben habe, fest angelegt, wäre ich jetzt reicher als Mario Conde.

Auf der Bank neben uns sitzt ein Dreißigjähriger im Jogginganzug. Vermutlich hatte er sich heute morgen vorgenommen, ein wenig laufen zu gehen, aber dann war ihm schnell die Puste ausgegangen und deshalb saß er jetzt bei uns im Bus. Ein sich verführerisch vorkommender unechter Sportler. Als der Dreißigjährige meinen Blick bemerkt, lacht er mich breit und zuckersüß an. Ich ignoriere ihn blasiert und unterhalte mich mit Line.

»Also, erzähl mal, was du die ganze Nacht gemacht hast. Ich habe dich nicht eine Viertelstunde gesehen.«

»Nicht viel«, antwortet sie. »ICH HABE GEVÖGELT«, fügt sie hinzu, und jedes Wort klingt so, als ob die Druckerschwärze noch frisch sei. Ihre Schnoddrigkeit paßt nicht zu ihrem kindlichen Aussehen.

»Gut, UND? Du wirst mir nun Punkt für Punkt alles erzählen«, dränge ich mit ungeduldiger Stimme.

»Nichts Besonderes, Süße. Seltener Schlaffiiii, der Typ ... Und außerdem haben wir es im Bett seiner Eltern gemacht, mit dem Kruzifix an der Wand und dem Photo seiner Mama auf dem Nachttischchen. Na ja ... Ich kam schlecht drauf! Die ganze Zeit mit dem Gefühl, daß mich diese Kuh äärgeerliich ansieht.«

»Ich weiß nicht, was du willst, Süße. Du warst doch ganz scharf auf den Typ ... ich nehme an, es war der, mit dem du am Anfang geredet hast.«

»Eo ipso, Miguelito«, bestätigt Line.

»Aber dann hast du doch ohne Hürden einen Heiligen geküßt.«

Unberührt von der Ironie holt Line ein Spiegelchen und einen Lippenstift *Margaret Astor* aus ihrer herzförmigen Tasche, schneidet eine süße Grimasse und fängt an, sich die Lippen fuchsienrosa anzumalen. Im Spiegel taucht der ältere Arbeiter auf, der ihr lasziv die Zunge herausstreckt. Sie schaut erstaunt, malt sich die Lippen weiter an, als ob es nicht um sie ginge, und führt seelenruhig unsere Konversation weiter.

»Damit du vor Neid nicht erblaßt, meine Süße, kann ich dir versichern, daß ich im nachhinein lieber zu Hause geblieben wäre, um es mir eigenhändig selbst zu machen. Da wäre ich wenigstens gekommen.«

Der Fahrer, der von Anfang an die Unterhaltung verfolgte, dreht sich mit einem Ruck zu uns um, und der Autobus macht eine tierische Bremsung. Wir fliegen beide von unseren Sitzen.

»HÖREN SIE MAL«, brülle ich den Fahrer an, »KÖNNEN SIE VIELLEICHT EIN BISSCHEN VORSICHTIGER FAHREN, ICH HABE MEIN TESTAMENT NOCH NICHT GEMACHT UND AUCH NOCH KEINE LEBENSVERSICHERUNG!«

Wir setzen uns vorsichtig wieder hin.

»Boah, jedesmal, wenn ich mich setze, denke ich an diesen Schwachkopf«, meint Line, »wie ich mich darauf freue, nach Hause zu kommen. Ich werde eine dieser epochalen Duschen nehmen, um den Schleim von diesem Hänfling loszuwerden. Das ist ja der totale Wahnsinn! Der wollte mich wohl mit Sabber erweichen.«

»Na, meine Nacht war vergnüglich«, sage ich und ernte einen skeptischen Blick von Line, den ich geflissentlich übersehe. »Erst habe ich die ganze Nacht *Trance* getanzt, und dann habe ich mir von der Terrasse aus den Sonnenaufgang angeschaut. Das war tausendmal besser, als wenn ich mit einem dieser Idioten vögeln gegangen wäre. Danke, ich kann verzichten.«

»Mach mal halblang«, läßt Line mit ihrer spitzen Stimme los. »Du kommst ja bloß nicht mehr auf die Beine, seit dich dieser Schwachkopf Iain verlassen hat. Du bist süchtig nach ihm, gib es zu. Aber die Welt geht davon nicht unter, außerdem gibt es noch so viele Männer. Aber entschuldige, Iain war ein Idiot und Besserwisser und Lackaffe. Ich weiß nicht, was du an ihm finden konntest.«

In diesem Moment bemerkt Line, daß in der Nähe der mittleren Tür ein Junge an der Stange steht und dümmlich herüberschaut. Einer mit billigem Anzug aus Alpaka und Krawatte, italienischen Schuhen und weißen Socken. Als Line ihn ebenfalls anschaut, wird er rot und vertieft sich in Windeseile in seine Lektüre.

»Daß ich keine Lust habe zu vögeln, hat nichts mit Iain zu tun. Ich habe einfach keinen Bock. Es ist doch total Scheiße. Vor ein paar Tagen habe ich gedacht, daß ich im laufenden Jahr doch tatsächlich mit elf verschiedenen Typen gebumst habe ...«

»Ein paar mehr wären dir wahrscheinlich lieber«, unterbricht mich Line skeptisch.

Ohne auf die Unterbrechung einzugehen, halte ich meine kleine Rede weiter. »Elf. Und richtig toll war es, das, was man

RICHTIG nennt, mit keinem, bis auf Iain natürlich. Also, was hast du davon? Da schnappt frau sich früh am Morgen einen, total besoffen, und wacht ein paar Stunden später vor Kälte irgendwo auf, wo es keine Heizung gibt, und merkt, daß der Typ bei Tageslicht nicht halb so geil aussieht wie angenommen und zu allem Überfluß einen widerlichen Arsch hat.«

»Das mit den Ärschen ist wie mit den Melonen. Du weißt nicht, ob sie gut sind, bis du sie öffnest«, meint Line und zeigt mit einer Kopfbewegung auf den Hintern von dem Jungen im Anzug, der so tut, als habe er allerhand zu lesen. »Den schönsten Arsch, das muß mal gesagt werden, hatte Santiago.«

»Line, nun werde bitte nicht makaber. So redet man nicht von einem Toten.«

»Du bist makaber. Er hatte den geilsten Arsch von Madrid, und ich finde es total okay, ihm diesen Titel noch posthum zu verleihen.«

In diesem Moment fällt dem Studenten mit viel Lärm die Tasche auf den Boden, so, als ob ein Haus einstürzen würde. Ich danke für die unerwartete Ablenkung, um in meinem Schädel gar nicht erst die Erinnerung an Santiago aufkommen zu lassen. Wir drehen die Köpfe und schauen, was er drin hatte. Zwischen den Aufzeichnungen liegt eine *Private*. Der Junge bückt sich, hebt schnell alles auf und nutzt die Gelegenheit, um Lines Beine anzugaffen. Zur Antwort hebt Line seine *Private* auf und gibt sie ihm herablassendissimo zurück.

»Die ist von dir«, sagt sie beiläufig und plaudert mit mir, als ob nichts wäre. »Du warst bei der Heizung, die nicht funktioniert.«

»Genau«, sage ich, »und die Dusche funktioniert mit einer prähistorischen Therme, die nur drei Minuten heißes Wasser hat. Und im Kühlschrank steht zum Frühstück nur verfallenes

Joghurt und schales Bier. Und manche haben nicht einmal das. Und du findest, Vögeln kompensiert das alles?«

Line lacht mit verschwörerischem Blick und weiß, wovon die Rede ist.

»Und dann noch der Rückweg!« vermerkt sie. »Ich weiß nicht, wie ich es mache, aber immer flirte ich mit Naturen, die von außerhalb kommen. Ab jetzt werde ich jeden fragen, wo er wohnt, egal wie geil ich bin, und wenn er nicht sagt, daß er im Zentrum wohnt, hat er gleich verschissen. Selbst wenn ich auf E bin.«

»Bei mir könnten sie selbst an der Plaza Mayor wohnen«, antworte ich scheinbar überlegen, »ich scheiße auf sie. Die Typen, mit denen wir herummachen, sind doch letztlich genauso wie ihre Alten, die am Samstag ihre Mütterchen stoßen, während sie an die Ärsche der Assistentinnen in den Fernsehshows denken. Ohne dabei jemanden anzusehen«, schließe ich und werfe dem älteren Arbeiter einen deutlichen Blick zu, für den Fall, daß er mich noch nicht verstanden hatte.

»Also, du bist entschlossen, nicht mehr herumzuvögeln?« schließt Line daraus.

»Mehr oder weniger. So wie meine Schwester Rosa. Oder ich werde Lesbe wie Gema.«

»Hör auf, hör auf, die arme Gema hat genug Probleme. Ich bin mir sicher, daß die sich die Doktorarbeit nur aufgehalst hat, weil sie nicht ordentlich vögelt... Du, hast du F-r-i-u-t gelesen?« fragt sie unvermittelt und spricht Freud Buchstabe für Buchstabe spanisch aus.

»Wen?« frage ich mit überraschtem Gesicht.

»Na, F-r-i-u-t, Süße«, antwortet Line und gibt mir mit den Schultern zu verstehen, daß sie von etwas sehr Bekanntem spricht. »Den Vater der Psychoanalyse... Entschuldige mal, aber ich finde es verblüffend, daß du ihn nicht kennst.«

»Ach du meinst Freud. Klar, habe ich Freud gelesen«, entgegne ich beleidigt, nachdem sie ausgerechnet mir in aller Öffentlichkeit mangelnde Bildung nachsagt.

»Na gut, dann eben F-r-oi-d oder wie er heißt. Ich habe etwas sehr Interessantes von ihm gehört, die Theorie der Sublimation, die hat er geschrieben.«

»Ja, und er hat auch vom Penisneid der Frauen geschrieben. Saublöd. Dabei kann frau sich mit einer einzigen Möse offensichtlich alle Schwänze verschaffen, die sie haben will. Ich weiß nicht, was es da zu beneiden gibt.«

»Naturgemös, aber ich meine die Sublimation. Wenn wir die ganze auf Sexualität konzentrierte Energie, und das ist in unserem Fall nicht wenig, anders einsetzen würden, könnten wir reich werden. Wenn du zum Beispiel tatslöchlich nicht mehr so viel vögeln würdest, könntest du einen Roman schreiben. Stell dir vor, wieviel Zeit du dann hättest.«

»Tja, vielleicht denke ich gelegentlich darüber nach ...«

»Außerdem verbrauchen wir ja nicht nur Energie dabei, wenn wir es machen, sondern auch Unmengen von Energie, indem wir daran denken oder wenn wir jemanden abschleppen, um es zu tun, und dann wieder welche, um ihn danach wieder loszuwerden. Also wenn du alle diese Energie in eine andere, wichtigere Sache steckst, ja, dann sublimierst du.«

Ich sehe sie nachsichtig an, so als ob ich sie nur interessiert ansehen würde, aber im Grunde davon überzeugt sei, daß Line ziemlich durchgeknallt ist.

»Mir zum Beispiel«, meint Line weiter, »hat der Schwachkopf Gonzalo, dein Cousin, einmal einen sauberen Pilz verpaßt, als wir an der Uni anfingen.«

»Typisch.«

»Und einen Monat konnte ich fast nicht vögeln, weil sich die

Sache komplizierte und mir unten rum alles anschwoll ... Ich erspare dir alle Details. Trash pur. Bei den drei Prüfungen in diesem Monat bekam ich das erste Mal in meinem Leben dreimal eine Eins. Sublimation eben.«

»Du hast mal irgendwo eine Eins gehabt?« frage ich ungläubig. Unter uns: Line ist eine von denen, die beim Lesen eines Buches die Zeilen mit dem Finger nachfährt.

»Ja, aber ich glaube, das war es auch, dafür bin ich viel zu besessen vom Sex, da kann es manchmal noch so eklig sein. Es vergeht keine Woche, und ich muß es schon wieder versuchen. Diese alten Böcke haben es doch leicht«, seufzt sie, »bei ihnen ist es egal, ob frau gut bumst oder nicht, sie spritzen immer, während wir ... Bei uns ist es wie beim Lotto-Totto.«

»Klar, du gewinnst nie.«

»So ein Quatsch ...! Auch wenn sie alle echt ein paar Hochstapler sind. Die meisten glauben, daß sie ihn bloß reinstecken müssen – Hala! –, und schon ist alles passiert. Und dann besitzen sie noch die Frechheit und fragen, ob es schön für dich war.«

»Denk bloß nicht«, spiele ich die Besserwisserische, »daß es andersherum besser wäre, wenn sie nämlich einen auf geschickten Liebhaber machen, sind sie noch unerträglicher. Ein paar glauben wahrscheinlich, sie seien im Zirkus: Drehung – hopp! – und noch eine Drehung – hopp! –, besessen vom Drehen und Wenden, als ob man ein Filet wäre.«

Line holt eine Feile aus der Tasche und beginnt sich geistesabwesend die Nägel zu feilen.

»Scheiße, wie sehen meine Finger aus ... Wo waren wir, bei manchen habe ich das Gefühl, daß sie heimlich das *Kamasutra* gelesen haben und ich zufällig die erste Dumme bin, das Versuchskaninchen, bei der sie es in die Praxis umsetzen wollen. Aber am schlimmsten finde ich die, die gar nichts drauf haben und sich stundenlang abmühen, traca, traca, und kurz bevor sie kommen …«

Der Autobus hält brüsk an einer Haltestelle.

»… hören sie auf«, vollende ich. Ich weiß genau, wovon sie redet.

»Genau und – Hala! – noch mal, Stunde um Stunde, bis dir am Ende die Fotze wund wird.«

Die Haltestelle ist mitten auf einem freien Platz, der aussieht wie ein verseuchter Alptraum. Ein junger Freak mit langen, blonden Haaren steigt zu. Eigenartig, daß er hier einsteigt. Er wird wahrscheinlich vom *Cerro de la Liebre* kommen. Bei den Zigeunern Schnee geholt haben. So sieht er jedenfalls aus. Er ist süß. Dürfte nicht älter als zwanzig sein. Über einem T-Shirt von den *Sonic Youth* trägt er ein kariertes Hemd. Dem Fahrer zeigt er seine Karte und sucht sich einen Platz. Während er durch den Gang läuft, wirft ihm Line einen kurzen und verschlingenden Blick zu. Nachdem die potentielle Beute taxiert ist, plappert sie weiter.

»Am schlimmsten finde ich, wenn sie einen geblasen haben wollen«, meint sie und lächelt sarkastisch.

Der Freak hat sich genau hinter Line gesetzt.

»Verschone mich«, sage ich. »Ein paar werden so nervig … Als ob es nichts anderes auf der Welt gäbe.«

»Und dann brauchen sie auch noch eine Ewigkeit.« Line macht übertrieben weit den Mund auf, bis es ihr fast den Unterkiefer aushebelt, »nach eine seid so in hund, bekomms du huskelkater in der sunge.« Sie macht den Mund wieder zu. »Ich schwör' dir, mehr als einmal habe ich Lust gehabt, dem Typen ordentlich in den Schwanz zu beißen, um das Thema ein für allemal zu beenden.«

Der Fahrer dreht sich wieder zu uns um. Es hupt, er schaut

zurück auf die Fahrbahn und weicht einem Auto schlenkernd aus. Uns wirft es auf den Sitzen herum.

»VERRRDAMMT!« Immer wenn ich mich aufrege, bekomme ich eine versoffene und verrauchte Stimme. »ZUM ZWEITEN MAL! Dieser Bus ist gefährlicher als ein Cruise-Missile!«

Der Fahrer bremst abrupt und dreht sich noch einmal zu mir um. Wenn Blicke töten könnten, wäre ich auf der Stelle abgefackelt zu Boden gegangen.

»Hör mal, Kleine«, meint der Fahrer zu mir, »du bist schuld, wenn ihr so laut redet. Oder meinst du, wir anderen wären scharf darauf, uns eure Schweinereien anzuhören?«

»ABER WAS DENKEN SIE DENN, WER SIE SIND!?« antworte ich im reinsten Brüllton. Du lieber Himmel, meine Testosteronmengen machen sich wieder einmal bemerkbar.

»Meinen Sie nicht auch, Herr Fahrer«, funkt der ältere Arbeiter dazwischen, »daß den beiden die Lust zu diesem Unfug vergehen würde, wenn ich sie mit mir zur Arbeit nehmen würde?«

»Das wird wohl leider nicht passieren«, flötet der jüngere Arbeiter.

»Wenn Ihnen unser Unsinn nicht gefällt, brauchen Sie ja nicht auf jedes Wort der Unterhaltung zu hören. Fehlte nur noch, daß Sie Ihr Hörrohr herausholen, um alles besser mitverfolgen zu können«, faucht Line mit ihrer spitzen Stimme.

»Hör mal, Blondinchen«, entgegnet der, »ich habe eine Tochter in deinem Alter, und ich versprech' dir, daß ich ihr zwei ordentliche Backpfeifen verpassen und ihr den Mund mit Seife waschen würde, wenn ich einmal hören müßte, daß sie so redet.«

»Sie glauben wohl, Ihre Tochter bumst nicht herum«, fahre ich dazwischen.

»Sieh mal einer an, im Moment wohl eher nicht, weil sie von ihrem Kerl verlassen wurde, wie noch so eine, die ich kenne, und es wundert mich nicht, Tochter, daß er mit dir nicht konnte.« Der Arbeiter lacht zufrieden über den Tiefschlag, den er mir gerade verpaßt hat.

»WAS WISSEN SIE DENN SCHON?« antworte ich, rot vor Wut. Seine Bemerkung hat mich getroffen.

Line nimmt mich am Arm.

»Komm, reg dich nicht auf. Achte nicht auf diese VERKLEMMTEN«, und wirft dem Arbeiter von oben herab einen verächtlichen Blick zu. »Wir steigen besser aus. Lieber gehe ich zu Fuß, als daß ich in diesem MA-CHO-AU-TO-BUS bleibe«, indem sie eine lange Pause zwischen den Silben macht, unterstreicht sie verachtungsvoll den Macho.

Ich sehe mich um. Der dreißigjährige Jogger setzt sein breites Lächeln auf, das verführerisch sein soll, aber lächerlich wirkt. Der ältere Arbeiter und der mit dem Alpakaanzug haben sich zu einer ernsten Haltung durchgerungen. Der jüngere Arbeiter macht ein den Umständen entsprechendes Gesicht. Wahrscheinlich hätte er gern gelacht, aber wegen der Anwesenheit des Alten (seines Chefs?) kann er nicht. Der Student versenkt seinen Kopf weiter in die Aufzeichnungen. Nur der junge Freak Indie Pop, der Süße, lacht offen.

An der nächsten Haltestelle hält der Bus. Wir stehen auf und gehen zur Tür. Line wirft dem jungen Indie Pop vor dem Aussteigen noch einen Blick zu, einen so zuckersüßen, als hätte eine jungfräuliche Schülerin den Kapitän der Fußballmannschaft ihres Institutes angelacht. Er lächelt zurück.

Line seufzt: »Sie haben es so einfach.«

J wie jämmerlich

Wie jeden Morgen um zwanzig nach acht stelle ich das Auto auf den Parkplatz und gehe über die Plaza de la Luna zu den Büros, in denen ich arbeite. Der Himmel sieht so eintönig aus wie das Leben. Es regnet.

Ich genieße die Tropfen im Gesicht und den Wind, der mir in die fliegenden Strähnen fährt. In zwanzig Minuten werde ich mich für den Rest des Tages in mein Büro einschließen. Da wird es keinen Wind mehr geben und kein Wasser, nur noch Air-conditioning. Immer die gleiche und unveränderliche Temperatur, zweiundzwanzig Grad Celsius. Wie es die Handbücher zur Sicherheit und Hygiene am Arbeitsplatz vorbeten.

Eingehüllt in den Kamelhaarmantel bin ich gegen die Kälte ebenso unempfindlich wie gegen die Schweinereien, die mir vier geile Böcke nachraunen, die auf der Suche nach einer Prostituierten sind.

Der Platz ist die Zufluchtsstätte einer unbestimmten Gruppe von Multirauschgiftsüchtigen, die sich von *Lexotanil* und *Rohypnol*, *Diazepam* und *Optalidon*, *Prozac* und *Naxtrelson*, Heroin und süßen Teigwaren ernähren.

Schmale, bleiche Gesichter, schlanke Körper und zusammengepreßte Lippen, hart und verbittert. Die Nasen sind spitz, die Backenknochen treten hervor. Spuren eines unablässigen, von Anfang an verlorenen Kampfes.

Mit leeren Augen schleppen sie sich dahin, rempeln einander an und suchen die Telefonzellen nach ein paar Münzen ab.

Sie wirken nicht besonders unglücklich. Wie sie im Müll wühlen und stockend ihre Selbstgespräche vor sich hin brabbeln. Wie sie die parkenden Autos anbrüllen und den roten Ampeln ihr Leben erzählen.

Von der Mitte des Platzes führt eine Treppe hinab zu überdachten Kolonnaden voller Taubenscheiße und Rotze, Kaugummis und Zigarettenstummeln, Spritzen und Stanniolpapier, dem Unterschlupf der urbanen Zombies.

Ineinandergekauert, unter einem Wust schmutziger Decken, mit klammen, starren Knochen von der Feuchtigkeit, schlafen dort alle, die nicht den Mut hatten aufzustehen.

Sie kümmern sich nicht um die Zukunft und um heißes Wasser, um saubere Laken oder einen Fernseher.

Manchmal beobachte ich diese Gestalten mit ihrem unergründlichen Alter und sage mir, Rosa, was sie mit ihrem Leben machen, ist nicht schlechter als das, was du machst.

Ich habe heißes Wasser und saubere Laken, eine Waschmaschine und einen Fernseher mit Parabolantenne. Aber ich habe kaum Zeit für mich. Zwölf Stunden sind täglich mit der Hypothek belastet, Geld für einen Luxus zu verdienen, den ich nicht genießen kann.

Zwölf Stunden bin ich jeden Tag in ein neun Quadratmeter großes Büro eingesperrt, kämpfe mit meinem Computer und stehe unter dem Druck von dreißigtausend Atmosphären.

Selbst wenn ich wollte, könnte ich nicht mit den Ampeln reden.

Ich glänze mit breiter Bildung. Den größten Teil der klassischen Literatur habe ich gelesen. Mein Studium habe ich mit Auszeichnung abgeschlossen. Orthographische Fehler mache ich nicht und vergesse kein einziges Komma. Die römischen Imperatoren und die Bourbonen kann ich auswendig aufsagen und weiß, daß Dhaka der Name der Hauptstadt von Bangladesch war. Ich besitze ein Staatsexamen in Naturwissenschaften und kann im Kopf die Quadratwurzel einer vierstelligen Zahl ausrechnen.

Was bedeutet Geographie, wenn wir mit Leuten auf der ganzen Welt via Computernetze und Modems reden können? Was ist Geschichte, wenn wir fünfundsiebzig Fernsehkanäle über Parabolantennen empfangen? Wer erinnert sich an Ovid, wenn Richard Gere sechs Millionen Dollar für einen Film verdient? Was nutzt die Arithmetik, wenn Computer Operationen von zwanzigstelligen Zahlen in Zehntelsekunden ausführen können?

Welchen Sinn hat das Leben einer professionellen und brillanten dreißigjährigen Frau, die gut verdient und einsam ist?

K wie Kino, Killer, Koitus

Ich weiß wie und wann, wo und warum. Aber an Einzelheiten kann ich mich nicht mehr erinnern. Es war so, wie es kommen mußte, wie ich es mir immer gewünscht hatte. Niemand hatte dafür ein Drehbuch: Der Wunsch diktierte mit seiner eigenen Stimme. Ich war tierisch betrunken, als ich das erste Mal mit Iain schlief. Das ist überhaupt nichts Außergewöhnliches, weil ich in der Regel immer tierisch betrunken bin, wenn ich das erste Mal mit jemandem schlafe. Sonst mache ich es nicht. Ich weiß noch, wie wir im Taxi bei ihm zu Hause ankamen und wie ich mit den Schuhen in einer Hand und einer Flasche Sekt in der anderen über den frisch abgesprühten Gehsteig lief, die Flasche hatte ich mir von dem Fest mitgenommen, auf dem ich ihn kennengelernt hatte, Iain, blaue Augen und Kinderlachen, zart wie eine Seidenblume, eine Stimme, die betörend in den Ohren rauscht wie das Murmeln des Meeres. Ich brauchte ihn nur anzusehen und spürte, wie das Begehren mich umflatterte. Als hätte Cupido allerhöchstpersönlich seine Hände im Spiel. Ich weiß nicht, wie ich mich in sein Bett legte, noch wie ich bis dorthin kam. Der Zeitraum zwischen dem Taxi und seinem Bett ist im äthylischen Dunst der Erinnerung verlorengegangen, das erste, woran ich mich nach dem Taxi erinnere, ist die Berührung mit den frischen, sauberen Laken und dann, schummrig wegen des matten Lichts der Kerzen, die vier Ecken des Bettes. Er legte mich auf den Bauch, legte mir die Hände auf den Rücken und hielt sie mit einer Hand fest. Danach hörte ich ein Rasseln, metallen wie von einem Schlüsselbund, spürte, wie er die Handgelenke festhielt, und hörte, wie sich knackend ein Eisen um sie schloß: Handschellen. Vielleicht hätte ich es ihm verboten, wenn ich weniger betrunken gewesen wäre, aber ich war randvoll, und er war so süß und gutgelaunt und hatte mir so sehr gefallen auf dem Fest, außerdem hatte es etwas Aufregendes, warum sollen wir es leugnen; also wehrte ich mich nicht, als er mir die Handschellen anlegte und die Augen mit einem Taschentuch verband. Bis blitzartig wie elektrischer Strom, trotz aller Besoffenheit mein gesunder Menschenverstand in den Kopf zurückkehrte und mir klar wurde, daß ich keine Ahnung hatte, wer dieser Typ eigentlich war, und daß niemand gesehen hatte, daß wir weggegangen waren. Mir fielen prompt diese ganzen Geschichten von Psychopathen ein, die ich im Kino gesehen hatte und die in diesen billigen Büchern mit weichem Deckel stehen (aus der Reihe *Wahre Verbrechen*), die wir in den Buchhandlungen der Flughäfen kaufen. Und ich sah mich schon zerstückelt und in Tüten über die ganzen Müllcontainer von Madrid verteilt. Ich versuchte, mich zu beruhigen, mir zu sagen, daß es so etwas nur in Filmen gibt und daß ich keine einzige Frau kenne, die bei einem Fick mit einem Nobody zerstückelt wurde. Aber dann kam mir die Geschichte in den Sinn, die mir Line erzählt hatte, von einem Typen, den sie in einer Nacht gebumst hatte und vor dem sie regelrecht fliehen mußte, weil er sie beim Vögeln unbedingt prügeln wollte. Und während ich darüber nachdachte, hörte ich ein Surren an meiner Schulter, ein gleichmäßiges und penetrantes Geräusch, das nur für Augenblicke aufhörte, um von neuem einzusetzen, und sagte mir: Das ist das Ende, so muß das Surren eines elektrischen Stuhls klingen. Niemand hat uns auf dem Fest weggehen sehen. Meine Schwestern werden denken, daß ich einen meiner Anfälle bekommen habe und abgehauen bin, in der Bar werden sie sich nach einer anderen Kellnerin umsehen, und frühestens in fünfzehn Tagen wird jemand auf die Idee kommen, mich zu suchen. Und fünfzehn Tage sind genug Zeit für diesen Typen, um mich von Kopf bis Fuß aufzufressen, so wie Jeffrey Dahmer es in *Milwaukee Massacre* machte, der kleine Stücke von seinen Opfern im Gefrierschank aufhob, um sie nach und nach wegzuputzen. Oder wie Richard Trenton Chase in *The Dracula Killer*, der die Innereien mit dem Blut seiner Opfer in einem Mixgerät pürierte und den Saft trank, damit sich, wie er sagte, sein Blut nicht in Staub verwandelte. Wer weiß, ob ich einem Briten hätte trauen dürfen, wo die Geschichte der Briten mit Psychopathen gepflastert ist, von Jack the Ripper, *The Whitechapel Horrors* aus Edinburgh, über Brady und Hindley, *Genesis of the Moor Murders*, Peter Sutcliffe, *Yorkshire Ripper*, Fred und Rose West, die Besitzer vom *Gloucester House of Horrors*, und John Duffy, *Railway Killer*... In Ulster und Schottland, in Manchester und Wales dürften die Briten die größte Dichte an schrägen Vögeln pro Quadratkilometer in Europa besitzen. Ich nehme an, das wenige Licht und die viele Kälte hat sie so verklemmt und pervers gemacht. In Spanien gibt es eher den Typ des impulsiven Schlächters, der mit der Flinte in der Hand auf die Straße rennt, um nach Jahre währendem Haß eine kasteiende Schmach zu rächen, wie in *Puerto Hurraco* oder in *Chantada*. Wenn sich bei uns einer einen vorknöpft, dann sollen es auch alle Leute mitkriegen. Dort nicht, dort führen die Leute ein scheinbar normales Leben, und erst wenn fünf Leichen in den Wänden des Hauses eingemauert entdeckt werden, tuschelt man im Viertel darüber, daß sie das niemals von einem so vorbildlichen Nachbarn erwartet hätten, auch wenn er vielleicht ein bißchen verschlossen gewesen sei, so wie der Junge hier, den ich mir angelacht habe, so süß und unschuldig, bei dem ich hier im Bett angekettet liege, ohne mich bewegen zu können mit einem surrenden elektrischen Stuhl im Rücken.

Ich versuchte mich zu entspannen. Dieser Junge konnte einfach kein Psychopath sein. Bei dem Kindergesicht? Mit diesen Manieren? Welche Traumata sollte solch ein Kindskopf mit sich herumschleppen? Meine absurde Logik. Psychopathen müssen doch weder unheimlich noch grob sein. *The Bible Murder*, der fünf Mädchen in Glasgow umgebracht hat (und den sie im übrigen nie gefunden haben), muß ein attraktiver Mann gewesen sein, denn seine Opfer gingen mit ihm mit, obwohl sie ihn nicht kannten und davor gewarnt waren, daß sich ein Würger in der Stadt herumtrieb. Er sah gut aus und war so kultiviert, daß ihn niemand verdächtigte. Genau wie Iain. Oder wie Ronnie York und Jim Latham (allerdings waren das Amis), deren Tour durch die Staaten sieben Opfer forderte, Leichtgläubige, die sie in unbeobachteten Momenten mit Schlägen und Messerstichen fertigmachten. Die sahen so toll aus – der eine blond mit blauen Augen, der andere dunkel mit schwarzen Augen – wahrscheinlich mindestens so hübsch oder noch hübscher als Iain, daß zu deren Gerichtsverhandlung ein ganzer Bienenschwarm an jungen Dingern aufkreuzte, weil sie so attraktiv waren. Dieses drohende Surren in meinem Rücken war zweifellos von einem elektrischen Stuhl, so einem, wie ihn Dennis Nilsen in *The Strangler of Muswell Hill* benutzt hatte, um die Kadaver seiner dreizehn Opfer in winzige Stücke zu zerlegen und soweit zu verstümmeln, bis er sie durch den Ausguß im Waschbecken spülen konnte. Und ich konnte mich wegen der Handschellen nicht bewegen und wegen der Augenbinde nichts sehen. Nur eine Eselin wie du geht in aller

Seelenruhe mit einem Unbekannten ins Bett, läßt sich Handschellen anlegen und die Augen verbinden, ohne den geringsten Widerstand zu leisten. Ich versuchte mich mit aller Kraft herumzuwerfen, aber es war unmöglich, aus den Handschellen herauszukommen oder das Tuch abzukriegen. Ich versuchte mich aufzurichten, aber dafür war das Bett zu weich. Ich rutschte nur über die Matratze. Mir wurde unheimlich. Der Schweiß tropfte mir von der Stirn. Ich spürte, wie die Tropfen in das Tuch sickerten, das er mir vor die Augen gebunden hatte. Die Handschellen waren zu eng verschlossen, als daß ich mich herauswinden konnte, und die Handgelenke taten vom Druck des Eisens weh. Ich wollte schreien, aber ich war so gelähmt, daß ich es nicht konnte. Die Stimme brach, sobald sie in der Kehle ankam, und zog sich zu einem spitzen Piepsen zusammen. Ich wollte mir in die Hosen pinkeln, Experten meinen, daß entmutige potentielle Vergewaltiger, aber auch das ging nicht, weil ich zu sehr mit dem Versuch beschäftigt war, mich zu drehen und zu wenden, um mich aus der ganzen Sado-light-Ausrüstung zu befreien.

Ich spürte, wie er mich sanft, aber bestimmt auf das Bett drückte, und hörte seine Stimme hypnotisch raunend in mein Gehör hinabfließen, die wiederholte, daß ich mich beruhigen solle, daß er mir nicht weh tun werde. Darauf spürte ich, wie etwas Hartes vibrierend über meinen Rücken wanderte. Ein Kitzel floß durch meine Wirbel. Ich fragte mich, was zum Teufel ist das, aber es war offensichtlich kein elektrischer Stuhl, so daß ich mich entspannte und es zu genießen begann. So besoffen, wie ich war, konnte ich mich seelenruhig fallenlassen und von allem abstrahieren, nur von meinem Körper nicht. Alles fühlte sich süß an, warm und klebrig. Im Mund breitete sich ein schmelzender, köstlicher Geschmack aus. Bonbons des Begehrens, die bei hundert Grad zergingen. Das harte Ding wanderte meinen Rücken hinunter und verweilte saumselig zwischen meinen Pobacken. Und ganz plötzlich schob sich etwas Hartes, sehr Hartes, so Hartes, daß es weh tat, zwischen meine Beine, schob sich hinein und heraus wie ein hydraulischer Kolben. Erst als ich ihn in mir hatte, ging mir auf, daß das vibrierende Ding ein Dildo war. Ich fand es aufregend, morbid und erregend, ja. Und es machte Angst. Wie pervers mußte jemand sein, der ungefragt einen Plastikschwanz hervorholte, ohne vorher mit mir darüber zu reden? Ich hatte immer von so einem Mann geträumt. Einem, der ohne jede Gegenleistung traumhafte Dinge mit mir machte. Vielleicht wird es auch der letzte von allen gewesen sein. Aber an diesem Punkt gab es kein Zurück mehr. So daß ich mich auf den Apparat konzentrierte, der zwischen meinen Beinen vibrierte, und versuchte, mich davon zu überzeugen, daß diese mechanische Ausgeburt dafür sorgen würde, daß ich innerhalb von drei Minuten kommen würde. Ich spürte, wie er eindrang und wieder herausfuhr, anfangs fester, dann jedesmal sanfter, je feuchter ich wurde, und zum Schluß vehement wie ein Wirbelsturm, von Mal zu Mal energischer und immer tiefer. Irgendwann nahm er den Vibrator heraus und nahm statt dessen sein Glied, haargenau konnte ich den Unterschied zwischen dem einen Zylinder und dem anderen spüren, der zweite war weicher und geschmeidiger und tat mir nicht weh, und ich flehte wer weiß wen an, daß er bitte nicht nach fünf Minuten komme, sondern sich Zeit nehme, so daß es Stunden dauere. Ich weiß nicht, wer den Stoßseufzer vernahm, aber wer es auch war, ich wurde erhört, und dieser bewegliche Berg auf meinem Rücken nahm sich Zeit und machte weiter und weiter. Zunehmend verminderte er den Rhythmus, und seine Anstürme wurden mit der Zeit weniger hämmernd. Er penetrierte mich süß und tief, und wenn er ganz tief war, ließ er ihn eine Weile dort, und ich konnte die Spitze seiner Eichel fühlen, die gegen die Wände meines Geschlechts stieß. Irgendwann nahm ich auf meinem Rücken eine kalte und klebrige Flüssigkeit wahr, und dann merkte ich, daß er sie mit der Zunge aufleckte. Ich dachte, er trinke seinen eigenen Samen. Dem Typ traute ich alles zu. Ich brauchte einen Augenblick, dann begriff ich, daß es der Sekt war. An diesem Punkt hätte ich bereits alles akzeptiert, was auch immer es gewesen wäre. Mir taten die Arme und Beine weh, das Atmen fiel mir schwer, weil das Gesicht in den Kissen lag, aber es war mir egal. Hätte er mich an Ort und Stelle erstickt oder mich in diesem Bett für immer zerstört, es wäre mir egal gewesen. Er bewegte sich nach vorn und nach hinten. Packte mich an den Haaren. Mein Rücken bog sich. Wie einen entfernten Sirenengesang hörte ich seine Stimme, er wolle sehen, wie ich komme, wie mir die Beine zittern, wie sich meine Muskeln im Magen zusammenziehen, und das erregte mich so, daß ich spürte, wie ein warmer Strom wie ein Feuerwerkskörper von meinem Venushügel bis zu meiner Kehle stieg, wie meine Eingeweide sich auflösten wie heiße Schokolade, und ich in einer Heftigkeit stöhnte, daß ich meine Stimme fast nicht wiedererkannte. Es war ein langes und tiefes Stöhnen aus dem tiefsten Inneren, aus einem verborgenen und bis dahin unentdeckten Inneren, das die Luft wie ein Messer durchdrang. Ich schwoll an wie ein Ozean. Als wenn er einen Damm öffnen würde. Wellen und Wellen salzigen Wassers strömten aus mir heraus. Ich spürte, wie ich Flüsse, Seen, Meere erschuf... und er stieß kräftig in mein Inneres hinein wie ein Schwimmer gegen den Strom. Wie viele Fische, wie viele Samenknospen, wie viele Bakterien und Bazillen schwimmen in meiner Tiefe, wieviel Flora und Fauna bewohnt mich, wie immens lebendig bin ich, ich, Ökosystem Weib, Gaia. Nachdem ich gekommen war, bewegte er sich weiter in mir, als dirigiere er dieses

Unterwasserballett, Minuten, die mir wie Stunden vorkamen, weil es zwischen meinen Beinen höllisch weh tat, und dann hörte ich ihn stöhnen und begriff, daß auch er gekommen war. Darauf schloß ich die Augen, befriedigt und satt, und schlief sofort ein.

Am nächsten Morgen wachte ich auf, weil ich fast aus dem Bett fiel. Er lag quer im Bett und hatte mich in eine Ecke gedrängt. Beim Rekeln schaute ich ihn an. Er war hübsch, aber auch nicht übermäßig. Da hatte ich schon mit erheblich besseren Exemplaren geschlafen. Und trotzdem schoß mir blitzartig der Gedanke durch den Kopf: Er wird der Vater meiner Kinder sein.

L wie leer

Ich weiß ja auch nicht, manchmal fühle ich mich wie ein Puzzleteilchen, daß irrtümlicherweise in einer Schachtel steckt, in die es nicht gehört. Ich gehöre nicht hinein. Heute morgen habe ich mich durchgerungen, mal wieder hinunterzugehen, weil Mama recht hat, ich kann mein Leben nicht allein und zurückgezogen zu Hause verbringen und heulen wie eine Magdalena. Also, hier bin ich, Anachen in der großen, weiten Welt, und stehe in der Schlange an der Kasse im Supermarkt des Viertels, zusammen mit zehn anderen Frauen, einer wilden Emmameute zwischen fünfundvierzig und fünfundneunzig, die Lust hat auf Zank und Gezeter und die im Halsumdrehen zu allem bereit wäre. Ich gebe es nicht gerne zu, aber diese füchterlich geschminkten Frauen mit ihren mißlaunigen Gesichtern machen mir Angst, ich fühle mich so klein, so anders ... Möglicherweise bin ich es, denn ich würde, offen gestanden, nie im Leben mit so einem Kleid auf die Straße gehen wie die Frau hinter mir, eine Art billige Chanel-Imitation mit vergoldeten Knöpfen, in der sie sich sehr elegant fühlen muß und sich wie eine dieser superschicken Fernsehmoderatorinnen vorkommt. Und dann die dahinter... Im Trainingsanzug und mit Absätzen, das sagt schon alles. Ana, jetzt bist du schon zweiunddreißig, es ist langsam an der Zeit, daß du ein bißchen selbstsicherer wirst und die Angst vor aller Welt verlierst, du bist zweiunddreißig, aber niemand sieht es dir an. Wenn ich mich im Spiegel betrachte, merke ich, warum mich alle auf Mitte Zwanzig schätzen, und wäre gerne ein paar Zentimeter größer, ich weiß ja auch nicht, vielleicht hätten die Leute dann mehr Respekt vor mir, dabei beneiden mich viele darum, daß ich jünger aussehe, aber für mich ist es ein Kreuz. Cristina und Rosa sind beide ziemlich groß, und ich habe das Gefühl, daß die Leute sie anders behandeln, während ich so klein bin wie Mama, und das ist überhaupt kein Vorteil. Vielleicht wirke ich durch meine Kleidung jünger, zum Beispiel trage ich heute eine Bluse mit rosa Blümchen, mit rundem Kragen und ein paar Jeans von *Caroche*, und ich muß zugeben, das würde wahrscheinlich besser zu einem Mädchen von fünfzehn Jahren passen als zu einer verheirateten Frau und Mutter eines Kindes. Ich weiß ja auch nicht, manchmal würde ich gerne älter wirken, aber, ehrlich gesagt, kann ich mir keine andere Kleidung für mich vorstellen, einmal habe ich schwarze Pullover und graue Hosen ausprobiert, ich weiß ja auch nicht, gedecktere Farben, seriösere Kleidung, aber es hat mich zu sehr deprimiert, ich hatte das Gefühl, in Trauerkleidern herumzulaufen, ganz schlimm, ich weiß ja auch nicht… Jetzt stehe ich also in der Schlange im Supermarkt, quäle mich mit dem Wagen herum, der bis oben hin mit Tüten und Schachteln vollgestopft und ziemlich unbeweglich ist; ich weiß ja auch nicht, vielleicht wiegt es auch alles gar nicht so viel, aber mir kommt es so vor, weil ich nicht sehr kräftig bin, und zwischen diesen kreischenden Weibern werde ich noch schwächer. Und, ich weiß ja auch nicht.

Das Leben im allgemeinen ist wie die Schlange in einem Supermarkt: langsam, unbequem und voll mit unerträglichen Leuten.

Eine Frau, die nur eine Packung Spülmittel hat, versucht sich vor die anderen Wagen zu drängeln und wählt natürlich prompt mich mit meinem mädchenhaften Aussehen ... Da haben wir es mal wieder, niemand hat Respekt vor mir, die Frau mußte mich nur anschauen, um zu wissen, daß ich mich nicht traue, etwas zu sagen oder auch nur ein bißchen Geschrei zu machen. Aber die anderen Frauen in der Schlange haben es sofort gemerkt und ein Riesengezeter gestartet: IST ES MÖGLICH? SIE HABEN SICH VORGEDRÄNGELT, SEÑORA! STELLEN SIE SICH NICHT DÄMLICHER AN, ALS SIE SIND, WIR SIND VOR IHNEN DRAN! Und zu mir gewandt: MÄDCHEN, SCHLAF NICHT EIN, SIEH ZU, DASS SICH NICHT NOCH SO EINE REINSCHIEBT! Während die, die sich vorgedrängelt hat, so tut, als ob sie nichts mitbekommt, und ausgiebig mit ehrerbietiger Gleichgültigkeit vor sich hinschaut. Das Geschrei geht weiter, bis die Kassiererin die Geister mit ein paar treffenden Worten beruhigt, wobei sie drohend eine der Stangen hochhebt, mit denen die Waren auf dem Fließband getrennt werden. SEÑORAS, NUN IST ABER GUT! RUHE JETZT! ALSO BITTE! *VAMOS*, SAGE ICH.

Dann komme ich an die Reihe. Die Kassiererin, die eh schon miserabel gelaunt ist, zieht die Sachen durch das elektrische Lesegerät an der Kasse: Bier für Carlos, *Coca-Cola light* für mich, koffeinfreie Cola für das Kind, ein Sack Waschmittel von *Eco* (ökologische Verpackung, natürlicheres Produkt), weiche, große Wischlappen von *Cinderella*, ein *Scotch Brite* mit grüner Faser und Schwämmchen (3 zum Preis von 2), Scheuermittel *Brillax*, Büchsen (Familienpackung Pfirsiche in süßem Fruchtsaft von *Bamboleo*, Champignons *El Cidacos*, Spargel *Natur* aus Navarra von *Iñaqui*, Erbsen von *Gigante Verde*, Fischrogen aus Limpias von *Captain Sea*, heller Thunfisch von *Calvo* im Dreierpack), Tiefgefrorenes (Gambas in Öl, Cordon bleu, Gemüsekroketten, Eiscremetöpfe und eine Paella), dunkles Brot von

Panrico, fettarme Joghurts ohne Zucker für mich und Erdbeerjoghurts für das Kind, gebratene Tomaten von *Orlando*, Makkaroni von *Gallo* und zwölf Eier. Das ist alles. Ich hoffe, ich habe nichts vergessen.

Sobald die Artikel eingegeben sind, packe ich sie in die Tüten. Ich bemühe mich, schnell zu sein, aber ich beginne mich zu verzetteln, weil die Plastiktüten aneinanderkleben und die Verkäuferin mich abschätzig mustert, offensichtlich genervt von der mangelnden Fingerfertigkeit meines Unternehmens. Ich versuche es schneller zu machen, aber irgendwie klappt es nicht. Als alle Artikel in ihren dazugehörigen Tüten stecken, suche ich in der *Farrutx*-Tasche, die mir Borja zu unserem Hochzeitstag geschenkt hat, nach dem Portemonnaie, um zu zahlen, aber finde es nicht.

Die Sekunden verstreichen unerbittlich, die Kassiererin verzieht ihre Mundwinkel, und die Frauen stehen bereit, um mich zu lynchen. Es liegt eine schreckliche Spannung in der Luft. Mir bleibt nichts anderes übrig, als einmal tief durchzuatmen, der Kassiererin gegenüberzutreten und ihr zu sagen, daß ich mein Portemonnaie nicht finde. SEÑORA, WIRD ES HEUTE NOCH WAS? WIR HABEN NICHT DEN GANZEN TAG ZEIT, stänkert eine mit blaugefärbten Haaren und blumiger Kittelschürze aus der Schlange. DAS WILL ICH MEINEN. ICH HABE NOCH DIE PFANNE AUF DEM HERD, setzt eine ungeheuer Dicke einen drauf, die ihre Haare gelb gefärbt hat und deren schwarzer Haaransatz schon wieder sichtbar ist. ICH BIN JA MAL GESPANNT, WIE ES HIER WEITERGEHT, schreit mich die Kassiererin an, und ich glaube, ein Berufsschläger aus dem Fernsehen hätte keinen einschüchternderen Ton anschlagen können, und ich versuche zu erklären, daß ... das einzige, was mir einfällt ... ist, daß wir die Tüten hier lassen und ich schnell nach Hause gehe, um das Portemonnaie zu holen, und sie meint, daß ich ihr riesige Scherereien mache, weil sie schon alles eingegeben hat und sie nun alles stornieren muß, und das sei eine ungeheure Scheiße, vor allem bei der Schlange, und ich versuche zu sagen, daß es mir schrecklich leid tut, daß sie verstehen muß, daß ich es nicht absichtlich gemacht habe, aber ich werde still, weil ich merke, daß ich rot werde und gleich anfange zu weinen, und sie meint, plötzlich in versöhnlichem Ton, ich solle mich beruhigen, es sei nicht so wild, »junge Frau«.

Meine Probleme scheinen die alltägliche Monotonie im Supermarkt ein wenig zu durchbrechen, zum allgemeinen Vergnügen der Beteiligten. In der Schlange wird die Situation bereits wie von erfahrenen Sportmoderatorinnen kommentiert. Die mit der geblümten Kittelschürze höre ich sagen, daß sicher *was* mit meinem *Alten* ist, und ihre Freundin teilt die Meinung, ja doch, sagt sie, niemand stellt sich sonst so an, bloß weil das Portemonnaie vergessen ist, und eine andere meint, glaub das nicht, Chari, ich hatte vor kurzem mein Portemonnaie zu Hause gelassen, und es war *sooo* unangenehm. *Señoras*, Sie sollen wissen, daß ich keinen Ärger mit meinem Mann habe, daß er ein Engel und eine wundervolle Person ist, zwar auch ziemlich langweilig, das ja, und ernster noch als eine tiefgefrorene Zahnbrasse, aber mischen Sie sich nicht in Dinge ein, die Sie nichts angehen, weil Sie verdammt noch mal nicht die geringste Ahnung davon haben, warum ich weine und warum ich aufhöre zu weinen, und außerdem kann es Ihnen scheißegal sein. Aber das sage ich natürlich nicht, nicht nur, weil ich so schüchtern bin, sondern auch, weil ich so kultiviert bin und eben nicht so ein Marktweib wie Sie, Señoras.

Die Zeit macht sich Raum in meinem Kopf, und in diesem Raum bin ich nicht mehr das große Mädchen, sondern die

SuperAna, die es locker mit einer Weibermeute aufnimmt und der Kassiererin die Spargelbüchse *Natur* gut plaziert an den Kopf wirft und sie damit außer Gefecht setzt. Aber ich bin keine SuperAna, ich bin nur das Anachen von immer und bin müde, ungeheuer müde und möchte nach Hause und ins Bett und die Büchsen und das Tiefgefrorene und die Reinigungsmittel vergessen und die Vorhänge zuziehen und mich mit geschlossenen Augen unter Decken und aber Decken aus Dunkelheit im Nichts verlieren, bis sie mich langsam und süß ersticken.

Die schrille Stimme der Kassiererin wirft mich in die Realität zurück. Ich öffne die Augen und stehe vor der Kasse, reglos und ohne das Portemonnaie von *Farrutx*, das mir mein Mann zu unserem Hochzeitstag geschenkt hat.

»Nun aber, junge Frau, was sollen wir machen, ich habe nicht den ganzen Tag Zeit.«

Ich spüre, wie ihre schrille Stimme in meinen Raum eindringt und mit Hunderten und Aberhunderten von schweren Stiefeln auf meinem Hirn herumtrampelt wie ein feindliches Heer, bis mir die Schläfen weh tun. Ich habe Kopfschmerzen.

»Stornieren Sie alles. Haben Sie mich verstanden? STORNIEREN SIE DAS ALLES!«

Ich bin selbst überrascht, weil ich eigentlich nie herumschreie und nicht einmal wußte, daß in meiner Kehle so viele Dezibel schlummern. Mein Schreien hat die Situation eingefroren. Für zwanzig Sekunden hätte man eine Stecknadel fallen hören können. Überraschung. Verwunderung. Die Frauen werden auf einen Schlag still, wie ein Mund, wie ein einziger Mensch oder, besser gesagt, wie ein einziges Weib, und schauen mich mit großen Augen und einer Mischung aus Erstaunen und Mißbilligung an.

Aber die Kassiererin gewinnt ihre Fassung schnell wieder.

Wer ist sie denn, die Kassiererin, daß sie sich von so einer wie mir einschüchtern lassen würde.

»In Ordnung, junge Frau, das ist doch kein Grund, so ein Theater zu machen. So was Eingebildetes!«

Ich nehme entschlossen die Tasche von *Farrutx*. Die Tränen steigen mir in die Augen. Ich sterbe vor Scham. Es gibt keine schlimmere Demütigung, als vor allen Leuten zu heulen, vor allem vor dieser Bande boshafter Weiber. Morgen um diese Zeit wird das ganze Viertel wissen, wie ich mich aufgeführt habe.

Ich hatte geahnt, daß es so enden würde. Ich will nach Hause zurück. Ich wäre so verdammt gerne zu Hause.

Mit dem kleinen verbleibenden Rest Würde wende ich mich, ohne mich umzudrehen, zur Tür, versuche dabei den Kopf schön hochzuhalten, die Tränen strömen mir über die Wangen und verwischen die ganze Wimperntusche. Das hatte gerade noch gefehlt. Herr, bitte erspare mir jetzt einen Bekannten. Niemand soll mich so tränenüberströmt sehen.

»Diese vornehmen Mädchen glauben wohl, daß wir nur dafür da sind, sie zu bedienen«, höre ich die Kassiererin wütend zu jedem sagen, der es hören will.

»So ist es, Tochter, seit das Viertel in Mode gekommen ist und diese ganzen Yuppies hierhergezogen sind, machen wir allerhand mit«, findet die mit der geblümten Kittelschürze.

Und die Kassiererin storniert den Einkauf und signalisiert einem der Verkäufer, daß er die Tüten holen soll und die Sachen wieder an ihren Platz stellt. Und wahrscheinlich hat die Kassiererin allen Grund zu ihrer schlechten Laune, denn wenn man es genau nimmt, sitzt sie bestimmt acht Stunden für ein miserables Gehalt an der Kasse und zieht Büchsen und Tiefgefrorenes durch ein elektronisches Lesegerät, ohne davon die zwei Kinder richtig versorgen zu können, da ihr Mann sich sonstwo herumtreibt, wie sie immer sagt, und so wundert es mich nicht, daß ihr die Tränen und Anwandlungen einer verweichlichten Frau scheißegal sind, die mit einer Tasche herumrennt, die allein die Hälfte ihres Gehaltes wert ist. Wie oft habe ich sie einen Satz sagen hören, den ihre Mutter ihr tausendmal vorgebetet hat: Diejenigen, die am meisten heulen, haben am wenigsten Grund dazu. Und was weiß ich, vielleicht hat sie recht, vielleicht habe ich eigentlich kein Recht zu weinen. Ich habe einen wunderbaren Mann und ein hübsches Kind und ein Zuhause, das in der *Elle Dekoration* abgedruckt sein könnte, und trotzdem, ich weiß ja auch nicht, was mit mir los ist, könnte ich nur noch weinen. Zu allem Überfluß schäme ich mich so dafür. Es ist mir ein Rätsel, wie ich vor all diesen Leuten im Supermarkt die Nerven verlieren konnte. Nach so einem peinlichen Auftritt denke ich gar nicht daran, noch einmal dorthin zu gehen. Ab heute werde ich die Einkäufe telefonisch bestellen. Oder besser noch, das Mädchen geht einkaufen, dafür ist sie doch da, und ich weiß ja auch nicht, wie ich heute bloß darauf kam, runterzugehen und Einkäufe zu machen. Jetzt will ich nur noch nach Hause. Nach Hause, nach Hause, auf das Bett fallen, die Vorhänge zuziehen, die Augen schließen und mich im Nichts verlieren, unter Decken und Decken aus Dunkelheit, die mich ersticken, langsam und süß …

LL

Wir vermissen nicht die geliebte Person. Wir vermissen den Teil von uns, den wir verlieren.

Ich bin zwischen Schallplatten aufgewachsen. Wir lebten ein paar Jahre mit meiner Tante Carmen und ihrem Sohn Gonzalo zusammen, nachdem mein Vater fortgelaufen ist. Gonzalo ist elf Jahre älter als ich. Am Anfang redete er kaum mit mir, aber ich fand ihn ganz toll. Er sah gut aus ... so, so toll. Tierisch, wirklich. Gonzalo war der Typ Mann, der allen Frauen gefiel, weil er so gut aussah. Er ließ keine kalt. Ich kenne nur einen ähnlichen Fall, zwar nicht so hübsch, aber, na ja, noch sympathischer. Er hieß Santiago und war der süßeste Kellner in meiner Bar, auf dieser technisierten und cyberschicken Bühne meiner Nächte. Aber Santiago nahm kein gutes Ende, und ich habe keine Lust, über ihn zu reden, weil es mich traurig macht.

Aber um zu Gonzalo und der Zeit zurückzukehren, als er bei uns im Hause lebte: Es war so, mein Cousin wurde zu meinem zweiten Vater, und vom ersten Augenblick an war klar, daß ich Gonzalos Liebling sein würde. Von ihm habe ich gelernt, Musik zu hören. Bevor Gonzalo bei uns lebte, hatte ich nur klassische Musik gehört, weil meine Mutter und meine Schwester Rosa sie hörten. (Meine Schwester Ana hat kein musikalisches Gehör, was sie vermutlich von meinem Vater geerbt hat, auch wenn ich mir nicht sehr sicher bin, da ich ihn ja kaum kannte.)

Aber seit dem Tag, an dem Gonzalo bei uns einzog, vermischte sich ein permanenter Klang von elektrischen Gitarren mit der Luft und mit dem Parfum meiner Mutter, mit den Gerüchen in der Küche nach Gewürzen und Braten, mit den Radioserien *Lucecita* und *Simplemente María*, die durch den Hof herauftönten, und ich habe Dylan, Hendrix und die Joplin, Leonard Cohen und die zensierten Platten von Lluís Llach mit Begeisterung beim Legospielen und Puppenspielen auf dem Teppich in Gonzalos Zimmer gehört. Ich strich mit dem Finger fasziniert über die psychedelischen Hüllen von Genesis, Lennon und The Who und spann mir Geschichten aus, die in der Welt des *Yellow Submarine* spielten. Meine Geschichten webten sich zwischen psychedelische Halluzinationen. Tausendfarbige Drachen, Metallsirenen, blau durchdrungene Feuerspiralen. Mit sieben Jahren nahm mich Gonzalo an die Hand und führte mich in drittklassige Kinos, um Filme von den Rolling Stones und den Beatles zu sehen, endlose Sessions, bei denen ich mich unsäglich langweilte. Die Zeichentrickfiguren der Beatles hatten noch etwas, aber die Filme von den Stones und The Who ... das war nichts für mich. Von *Performance* und *Tommy* ist mir nur die Erinnerung an die erdrückende Langeweile geblieben, die mich wie eine Grabplatte in meinen Kinositz drückte, wie ich zwischen den engen Sitzen mühsam nach einem Platz für meine Beine suchte, dafür aber stolz zu meinem Cousin aufschaute, der in die unergründlichen Szenen auf der Leinwand vertieft war.

Alle meine Geschichten und Gefühle sind mit irgendeinem Song verknüpft, vielleicht weil Gonzalos Musik in meiner Kindheit immer im Hintergrund vor sich hin dudelte.

Die erste Platte, die ich mir kaufte, war *Oceans of Fantasy* von Boney M, selbstverständlich kann ich mich genau daran erinnern. Ich war damals zehn. Gonzalo schrie auf und fand mich kitschig und weiß der liebe Himmel was noch. Zwei Jahre später, zur Modernität konvertiert, kaufte ich mir Platten von Human League und Spandau Ballet, die Gonzalo auch nicht viel sagten. Ich schämte mich schrecklich für die erste Wahl und versteckte die Platte von Boney M ganz hinten im Schrank. Wie unsagbar unsicher sind wir in der Jugend ... Nachdem ich über die Jahre gelernt habe, mein Gespür unabhängig von vergänglichen Moden, bekannten Kritikern und fremden Meinungen zu schätzen, und ich stolz zu meiner ersten Wahl stehe, habe ich keine Ahnung mehr, wohin diese Platte mit dem wahnsinnigen Cover verschwunden ist, Boney M, Neptun und seine Meeresnymphen. Ich vermute mal, daß Gonzalo sie auf dem Flohmarkt verkauft oder gegen eine Platte *echten* Rock 'n' Roll eingetauscht hat, eine von denen mit viel verzerrter Gitarre.

Aber das erste Mal so richtig abgefahren bin ich bei den Kinks, meinen ersten Idolen. Ich war dreizehn, und meine einzige Platte hatte mir Gonzalo geschenkt, als er mit meiner Tante Carmen nach Donostia zog und mich allein ließ wie ein Baby im Wald. Ich hörte diese Platte tage- und wochenlang immer wieder, das Abschiedsgeschenk, bis ich sie fast auswendig kannte. Mit den Melodien im Kopf, einer Leere in der Brust und geschlossenen Augen durchwanderte ich während des langen vergeblichen Wartens die Weiten der Sehnsucht. Mit geschlossenen Augen kann man nicht weinen. Mit geschlossenen Augen kann man nicht sehen, daß ein Zimmer leer ist und daß Platten und Comics verschwunden sind. Beizeiten öffneten sich die Heftklammern meiner Gedanken und stellten sich die Noten in einer Schlange auf, um mit meinen Neuronen zu tanzen. Ich fand nach allem, was von der Musik und seiner Stimme rüberkam, Ray Davies treffe genau meine Stimmung, auch wenn ich fast kein Wort verstand. Meine Verehrung ging so weit, daß ich mir schwor, meine Töchter, falls ich je welche haben sollte, Lola und Victoria zu nennen, nach den zwei Liedern von den Kinks. *Lola* kann ich immer noch leidlich auf der Gitarre spielen, Lo-lo-lo-lo-looo-la.

Als ich irgendwann die Texte verstand und genug Geld hatte, um mir alle ihre Platten zu kaufen, wurde ich nicht enttäuscht. Ich verstand nicht, wie die Leute so etwas für die Beatles empfinden konnten – die bei aller Liebe einfach zu flau sind, wenn sie einen auf romantisch machen, und zu aufdringlich, wenn sie mystisch werden – oder für die Rolling Stones: so viel Satanismus und wilder Sex, um dann eine zu heiraten, die aussieht wie eine Hausfrau und sich zurechtmacht, als käme sie gerade aus einer Fernsehserie – wo es doch die Kinks gibt, die eindeutig die besten Melodien und die bissigsten und intelligentesten Texte haben. Ich finde ihre ironischen Beschreibungen und ihren Skeptizismus ganz toll, aber vor allem ihre Liebeslieder, die vor Lebendigkeit platzen.

Beim Schreiben könnte ich die Augen schließen, und trotzdem würden die Worte weiterfließen; ich habe kein Motiv, nur einen Rhythmus. In letzter Zeit habe ich beim Aufstehen immer nur ein Lied vor mich hergesungen, obwohl ich es schon seit mindestens zwei Jahren nicht gehörte habe, weil mein Plattenspieler kaputtgegangen ist und ich nur CDs und Kassetten hören kann, deshalb kann es auch kein Zufall sein. Es ist ein Lied von den Kinks, das ihr vielleicht kennt, ich weiß nur noch die erste Strophe, die so anfängt: *Thank you for the days / those endless days, those precious days you gave me / I'm thinking of the days / I won't forget a single day, believe me …*

Ich werde nicht einen einzigen Tag mit Iain vergessen, glaubt mir.

M wie Melancholie und Müdigkeit

Eingesperrt in einem Büro verbringe ich einen großen Teil meines Lebens, um nicht zu sagen das ganze Leben, und tippe ohne Unterbrechung. Jeden Tag produziere ich mehr und mehr Informationen. Ich bin an dem Punkt angelangt, an dem sich mein Gedächtnis verdoppelt hat, wobei die Kapazitäten größer sind, die in Archiven und Datenbanken ausgelagert sind, als das, was in meinem biologischen Hirn gespeichert ist.

Ein großer Teil meiner Information ist im Computer. Es muß ein nur mir bekannter Geheimcode eingegeben werden, um ihn zu öffnen. Ein weniger vertraulicher Teil ist auf Disketten gespeichert, die weggeschlossen sind. Die Disketten und die RAM-Speicher enthalten in Dokumenten und Ordnern, alphabetisch sortiert und leicht auffindbar, Zahlen und genaue Daten. Dieser Informationspool binärer Zahlen macht meine Arbeitsidentität aus, identifiziert mich gegenüber der Welt.

Daneben habe ich mein Gedächtnis. In meinem Kopf schwimmen diffuse Erinnerungen durcheinander, ungeordnet abgespeichert und ohne Schubladen. Es ist nicht leicht, sie abzurufen. Ein Geruch, ein Geschmack, ein flüchtig und assoziativ auf der Straße wahrgenommenes Profil kann sie eines Tages heraufbeschwören und an die Oberfläche steigen lassen. Vergessene Bilder, Namen, an die ich mich bereits nicht mehr erinnerte, Verletzungen, die ich für begraben hielt. Meine *wirkliche* Identität, mein eigenes Leben konstituiert sich dadurch, nehme ich an. Habe ich eins?

Vor ein paar Tagen zum Beispiel, als ich losging, um eine Zeitung zu kaufen, beobachtete ich ein vielleicht zwölfjähriges Mädchen. Versunken, weiche Augen, störrische Haare. An wen erinnerte sie mich ...? An eine Klassenkameradin, mit der ich damals kaum gesprochen habe.

Tage im *Colegio*.

Ich denke ans *Colegio* und mir kommt in den Kopf, wie ich meine Brüste bekam, fast über Nacht. Ich war gerade mal zwölf geworden und kaufte mir im Valkiria meinen ersten Büstenhalter. Marke *Belcor*, Modell Maidenform, Größe 80, Farbe Lachsrosa. Er war mir ein bißchen groß, so daß ich die Träger nachstellen mußte. In meiner Klasse war ich die erste mit Büstenhalter.

Rosa Gaena, zwölf Jahre, Intelligenzquotient 155, Brustumfang 80, Größe 1,66 Meter. Supergirl *Mujer Biónica*.

Diese Neuanschaffung aus der femininen Sanitärabteilung machte mich, anders als ich erwartet hätte, zum Gespött der Klasse. Die anderen Mädchen hatten keinen Respekt vor meiner soeben gewonnenen Fraulichkeit mit Brüsten und allem, sondern quälten mich, zogen an dem elastischen Büstenhalter und ließen mir die Träger auf den Rücken schnalzen.

Was für ein Kreuz.

Ebenso plötzlich, von einem Tag zum anderen, redeten alle Mädchen in der Klasse nur noch von Jungs. Es gab kein anderes Thema mehr. Jede hatte einen, der ihr gefiel – einen Nachbarn, einen Cousin, den Bruder einer Freundin oder einen aus dem Autobus – und alle fingen an, irgendwelche Namen auf die Mappen mit ihren Aufzeichnungen und die Buchumschläge, auf die Taschen und Bänke zu schreiben.

Und ich, die größte von allen, die mit den besten Noten, die einzige, die einen Büstenhalter besaß, hatte keinen. Ich hatte keinen Namen, den ich auf die Hefter und Schutzumschläge hätte schreiben können. Gonzalo, der einzige, der Wichtigste, der Unersetzliche, taugte nicht dafür, denn er war mein Cousin, und ich konnte ihn nicht heiraten oder zumindest nur mit der ausdrücklichen Genehmigung von Papa.

Das wußte ich nur zu gut, denn ich hatte nicht umsonst immer eine Eins in Religion.

Wie überall.

Doch damit nicht genug, zu allem Überfluß interessierte sich Gonzalo keine Spur für mich. Ich war sehr stolz. Ich wäre eher gestorben, als zuzugeben, daß ich in einen unehelichen Cousin verliebt war, der sich ganz offensichtlich nichts aus mir machte.

Ich hätte gerne einen Namen für die Hefte gehabt, aber ich kannte keinen Jungen in meinem Alter – und keinen älteren, das wäre auch gegangen –, mit dem sich die Gelegenheit zu einer Unterhaltung von mehr als fünf aufeinanderfolgenden Sätzen ergeben hätte.

Es gab zwar ein paar Nachbarn, die sich angeboten hätten, aber der eine war zu picklig im Gesicht, und den anderen überragte ich um mindestens fünf Zentimeter, so daß mir unwillkürlich nichts anderes übrigblieb, als Kandidaten aufzutreiben, um sie in Protagonisten für meine adoleszenten Träume zu verwandeln.

Und das umringt von Mädchen.

Allein in meiner Klasse gab es fünfunddreißig. Und im ganzen *Colegio* fast tausend. Auch wenn die aus den anderen Klassen fast keine Rolle spielten.

In der Mathematikstunde mußte immer eine von uns an der

Tafel die Hausaufgaben lösen, die uns die Lehrerin am Nachmittag zuvor diktiert hatte.

So traten jeden Tag fünf arme, unselige Dinger den Kreuzweg an und ertrugen zehn Minuten psychologischer Folter, in denen sie sich verzweifelt darum bemühten, herauszubekommen, was die Quadratwurzel von 324 sein könnte.

Da die Lehrerin total gemein war, holte sie nie ein Mädchen an die Tafel, das gut war in Mathematik. Eins, das an die Tafel kommt, um das lächerliche Problem in knappen drei Minuten zu beheben, und das danach mit zufriedener Miene wieder an seinen Platz geht.

Ganz im Gegenteil, die auserwählten Opfer waren normalerweise die Mädchen, die im Durchschnitt bei mangelhaft oder knapp ausreichend lagen. So konnte man davon ausgehen, daß sie sich, zur großen Unterhaltung und zum Vergnügen der Lehrerin – in erster Linie – und dem der Mitschülerinnen, mindestens fünfmal vertaten, bevor sie die Gleichung, die Quadratwurzel oder den entsprechenden Bruch lösen konnten.

Das bedeutete, daß ich – zeit meines Lebens Einserin – niemals an die Tafel gerufen wurde und meine Nachmittage statt mit der Lösung wirrer arithmetischer Probleme in aller Ruhe und ohne jedes schlechte Gewissen mit der glücklichen Lektüre von Emilio Salgari zubringen konnte und zudem das Privileg genoß, meine armen Mitschülerinnen während der Mathematikstunden ausgiebig studieren zu können, ohne daß über mir das Damoklesschwert schwebte, als nächste an die Tafel zu kommen.

Für zehn Minuten standen die Tafelverurteilten auf einem Podest, drehten sich alle Augenblicke, um bald die Tafel, bald die Lehrerin, bald das respektable Publikum hilfesuchend anzusehen. Na, und ich konnte in aller Ruhe die verschiedenen Faktoren beurteilen, Haarfarbe und Länge, Eleganz der Fesseln, und prüfte ihre Bewegungen auf Schönheit und ihr Lächeln auf seine Wärme.

Damals hatte ich bereits einen eigenen, ausgebildeten Geschmack.

Die offiziellen Schönheiten der Klasse, ein auf vier Mädchen beschränkter Zirkel, gefielen mir nicht (Verónica an der Spitze, Leticia, Laura und Nines), obwohl sie allgemein am beliebtesten waren (weiß der Himmel warum) und eine Reihe von Eigenschaften besaßen, die ihnen in den Augen der anderen etwas ganz Besonderes verliehen: Typ Tänzerinnen mit brünetten, glatten, langen Haaren, blauen Augen und tadellosem Stil.

Zum Glück gefielen sie mir nicht, denn die standen nie vorne an der Tafel.

Ich dagegen fühlte eine Schwäche für eine Dunkelhaarige, der man ihre zwölf Jahre auf den Tag genau ansah, die nicht ein bißchen älter wirken wollte, als sie war, nicht über Jungs redete, fast überhaupt nicht redete, sondern in den Pausen stundenlang alleine über die Tennisplätze schlenderte und die in aller Offenheit rot wurde, wenn die sadistische Lehrerin ihre angeborene Schwäche in Mathematik vor der ganzen Klasse bloßstellte.

Sie war nicht von dieser Welt.

Sie war nicht in die engen Kategorien einzuordnen, die in der begrenzten Welt der Schuluniformen und Schultafeln herrschten. Sie gehörte nicht zu den grauen Mäusen, den häßlichen Mädchen, die sich so sehr anstrengten, um trotz ihrer beschränkten Möglichkeiten vorwärtszukommen. Aber auch nicht zu den schnellen Katzen, die sich etwas einbildeten, auf ihr aufblühendes Lo-li-ta-tum.

Sie war etwas anderes.

Mir war nicht klar, ob sie überdurchschnittlich intelligent

war oder geistig zurückgeblieben, aber offensichtlich brachte sie das Zusammensein mit uns dazu, total anders zu sein. Sie konnte stundenlang an ihrem Pult sitzen und aus dem Fenster schauen, ohne irgend jemanden wahrzunehmen.

Ich fand sie faszinierend. Ich fand dieses Mädchen hübsch. Mehr noch, schön. Die Schönheit, die wesentliche, können Augen nicht sehen, sagte der Fuchs.

Sie war nicht eigentlich schön, davon abgesehen, nicht nach dem Schönheitskanon, der an diesem *Colegio* herrschte. Sie hatte keine blauen Augen und kein Mandelmündchen. Aber sie war sehr anders als die anderen, sehr zu ihrem Vorteil.

Und das sah man kilometerweit gegen den Wind.

Verónica und Leticia, Laura und Nines, die unbestrittenen Schönheiten, waren auch die einzigen, die offiziell mit einem Jungen *gingen*. Irgendwelche Einfaltspinsel aus dem *Colegio* von nebenan warteten nach Schulschluß an der Bushaltestelle (nie am Schultor, das hätten die Nonnen nicht gestattet) und nahmen ihnen die Bücher ab, genau, haargenau wie in den amerikanischen Schwarzweißfilmen aus den Fünfzigern.

Das waren die Mädchen, die sich in der Kunstklasse mit unterdrücktem Gekicher ausmalten, wie es sein muß, einem Jungen einen *richtigen* Kuß zu geben, also einen mit Zunge und allem.

Ich bekam meinen ersten richtigen Kuß vor ihnen.

Warum ließ ich mir mit zwölf Jahren und sieben Monaten von einem pickligen Heranwachsenden mit Flaum über der Oberlippe die kleinen Brüste ungestraft anfassen, die in meinem Büstenhalter zusammengepreßt waren, Marke *Belcor*, Modell Maidenform, Größe 80, Farbe Lachsrosa, der mir zu groß war und den ich an den Trägern nachgestellt hatte?

Weil sie mir nie erklärt hatten, wie das mit den Zungenküssen und dem Angrapschen ging, abgesehen von dem wenig aufschlußreichen murmelnden Gewisper in den Malstunden von Verónica und Leticia, Laura und Nines.

Weil meine ganze sexuelle Erziehung aus einem Kinderbuch mit dem Titel *Woher wir kommen* stammte, das mir Tante Carmen zu meinem achten Geburtstag geschenkt hatte. Es war ein Comic, in dem Spermien mit Lausbubengesichtern auf der Suche nach einer rosa Eizelle herumrannten, einer pummeligen Matrone, die stark geschminkt war und der sie einen Ausdruck von zu erwartender Glückseligkeit in ihr liebes Gesicht gemalt hatten.

Weil ich nicht dahinterkam, was sich der Kerl vorstellte, als er mir mit seiner Hand in den Büstenhalter ging, Marke *Belcor*, Modell Maidenform, Größe 80, Farbe Lachsrosa, der mir zu groß war und den ich an den Trägern nachgestellt hatte, während wir zu den langsamen Liedern tanzten.

Weil ich von Zungenküssen gehört hatte, aber niemals vom Untershemdgehen und nicht im entferntesten vermutete, daß die weiblichen Brüste einen Punkt erotischer Attraktion darstellen.

Weil mir das Verhalten von dem Kerl zwar eigenartig vorkam, aber auch nicht verwerflich und ich zu Recht annahm, daß er besser wissen werde als ich, was man macht, wenn man zu den langsamen Liedern tanzt.

Weil die leidenschaftlichen Küsse der Hauptdarsteller am Ende der Filme, die ich gesehen hatte, meiner einzigen Quelle sexueller Information, abgesehen von den Stellungnahmen von Verónica und Leticia, Laura und Nines (unautorisierte und wenig vertrauenswürdige Quellen), im schwarzen Abspann verschwanden. So daß ich keinen Grund zu der Annahme hatte, daß es ungewöhnlich sei, wenn der Junge nach einem leidenschaftlichen Kuß mit den Brustwarzen von dem Mädchen spielt.

Weil er der einzige Junge auf der Party war, der größer war als ich.

Weil ich nicht sicher war, ob ich ihn lieber machen lassen oder ihm voller Empörung eine Ohrfeige verpassen sollte, wie ich es auch schon in Filmen gesehen hatte, als er anfing, mich abzuküssen und mir unter die Bluse zu greifen, während wir zu den langsamen Liedern tanzten, und ich mich am Ende dafür entschied, ihn machen zu lassen.

Weil ich mich nicht traute, einem Kerl eine Ohrfeige zu verpassen, der mindestens zehn Zentimeter größer war.

Vor allem aber auch, weil ich wenigstens einmal allen Verónicas und Leticias, Lauras und Nines etwas voraus haben wollte.

Zehn Uhr nachts. Ende der Party. Mit einem *Kleenex* wischte ich mir vor dem Spiegel im Aufzug den Lippenstift und die Wimperntusche ab, bevor ich in die Wohnung hineinging. Meine Mutter hätte mich umgebracht, wenn ich angemalt nach Hause gekommen wäre. Den Mund spülte ich mit einem Elixier aus, *Licor del Polo*, das ich in meiner Tasche hatte, damit sie nicht mitbekam, daß ich viermal an einer *Mencey*-Zigarette gezogen hatte.

Ohne den Rauch zu inhalieren, klar.

Daheim ging ich ohne zu essen direkt ins Bett. Ohne meine Ausgehschuhe mit den Dreizentimeterabsätzen und ohne meinen Büstenhalter Marke *Belcor*, Modell Maidenform, Größe 80, Farbe Lachsrosa, der mir zu groß war und den ich an den Trägern nachgestellt hatte, war ich wieder die, die ich in Wirklichkeit war. Ein Mädchen von zwölf Jahren und sieben Monaten, das sich mehr für die Abenteuer von *Sandokán* und die dunklen Haare eines Mädchens interessierte als für die Zungenfertigkeiten eines verpickelten Jugendlichen.

Bei der Erinnerung an das Geknutsche mit dem Individuum konnte ich keineswegs den Hochgenuß verspüren, den man laut

Verónica, Leticia, Laura und Nines beim ersten Kuß erlebt. In Wirklichkeit war mir übel gewesen, und die Erinnerung gehörte (und gehört sie immer noch) zu dem Allerschrecklichsten.

Jenes zwölf Jahre und sieben Monate alte Mädchen stand würdevoll vom Bett auf und durchsuchte ihre erste Tasche (in der ich die *Kleenex*, die Schlüssel, den Lippenstift, die Wimperntusche, das Elixier *Licor del Polo* und das Geld verstaut hatte), bis sie den Metrofahrschein gefunden hatte, auf den der Kerl seine Telefonnummer geschrieben hatte (er durfte und konnte nicht bei uns zu Hause anrufen, denn bei uns riefen keine Jungs an), und zerpflückte ihn in tausend kleine Stücke.

Danach ging ich wieder zufrieden ins Bett.

Von da an verschloß ich mich in mir selbst und in den Zahlen, während meine Klassenkameradinnen sich die Fingernägel lackierten, die Haare lockten, die Augen anmalten und mit den Jungs der *Maristas* Verabredungen trafen und Telefonnummern austauschten.

Es hatte ein Ende mit den Jungsexperimenten.

Ein Jahr darauf ging das Mädchen mit den dunklen Haaren vom *Colegio* ab. Ich habe sie nie wiedergesehen und doch wieder gesehen. Genau sie, Bea, habe ich nie wiedergesehen, aber ein paarmal habe ich auf irgendeinem Fest, auf der Straße oder in einer Bar eine Frau mit demselben versunkenen Blick, mit derselben Süße in den Augen gesehen oder kennengelernt und habe dieselbe Faszination verspürt, dieses intuitive Gefühl, eine Seelenverwandte getroffen zu haben.

Mein Leben geht zwischen Zahlen und Rechnungen, internen Berichten und Computerdisketten dahin, und es erscheint kaum vorstellbar, daß ich noch ein Mensch bin und mein Gehirn sich nicht in einen Chip verwandelt hat.

Auch wenn man es mir jeden Tag weniger anmerkt.

N wie Neugier, Neurose und Niedergang

Schon Valmont sagte, daß der direkteste Weg zur Perversion über die absolute Unschuld führe und daß es nichts Leichteres gäbe, als einer Novizin sexuelle Praktiken beizubringen, die die erfahrenste Prostituierte nicht mitmachen würde. Wenn man sich meinen Fall anschaut, dann hatte der Señor Vicomte Valmont recht, weil ich, abgesehen von meiner eigenen Erfahrung, wie viele guterzogene Mädchen aus einer Nonnenschule keine Form sexueller Aufklärung kannte, da niemand, wirklich niemand in meiner Familie über Sexualität gesprochen hätte. Anachen und meine Mutter wechselten den Sender, wenn eine Szene auftauchte, in der es ein bißchen lauter zuging, und Rosa ... Rosa ist mit ihren Gedanken ganz woanders. Ich hatte immer das Gefühl, daß sie nicht viel von dem Thema hält. Wenigstens habe ich sie nie über Sexualität reden hören. Ebensowenig kann ich sie mir beim Vögeln vorstellen. Wahrscheinlich nimmt sie es wie eine Gleichung: Energie plus Widerstand ist gleich Orgasmus. Oder geht beim Höhepunkt im Geiste die Börsenkurse durch, auf daß ihr am Morgen die Zinssätze nicht unvorbereitet in den Keller rasseln.

Natürlich wurde im *Colegio* nicht über das Thema gesprochen. Wir wurden zwar darauf hingewiesen, das ja, daß wir jungfräulich in die Ehe gehen mußten (die armen Nonnen, wie naiv...), aber damit war das Thema gegessen. Und Männer beschrieben sie uns immer als eine Art manische Erotiker, die nur die eine Sache wollen und uns verlassen, wenn sie es einmal bekommen haben. Jahre später, als ich bereits wild durch die Gegend zog, hatte ich Mühe, zu begreifen, daß die meisten uns gar nicht verlassen, und nicht nur das, daß sie sich nicht mit einem Mal zufriedengeben und sogar ein ziemliches Theater veranstalten, wenn sie hören, daß ich davon ausgegangen war.

Außerdem sahen wir den ganzen Tag nur Mädchen. Im nachhinein kann man vielleicht sagen, daß es vor allem zwei Formen gab, damit umzugehen: Manche wurden total verrückt nach Männern, und andere ließen sich mit Frauen ein. Die beliebteste Gruppe war tatsächlich die, bei der alle wußten, das Freundinnen nicht nur Freundinnen waren. Ich gehörte zur ersteren, ich glaube, das brauche ich nicht zu sagen.

Bei meinen ersten sexuellen Abenteuern dachte ich jedenfalls, daß die anderen schon wissen, wie es geht, und machte alles mit, um nicht vor irgend jemandem dumm dazustehen. Glücklicherweise, oder auch nicht, traf es keine wahren Spezialisten (unter uns, mein Cousin , der angebliche Don Juan, hatte keinen blassen Schimmer vom Vögeln), so daß ich den Göttern dafür dankbar sein darf, daß ich mich in meinen Anfängen zu keinen Schweinereien habe hinreißen lassen, die ich heute bereuen würde. Keine Erfahrungen, die mich so richtig umgehauen hätten. Sei es aus Instinkt oder natürlicher Toleranz.

So eine war ich, als ich mit siebzehn in die Universität kam. Dort lernte ich Gema und Line kennen, und seitdem sind wir unzertrennlich.

Die Leute sind immer total von den Socken, wenn sie mitkriegen, daß Gema lesbisch ist. Als käme sie vom Mond. Dann müssen wir uns so einen Schwachsinn anhören, wie »Huch, na ja, sie sieht ja auch sehr weiblich aus ...« Was erwarten die

Leute? Daß sie sich die Haare abrasiert und herumläuft wie ein Hauptmann? Oder Bodybuilding treibt? Selbst Iain fragte mich, ob es mir nicht unheimlich wäre und ob ich mich nicht unwohl fühle mit ihr. Überhaupt nicht. Nie. Sie hat es uns von Anfang an gesagt, und weder Line noch ich fanden irgend etwas dabei.

Jedenfalls befanden wir drei uns im ersten Studienjahr in exakt derselben Situation, wenn auch unter verschiedenen Vorzeichen. Unsere Erfahrungen konnten unsere Neugier nicht befriedigen. Line hatte dann den glücklichen Einfall, Pornofilme auszuleihen. So kamen wir an Informationen ran, aus erster Hand, über alle Techniken und Stellungen, die wir uns überhaupt vorstellen konnten.

Wir machten auf der Suche nach dem Videoclub einen halbstündigen Abstecher mit der Metro bis Aluche, um nicht irgendeinem Bekannten in die Arme zu laufen. Der Angestellte dort schaute uns lasziv an und fragte, wie uns diese Art Kino gefalle. Er könne sich ja mal mit uns treffen, um uns ein paar Spezialbänder zu zeigen, solche, die nicht im Verkauf sind. Also hauten wir gleich wieder ab.

Zum Schluß fanden wir einen anderen Videoclub, diesen in Pueblonuevo, in dem uns ein ungeheuer lieber alter Mann statt mit kompromittierenden Fragen mit Tips weiterhalf. Mit der Zeit bekamen wir heraus, daß der Laden in Wirklichkeit seinem Sohn gehörte, der aber selten dort war, weil er die Arbeit lieber dem Alten überließ. So hatte der Opa seine Abwechslung und der Inhaber mehr Zeit in den Kneipen. Der Alte nannte uns *meine Kinder* und nahm sich immer viel Zeit zum Plaudern, wenn wir hinkamen. Er redete fast nie über die Filme, die wir ausliehen, höchstens, um uns die Meinung der anderen Kunden zu verraten. Ich glaube, er hatte uns gerne und so.

Wegen der eingetrichterten Verschämtheit und dem Anstand, den man von Mädchen erwartet, liehen wir uns die Filme völlig wahllos aus und nahmen die erstbesten Kassetten, die neu im Videoclub ankamen. Dadurch gerieten in unserer Welt vermeintlich unreife Starletts und schuppige Dickwanste der frühen Achtziger mit silikonisierten Kriegerinnen und steroidisierten Galanen der ausgehenden Neunziger kunterbunt durcheinander.

Wir haben alles gesehen.

Junge Dinger, die aussahen wie Mitschülerinnen vom *Colegio Mayor*, deren fromme Unschuld sie nicht daran hinderte, die verwegensten Nummern zu praktizieren. Schmierige Hurenböcke, die aussahen wie Hafenarbeiter, im stolzen Besitz von dreißig Zentimeter langen Rammspornen, die sie in den Himmel postobszöner Filmstars katapultierten. Entschlossene Lolitas mit irreführend präadoleszenten Körpern und gierschlundigen Rachen, die ihre eher bescheidenen Brüste mit einem ungeahnten Enthusiasmus kompensierten, wenn es darum ging, hyperentwickelte Latten mit größter Geilheit zu verschlingen. Wollüstige Nymphen, die mit unschuldigen Gesichtern Sperma aufleckten, als ob es sich um Vanilleeis handelte, das ihnen in den Mundwinkeln ihrer Mandelmündchen klebte. Teddybärchen mit diskretem Ladegewicht, die stolz ihre fünfundzwanzig Zentimeter Steifheit im Gewerbe vorzeigten. Wasserstoffperoxydblondierte Kalifornierinnen, unersättliche Tigerinnen mit skulpturalen Kurven und Leopardengesichtern, gewissenhaft und versiert im Oralverkehr, rhythmisch und beweglich im außerehelichen Geschlechtsverkehr. Dunkle authentische Latin Lovers mit behaarter Brust, unerschöpflich und erfindungsreich. Zusammengezimmerte Göttinnen, bewaffnet mit einem Megaatomvorbau, die ihre ungläubigen Partner mit ihren großzügigen Silikondrüsen unterjochten. Recycelte Plastikmusen, die stolz ihre Büstenhalter mit rosa Eingriff fallen ließen, um uns einen Einblick in ihren Vorbau zu gestatten, der sich wie bei einer stählernen Kriegerin stolz in den Himmel reckte und den elementarsten Gesetzen der Schwerkraft und der Genetik die Stirn bot. Deckhengste mit der Energie einer Lokomotive entlockten den Kehlen ihrer Begleiterinnen lustvolles Schnauben. Schönlinge mit gegelten Zöpfchen, die eher wie potentielle Päderasten wirkten. Mulattinnen mit köstlichen Hintern, die ihre Hüften mit der Schärfe von Tornados schwangen. Zuhälterstricher in engen Jeans und ausgeblichenen T-Shirts, vollgefressen mit Anabolika, deren Panzer aus ziselierten Muskeln im Kontrast zu ihren winzigen Arbeitsgeräten stand, einem ausgesprochen kleinen Docht für so viel Dynamit. Exquisite asiatische Orchideen, eher raffiniert als offenherzig, delikat und gefährlich wie fleischfressende Pflanzen. Brummifahrer, die ihren wenig entwickelten Sinn für Bewegungen und ihre Ausdruckslosigkeit mit der sintflutartigen Potenz ihres sämigen Fluidums kompensierten. Und dauergewellte Blondschöpfe, die ihre mangelnde Spektakularität mit einer vitalen und inkonsistenten Sprenganlage sowie einer wunderbaren Natürlichkeit und Triebhaftigkeit und unsagbarem Feuer vor der Kamera kompensierten.

Am Ende kannten wir die Namen der größten Leuchten am genitalen Sternenhimmel auswendig: Ginger Lynn, John Holmes, Tori Welles, Gabriel Pontello, Ashlyn Gere, Christophe Clark, Savanah, Peter North, Tracy Lords, Ron Jeremy... Unglaubwürdige Vor- und Nachnamen, die Jungen und Mädchen aus kleinen, namenlosen Dörfern an dem Tag angenommen hatten, als sie in Los Angeles eintrafen, um eine neue Identität zu erlangen: mit der Aussicht, als hochdotierte Sexstars in unseren feuchtesten Träumen Platz zu nehmen.

Drehbücher gab es nicht, und die Handlung war nur ein Vorwand dafür, die sechs kleinen Schlüsselszenen aneinanderzufädeln, die jeder Film haben mußte. In den billigsten hängen sie die Szenen ohne jeglichen Plot hintereinander. Die Stümpereien ergeben eine Anthologie. Zum Beispiel ist die Tonangel oft im Bild zu sehen. Oder die Schauspieler schauen mitten im gespielten Orgasmus in die Kamera, um auf Anweisungen zu warten. Bei den meisten Filmen konnte man darüber hinaus sofort erkennen, daß die penetrierenden Werkzeuge in der Farbe oder in der Größe nicht mit denen übereinstimmten, die von den Schauspielern Sekunden zuvor stolz aufgerichtet wurden, oder daß der Penis, der mit Kondom in die Vagina schlüpfte, ohne wieder herauskam. In der Eile haben sie sich nicht die Mühe gemacht, die Szenen so zu schneiden, daß die Anschlüsse stimmten... Aber um ehrlich zu sein, welche Bedeutung hat schon eine jämmerliche Beleuchtung oder eine miserable Inszenierung, wo wir nur das pure und harte Reinstecken und Rausziehen sehen wollten.

Als Folge dieser atypischen sexuellen Aufklärung blieb mir im Kopf, daß die Typen ihn immer draußen lassen, wenn sie spritzen, nur eben nicht, wenn sie Kinder machen wollen, so hatte ich es mit meinen fünf Liebhabern erlebt, und die Jungs in den Pornos machten es auch so. Und mir blieb die Obsession für große Schwänze, ach, ich Arme, die ich zu meinem großen Unglück wohl nie wieder loswerde, denn mit der Zeit habe ich die Erfahrung gemacht, daß Latten von fünfundzwanzig Zentimetern, im Gegensatz zu dem, was einem die Pornos weismachen, nicht die Regel darstellen, sondern die Ausnahme.

Manchmal denke ich, ich habe mich deshalb so sehr in Iain verliebt: Er verkörperte meine von Pornos angeregten Jugendphantasien. Er hatte einen enormen Schwanz und konnte so lange und so oft wie die Deckhengste aus den Pornos.

Niemand versteht, warum ich so auf ihn abgefahren bin. Meine Freunde mochten ihn nicht besonders. Er war nicht so, wie man sich normalerweise einen tollen Typen vorstellt. Er war sehr eigen. Mit meinen Freundinnen sprach er kaum ein Wort, und wenn, dann ließ er irgend etwas Unpassendes vom Stapel. In der Bar konnten sie ihn nicht mehr sehen. Und das hatte seinen guten Grund: wegen der Eifersuchtsszenen.

Ja, es ist schwierig zu verstehen. Aber wenn ich in Ruhe darüber nachdenke, war es zwangsläufig so gekommen. Es hatte so kommen müssen. Ein Mann wie er mußte mich verrückt machen.

Die naheliegendste Erklärung ist die streng psychoanalytische von meinen Therapeuten, die Geschichte, daß ich meinen Vater suche, der mich verlassen hat, und deswegen auf ältere und verantwortungsvolle ruhige Beschützertypen abfahre. Aber damit läßt sich zum Beispiel überhaupt nicht erklären, warum mir, vor Iain, Santiago so gefiel, der jünger und überhaupt alles mögliche war, nur nicht verantwortungsbewußt. Die einfachsten Erklärungen taugen eben überhaupt nichts.

Es hatte viel mehr mit der Situation zu tun, in der mir Iain begegnete. Ich fühlte mich einsamer als ein Kaktus mitten in der Wüste und verlorener als ein Bantu in einem Badezimmer. Plötzlich war alles zusammengekommen. Der Tod von Santiago, der Krankenhausaufenthalt von Line und die Zurückgezogenheit von Gema. Der eine krepiert an so einem Drecksstoff, die andere wird zum zigsten Mal in ein Krankenhaus mit weißen Wänden eingeliefert, in dem sie mit Proteinkonzentraten vollgestopft wird und mir nur alle zwei Tage eine halbe Stunde Besuchszeit vergönnt sind. Und Gema, mein steter Hafen, der Ballast meines Heißluftballons, die besonnene und kluge Kraft, die mich mit der Welt verbindet, hatte sich mit ihrer beschissenen Doktorarbeit eingeschlossen, und ich konnte kaum mit ihr rechnen. Ich glaube, daß sie die Doktorarbeit als Entschuldigung benutzte, um nach der Geschichte mit Santiago ein bißchen Abstand zu unseren Kreisen zu bekommen, was ich gut verstehen kann.

Iain lernte ich zufällig auf einem Fest kennen und wurde geradezu süchtig nach ihm. Sexuell war ich ihm mit seinem riesigen Schwanz und seinen erotischen Weltrekorden verfallen. Ich liebte ihn, weil er total anders war als die Leute, mit denen ich zu tun hatte. Er raste nicht mit tausend Sachen durchs Leben. Er las die Klassiker der Literatur, hörte Jazz und ging in die Filmothek ... Ihm haftete nicht diese Aura der Kurzlebigkeit an, die alles charakterisierte, was mich umgab. Bis ich zum Schluß von jeder noch so winzigen Kleinigkeit fasziniert war, die etwas mit ihm zu tun hatte.

Zum Beispiel von seiner Schrift. Diese *D*s die wie dickwanstige *B*s aussahen, und diese dickwanstigen und unvollendeten *B*s, die wer weiß wie aussahen. Er schrieb nachlässig und ungenau ... Ich liebte die Zettelchen, die kleinen gelben Papierchen, die er für mich in der ganzen Wohnung ausstreute. Die knochigen und nervösen Hände. Die irre langen Finger. Und die Stimme. Die Stimme war weich, jedes Wort zog er langsam in die Länge und betonte dabei die letzte Silbe. Ich hätte dabei vor Behagen einschlafen können. Mir gefiel die Art und Weise, wie er mit Dingen umging, mit der Gabel, dem Füller, den Bleistiften. Er behandelte sie mit einer exquisiten Vorsicht, als hätte er Angst, sie könnten zerbrechen. Ganz anders als ich, bei der alles leicht kaputtgeht. Ich mußte mich unweigerlich von seiner Ausgeglichenheit angezogen fühlen, denn diese Ruhe und ständige Umsicht kontrastierte mit dem Amphetaminspeed meiner Freunde, und mein Bedürfnis nach Stabilität war ungeheuer stark und verzweifelt.

Ich habe seinen Humor gemocht, so subtil, daß ihn manchmal keiner wahrnahm. Ich habe den süßen Geruch seiner Haut eingesogen, bin die Kurve seines Nackens nachgefahren, habe Geborgenheit gespürt, wenn ich seine Schultern berührte. Die Linie seiner Lippen, wenn er konzentriert über seinen Computer gebeugt mit den Geschichten kämpfte, die sich nicht schreiben ließen. Mir gefielen all diese kleinen, vertrauten Eigenheiten, die ich entdeckte. Ich konnte in seiner Kleidung versinken und mich mit seinem Geruch betäuben. Manchmal wählte ich seine Nummer, nur um seine Stimme auf dem Anrufbeantworter zu hören. Ich hätte seinen Gang mit geschlossenen Augen unter Tausenden wiedererkannt. Und all diese kleinen Dinge, die ihn ausmachten und die wie ein Puzzle seinen Personalausweis ergaben, waren mir so heilig und unabänderlich wie die Litaneien, die ich von klein auf gelernt hatte. Ich kannte sie auswendig, auch wenn ich niemals darüber nachgedacht habe, was sie bedeuteten.

Unwissenheit ist in Verbindung mit Einbildungskraft tükkisch. Ich weiß nicht, wie es ihm geht und was er tut. Ob er viel geschrieben hat? Ob er mit anderen Frauen schläft? Ob er mich vermißt? Vor meinen Augen verbinde ich die Teile seines Körpers zu einem einzigen Bild. Zuerst die Augen, die aussehen wie das Wasser, dann der kindliche Ausdruck in seinem Gesicht, danach sein Körper aus Milch, die riesigen Füße, die langen Beine und der kompakte, robuste Oberkörper. Ich glaube nicht, daß er allein ist. Ich sehe ihn mit seinem unverwechselbaren Glas Whisky in der Hand und einer affektierten Blondine im Arm auf irgendwelchen Festen herumstehen.

Unsere Flitterwochen dauerten etwa einen Monat. Urlaub auf dem Planeten X. Sex und Vergnügen. Er kam jede Nacht zu mir in die Bar. Wenn er mich vögelte, nannte er mich kleine

Nutte. Ich nehme an, es war nicht gut, ihn machen zu lassen und alle feministischen Positionen über den Haufen zu werfen. Ich nehme an, es war nicht gut, daran Gefallen zu finden, daß es mir egal wurde, wozu er mich zwang, oder daran, daß er mich an den Haaren packte, um zu bekommen, was er wollte. Ich weiß, daß es nicht gut ist, all das zu vermissen. Tief in meinem Bauch verborgen strömte seine sprühende Milch in süßen Wellen aus seinem Geschlecht, und ich hörte, wie er stöhnte, nackt, konzentriert, wenn er in den siebten Himmel schoß. Er nannte mich kleine Nutte und sagte, ich könne nie genug bekommen.

Aber das Gute währt nicht ewig. Es kommt der Moment, in dem wilder Sex nicht mehr alles übertüncht, dann kommt die Gefahr des Kompromisses auf und die, sich kennenzulernen. Und das ist das Ende. Es kam, als ich die seltsamen Umstände wahrzunehmen begann, die Iain umgaben. Warum lebte er in Spanien? Er hatte praktisch keine Freunde hier. Es gab keinen Grund für ihn, hierher zu kommen, und warum fing er nicht an, Englisch zu unterrichten oder irgend so was zu machen? Wovon lebte er?

Er hatte eine wunderschöne Wohnung, die ihn eine hübsche Stange Geld kosten dürfte. Am Anfang erzählte er mir, er habe ein Stipendium, aber das habe ich ihm sowieso nicht abgenommen. Erstens, weil er von einem Stipendium nicht einmal die Wohnung hätte zahlen können, und zweitens, weil ich ihn nie an irgendeinem Forschungsthema arbeiten sah. Er mußte mir gar nicht sagen, daß er reich war. Das spürt man, auch wenn jemand in gestreiften Jeans und ausgeblichenen Hemden herumläuft. Man merkt es an der Ruhe, mit der jemand das Leben in dem sicheren Wissen angeht, daß die Eltern alle potentiellen Mißgeschicke ausbügeln können. Ich frage mich, ob Iain dieselbe Ruhe bis ins kleinste ausgestrahlt hätte, wenn er in einer anderen Familie zur Welt gekommen wäre.

Wir haben praktisch zusammengelebt. Ohne es mir einzugestehen, hatte ich alles, was ich brauchte, nach und nach in seine Wohnung geschleppt und war höchstens alle vierzehn Tage einmal in meiner gewesen, um Post, Schallplatten und Kleidung mitzunehmen. Ich hatte meinen Ort abgetreten und das als Vorteil empfunden: Wir spielten auf seinem Feld. Die Ausrede, mit der ich mich auf seinem Territorium niedergelassen hatte, war, daß seine Wohnung viel schöner und größer war als meine.

Eines Sonntagnachmittags, als ich auf der Suche nach einer passenden Lektüre seine Bücher durchstöberte, fiel aus den Seiten des *Othello* ein gelbliches Papier auf den Boden. Beim Aufheben sah ich, daß es ein Brief war. Ich hätte ihn dort lassen sollen, wo er herkam, aber die Versuchung war zu groß. Iain war draußen, um Zeitungen für mich zu kaufen. Ich warf erst nur einen flüchtigen Blick auf das Papier, weil ich entschlossen war, ihn zurückzustecken. Eine gewisse Shiboin hatte ihn unterzeichnet. Er war fast zehn Seiten lang. Ich wurde neugierig. Meine Finger zitterten, als ich anfing, ihn zu lesen. Vor lauter Angst, ich könnte nicht genug Zeit haben und er könnte zurückkommen und mich mit dem Brief in der Hand überraschen.

Die schöne, zierliche und ordentliche Schrift der Frau wurde immer chaotischer. Am Ende waren die horizontalen Linien gebeugt, abfallend und depressiv. Die *T*s hatten keine Balken mehr, so als ob ihre Hand verzweifelt versucht hätte, hinter den tosenden Gedanken herzukommen. Sie schrieb, daß sie ihn nie vergessen wird, daß alles, was sie zusammen erlebt hatten, zu stark sei, als das es ausgelöscht werden könnte. Daß sie seine Abwesenheit nicht ertrage. Daß er ihr verzeihen müsse. »Erinnerst du dich nicht mehr«, schrieb sie ihm, »wie wir uns geschworen hatten, daß wir uns umbringen, falls einem von uns etwas passieren sollte, um für immer zusammenzusein. Wie konntest du das vergessen?«

Ich erstarrte zu Stein. Vor allem, weil ich noch nie daran gedacht hatte, daß es in seinem Leben eine wichtige Geschichte gegeben haben könnte. Er hatte mir nichts erzählt. Nicht einmal andeutungsweise hatte er irgendeine Liebe erwähnt. Außerdem verstand ich nicht, wie er diesen Brief so nachlässig zwischen den Büchern liegenlassen konnte, obwohl er wußte, daß ich tagelang in seinen Regalen herumstöberte, um mir etwas zum Lesen zu suchen. Vielleicht hatte er ihn absichtlich dort hineingelegt, schoß es mir durch den Kopf, weil er sich nicht traute, mit mir darüber zu reden.

Natürlich verlor ich kein Wort über meine Entdeckung, sonst hätte ich zugeben müssen, daß ich fremde Korrespondenz las, und man hatte mir beigebracht, daß Übergriffe in die Intimsphäre wie ein Raubüberfall anzusehen waren.

Die Neugier machte sich unsichtbar und gefräßig in meinem Kopf breit wie die Blattlaus im Inneren einer Rosenknospe. Eine braune Mappe zog mich an, die unauffällig im Regal lag und die mir bis dahin gar nicht weiter aufgefallen war. Auf den ersten Blick sah man die Briefe, die sie enthielt. Die Luftpostumschläge mit ihren blauen, weißen und roten Rändern schimmerten hindurch. Bei der ersten Gelegenheit wollte ich sie mir vornehmen. Aber das war nicht so einfach, weil Iain den ganzen Tag zu Hause war. Er ging nicht arbeiten, hatte keine Termine einzuhalten und hielt sich die Stunden frei, in denen ich nicht in der Bar sein mußte, um möglichst viel mit mir zusammenzusein.

Nach zwei Wochen ergab sich die erste Gelegenheit, Iain mußte am Flughafen einen Bekannten seiner Eltern abholen, einen Businessman, der auf seinem Weg nach Südamerika einen

Zwischenstopp in Madrid einlegte. Nach meinen Berechnungen mußte er mindestens zwei Stunden wegbleiben.

Nachdem er gegangen war, wartete ich noch eine halbe Stunde, damit er mich nicht beim Bad in seinen Luftpostbriefen überraschte, falls er etwas holen kam, was er vergessen hatte, dann nahm ich die Mappe. Ich war so nervös, daß ich nicht wußte, wo ich anfangen sollte. Ich habe alle Briefe der Reihe nach durchgelesen. Die meisten waren zwei Jahre zuvor abgestempelt worden, als Iain immer noch in Dublin lebte. Es tat weh, daß sie ihm so viel bedeuten mußten, daß er sie mit seinem Gepäck hierher geschleppt hatte. In den Briefen war viel von Liebe die Rede und fast nie von Sex. Wenn, dann nur in Andeutungen wie »diese wundervolle Nacht, die wir verbracht haben« und schwülstiges Zeug in diesem Stil.

Einen Absatz kenne ich fast auswendig. Ich glaube sogar, daß ich diese runden Buchstaben geschrieben vor mir sehen kann, wenn ich mich konzentriere: »Am meisten bereue ich, daß ich dich belogen habe, mehr als alles andere, was ich getan haben mag. Aber ich würde alles dafür tun, alles, damit du mir verzeihst ...« Aus den Briefen las ich heraus, daß Shiboin Krankenschwesternschülerin in Dublin war. Ihre Eltern lebten in Cork. Iain bekam die Briefe aus allen möglichen Urlaubsparadiesen zugeschickt: Briefe aus Griechenland, die sie an Deck der Yacht ihres Vaters geschrieben hatte, abgestempelt bei einem kurzen Zwischenstopp auf Korfu; Briefe aus einer Alpenhütte in Gstaad, die von Slaloms und Schneegestöber erzählten sowie den Fortschritten Shiboins auf den schwierigsten Pisten, Briefe aus Cork, von zu Hause, wo sie im Kreise ihrer Familie Weihnachten verbrachte und jeden Morgen reiten ging ... Offensichtlich war sie sehr reich. Oder besser gesagt, ihr Vater.

Im letzten Umschlag waren alle möglichen Photos. Photos

von Shiboin und Iain umschlungen auf einer Party, so wie man lächelt, mit Papierhüten auf dem Kopf und roten Augen vom Blitzlicht. Shiboin lachend mit ihrem Pferd im Arm, die blonden Haaren sorglos im Gesicht, auf dem Land in Irland. Shiboin posierend im Abendkleid mit einem älteren Mann im Smoking, aristokratisches Profil, stolzer Ausdruck, der vermutlich ihr Vater sein dürfte. Shiboin am Strand in einem Badeanzug, der diskret genug war, um den Regeln des Anstands zu entsprechen, aber einen herrlichen, von Sport und guter Ernährung geformten Körper erahnen ließ.

Ich fand trotzdem nicht diese typisch kompromittierenden Photos, diese Photos, die Liebende so von sich machen und die ihnen dann viel Kopfzerbrechen bereiten, wenn sie sich trennen. Kein Nacktphoto von Shiboin. Nicht einmal ein Photo Shiboin steht soeben vom Bett auf. Mich wunderte es ein wenig, aber gleichzeitig erleichterte es mich.

Sie sah toll aus. Und war auch noch elegant. Auch wenn es nicht schwer ist, elegant zu sein, wenn sich eine den Luxus leisten kann, ein Vermögen für Klamotten auszugeben. Sie war genauso ein Mädchen, wie ich sie im *Colegio* gehaßt habe. Diese Prinzessinnen aus guter katholischer Familie, die einen von oben herab ansahen, weil die Schuhe keine *Castellanos* und die Polos nicht von *Lacoste* sind. Aber am schlimmsten war, daß Shiboin gut schrieb. Daß sie nicht dumm war.

Vielleicht wäre mir die Geschichte leichter gefallen, wenn Shiboin nicht exakt meine Antithese dargestellt hätte. Feinsinnige Blondine versus rassige Dunkelhaarige. Wie ein Schwarm Killerbienen schwirrten mir tausend Fragen im Kopf herum. Liebte Iain sie noch? Warum hob er ihre Briefe auf? Warum ließ er sie offen herumliegen? Warum steckte der Brief im Buch wie in einer Theaterinszenierung? Wie konnte er sich von zwei so unterschiedlichen Frauen angezogen fühlen? Hatte er vor meinem Gegenpol Angst bekommen, weil sie ihn zu sehr verletzt hatte? Ob er im Bett mit ihr dieselben Sachen gemacht hatte? Und wenn, warum erwähnte sie es nie, warum ging sie über eine so wichtige Sache hinweg? Vielleicht hatten sie eine Beziehung, die für mich unvorstellbar ist, eine Geschichte, die ohne Sex zusammenhält? Vielleicht hatte er die Jungfrau bloß deshalb gegen die Hure eingetauscht, weil die ihm weniger gefährlich erschien.

Beim erneuten Lesen der Briefe, vor allem bei den letzten, las ich aus den verschleierten Anspielungen Shiboins etwas heraus, was mir entgangen war, als mich Shiboin interessiert hatte, unabhängig von der Geschichte, die sie miteinander hatten. Sie schrieb es zwar an keiner Stelle explizit, aber offensichtlich stand hinter den Lügen und dem, was er ihr nicht verzeihen konnte, ein Seitensprung mit einem anderen Mann. Das tat mir am meisten weh, weil es hieß, daß er sie nicht verlassen hatte, weil er sie nicht mehr liebte, sondern ganz im Gegenteil, gerade weil er sie zu sehr liebte, und damit wurde ich automatisch zum zweiten Hauptgericht, zum tiefgefrorenen Hecht, den man sich kauft, weil man keinen frischen bekommen hat. Wer sagte mir jetzt noch, daß er mich wirklich so sehr liebte, wie er behauptete? Welche Bedeutung hatten seine Worte und Versprechungen? Zum ersten Mal wehte mich das Gespenst der Eifersucht an, eine bittere Unsicherheit, ein Gefühl zwischen Verlassenheit und tiefem Einbruch des Selbstwertgefühls, eine Unruhe, die ich nie zuvor gespürt hatte und die ich meinem schlimmsten Feind nicht wünsche. Am schlimmsten war, daß ich mich so unreif fühlte und mich schämte, von einem Gefühl ergriffen zu werden, das alle meine Therapeuten einheitlich verachteten und auf eine neurotische Unsicherheit zurückführten. Immer hatte ich stolz erklärt, daß ich ein moderner unabhängiger Mensch bin, für den *Besitzen* ein Fremdwort ist. Selbstzerstörung, Sucht, manische Depression vielleicht. Eifersucht, nie.

Vergessen wir Aids, die Drogen und die Atombomben, die Genversuche und die Informationsmanipulation von seiten der Mächtigen. Das wirklich Gefährliche liegt so nahe: Eifersucht und Begehren, Ekstase und Erregung, die Augenblicke, in denen wir uns den Boden unter den Füßen wegziehen und die Strukturen niederreißen, auf denen unser inneres Gleichgewicht ruht. Die Leidenschaft ist eine allgegenwärtige Gefahr, egal für wie rational du dich hältst. Niemand ist davor gefeit.

Auf einmal verstand ich die Szenen, die Iain mir machte, diese finsteren Blicke, die er mir zuwarf, wenn einer der Kellner meine Hand nahm oder der Blick eines Gastes in meinem Ausschnitt landete, seine Anfälle, wenn wir auf der Straße stehenblieben, um einen meiner Freunde zu begrüßen, und er fand, daß es nicht notwendig gewesen wäre, so zu lächeln, wie ich es getan hatte. Er hatte Angst, Shiboin könnte sich wiederholen. Er war sehr verletzt. Und mich verletzte noch mehr, daß es ihn so verletzt hatte.

Deshalb trennten wir uns. Wegen seiner Eifersuchtsszenen. An dem Tag, an dem ich es satt bekam, sie weiter zu ertragen. An dem Tag, an dem ich ihn verließ. Oder er mich verließ …

Vielleicht war es besser so … Vielleicht ist es sogar besser, sich zu trennen, und wenn es noch so abrupt ist, solange die Flamme brennt, bevor der Punkt erreicht ist, an dem sich Zärtlichkeit in Liebenswürdigkeit und die Begierde in reine Verpflichtung verwandelt. Lieber vermissen als *über*missen. Sehnsucht ist immer noch besser als Routine.

Jeden Morgen stehe ich alleine auf, drücke auf das *Play* des alten Kastens neben dem Bett und höre dasselbe Lied. Ein enttäuschter Jugendlicher entfaltet ein ums andere Mal mit überdrüssiger Stimme und dem Akzent des britischen Commonwealth denselben Refrain: *She can't get enough, can't get enough, can't get enough... love*, im Hintergrund Wind, der gaaanz laaangsaaam das hypnotische Riff attackiert, und so verstehen wir, daß Sean in Wirklichkeit Sex meint, auch wenn er Liebe sagt. Genau wie alle anderen durchschnittlichen Sterblichen auch. Mit diesem Refrain auf den Lippen bewege ich mich im Takt ins Bad, dusche und putze mir die Zähne. Das Gesicht im Spiegel gehört einem Mädchen, das nicht genug Liebe und nicht genug Sex bekommt. In Wirklichkeit überhaupt nichts von beidem.

Dann gehe ich arbeiten. Diskussionen und Drinks mit dem Geschäftsführer. Hoch und runter mit den Bierkästen. Den Nervensägen ausweichen, die wissen wollen, wann du Feierabend hast. Die endlosen Stunden in der Bar zählen nicht. Ich bin tot. Ich bin nicht ich. Ich bin ein kybernetisches Doppel, eine kathodische Replik, ein laufender Zombie, irgend etwas. Zwar rede ich wie ich, ziehe mich an und schaue wie ich, aber ich bin nicht ich.

Um sechs Uhr früh komme ich mit diesem Refrain auf den Lippen nach Hause, er hat sich in mein Gedächtnis eingebrannt. Ich nehme mir vor, mich diesmal zu beherrschen und nicht dieses Lied laufen zu lassen, aber dann tue ich es doch. Ich komme an und drücke wieder das *Play*, und es spielt wieder das Band, das es auch am Morgen spielte, und gestern nacht und am Tag zuvor. *She can't get enough, can't get enough, can't get enough... love.* Si, señor, das bin ich.

Natürlich kriege ich die Doppeldeutigkeit mit, nicht nur die von Liebe und Sex, sondern auch die angeblich unersättliche Lust auf Heroin und weiß selbst nicht, warum ich es immer hören muß, aber ich kann nicht anders. Alle mechanischen Bewegungen beim Kochen, Kleidung wegräumen, Waschmaschine anstellen, Abschminken finden zum selben Refrain statt. Bevor ich mich hinlege, lese ich immer, und zwischen die Zeilen sickert der besagte Satz: *She can't get enough love.*

Mit geschlossenen Augen versuche ich das Gefühl seines festen und starken Nackens wieder hochzuholen und seine perfekten Schultern und den Geruch seiner Hemden und seine Stimme. Solange ich mich an jede Einzelheit erinnern kann, habe ich Iain noch nicht ganz verloren. Die Erinnerung macht mich nicht traurig: ganz im Gegenteil, sie beruhigt mich. Es ist exakt so, wie eine Litanei zu wiederholen. Besinne dich auf dich selbst, du hast etwas zum Bewundern.

Natürlich gehe ich ab und zu aus, tanze und flirte, nehme Drogen und besaufe mich, lasse hier und dort meine Schönheit aufblitzen, eine Schönheit, die ich nicht einmal mehr besitze. Aber niemand hat bis jetzt meine Wohnung betreten. Ich habe das Gefühl, niemand könnte das wohlklingende *Tape* mit mir teilen, niemand würde diesen Satz so verstehen können, wie ich ihn verstehe. Manchmal lese ich bis zur Morgendämmerung, und das Band spielt bis zum Ende, und all diese schmachtenden Saxophone geben mir immer wieder zu verstehen, daß ich nicht genug Liebe bekomme.

An einem der nächsten Samstage werde ich spät in der Nacht die Nummer von Iain wählen. Er wird irgendwo mit seinem unverwechselbaren Glas Whisky in der Hand und der affektierten Blondine im Arm herumziehen. Der Anrufbeantworter wird anspringen, und ich werde ihm die verfluchte Musik auf sein Band spielen. *Sie kriegt nie genug... Liebe*, er wird es sofort verstehen. Er weiß, daß ich nicht genug bekommen kann.

O: wie Öffentlichkeit

Zermürbung und Zeit beginnen mit dem gleichen Buchstaben, und Stunden und Tage verstreichen mit Nichtstun wie eine unaufhörliche Abfolge von Kalenderblättern. Das Leben ist langweilig, wenn es nichts zu tun und keinen Menschen gibt, an dem man sich festhalten kann. Mein Mann und mein Kind, ich weiß schon, aber das reicht mir nicht mehr. Den ganzen Tag eingeschlossen in der Wohnung ... Ich weiß ja auch nicht, ich hätte so gerne Freundinnen. Abgesehen von den vieren aus San Sebastian, die, ehrlich gesagt, auch nur bequeme Freundschaften waren, habe ich echt keine wirkliche Freundin, abgesehen von Mama, glaube ich, ich weiß ja auch nicht.

Ich hätte gern ein besseres Verhältnis zu meinen Schwestern, aber das ist nicht so einfach. Über was könnten wir schon reden? Rosa ist den ganzen Tag mit ihrer Karriere und ihrer Arbeit beschäftigt und Cristina mit ihrer Modernität ... Nicht, daß ich es nicht versuche, ich will nett sein und all so was, aber nein, es ist nicht so einfach. Das Blut verbindet uns nicht so, wie es sollte, und wenn die Menschen sich nicht nahe sind, dann sind sie es nun einmal nicht, und da kann man dann auch so leicht nichts machen.

Manchmal hätte ich trotzdem Lust, Cristina anzurufen, weil ich mal vermuten würde, daß sie mich versteht und mir erklären könnte, warum die Heulerei in letzter Zeit gar nicht mehr aufhören will. Immerhin würde man denken, daß sie diejenige von uns ist, die mentale Probleme hat, nicht?

Ich weiß ja auch nicht, das mit den mentalen Problemen ist bei Cristina so eine Geschichte, die ich nicht einmal aus erster Hand kenne, weil sie erst begann, nachdem ich geheiratet hatte, und alles, was ich weiß, weiß ich von meiner Mutter, die es so satt hatte und verzweifelt bei mir anrief, um mir ihr Herz auszuschütten: »Ich kann mit diesem Mädchen nicht, ich kann einfach nicht, ich sage dir, Ana, eines schönen Tages werde ich noch eine Dummheit begehen.« Von mir erhoffte sie sich Unterstützung, von mir, der verheirateten und besonnenen Frau. Aber im Grunde dachte ich, was kann ich schon machen, Cristina kann keiner aufhalten, am allerwenigsten ich, da kann ich noch so ein gutes Mädchen sein und besonnen und alles mögliche, oder Mama denkt das zumindest, aber ich habe nicht halb soviel Energie wie meine kleine Schwester.

Cristina jagte uns den ersten Schreck mit sechzehn ein, und ich war frisch verheiratet, wie man so schön sagt. Für sie bedeutete das eine Woche in der Intensivstation und für uns eine Menge Tränen und Kopfzerbrechen. Niemand weiß genau, warum sie es tat. Und meine Version habe ich nicht aus erster Hand, sondern von Rosa und Mama. Cristina kam wohl früh am Morgen besoffen nach Hause, und Mama war noch wach und wartete auf sie. Sie hatten eine ihrer üblichen Zoffereien, laut Mama, weil jedwede Person, die unter *ihrem* Dache lebe (und dabei betonte sie dieses Possessivpronomen), sich an vernünftige Uhrzeiten zu halten habe, und unter vernünftig verstehe sie, daß ein sechzehn Jahre altes Mädchen um zehn Uhr abends zu Hause ist, wie wir anderen auch. Cristina ging in ihr Zimmer, schlug die Tür hinter sich zu, und als Rosa sie am nächsten Morgen wecken wollte, merkte sie, daß Cristina reglos war und nicht reagierte, eigenartig schnaufte und zähflüssiger Speichel von ihren Mundwinkeln bis zum Backenknochen in einem Rinnsal hinunterlief. In dem Moment merkte sie glücklicherweise, daß eine Schachtel *Neorides* und eine Flasche *Pacharan* leer neben dem Bett standen. Cristina kann dankbar sein, daß meine clevere Schwester Rosa sie sofort durchschaute, denn wenn ich sie gefunden hätte, wäre ich sicherlich erstens nicht dahintergekommen, was vor sich geht, und selbst wenn ich dahintergekommen wäre, hätte ich zweitens nicht gewußt, was tun. Rosa rief sofort einen Krankenwagen und brachte Cristina ruckzuck ins Krankenhaus, und die Ärzte sagten, wir hätten riesiges Glück gehabt, weil sie so stark ist und die Vergiftung überlebte und weil der Blödsinn keine schwereren Konsequenzen nach sich ziehen würde, obwohl es leicht hätte ihren Kopf erwischen können, und dann hätten wir eine halbtaube oder halbblinde oder was weiß ich für eine Schwester gehabt ...

Bei einem Familienessen vor noch gar nicht allzu langer Zeit klagte Mama darüber, was für ein Leben Cristina führe, daß sie in einer Bar arbeite, obwohl sie ein abgeschlossenes Studium habe und auch noch sehr gute Noten, und Cristina sagte zu ihr, ich erinnere mich haargenau, daß es egal sei, was sie mit ihrem Leben mache, weil sie letztlich ein geborgtes Leben lebe. Ich vermute, sie meinte damit, daß sie zufällig überlebt hatte und sie das Leben, das ihr von Gott oder dem Zufall geschenkt wurde, auf jeden Fall nicht mehr als ihr eigenes ansah, weil ihres, das Leben, das ihr gehörte, in den drei Tagen, in denen sie bewußtlos war, in der Intensivstation geblieben ist, nehme ich an.

Aber das war nur der erste Schreck, obwohl Mama die Kleine zu einem der besten Psychologen von Madrid schickte, einem, den uns mein Schwager empfohlen hatte und der ein halbes Vermögen kostete, aber überhaupt nichts nutzte, weil sie immer mehr Szenen machte und uns regelmäßig mit ihren Verrücktheiten überraschte, so strahlend und unabänderlich wie der Vollmond, ohne daß wir je gewußt hätten, wann uns die nächste Überraschung der Kleinen ins Haus stand. Bei irgendeiner Gelegenheit verschwand sie für fünf Tage, und am Ende sagte man uns, wo sie war, und wir mußten sie total abgemagert und übersät mit blauen Flecken in einem Armenhaus der Stadt Madrid abholen, ohne daß sie sich erinnern konnte, wo sie gewesen war. Ein anderes Mal fand Rosa sie bewußtlos in der Garage. Zuerst dachte Rosa, sie sei tot, weil sie es mit Zwicken und allem versucht hatte und Cristina sich nicht rührte. Und wieder mußten wir den Krankenwagen anrufen, und wieder mußte Cristina ins Krankenhaus gebracht werden, und da stellte man fest, daß der Kleinen nichts weiter passiert war, als daß sie Heroin genommen hatte, ja, Heroin, was Mama nicht glauben konnte und ich ebensowenig, weil ich bis dahin das mit dem Heroin nur mit ausgehungerten und abgezehrten und schmutzigen Gestalten assoziiert hatte, die einem die *Kleenex* an der Ampel verkaufen wollen, und nie mit einem sechzehnjährigen gesunden und hübschen Mädchen aus guter Familie, die damals sogar noch zur Schule ging. Alle naselang hatten Cristina und meine Mutter Ärger miteinander, und dann brüllte sie herum, sie verstünde nicht, warum sie auf diese Welt gekommen sei, so daß es alle Nachbarn mitbekamen und Mama verzweifelt bei mir anrief und meinte, in diesem Mädchen stecke der Teufel und sie sei ganz der Vater, weil alle anderen Frauen der Familie immer ganz ruhig und kontrolliert gewesen seien.

Wenn ich es so erzähle, bekommt man den Eindruck, Cristina sei total verrückt und unerträglich gewesen, was sie aber überhaupt nicht war. Wenn es Cristina gutging, war sie das süßeste Mädchen von der ganzen Welt, und da sie außerdem so toll aussah (was sie immer noch tut), schleppte sie uns alle Welt von der Straße an. Sie hatte so viele Beziehungen oder Freunde oder was es auch waren, daß wir unmöglich den Überblick behalten konnten, denn kaum hatten wir einen in unser Herz geschlossen, da mußten wir ihn auch schon wieder vergessen und uns den nächsten vornehmen, und die arme Rosa hatte solche Schwierigkeiten, sich bei all dem Wechsel die Namen zu merken. Es war immer der gleiche Typ, alle sahen sie mehr oder weniger gut aus, hatten ein Motorrad und liefen in derselben Aufmachung herum, Lederjacke und ratzekurze Haare, alle sehr modern und alle rannten sie hinter meiner Schwester her. Mama bekam fast einen Ohnmachtsanfall, wenn unten an der Tür einer in dieser Aufmachung wartete, weil sie davon ausgehen konnte, daß sie eine der letzten Eroberungen Cristinas vor sich haben mußte, Eroberungen, die ihr natürlich überhaupt nicht gefielen. Ebensowenig wie die Platten, die sie in vollster Lautstärke hörte, auf deren Cover alle mit Kruzifixen behängt waren und ganz in Schwarz herumliefen, und wo die Sänger überhaupt nicht sangen und nichts, so spacig und schwerfällig wie Schritte der *Semana Santa*, oder ihre Manie, tagelang nichts zu essen und in zerlöcherten Socken herumzurennen. Um gar nicht erst davon zu reden, wie es war, als sie plötzlich kahlgeschoren zu Hause auftauchte und aussah, als sei sie erst vor kurzem aus einem Konzentrationslager entlassen worden, woran sich alle Nachbarn sicher immer noch erinnern, weil das Geschrei von Mama, so jedenfalls hat es mir Rosa erzählt, bis nach Sebastopol zu hören war.

Außerdem hatte sie Massen von Freundinnen, Schulkameradinnen, alle so durchgeknallt wie sie, die eine zum Beispiel rannte immer mit grünen Fingernägeln herum und hatte sich die Haare zu einer Palme frisiert, und alle immer in Schwarz wie eine Traube Trauerweiber, die sich unbemerkt wie eine Truppe Kakerlaken still und heimlich in Cristinas Zimmer hockten, weil Mama sie natürlich nicht riechen konnte. Und wegen all der Freunde, die ihr hinterherrannten, und Freundinnen, die bei ihr anriefen und meiner Schwester ihr Leid klagten, war am Wochenende das Telefon im Haus zu allen Zeiten besetzt, und Mama, klar, wurde vom Teufel geritten.

Eines Tages rief Mama hysterisch bei mir an und bat mich, so schnell wie möglich nach Hause zu kommen, weil Cristina sich nach einem Riesentheater in einer ihrer Anwandlungen mit einem Messer im Bad eingeschlossen hatte, der Vernunft nicht zugänglich sei, und jedem, der Cristina kannte, war klar, was das alles bedeuten konnte.

Also packte ich meine Tasche und war im Handumdrehen zu Hause, eigentlich nur, weil Mama mich so sehr darum gebeten hatte, denn, ehrlich gesagt, was sollte ich schon bei Cristina ausrichten können, ich, die ich bei nichts und niemandem etwas ausrichten kann und meine kleine Schwester nie wirklich verstanden habe. Aber wie gesagt, meine Mutter hielt wegen meiner Besonnenheit und Reife große Stücke auf mich und dachte wahrscheinlich, daß sich die Kleine vielleicht von mir etwas sagen ließe, außerdem redete sie mit Mama schon lange nicht mehr, und Rosa schien das alles egal zu sein, Rosa saß wie immer mit aufgestützten Ellenbogen zurückgezogen in ihrem Zimmer, ohne daß irgend etwas sie interessierte, außer ihren Büchern.

Als ich in der Wohnung ankam, warteten Mama und Rosa schon mit besorgten Gesichtern auf mich. Mama rauchte eine Zigarette nach der anderen, und Rosa in ihrer pragmatischen Art redete auf uns ein, daß wir ruhig bleiben sollten, denn es würde überhaupt nichts ändern, wenn wir uns so aufregen würden wie Cristina.

Cristina war bereits mehrere Stunden im Bad eingeschlossen und weigerte sich, die Tür aufzumachen. Rosa war dafür, die Tür aufzubrechen, für den Fall, daß die Kleine sich wieder eine Packung Tabletten eingeworfen hatte, wie es ihre Art war, wenn mit Mama die Pferde durchgingen. Aber Mama, die immer so darauf achtete, was die Leute sagen, fand, daß wir die Tür lieber nicht aufbrechen sollten, sie wollte keinen Skandal veranstalten, damit die Nachbarn es nicht so mitkriegen. Ehrlich gesagt, fand ich Mamas Nachbarschaftsobsession ein bißchen absurd, als ob zu diesem Zeitpunkt nicht schon alle mitbekommen hätten, was Cristina für Szenen machte!

Ich ging zur Badezimmertür und flüsterte halbherzig: »Cristina, ich bin es, Ana, ist alles okay?« Am Anfang hörte man nichts, aber nach ein paar Minuten öffnete sich die Tür ein kleines Stück, nur ein kleines bißchen, und im Spalt sah man das aufgelöste Köpfchen meiner Schwester, die sichergehen wollte, daß Mama und Rosa außer Sichtweite waren, bevor sie die Tür weiter aufmachte und mich hereinließ. Ich ging ins Bad, und Cristina verriegelte hinter mir das Schloß.

Auf den weißen Kacheln war ein riesiger roter Fleck. Er glänzte und schien zu pochen, als ob er leben würde, war in permanenter Bewegung, ein Fleck frischen Blutes, frisch und rot, glänzend und weich, ohne fest geworden zu sein. Alles war voller Blut. Die weißen Kacheln waren mit karmesinroten Punkten besprenkelt, und das Toilettenpapier hatte sich scharlachrot gefärbt. Als ich genau hinsah, nahm ich wahr, daß Cristina in ihrem Nachthemd von der Hüfte abwärts mit Blut beschmiert war, und ich dachte, sie habe ihre Periode, denn ich glaube, das ist ein Punkt, der uns Männer und Frauen unterscheidet: Daß die Männer an Gewalt denken, wenn sie Blut sehen, und wir an verschwendete Eizellen und ungeborene Kinder. Aber es war weder das eine noch das andere, meine verrückte kleine Schwester hatte sich während der ganzen Zeit mit einem Rasiermesser in die Beine geschnitten. Ich wäre nie darauf gekommen, bis ich in ihrer Hand das Messer und dann die vielen Kratzer auf ihren Schenkeln entdeckte, aus denen das Blut quoll wie Tomatensauce aus einer demolierten Büchse. »Heiliger Gott, heiliger Gott, warum machst du denn so einen Mist?« fragte ich sie. Ich konnte gar nicht verstehen, wie man sich so etwas antun kann, aber seltsamerweise meinte ich nicht, daß meine Schwester verrückt sei oder irgend so etwas, sondern daß sie ungeheuer stark sein mußte, um den eigenen Schmerz so zu ignorieren. Meine Schwester setzte sich auf den Rand der Badewanne, versuchte die Tränen im Gesicht abzutrocknen, beschmierte sich dabei aber lediglich, weil die Hände noch blutig waren. Ich mußte an das Märchen von Schneewittchen denken, an die Königin, die am Fenster sitzt und stickt, als ein Tropfen Blut auf die Fensterbank aus Ebenholz fällt und die Königin sich einen Wunsch erbittet: Sie will ein Mädchen haben, deren Wangen so rot sind wie das Blut und deren Haut so weiß ist wie der Schnee und deren Haare so schwarz sind wie das Ebenholz. Meine Schwester war so ein bleiches Schneewittchen, mit ihren Augen, die glänzten wie blank polierte, böhmische Kristallgläser, und den kurzen, schwarzen Haaren, die ihr ins Gesicht fielen, und dieser tragischen und bebenden Schönheit, die die Heldinnen in den Romanen von Barbara Cartland besitzen (nur die kurzen Haare, klar). Cristina murmelte vor sich hin, als ob sie eine Litanei herbetete oder den Rosenkranz. Sie wollte erklären, daß sie sich verletze, weil sie sich selbst nicht ertrage, sich hasse, und dann hörte sie nicht mehr auf, sich über meine Mutter zu beschweren. Sie meinte, meine Mutter ertrage sie nicht und lasse ihr keinen Frieden, sage nie ein gutes Wort zu ihr und sehe immer nur das Schlechte, egal was sie sage oder mache. Und ich saß dort auf dem Rand der Badewanne, von einer beachtlichen Furcht gefangen, die ich seit jenen eisekalten Morgen nicht mehr empfunden hatte, an denen uns die Nonnen in der tiefgefrorenen Kapelle des *Colegio* die Frühmette beten ließen, während die Luft noch schlief und das Morgenlicht nur wenig schimmerte. Ich raunte unzusammenhängendes, schickliches dummes Zeug, im Versuch, sie davon zu überzeugen, daß meine Mutter ein guter Mensch sei und sie nicht hasse, obwohl ich im tiefsten Inneren spürte, daß sich die beiden wirklich nie verstanden haben, und eigentlich nicht wußte, was ich Cristina Versöhnliches hätte sagen können. Sie fing damals an zu schluchzen und wiederholte immer wieder, daß niemand sie liebe, daß ihr Papa fortgegangen sei und Gonzalo fortgegangen sei und niemand sie mehr liebe. Ich konnte sie kaum verstehen, so leise und stockend sprach sie, und das Schluchzen und Wimmern kam dazwischen, bis sie am Ende zusammenhanglos nur noch den Namen von Gonzalo wiederholte, und ich überhaupt nicht verstand, was sie immer mit Gonzalo wollte, oder es vielleicht auch einfach nicht verstehen wollte.

Als Cristina sich nach einer Weile beruhigt hatte und zu wimmern aufhörte, sagte ich Mama und Rosa Bescheid, die ihren Augen nicht trauten, als sie unser Bad in die Katakomben von Draculas Schloß verwandelt sahen. Rosa nahm sich sofort wie ein Feldwebel in einer Kaserne der Situation an, steckte Cristina ins Auto und brachte sie ins Krankenhaus, und Mama erschien fünf Minuten später mit Eimer und Schrubber in der Hand im Bad und setzte alles daran, diese Episode mit *Vim*, *Clorex* und *Cristasol* aus unserem Gedächtnis zu streichen.

Nach dieser Geschichte entschied sich Mama, Cristina von einer jüngeren und aufgeschlosseneren Psychologin behandeln zu lassen, die von Cristina allerdings auch schon nach zwei Monaten in die Wüste geschickt wurde. Von da an wurde sie von Psychologe zu Psychologe, von Therapeut zu Therapeut gereicht, die uns reihenweise mit Diagnosen versorgten, die Mama und ich nie richtig verstanden. Mama traute diesen Herrschaften noch weniger als ihren Theorien, aber hätte alles dafür getan und gezahlt, wirklich alles, wenn sie ihr die Kleine als geläuterte Version unserer Cristina zurückgebracht hätten, friedlich und ruhig, mit ihrer Süße und Lebendigkeit, aber eben ohne die Tobsuchtsanfälle und das exzentrische Gehabe.

Mein Schwesterchen wurde älter, aber die Szenen gingen weiter, ohne daß man sie deswegen als verrückt bezeichnen konnte. Nein, das war sie wirklich nicht. Oder nicht richtig. Es gab zwei Cristinas. Die eine brüllte und bedrohte uns mit Messern, kam morgens um sieben völlig fertig nach Hause und lieferte sich den lieben langen Tag Gefechte mit Mama, während die andere Cristina vor Lebenslust strahlte und die Telefonleitungen vor lauter Verehrern zum Glühen brachte. Irgend etwas muß an ihr dran sein, nehme ich an, um die Jungs nebst meinem eigenen Mann derart zu bezaubern, daß er immer sagte, wenn meine Mutter besorgt anrief, »dein armes Schwesterchen, dabei ist sie so süß und so nett, die Arme«, als sei mein armes Schwesterlein ein Schwesterlein der Barmherzigkeit gewesen und als hätten sie meiner Mutter nicht den Brief aus dem *Colegio* geschickt, in dem sie ihr mitteilten, daß mein armes Schwesterlein Amphetamine an ihre Mitschülerinnen verkaufte, Amphetamine, die sie aus dem hinteren Raum unserer Apotheke klaute und mit deren Hilfe die Mitschülerinnen die Nacht vor den Prüfungen wach blieben und die sie zu allem Überfluß sündhaft teuer verscherbelte. Eine Schachtel *Dicel* kostete damals zweihundert Peseten, und exakt zu diesem Preis verkaufte mein

Schwesterlein eine einzige Tablette, eine einzige, aus einer Pakkung mit zwanzig Tabletten, weil mein armes Schwesterlein ja nicht dumm ist, nein, ganz im Gegenteil, und zusehen mußte, wie sie ihr Geld zusammenkratzte, um ihre Besäufnisse zu finanzieren, denn Mama war entschlossen, ihr keinen einzigen Pfennig mehr zu geben, kein Taschengeld und nichts. Mein Mann übersah gerne, daß Mama eines Nachmittags, beim Aufräumen der Schränke, im Strumpffach von Cristina eine Schachtel mit Haschisch und Präservativen gefunden hatte und Briefe von ihren Liebsten, deren Inhalt Mama später am Telefon als pornographisch bezeichnet hat. Mein Borja übersah gerne, daß Cristinalein, die ihm so gut gefällt, auf unserer Hochzeit eine Riesenszene gemacht hatte und hoffnungslos betrunken Gonzalo um den Hals gefallen war, obwohl sie vom vielen Alkohol kaum noch stehen konnte und damals noch ein Kind von vierzehn Jahren war.

Manchmal bekomme ich große Lust, meine Schwester anzurufen, weil ich denke, daß sie mich verstehen könnte, vielleicht ist sie die einzige Person, die mich verstehen kann, sie hat doch selbst so viel erlebt, meine Geschichten können sie nicht befremden. Oder vielleicht doch. Ich nehme an, sie fände es befremdlich, wenn man noch nie einen Joint geraucht und noch kein Präservativ benutzt hat, so unglaublich das auch klingen mag. Aber Carlos sagte mir, daß es für ihn unbequem sei, diese Gummidinger zu benutzen, und außerdem behauptet er, daß man dann nicht dasselbe spüre, und wenn er es sagt, wird es wohl stimmen, habe ich immer gedacht, denn er hat Erfahrung. Ich nehme an, sie fände es überraschend, daß ich mich frage, wenn ich in der *Max* die Sexualberatung lese und den Quatsch sehe, der da über den Orgasmus geschrieben wird, ob ich schon jemals einen gehabt habe, und zu dem Schluß komme, daß ich wahrscheinlich noch keinen gehabt habe, denn wenn ich einen Orgasmus gehabt hätte, würde ich es doch wissen, oder nicht? Und das Ding ist, daß Stunde um Stunde und Tag um Tag verstreichen, wie eine endlose Abfolge von Kalenderblättern, ohne daß ich etwas tue, und ich nur noch heule wie ein Schloßhund, aber wer kann mir sagen, ob das Leben meiner Schwester besser oder schlechter ist als meines? Und wer kann mir sagen, ob meine Schwester, die vermeintlich Verrückte, die schon mit fünfzehn von einem Psychologen zum anderen gewandert ist, mich nicht vielleicht doch verstehen und mir sogar Ratschläge geben könnte?

wie Obsession

Er küßte gerne meine Schulter. Aber es waren keine normalen Küsse. Er legte seine schweren Lippen wie Saugnäpfe auf meine Haut. Es waren schwere, feuchte Küsse. Er liebkoste meine Schulter für Stunden. Er küßte mich ohne Ende. Wie bei einer neutestamentarischen Vermehrung von Fischen und Küssen. Je mehr ich gab, desto mehr wurden es. Niemand hatte mich je zuvor so geküßt. Ich fürchte, niemand wird es je wieder so tun. Ein Telefongespräch mit Line. Ich war deprimiert. Zyklothymie nennt man das. Depressive Persönlichkeit. Konfliktreiche Kindheit. Serotoninmangel. Testosteronüberschuß. Ich sammle Diagnosen. Zwei-, dreimal im Jahr habe ich Sehnsucht nach dem Tod. Zwei-, dreimal im Jahr wird die Welt zu einer ungastlichen Wüste. Ich bin so müde und könnte nur noch schlafen und weinen. Die einfachste Bewegung, wie den Arm zu heben, um nach einem Glas Wasser auf dem Tischchen zu greifen, verwandelt sich in eine herkulische Tat. Ich fühle mich einsam und leer. Ich finde weder in noch außerhalb von mir irgendeinen Grund weiterzumachen. Komm, hör auf zu jammern, sagte sie. Das Leben ist doch gar nicht so schrecklich. Es ist doch im Grunde ganz okay. Ja? fragte ich. Sag mir drei Gründe, warum es sich lohnt, zu leben. Nur drei. Ohne lange nachzudenken. Die ersten, die dir in den Kopf kommen. Keine Ahnung…, antwortete Line. So, auf die schnelle … Ecstasy…, Gras … und Analsex. Was, das hast du nie probiert? Das glaube ich nicht. Das ist das Beste, was es gibt. Die Haut von Iain war weiß und sahnig. Unglaublich weich. Die Haare blond und fein. Er roch nach Land, nach Kräutershampoo. Eingesperrt in sein warmes Gefängnis schlief ich ein, gefangen zwischen seinen Armen und Beinen. Eingewickelt in Liebkosungen und Baumwolle. Ich konnte ihn um alles bitten. Mach mir das, mach jenes, küß mich an dieser Stelle, an jener. Fick mich hier und jetzt. Er versagte nie. Nie, nie, nie. Ich war der verwöhnteste Mensch der Schöpfung. Ich habe gevögelt, wo und wie ich es wollte. Auf dem Sofa, im Bett, auf dem Tisch im Eßzimmer, im Hauseingang, im Fahrstuhl. Ich spürte seine Küsse auf der Schulter und seine Hände an den Hüften und spürte, wie er in mich drang. Wie, du hast es nie probiert? Das ist das Beste, was es gibt. Rote Kerzen zündeten wir an und hörten *Ambient*. Mit Ecstasy steigerten wir unsere Empfindungen. Jede körperliche Berührung wird zu etwas Mystischem. Allein die Berührung der Haut bringt dich zum Orgasmus. Die einfachsten Dinge entfachen eine Schönheit, die Laken lodern, und ich öffne mich ganz und gebe meinen Kelch und meinen Saft wie eine Blüte. Wie, du hast es nie probiert? Das ist das Beste, was es gibt. Er haßte meine Arbeit an der Bar. Je mehr er trank, desto weniger ertrug er die Männer, mit denen ich redete. Ihre lüsternen Blicke und ihr verschwörerisches Lächeln. Mit wieviel Männern hast du geschlafen? Mit wieviel Frauen hast du es gemacht? Dutzende und Aberdutzende und Aberaberdutzende haben deinen Kuß auf ihrem Rücken gespürt. Aber kein anderer Mann hat mich von hinten genommen. Reden wir nicht von Quantität, sondern von Qualität. Natürlich gefällt es mir. Mir gefällt es besser als alles andere. Ich habe ihn gefragt, ihn gebeten, ihn auf Knien angefleht, mehr zu bekommen. Ich mache nie etwas, was ich nicht will. Seine Finger wanderten die Wirbelsäule hinab. Am Anfang tut es ein bißchen weh, leicht, dann kommt eine Mischung aus Schmerz und Lust, am Ende löst sich der Schmerz auf, und es ist reiner Genuß. Du spürst, daß Millionen von Labyrinthen in dir existieren, geheime Stege, durch die deine Öffnungen mit dem Hirn verbunden werden. Millionen Stromkreise, die elektrische Stromstöße von dreitausend Volt weiterleiten. Reines Dynamit. Kleine Explosionen innerhalb deines Körpers. Du technologischer Terrorist. Mein *Unabomber* im Sex. Meine Befreiungsarmee. Drück ab! Einmal hatte er zuviel getrunken, und als wir aus der Bar hinausgingen, brüllte er mich an. Er brüllte, bis wir nach Hause kamen. Ich sagte ihm, daß ich ihm nicht gehöre, daß ich niemandem gehöre, daß ich mit meinem Körper mache, wozu ich Lust habe. Daß ich es nicht ertrage, angeschrien zu werden. Daß ich schon genug Vorwürfe im Laufe meines Lebens gehört habe. Daß ich alleine lebe, weil ich keinen einzigen mehr hören will. Aber er hörte nicht auf herumzuschreien. Messerstiche für die Ohren. Ich nahm mein Messer. Ich warnte ihn, daß ich ihn umbringe, wenn er mir näher käme. Ich war bereit, es zu tun. Ich will nicht, daß mir noch irgend jemand Leid zufügt. Er sagte, das traust du dich nicht. Ich hob die Hand. Führte das Messer zu meinem Arm. Ich machte mir einen tiefen Schnitt in den Unterarm. Ich sah das Blut fließen. Ich spürte einen plötzlichen Schmerz im Arm. Der Schmerz wanderte von meinem Arm in mein Hirn. In Lichtgeschwindigkeit. Ich spürte, wie mich der Schmerz vollständig überflutete. Ich ahnte zwischen blauem Himmel und rotem Blut das Gewicht der Leere. Aber es erschien mir nicht so schrecklich. Es verdunkelte zumindest den anderen Schmerz. Den Schmerz, den das Herumbrüllen verursachte. Die Beklemmung, die von innen her zerreißt. Den Schmerz, der nicht blutet, den man nicht sieht. Sein Geschlecht roch nach Moschus, süßlich, berauschend. Schmeckte süßsauer, nach Vanille und Paprika. In der Ambulanz mußte ich erklären, daß ich mich beim Salatschneiden verletzt hatte. Die Schwester schaute zweifelnd. Riesige ungläubige Augen. Mitleid leuchtete in ihrer blauen Iris. Zurück zu Hause, küßte er mir den Arm und eine Fingerspitze nach der anderen. Versicherte, daß es ihm leid täte. Vögelte mich ein ums andere Mal. Jedesmal wenn ich kam, wiederholte ich, daß er danach gehen müsse. Daß ich ihn nicht mehr sehen wolle. Daß er mich vögeln könne, wie er wolle, daß es nichts daran ändern würde. Da sagte er, wenn ich ihn darum bitte, zu gehen, käme er nie wieder. Ich antwortete, er wisse, wo die Tür ist. Ich sah, wie er ging, und sagte kein einziges Wort. Ich wollte sterben. Zerfallen. Ich war total am Ende. Ich hatte genug von diesen Leuten, die ihre Liebe wie eine Waffe benutzen. Von all diesen Leuten, die mich gequält haben, weil sie mich liebten. Wenn dich jemand sehr liebt, wirst du viel weinen. Ich hasse diesen Satz. Jeden Tag habe ich bei ihm angerufen. Ich habe ihm Briefe geschrieben, habe ihm Nachrichten auf seinen Anrufbeantworter gesprochen. Ich wollte sterben. Zerfallen. Aber es gibt drei Gründe, weiterzumachen. Niemand hatte mich je so geküßt. Niemand hatte mich je so gefickt. Ich fürchte nur, niemand wird es je wieder so tun.

P wie Power

Begriffe, die mich definieren.

Technologisches Gleichgewicht. Elektronische Post. RAM. Bilanzen. Sachetat. Berichte in dreifacher Ausfertigung. Diagramme. Kapitalrisiko. Minimaltilgung. Geschäftsführung. Wachstumsplan. Kapitalspritze. Alpha-Version. Beta-Phase. Projekte. Team. Multimedia. Führung.

Mein Leben ist nicht aufregend.

Mein Aufstieg verlief rasant. Ich schloß mein Studium mit exzellenten Noten ab und begann mit zweiundzwanzig Jahren zu arbeiten. Mit achtundzwanzig wurde ich Finanzdirektorin, und mein Photo erschien im Wirtschaftsteil des *El País*.

Ich hatte vier Liebhaber, keinen fest, und keiner hat Spuren hinterlassen. Ich weiß, daß es nicht viele sind für mein Alter.

Es war keine Frage der Moral. Vielleicht war es eine Frage der Umstände.

Ich kann nicht von mir behaupten, daß ich Freunde habe, auch wenn ich an einem gewissen sozialen Leben teilhabe. Manchmal gehe ich zu Geschäftsessen oder verabrede mich mit Arbeitskollegen. Außerdem nehme ich regelmäßig an den Treffen meiner ehemaligen Kommilitonen teil, um mich davon zu überzeugen, daß die Jungs aus meinem Semester einen Bauch bekommen und kahlköpfig werden, wie vorherzusehen war, und die Mädchen Ehefrauen und Mütter.

Das einzige Rätsel meines Lebens, den einzigen Hauch von Abenteuer verspüre ich bei dieser Reihe von sinnlosen Anrufen. Jede Nacht verspüre ich diese unablässige Spannung, wenn so gegen halb zwölf das Telefon klingelt. Ich nehme den Hörer ab, und auf der anderen Seite höre ich immer dasselbe Lied. *The fatal hour* von Purcell.

Ich habe keine Ahnung, wer es sein könnte.

Ich versuchte von der Telefongesellschaft eine Liste mit den Telefonnummern zu bekommen, die bei mir angerufen haben. Unmöglich. Sie erklärten mir, daß es nur in England ein System gibt, mit dem man die Nummer des letzten Anrufers ausfindig machen kann. Hier nicht.

Ich habe bereits die verschiedensten Analysen und Möglichkeitskalkulationen durchgeführt, um die Identität des mysteriösen anonymen Anrufers herauszufinden. Minutiös bin ich die Akte meiner Liebhaber durchgegangen.

Da ist der Lehrer, mit dem ich zum ersten Mal geschlafen habe, nicht, weil er mir so übermäßig gefallen hätte, sondern weil ich fand, daß es für eine Frau mit einundzwanzig an der Zeit ist, keine Jungfrau mehr zu sein. Er hatte es nicht gewußt und gab dem Umstand danach ein Gewicht, das er in Wirklichkeit nie gehabt hatte. Der arme Mann fühlte sich mir verpflichtet.

Dabei hatte ich nur einen empirischen Versuch angestellt, der erwartungsgemäß nicht besonders zufriedenstellend verlaufen war. Für mich hatte das Theater um die Jungfräulichkeit keine größere Bedeutung.

Meine Jungfräulichkeit war für mich nur ein Rudiment meines Körpers, das ich für Gonzalo bestimmt hatte, aber da Gonzalo es nicht haben wollte, schenkte ich es dem Erstbesten, der scharf darauf war. Da er verheiratet war, hatte ich gedacht, die Sache würde als belangloses Abenteuer enden.

Aber er dürfte das nicht ganz so gesehen haben.

Er rief mich darauf zu jeder Tages- und Nachtzeit an. Er sei bereit, seine Frau zu verlassen. Ich erschrak. Ich wollte auf jeden Fall verhindern, daß die Sache bekannt wurde. Sonst hätten alle gedacht, daß ich nur deshalb die besten Noten bekam, weil ich mit den Lehrern ins Bett ging. Lieber wäre ich gestorben.

Auf der anderen Seite wollte ich mich auch nicht schlecht mit ihm stellen. Schließlich war er einer der Kandidaten für die Doktorvaterschaft.

So erklärte ich ihm, daß die Verantwortung einer zerbrochenen Ehe zuviel für mich sei. Das war natürlich nicht wahr, aber die einzige Entschuldigung, mit der sich unsere Beziehung diplomatisch beenden ließ.

Er weinte. Es war das erste Mal, daß ich einen Mann weinen sah, abgesehen vom Fernsehen, klar, und ich fühlte mich ausgesprochen unwohl. Es hatte sich nicht gelohnt, für so wenig einen solchen Preis zu zahlen.

Reine Tränenverschwendung, sentimentale Erpressung.

Und das alles, damit so ein Subjekt auf dir liegt und wie ein Welpe schnauft.

Es würde mich nicht wundern, wenn er der Anrufer wäre. Er kennt mich gut genug, um meine Begeisterung für Purcell zu kennen, und sein Charakter ist labil genug, um so einen Unsinn zu machen. Aber andererseits kann er es eigentlich nicht sein. Es ist fast unmöglich, daß er meine Telefonnummer herausbekommen hat. Nur ganz wenige Menschen, die nahestehendsten, haben sie, und auf meinen ausdrücklichen Wunsch hin erscheint sie nicht im Telefonbuch. Obwohl, wer weiß, möglich ist alles. Schließlich gibt es genug Wege, eine Telefonnummer herauszubekommen. Im Leben läßt sich fast alles erreichen, wenn man es hartnäckig genug angeht.

Es könnte auch dieser Freund sein, mit dem ich an der Universität so halb zusammen war. Dieser reiche Grünschnabel, dessen Vater die größte Cafékette in Madrid besitzt und der unbedingt wollte, daß sein Sohn Wirtschaft studiert, um später das Imperium zu übernehmen, obwohl der arme Junge ganz offensichtlich keine Begabung zum Studieren hatte und in seinem ganzen Leben höchstens vier Bücher gelesen haben dürfte.

Wahrscheinlich bedeutete ich für ihn eine Erholung von all diesen Blondinen, die Elsa oder Patricia oder Natalia hießen und Autos mit ABS-Bremsen fuhren, die sie von ihren Papas zum achtzehnten Geburtstag geschenkt bekommen hatten. Der Typ Mädchen, den er von den Sommerferien auf Mallorca und den Vormittagen im Reitclub schon sein ganzes Leben lang kannte.

Wie ich mich von seinem ganzen Geld und seiner eigentümlichen Art, das »s« auszusprechen, verwirren ließ, ist mir immer noch ein Rätsel. Vielleicht meinte ich einfach, daß ich es tun müßte.

Als ich auf der Universität war, begriff ich schnell, daß die Uni ein Ort wie jeder andere ist und daß meine Kommilitonen weder das *summum* der Intellektualität noch das *savoir faire* darstellten, sondern nur eine Ansammlung von Hormonen mit zwei Füßen, genau wie alle anderen Jugendlichen auch, und da fand ich, daß es immer noch besser wäre, mit einem zusammenzusein, der genug Geld hatte, um mich in Madrid auszuführen, am Wochenende mit mir aufs Land zu fahren und mich nachts mit seinem Peugeot 205 wieder nach Hause zu bringen.

Was bedeutete, daß er für meine Gefälligkeit so viel zahlte, wie sie wert war.

Wir waren fast ein Jahr zusammen. Er verließ mich, weil er Angst hatte, mit einer intelligenteren Frau einen Minderwertigkeitskomplex zu bekommen. Aber ich trage ihm nichts nach. Er war wenigstens offen und ehrlich gewesen.

Außerdem war klar, daß er früher oder später in die Welt maßgefertigter Schuhe und der Landclubs zurückkehren würde, zu seinen gefärbten Blondinen, die von Kopf bis Fuß mit *Cerruti* eingekleidet waren. Aber er ruft bestimmt nicht an, auch wenn er die Telefonnummer von gemeinsamen Studienfreunden bekommen haben könnte. Nein, ich glaube nicht, daß er das ist.

Er würde wahrscheinlich glauben, daß Purcell eine Marke für elektrische Haushaltsgeräte ist.

Ich glaube, Ramón ist es auch nicht. Unser Rechtsberater in der Firma. Verheiratet. Heimliche Verabredungen und verschlüsselte Anrufe. Rosensträuße mit anonymen Kärtchen. »Rosen für Rosa«. So kitschig konnte der arme Mann sein. Zwei Kinder, hätte er nie verlassen. An viel mehr erinnere ich mich nicht. Ich glaube auch nicht, daß er sich sehr an mich erinnert, auch wenn nur zwei Büros zwischen uns liegen.

Weniger noch, daß er mich anriefe.

»Bringen Sie Romanzen, die sich im Büro ergeben haben, zu einem schnellen Ende.« Zitat von Debra Carter, Spezialistin für Weiterbildung und Firmenberatung. Ihre Bücher horte ich im Büro in einem Regal neben einer schier endlosen Reihe von Handbüchern zur Ökonometrie und Buchhaltung. Meine verbündeten Soldaten in Aufstellung, um mich in allen Schlachten zu verteidigen.

»Befördern Sie niemanden, zu der oder dem Sie eine Beziehung hatten, auch wenn sie glauben, daß der Zwischenfall *harmlos* war und niemand etwas davon gemerkt hat. In der Regel gelangt ausnahmslos alles an die Öffentlichkeit.«

»Die meisten Winnertypen beenden private Beziehungen, sobald sie fühlen, daß sie ihrer Karriere im Weg stehen könnten, falls sie ehrgeizig und entschlossen sind, ganz nach oben zu kommen. Im Wissen darum, daß es bestimmte Regeln menschlicher Beziehungen gibt und Liebesaffären Skandale säen.«

Wir beendeten unsere Beziehung.

In beiderseitigem Einvernehmen. Wir wollten beide ganz nach oben kommen.

Nein, er kann nicht derjenige sein.

Bleibt nur noch Luis. Angestellter von Willis Faber. Sechs irrsinnig langweilige Wochenenden. Ausstellungsbesuche und Abendessen in teuren Restaurants. Strapse, die über der Rükkenlehne des Stuhles wie Fledermäuse aussahen. Schwarze Dessous mit Spitzen und Schleifen. Sogar ein paar Handschellen. Er hatte *Neuneinhalb Wochen* gesehen, das ist klar. Der könnte es sein. Die Anrufe passen zu seiner Perversion light. Aber irgend etwas paßt nicht. Er war zu rational für solche Sachen. Außerdem hat er die Beziehung beendet.

Nein, es wäre zu seltsam, wenn er jetzt auf die Idee käme, mich zu verfolgen.

Manchmal träume ich davon, daß es Gonzalo ist. Vielleicht hat er immer gespürt, was ich während der ganzen Jahre, in denen wir unter einem Dach gewohnt hatten, für ihn empfunden habe. Vielleicht traut er sich nach dem Fauxpas mit Cristina nicht mehr, mit mir zu reden.

Eine nette Art der Selbsttäuschung.

Q wie Qual

Notizen zur Doktorarbeit: Catull widmete Lesbia sein ganzes Werk. Antinoos stürzte sich in die Brühe, als er dachte, daß er nicht mehr schön genug für Hadrian sei. Mark Anton verlor wegen Kleopatra ein Imperium. Lancelot betrog seinen Mentor und besten Freund um der Liebe zu der Königin Guinevere willen und unternahm vor lauter Liebe und Schuldgefühlen eine Pilgerreise, um den Heiligen Gral zu suchen. Robin Hood entführte Lady Marian. Beatrice erloste Dante aus dem Purgatorium. Petrarca widmete Laura sein ganzes Werk. Abélard und Héloïse führten ihr Leben lang ihren Briefwechsel. Diego Marcilla fiel in Teruel Isabel de Segura tot vor die Füße, als er von der Verlobung mit dem Mann hörte, dem sie von ihrem Vater her versprochen war. Julia trank den giftigen Kelch, als sie den toten Romeo sah. Melibea stürzte sich beim Tod von Calixto aus dem Fenster. Ophelia ging in den Fluß, weil sie befürchtete, daß Hamlet sie nicht liebe. Polyphem sang unter Tränen für Galatea, bis an seines Lebens Ende auf Irrwanderungen über Wiesen und Flure. Botticelli verlor für Simonetta Vespucci den Verstand, nachdem er ihre Schönheit auf dem größten Teil seiner Bilder verewigt hatte. Juana de Castilla trauerte monatelang Tag und Nacht weinend um Felipe el Hermoso und zog sich daraufhin in ein Kloster zurück. Don Quijote widmete Dulcinea alle seine Taten. Doña Ines brachte sich für Don Juan um und kehrte später aus dem Paradies zurück, um sich für seine Seele zu verwenden. Garcilaso schrieb unzählige Gedichte für Isabel de Freire, ohne sie jemals zu berühren. Ignacio von Loyola verließ beim Tod von Kaiserin Isabel den Hof. Später berührte er nie wieder eine Frau. Elisabeth von England versagte sich Prinzen und Königen um der Liebe von Sir Francis Drake willen. Sandokán kämpfte für Marianne, die Perle von Labuán. Werther schoß sich in die Schläfen, als Charlottens Hochzeit bekanntgegeben wurde. Hölderlin zog sich beim Tod von Diotima, die er niemals berührt hatte, in einen Turm zurück, den er nie wieder verließ. Rimbaud, der im Alter von sechzehn Jahren Meisterwerke verfaßt hatte, schrieb keine einzige Zeile mehr, als die Beziehung mit Verlaine endete, wurde Waffenhändler und brachte sich buchstäblich um. Verlaine versuchte Rimbaud umzubringen, konvertierte darauf zum Katholizismus, schrieb die *Bekenntnisse*; wurde nie wieder er selbst. Julien Sorel ertrug es, Mathilde de la Mole zwei Monate lang nicht in die Augen zu sehen, um ihre Zärtlichkeit wiederzugewinnen. Anna Karenina verließ ihren Sohn für die Liebe zum Oberleutnant Vronski und ließ sich von einem Zug überfahren, als sie dachte, sie hätte dessen Liebe verloren. Camille Claudel wurde verrückt mit Rodin, der nicht einen Finger für sie rührte. Und ich spreche Iain jeden Tag etwas auf den Anrufbeantworter, aber wenn er mich darum bäte, aufzuhören, würde ich ihn nie wieder anrufen. Mir fällt keine schwerere Prüfung für meine Liebe ein, weil ich nur an ihn denke.

R wie Reinfall, Riesenenttäuschung und Ressentiment

Traurigkeit breitet sich langsam und unauslöschlich wie Öl aus. Ich finde keine Bürste, um mir die Seele zu schrubben. Seit einem Monat weine ich unaufhörlich und esse kaum noch. Jede Nacht liege ich im Bett und weine und weine, weine und weine. Still weine ich salzige Tränen, die mir die Wangen hinunterlaufen wie die Regentropfen an einem Fenster. Meine Ehe wird auf diese Weise untergehen, Borja erträgt die Situation, so gut er kann, ich denke, vor allem wegen des Jungen, vielleicht auch aus Mitleid, weil er ein guter Mensch ist, das weiß ich, und es ihm logischerweise das Herz zerreißt, mich in so einer Verfassung zu sehen. Am Anfang spürte ich seine Besorgnis. Aber so langsam ändert es sich, und er wird immer ernüchterter. Seine Frau liegt mit Ringen unter den Augen abgemagert und wortkarg im Bett, wenn er abends von der Arbeit nach Hause kommt, und manchmal frage ich mich, ob Borja nicht merkt, wenn auch nur ein klein bißchen, was alles passiert, ob er nicht merkt, daß es ernster ist, als es aussieht. Aber ich weiß es nicht, er sagt nichts.

Ich stehe jeden Morgen um sieben auf, gedankenlos wecke ich den Jungen, wasche ihn und ziehe ihn an. Ich versuche verzweifelt, diese Wärme und Euphorie wieder zu spüren, die ich früher empfand, wenn ich ihn badete, diese Überdosis Zärtlichkeit, die mir aus den Poren und Fingerspitzen strömte wie elektrischer Strom, aber es ist nicht mehr dasselbe. Ich liebe mein

Kind so sehr wie zuvor, vielleicht sogar noch mehr, keine Frage, eine Mutter bleibt immer eine Mutter, also, das finde ich jedenfalls. Aber jetzt überkommt mich am Morgen eine unendliche Trägheit, eine unbezwingbare Lust danach, zurück ins Bett zu gehen und zu weinen. Ich mache das Frühstück, so gut ich kann. Aber ich habe die Lust daran verloren, die kleinen, rundlichen Beine vom Baby einzuseifen, diese früher so inspirierende Freude. Ich höre, wenn Borja wie immer eine halbe Stunde nach mir aufwacht und mit seinen Füßen in den Plüschpantoffeln verschlafen ins Bad hinüberschlurft. Danach frühstücken wir zusammen in der Küche, Borja liest Zeitung, und ich knabbere am Toast herum, während ich versuche, dem Kind sein Glas *Alete* einzuflößen. Früher habe ich sehr darauf geachtet, daß er alles aufißt, aber jetzt, ich weiß ja auch nicht, wird es mir jeden Tag gleichgültiger. Wenn wir gefrühstückt haben, ziehe ich das Kind zu Ende an, und Borja macht sich mit dem Kleinen auf dem Arm auf den Weg zur Arbeit, er läßt ihn im Kinderladen, aber an der Tür, bevor er geht, das schon, gibt er mir einen Kuß auf die Backe, wie er es von Montag bis Freitag jeden Morgen in den vergangenen vier Jahren gemacht hat, weil mein Mann ein guter Mensch ist, wenn auch kein besonders aufregender. Wenn die Tür sich hinter ihnen schließt, gehe ich zurück ins Bett, falle hinein und fange an zu weinen. Ich habe eine unerschöpfliche Quelle an kristallenen Tränen, die mir aus dem Magen hervorquellen und sprudeln, als ob sie kleine Anisbonbons seien.

Früher hatte ich Millionen Dinge zu tun, und die Vormittage verflogen nur so. Die Wohnung putzen, einkaufen gehen, Mama anrufen, Briefe beantworten, Bordüren bemalen, Fäustel stricken, Pflanzen gießen, Kissen nähen, Möbel restaurieren, Bilder aufhängen, Regale befestigen ... Ich habe ein hübsches, kleines Domizil geschaffen. Mit all diesen Sachen war ich total beschäftigt. Nein, ich ging nicht arbeiten und vermißte es auch nicht. In meinen Augen konnten mir Rosa und Cristina mit ihrem feministischen Geschwätz gestohlen bleiben. Wie oft habe ich sie davon reden hören, daß sie ohne Arbeit nicht leben könnten, daß sie sich dabei zu Tode langweilen würden, daß sie in ihren vier Wänden ersticken oder dabei verrückt werden würden ...! Alles Vorurteile. Reines Geschwätz. Mit der Wohnung und dem Kind, sagte ich zu Mama, wenn wir über das Thema sprachen, bleibt dir keine freie Minute, und es muß wohl auch so gewesen sein, denn ich habe mich damals nie gelangweilt.

Es klingt absurd, aber ich habe immer gerne den Haushalt gemacht, ich weiß ja auch nicht, ich fand es entspannend, sauberzumachen, zu putzen und zu wienern. Ich wischte gerne im Salon den Staub, bis mein Spiegelbild auf dem Mahagonitisch zu sehen war, und schrubbte die Hähne in der Küche, dabei fand ich es immer erstaunlich, wie ein Lappen und ein bißchen *Cristasol* ausreichten, um trübe Oberflächen glänzend zu bekommen, und, ich weiß ja auch nicht, es wird albern wirken, aber ich finde, es hat etwas Entspannendes und Beruhigendes, Ordnung zu machen, Dinge zu erledigen und aus dem Chaos ein feines Ganzes zu komponieren. Mein Mann wollte immer eine Haushaltshilfe, eine, die bei uns wohnt, aber ich wollte das nicht, ich habe jahrelang alles in der Wohnung geputzt, meine Wohnung ist meine Wohnung, und ich will nicht, daß sich eine Philippinin oder eine Polin oder, schlimmer noch, eine Dominikanerin oder sonst irgendeine Ausländerin, die vielleicht noch nicht einmal verstehen würde, was ich ihr sage, wie ein Kuckuck in meinem Nest niederläßt.

Aber schon seit einem Monat kümmere ich mich nicht mehr um die Wohnung und habe meine alte Gewohnheit fallenlassen, jeden Tag auf den Markt zu gehen, sondern gehe, um Zeit zu sparen, jetzt lieber einmal in der Woche zum Supermarkt, lade das Wägelchen randvoll und mache alle Einkäufe auf einmal. Dadurch haben wir zu Hause zwar keinen frischen Fisch und keine Salate mehr, aber es scheint meinen Borja nicht weiter zu stören. Er ist abends so müde, daß er nicht darauf achtet, was es zu essen gibt. Meine Begeisterung für die Sauberkeit ist ebenso verflogen. Ich weiß ja auch nicht, früher hatte ich mein tägliches Ritual, das ich hintereinander abspulte, ich machte die Betten, wischte Staub, schmiß die Waschmaschine an, bügelte die Wäsche, strich mit dem Wedel über die Regale, saugte die Teppiche und den Teppichboden im Schlafzimmer, schüttelte im Eßzimmer die Sofakissen aus, wischte die Oberflächen in den Bädern, bis die Hähne und Spiegel glänzten. Aber jetzt habe ich gemerkt, daß sich die Arbeit im Haushalt unendlich ausdehnen oder bis zum äußersten reduzieren läßt, ohne daß man praktisch einen Unterschied bemerkt. Das Hausmädchen kommt, und dadurch muß ich am Tag nur eine halbe Stunde in der Küche arbeiten und eine halbe Stunde in den Bädern, und oft nicht einmal das, damit die Wohnung ordentlich aussieht. Abgesehen davon hat Borja nie großen Wert auf den Unterschied gelegt. So bleiben am Tag über sieben Stunden für mich, in denen ich aus vollstem Herzen durchsichtige, salzige Tränen weinen kann und immer mehr Tränen und immer mehr weinen, jetzt, wo das Kind die meiste Zeit im Kinderladen steckt und Borja mittags nicht mehr zum Essen nach Hause kommt. Ja, sicher, ich könnte diese freie Zeit in irgendeiner Weise nutzen. Ich könnte Aerobicstunden nehmen oder Malklassen besuchen oder Französisch lernen oder Blumengestecke binden. Ich habe nie gewußt, wieviel Freizeit ich habe, ich hatte gedacht, der Haushalt lasse mir keine freie Minute, das habe ich wirklich geglaubt, ich war davon überzeugt, wie ich bei den Nonnen davon überzeugt war, daß es Gott gibt; aber jetzt habe ich zwei Dinge begriffen, die Arbeit im Haushalt nimmt gar nicht so viel Zeit in Anspruch, und ich bin mir auch nicht mehr so sicher, daß es Gott gibt, aber wenn es ihn gibt, wovon ich nicht mehr überzeugt bin, kümmert er sich jedenfalls nicht richtig um uns. Als kleines Mädchen, als sich das Leben auf Schule und Puppenspielen beschränkte, war es leichter, an Gott zu glauben. Später, wenn du groß bist und all die schlechten Dinge auf dieser Welt siehst, ist es nicht mehr so einfach, katholisch zu sein, auch wenn die Statuen der Jungfrau Maria sehr schön sind, mit ihrem blauen Umhang und der Sternenkrone und den Maiglöckchen, ich weiß ja auch nicht, es vergeht einem. Ich glaube, mit zwölf Jahren habe ich aufgehört, an Gott zu glauben. Ich war so brav, ich war ein braves Mädchen, und ich bin es immer noch, so daß Gott überhaupt keinen Grund hatte, mich schlecht zu behandeln.

Mit zwölf Jahren habe ich den wichtigsten Mann meines Lebens verloren, meinen Vater, und habe den anderen Mann kennengelernt, Antonio, der mich geprägt hat und mich zu der machte, die ich bin. Ich habe meinen Vater sehr, sehr, sehr geliebt. Mein Vater war ein fröhlicher Mensch, der immer lachte, und, ich weiß ja auch nicht, nichts gegen Mama, die mir sehr viel hilft und meine beste Freundin ist und immer am Telefon ist, wenn ich sie brauche, aber meine Mutter ist ziemlich ernst und reserviert, und für uns war es total gut, jemanden zu haben, der vergnügt vor sich hin trällerte und Witze machte. Ich liebte ihn sehr, auch wenn er nicht übermäßig viel für mich da war, auch wenn er mehr trank, als er sollte, und auch wenn er sich nicht gut mit meiner Mutter verstand; ein Papa ist immer ein Papa für seine Tochter, da kann man wohl nichts machen, deshalb verzeihe ich ihm auch nicht, daß er sich so einfach aus dem Staub gemacht hat, ganz plötzlich, ohne auch nur ein einziges Mal etwas von sich hören zu lassen. Tante Carmen habe ich sagen hören, er habe eine andere. Ich weiß ja auch nicht, ob es tatsächlich eine andere gab, und möchte es auch gar nicht wissen. Ich würde meinen Vater jetzt nicht mehr wiedersehen wollen, selbst wenn er es wollte. Niemals und niemals und niemals könnte ich ihm verzeihen, was er uns damals angetan hat, obwohl ich weiß, daß es nicht christlich ist, zu hassen, aber möglicherweise bin ich es ja gar nicht mehr, wie gesagt, auch wenn ich in den letzten Jahren noch darauf geachtet habe, daß es keiner merkt.

Wir haben die Sommerferien immer in Fuengirola verbracht, bis mein Vater ging, und nachdem mein Vater gegangen war, verbrachten wir alle Sommerferien bei den Großeltern in San Sebastian, bei den Eltern meiner Mama, in einem riesigen, alten Haus, das nach Staub und Feuchtigkeit roch. Dort, in San Sebastian, habe ich Antonio kennengelernt. Antonio hatte seine Clique, ich meine. Nur Jungs, nur Mädchen, damals war es noch nicht gern gesehen, das mit dem Mischen, und so warfen wir uns lediglich Blicke zu, wenn wir uns im Park und auf den Plätzen, im Autoskooter und auf der Strandpromenade über den Weg liefen. Wir waren Kinder aus den besten Familien San Sebastians, aus teuren *Colegios* mit strikt katholischer Erziehung, Experten im Tennis und wurden schlicht, aber von bester Qualität bei *Zarauz* eingekleidet. Natürlich gingen beide Freundeskreise bald zusammen aus, spazierten gemeinsam durch den Park und über die Uferpromenade, und am Schluß waren ein paar von uns mehr oder weniger zusammen. Karmele und Kepa, Borja und Nerea, Antonio und ich. Antonio und ich.

Von diesen ersten stürmischen Sommerliebeleien überlebte nur unsere Beziehung die ersten beiden Wochen und überstand die immerhin neun Monate lange Trennung. Mit vielen Briefen von mir und einigen wenigen von Antonio haben wir mühsam die Flamme am Leben erhalten, so konnte sie im nächsten Sommer wieder aufflackern, mit derselben oder sogar noch größerer Intensität als in dem vergangenen Sommer, als ich noch zwölf war. Ich habe während dieser neun Monate nur an Antonio gedacht. In Madrid ging ich fast nie vor die Tür, ich ging in die Schule und wieder nach Hause und von zu Hause wieder in die Schule, und die Wochenenden war ich in der Messe und im Tennisclub, wo es ein paar Jungs gab, die dem präpubertären Anachen gerne die Augen verdreht hätten, der schüchternen und schamroten Nonnenschülerin, aber keiner hätte es meiner Meinung nach mit Antonio aufnehmen können, nicht einmal Gonzalo, mein Cousin, der sehr gut aussehen mochte, das ja, mir aber überhaupt nichts sagte, wie er den ganzen Tag in seinem Zimmer hockte und diese seltsamen Platten hörte. Außerdem ist es nicht richtig, wenn ein Mädchen, das mit einem Jungen ernsthaft geht, anderen Jungen schöne Augen macht, oder das glaubte ich zumindest damals, selbst wenn der Junge ein paar hundert Kilometer entfernt wohnte.

Im Sommer kehrte ich als Frau zurück, wie die Nonnen sagten. Ich trug bereits meinen ersten Büstenhalter und begann mich an die kleinen Komplimente zu gewöhnen, die ich auf der Straße hörte und die mir die Schamröte ins Gesicht trieben und mich auf den Boden blicken ließen.

In San Sebastian traf ich auf einen Antonio, der ebenfalls verändert war, der blonde Zigaretten rauchte und eine Vespa fuhr, die er sich gerade neu besorgt hatte. Antonio war jetzt sechzehn, wirkte aber wie ein wahrer Mann, der selbst, wenn er bis zur Insel Santa Clara und wieder zurück geschwommen war, lachend mit diesen strahlend weißen Zähnen aus dem Wasser stieg, sich die feuchten Haare mit einer sorglosen Geste aus dem

Gesicht strich und den Eindruck machte, als käme er gerade von einem kleinen Spaziergang zurück, und wenn er am Strand Tennis spielte, gewann er immer, und die Mädchen hörten nicht auf, ihm zuzublinzeln, fasziniert von diesem braungebrannten, muskulösen Bauch, der aussah, wie aus Marmor gehauen. Am Abend forderte mich Antonio lachend im *La Cepa* zum Armdrücken heraus, aber das war ein Ding der Unmöglichkeit, denn wir kamen nicht einmal dazu, anzufangen, weil mein Arm schon auf dem Tisch landete, bevor ich überhaupt Antonios in den Händen hielt. So stark war Antonio.

In diesem zweiten Sommer machten wir lange Spaziergänge über die Strandpromenade und hatten leidenschaftliche Abknutschbesprechungen im Sand von Strand *Gros*. Er streichelte unter meinem Badezeug die sprießenden Brüste, und ich merkte, wie sich bei ihm eine harte Beule formierte, die darum kämpfte, aus der Badehose herauszukommen. Und eines Nachts, auf der *Plaza de la Trinidad*, nachdem wir ein paar *Calimochos* zuviel getrunken hatten, schob er meine Hand in seinen Slip, und ich merkte, wie diese Masse wuchs und in seiner Hose hart wurde. Dann holte er sein Geschlecht heraus, legte es mir in die Hand und ejakulierte. Es war nicht einmal nötig gewesen, daß ich ihn streichelte, auch wenn ich ehrlicherweise zugeben muß, daß ich damals nicht gewußt hätte, wie man das macht. Jener Fleischzylinder, dieses Ding, glatt und hart wie ein Pfirsich, spuckte seine weiße Flüssigkeit einfach in meine Hand und mir wurde ganz anders, ich schämte mich und war überrascht, ohne zu wissen, was ich tun sollte, und riß die Augen weit auf, und meine Schultern waren verkrampft.

Am letzten Tag in jenem Sommer tauschten wir Photos und Versprechen aus, und ich konnte mich nicht beherrschen und weinte ununterbrochen drauflos. Vor lauter Blondheit waren seine Haare ganz weiß, und die Sonne hatte ihn zwei Monate lang gebräunt, und ich war absolut überzeugt davon, daß es keinen hübscheren Jungen in ganz San Sebastian gab. Auf dem Rückweg im Zug redigierte ich im Geist die ganzen Briefe, die ich ihm im Laufe des Winters schreiben wollte, um die Schluchzer und Tränen zurückzuhalten, und meine Schwestern lachten mich wegen meines beharrlichen Schweigens aus, und Cristina plärrte ununterbrochen, Anachen ist verliebt, Anachen ist verliebt, und meine Mutter verdonnerte sie zum Schweigen, weil sie nicht wollte, daß ihre Töchter bei den anderen Reisenden im Waggon Aufmerksamkeit erregten.

Der nächste Sommer kam, und da waren wir schon kein Paar mehr. Von meinen Winterbriefen hatte er nicht einen einzigen beantwortet, bis ich resigniert einsah, daß es keinen Sinn mehr hatte, ihm weiter zu schreiben. Zudem verloren sich unsere Cliquen in diesem Sommer aus den Augen. Manchmal traf ich Antonio zufällig am Kiosk beim Eiskaufen oder am Strand oder beim Spazieren auf der Strandpromenade, und dann begrüßte er mich sehr freundlich mit seinem Lächeln, das aussieht wie in der Werbung, aber viel mehr ereignete sich nicht. Jeden Abend malte ich mir vor dem Ausgehen die Augen an, zur Ehre von diesem Antonio, und bürstete mir stundenlang die Haare, bis sie glänzten, für diesen Antonio, der sich nicht mehr für mich interessierte. Wenn ich ihn zufällig traf, auf einer Parkbank, beim Futbolín oder in der Bar *La Cepa*, hatte ich das Gefühl, es hatte sich gelohnt. Jede Nacht ging ich um Punkt elf nach Hause, und vor dem Schlafen dachte ich immer nur an ihn, an sein weißes Lächeln und sein weißes Haar, schrieb seinen Namen mit dem Finger und eingebildeter Tinte an die Wand und malte dann ein Herz und dann Antonio und Ana und dann noch ein Herz, weil

Antonio für mich der hübscheste Junge vom Strand *Gros* war und immer bleiben wird.

Der Sommer verging, und der nächste kam, und ich kam wieder nach Donostia, aber mit kürzeren Haaren, und erste Erfahrungen hatten einen skeptischeren Zug in mein Gesicht gelegt. Im Winter hatte ich in Madrid begonnen, an den Wochenenden auszugehen, und war im Kino gewesen, auf Festen und in Discos, habe mich in dunklen Ecken von anderen Jungen küssen lassen, ein paar haben meine Brüste angefaßt, und es gab sogar einen, mit dem es noch weiter ging. Mit einem Jungen der *Maristas* ließ ich mich nach zwei Monaten in einer Gewitternacht gehen, als wir uns in die Hauseingänge flüchten mußten und es uns am Ende gegenseitig machten oder so etwas Ähnliches, ich weiß ja auch nicht; er ging mir mit der Hand zwischen die Beine und versuchte, einen Finger in mich hineinzustecken, und ich berührte sein Geschlecht genau so, wie ich Antonios zwei Sommer zuvor berührt hatte, ohne viel darüber nachzudenken und ohne übermäßige Begeisterung, und er ejakulierte, und ich fühlte wieder dieselbe Scham wie bei jenem ersten Mal. Offensichtlich wollten sie das von einer. Auch wenn ich nicht verstand, wieso.

Und so wurde ich mit meiner behüteten Jungfräulichkeit siebzehn Jahre alt. Fuhr zum fünften Male im Sommer nach Donostia, und war immer noch so verliebt in Antonio wie beim ersten Mal, nur durfte ich in diesem fünften Sommer nachts schon ausgehen und zog mit meinen Freundinnen durch die Bars von Donostia und trank jene süße Mischung aus Wein und Coca-Cola, die sich wie Limonade hinuntertrinkt, aber ganz schnell in den Kopf steigt, und so kam es, daß ich am Ende bei einem meiner ersten Besäufnisse mit Antonio an der Theke vom *La Cepa* herumknutschte. Wir gingen aus der Bar, stiegen auf sein Motorrad und fuhren Richtung Berg. Es regnete leicht, Nieselregen, wir kamen zu einem kleinen Wäldchen in der Nähe der Autobahn Richtung Orio, und er stellte das Motorrad ab und führte mich an der Hand zu den Bäumen, und ich spürte, daß es sich in meinem Kopf drehte, und merkte, wie ich nur schwer mein Gleichgewicht halten konnte.

Als ich nach Hause kam, war es sechs Uhr früh. Mama war aufgestanden, erwartete mich wie eine Furie und verpaßte mir eine Ohrfeige ohne viel Worte. Ich ging in Tränen aufgelöst ins Bett, und am nächsten Morgen im Bad bemerkte ich den roten Fleck in meinem Slip. Ich versteckte ihn, so gut es ging, in der Bademanteltasche, und als Mama später einkaufen und Rosa und Cristina zum Strand gingen, wusch ich ihn mit der Hand, trocknete ihn mit dem Fön, legte ihn vorsichtig zusammen und begrub ihn ganz unten in der Schublade mit der Unterwäsche. Nie mehr würde ich ihn anziehen. Nie, nie, nie mehr.

Zwei Tage später traf ich Antonio in der Bar *La Cepa*. Er spielte mit seinen Freunden Futbolín, und ich war in Begleitung von Nerea und Karmele, er schaute flüchtig zu mir herüber, spielte weiter, und als die Partie zu Ende war, zahlte er seine Sachen und ging. Alles, was er zu uns sagte, war »Tschüs, Mädels«. Nicht einmal »Tschüs, Ana«. Nur »Tschüs, Mädels«.

Den restlichen Sommer über wechselten wir kaum noch drei Worte.

Der Winter verging im Nu. Wie es sich für die älteste von drei Schwestern in einem Hause ohne Vater gehörte, kümmerte ich mich um die Wohnung, die Rechnungen und die Reparaturen, weil Mama den ganzen Tag in ihrer Apotheke steckte, um ihre Töchter zu ernähren. Ich war froh, daß ich vor Arbeit nicht zum Nachdenken kam, und machte alles mögliche, um jeden Gedanken an Antonio aus meinem Kopf zu verdrängen. Ich ging fast nie aus. Die Zeit der Kinos und Diskos, der Coca-Colas und des Popcorns, der Flirts und der Jungen der *Maristas* war vorbei. Ich wurde dünner. Ich sah mich im Spiegel an und überraschte mich bei dem Gedanken, daß ich mich verändert hatte. Mit sechzehn hatte ich ein kindliches Gesichtchen gehabt, ein pausbäckiges, mit zwei schelmischen Grübchen und zwei rosig leuchtenden Backen, die aussahen wie Äpfelchen, jetzt dagegen sah ich eine Frau mit olivenfarbenem Teint, tieferen Augenhöhlen, die unten von zwei violetten Augenringen in der Farbe der Schulterklappen der Nonnen abgerundet wurden, mit kantigen, hervorstehenden Backenknochen, die dem Gesicht eine gewisse Ausstrahlung resignierter Entschlossenheit verliehen, und trotz meiner siebzehn Jahre fühlte ich mich alt, Jahrzehnte älter als die anderen Mädchen in meiner Klasse, und fand es daher natürlich, daß mich keine von ihnen verstehen konnte.

Bis ich eines Tages beim Einkaufen im *El Corte Inglés* mit Borja zusammenprallte.

Borja war nach Madrid gekommen, um Ingenieurwissenschaften zu studieren, lebte in einem *Colegio Mayor*, und obwohl ich mich nicht traute, direkt nach Antonio zu fragen, kam das Gespräch schnell auf ihn. Durch Borja erfuhr ich, daß Antonio in Deusto mit Jura angefangen hatte, aber es laufe nicht gut, Borja meinte, daß Antonio mit den verruchtesten Gestalten Bilbaos um die Blöcke zog, wie ein Kosake soff, und böse Zungen behaupteten, er nehme Drogen, und Borja, der Sohn reicher Eltern par excellence, das San Sebastianer Vorzeigestück aus gutem Hause, schaute nicht gerade wohlwollend auf den Lebenswandel von Antonio, auch wenn sie sich noch hin und wieder sahen, aber eben bei weitem nicht mehr so oft wie früher. Es ist ein Jammer, sagte Borja, wie die Wege von zwei Menschen auseinandergehen können, die von Kindheit an befreundet waren. Ich stimmte ihm, ohne etwas zu sagen, zu, was hätte ich sagen können?

Borja und ich kamen zusammen, sozusagen, ohne es zu merken. Wir verabredeten uns ein paarmal fürs Kino und zu Spaziergängen im *Retiro*, und eines Nachts begleitete er mich nach Hause und fragte im Hauseingang, ob er mich küssen dürfe. Mich hatten sie noch nie danach gefragt, alle hatten es für selbstverständlich gehalten, daß ich ja sagen würde, und die Geste rührte mich dermaßen, daß ich fast angefangen hätte zu weinen, und so drückten wir unsere Lippen gegeneinander, die Zähne stießen aneinander, und es war offensichtlich, daß Borja keine Ahnung vom Küssen hatte, ganz im Gegensatz zu Antonio, und er schaute mich fest an, und auch wenn er etwas von einem Rind hatte, sah ich mich mit Stolz in diesem Blick reflektiert, der unsere Beziehung amtlich besiegelte. Ein Jahr hatte ich ohne so ein Gefühl hinter mir.

Wir waren fünf Jahre zusammen, und von Anfang an galt es als ausgemacht, daß wir heiraten würden, sobald Borja sein Studium beendete, und ich, ich wußte sehr gut, daß ich nie etwas anderes machen würde, als mich um den Haushalt zu kümmern und um meine Kinder, genau so, wie ich mich zu Hause um den Haushalt gekümmert hatte und um meine Schwestern, seit mein Vater gegangen war. Ich entschied mich, eine Ausbildung als Fremdsprachensekretärin zu machen, weil ich irgend etwas tun mußte und nicht den ganzen Tag zu Hause wischen und bügeln und aufräumen konnte, auch wenn es das einzige war, wozu ich Lust hatte.

Ich lebte immer in der Befürchtung, Borja könne merken, daß ich keine Jungfrau mehr bin, aber als es soweit war, erwähnte er das Thema nicht einmal; ich weiß ja auch nicht, vielleicht war es ihm egal, oder er hat es nicht einmal gemerkt.

Ich habe ganz bestimmt für Borja nie empfunden, was ich für Antonio gefühlt hatte, warum soll ich es nicht sagen, diese immerwährende Unruhe und Beklemmung, die mich nicht schlafen ließ, diesen glühenden Lavastrom, der mir an der Wirbelsäule hochstieg, als wir uns die ersten Male küßten, aber dafür wußte ich, daß ich auf Borja stolz sein konnte: Er ist hübsch, Ingenieur aus gutem Hause, gebildet, liebenswert und er liebt mich wirklich, ein Schwiegersohn, wie ihn sich jede Mutter gewünscht hätte. Aber davon mal abgesehen, gab es noch ein Motiv, das ich nicht wahrhaben wollte, nicht einmal, glaube ich, vor mir selbst: Borja war ein Kindheitsfreund von Antonio, und so würde Antonio mitbekommen, daß andere Männer achteten, was er verschmäht hatte, mich sogar verehrten und mich zur Mutter ihrer Kinder machen wollten, um vor Gott und den Menschen zu bezeugen, was ich wert bin. Möglicherweise hatte ich deswegen unbedingt kirchlich heiraten wollen, obwohl ich mit sechzehn das letzte Mal zur Messe gegangen bin, und Mama mir, verbittert vom Scheitern ihrer eigenen Ehe, einbleute, daß der weiße Schleier und die Brautgabe, die Ringe und die Brautjungfern, die Trauzeugen und selbst die Institution der Ehe eine ungeheure Dummheit darstellten. Aber ich setzte mich durch und sollte bekommen, was ich wollte: eine Hochzeit mit weißem Brautkleid und Schleier in San Fermín de los Navarros, mit Brautjungfern und Hochzeitsbankett im *Mayte Commodore*.

In den fünf Jahren vor der Hochzeit habe ich Antonio genau elfmal wiedergesehen, ich habe genau mitgezählt. Fünfmal in Donistia und die restlichen Male in Madrid, wenn er in die Hauptstadt kommen mußte, um irgendeinen Papierkram oder andere Dinge zu erledigen, und dabei bei Borja vorbeischaute. Wir drei gingen zusammen Tapas essen oder in ein Restaurant, und niemand erwähnte, daß der erste Liebhaber der strahlenden Braut des besten Freundes seinerzeit Antonio gewesen war. Antonio schien die Situation sogar sehr zu genießen, denn er nannte mich immer Anachen und behandelte mich mit viel Vertraulichkeit und einer Zärtlichkeit, die er mir seit vielen, vielen Jahren nicht gezeigt hatte.

Antonio kam in einem Cut zur Hochzeit, er hatte sich zu diesem Anlaß die Koteletten abrasiert, und ich fand, daß er, ich weiß ja auch nicht, irgendwie sehr hübsch war, auch wenn er von Tag zu Tag magerer wirkte und die Ringe um die Augen immer deutlicher wurden; aber seine Kokettierereien mit den Drogen waren keine bloßen Gerüchte mehr, sondern hatten sich in ein offenes Geheimnis verwandelt. Ich schäme mich noch heute, wenn ich daran denke, daß mir bei jedem Schritt gegenwärtig war, während ich am Arm meines Großvaters zum Hochzeitsaltar schritt (weil mein Vater natürlich nicht zur Verfügung stand, um mich dem Bräutigam zu übergeben), daß Antonio in der zweiten Reihe saß.

Das Eheleben machte mich anfangs wirklich glücklich, und für einige Zeit empfand ich, ich weiß ja auch nicht, so etwas wie totale Euphorie, und ich dachte für mich, daß es in der Welt keine vergleichbare Empfindung zu diesem Gefühl der Sicherheit gibt, das einem ein Ehemann verschaffen kann. Wenn wir samstags zum Einkaufen in den Großmarkt fuhren, hatte ich das Gefühl, daß alle Welt darüber sprach, was für ein tolles Paar wir seien. Ich fand es großartig, verheiratet zu sein, einen eigenen Haushalt zu haben und einkaufen zu gehen, ich liebte es, Staub zu wischen, und liebte es, mich von allen Señora nennen zu lassen. Ich sammelte auf der Anrichte im Bad kleine Porzellanblumen, die ich vorsichtig und zärtlich, jede einzeln, vom Staub befreite, und obwohl ich wußte, daß sie sehr zerbrechlich sind, hatte ich das Gefühl, daß sie nie zerbrechen würden.

Eines Tages lud Borja Antonio für ein Wochenende nach Madrid ein.

Eigentlich war es logisch. Zwei uralte Freunde, der eine noch dazu frisch verheiratet. Es war eigentlich ganz verständlich und normal, sie wollten ihre Freundschaft pflegen, wo sie nicht mehr in derselben Stadt lebten, denn wenn sie sich auch in letzter Zeit nur noch sehr selten gesehen hatten, so waren sie doch einmal unzertrennlich gewesen, und so etwas vergißt man nie. Außerdem empfand Borja Heimweh und Sehnsucht nach seinen Freunden und je länger er Antonio nicht gesehen hatte, desto mehr vermißte er ihn und desto leichter vergaß er all die Sachen, die dafür gesorgt hatten, daß sie sich voneinander entfernt hatten: die Drogen, die wilden Nächte und die verschiedenen Arten, das Leben zu sehen.

Montags hörte ich, daß Antonio die Einladung für das Wochenende bei uns in Madrid angenommen hatte, und von Montag bis Donnerstag konnte ich keine einzige Nacht mehr schlafen; ich weiß ja auch nicht, ich stand mitten in der Nacht verschwitzt auf, mit dem dumpfen Gefühl, einen Alptraum gehabt zu haben, war aber unfähig, mich genau an das zu erinnern, was ich geträumt hatte, und hätte aber trotzdem mit Sicherheit sagen können, daß Antonio in dem Traum eine Rolle gespielt hatte.

Ich fürchtete, Borja würde es bemerken, aber er merkte nichts. Ich weiß ja auch nicht, manchmal wundere ich mich selbst, wie wenig Gespür man haben kann, auch wenn es mich nicht wirklich überraschte. Manchmal frage ich mich, ob die Nonnen recht hatten, und die Frauen und Männer wirklich so verschieden sind, wie sie sagten, ich weiß ja auch nicht, die Frauen ganz Empfindung und die Männer ganz Kopf. Wir sind zu Hause und hüten die Kinder, backen Kokoskuchen und sind für die Zärtlichkeit sowie das Feuer zuständig, während sie auf die Straße gehen und Mammuts jagen, an der Börse spekulieren und ausgelaugt und verschwitzt davon nach Hause kommen, ihr Leben jeden Tag für den Erhalt der Nachkommenschaft einzusetzen. Vielleicht arbeitet Borja auch nur zuviel, ich weiß ja auch nicht. Ich weiß ja auch nicht.

Freitag abend kam Antonio an. Ich hatte mir mit dem Essen die größte Mühe gegeben, hatte Stunden mit dem Kochbuch in der Küche zugebracht, hatte drei Flaschen vom teuersten Wein gekauft, den ich finden konnte, hatte die Torte, einen strotzenden barocken Zitronensahneturm, bei *Mallorca* in Auftrag gegeben und bei der Tafel an nichts gespart: eine feine Stofftischdecke, das Silberbesteck, die böhmischen Gläser, alles, was wohlsituierte Langeweile garantiert. Außerdem hatte ich mir extra ein Kleid gekauft, das mich kaum atmen ließ, weil mir die zwei Samtdreiecke vorne herum jede Brust einzeln einschnürten und fast in die Höhe meiner Kehle preßten. Den ganzen Morgen hatte ich üben müssen, um das Gleichgewicht auf den sieben Zentimeter hohen Absätzen der neuen Schuhe zu halten, Flur rauf, Flur runter, und trotzdem hatte ich nicht das Gefühl, daß ich weltfraulich aussah, mit allen Raffinessen, so wie ich mir das vorgestellt hatte, sondern eher so ein bißchen wie *pato Lucas*; und als ich mich im Spiegel sah, dachte ich das erstemal, daß ich Cristina ähnlich sehe. Eine eigenartige Empfindung aus Stolz und Scham, ich weiß ja auch nicht, vielleicht habe ich mich dafür geschämt, stolz darauf zu sein, so hübsch auszusehen, vielleicht dachte ich im tiefsten Herzen auch nur, ich weiß ja auch nicht, daß ich wie eine Edelprostituierte aussehe, das hätte zumindest Mama gesagt. Aber Borja gefielen Kleid und Absätze gut, so daß Mama möglicherweise schon seit Jahren im Irrtum ist und ich nebenbei auch.

Während des ganzen Essens versuchte ich mit äußerster Anstrengung, zu verbergen, daß mir die Hand so zitterte, daß ich kaum in der Lage war, die kalte Zucchinisuppe *Vichisoisse* zu servieren. Ich redete fast gar nicht und ließ Borja und Antonio ihre Witze machen und ihre Geschichten über die alten Bekannten austauschen und die vergangenen Zeiten. Ich blieb fremd in der Konversation, füllte immer mein Glas mit Wein und versuchte mich auf einen Punkt an der Decke zu konzentrieren, um meine Nervosität zu kontrollieren, bis sich, durch das viele Den-Blick-konzentrieren, der Gips auflöste und sich in kleine Blumen- und Engelfiguren verwandelte. Wenn ich mich bemühte, konnte ich das Klopfen meines Herzens hören, ich wollte weder viel reden noch mich viel bewegen, weil ich dachte, daß mich jede meiner Bewegungen oder jedes Wort verraten könnten. Ich hatte nicht gewußt, daß ich so nervös werden konnte, aber etwas tief in mir sagte, daß ich mich schämen sollte für meinen Zustand, daß es daran etwas gab, wofür ich mich schuldig fühlen sollte, auch wenn ich unfähig bin, genauer zu sagen, was.

Als wir zu Ende gegessen hatten, schlug Antonio vor, etwas trinken zu gehen. Bevor wir gehen konnten, rannte ich ins Bad, spuckte das ganze Essen aus und sah zu, wie die Stückchen von der Zitronentorte im Becken des Klosetts in einer weinfarbenen Masse schwammen. Ich merkte, wie mir die Hände zitterten.

Auf meinen unbequemen Absätzen versuchte ich in die Höhe zu kommen, so gut es ging, schminkte mich so sorgfältig, wie ich meine Blumenständer dekorierte, bürstete mir das Haar und trat in meinem schwarzen Kleid, geschmückt wie ein Weihnachtsbaum, aus dem Bad. Ein verstohlenes Auffunkeln von Begehren fischte ich Antonio aus den Augen, und als ich durch die Wohnungstür hinausging, war ich entschlossen, zu zeigen, daß ich all das verdiente, was ich besaß: die glänzende Wohnung, den sorgsamen Ehemann und die Heiratsurkunde. Irgend etwas sorgte in mir dafür, daß ich mich immer für alles unwürdig fühlte. Das war seit fünfzehn Jahren so.

Wir suchten Lokale auf, die ich niemals betreten hatte, wir zogen durch ein Madrid, das ich nicht kannte. Wir ließen uns von Antonio die Augen öffnen. Wir standen in einer Alternativbar, in der Paare in dunklen Ecken schmusten und leise die Lieder von Pablo Milanés mitsangen, und in einer Designerbar, in der ein Turm aus Fernsehern die Tanzfläche überthronte, und in einer Bar mit schwarzen Wänden und gespenstischen Kellnerinnen, die nur unwillig Getränke servierten, und in einer Bar mit schriller Musik, in der die Jungs und Mädels stolz ihre Hemdchen in Kindergrößen zur Schau stellten, in denen sie ihre perfekten Unterleiber und ihre durchlöcherten Bauchnabel zum besten geben konnten. Und ich, die ich nie eine gute Trinkerin gewesen bin, soff Whiskys wie Vanilleshakes.

Gegen vier Uhr morgens landeten wir in einem Laden, der angesagt war. Die Musik war so betäubend laut, daß jede Unterhaltung unmöglich war, während eine Horde von ausgehungerten Jugendlichen mit tiefen Augenringen zum Rhythmus von Schlägen auf der Tanzfläche herumhüpften, die mich entfernt an den Ton meines eigenen Herzschlages erinnerten, und ich hatte das Gefühl, ich weiß ja auch nicht, daß eine Million Sternschnuppen von der Decke auf die Tanzfläche fielen. Antonio, der sich hier zu Hause zu fühlen schien, winkte uns zur Bar herüber, und wir bahnten uns einen Weg durch verschwitzte Körper und Gesichter, die wie Röntgenbilder aussahen. Antonio bestellte drei Whiskys, Borja verlor sich in der Menge, ohne daß ich wußte, wohin er gehen wollte. Vielleicht suchte er die Toiletten, denn es war undenkbar, daß Borja, mein Borja, auf die Tanzfläche gegangen wäre, um zu tanzen. Er tanzt nie, und schon gar nicht zu solcher Musik.

Antonio und ich waren das erste Mal seit neun Jahren allein.

»Du bist wirklich hübsch«, sagte er.

Wegen der Lautstärke mußte er beim Sprechen sehr nahe herankommen, so daß ich seinen warmen Atem an meinem Hals spürte. Ich dachte, jetzt oder nie, Ana, vielleicht wird es nie wieder so eine Gelegenheit geben.

»Antonio«, sagte ich, »erinnerst du dich manchmal an diese Nacht vor neun Jahren, als du mich in dieses Wäldchen Richtung Orio mitnahmst ...?«

»Neun Jahre ...«, sagte er mit diesem legendären Lächeln, dem das wilde Leben seine BlendaMed-Aura genommen hatte. »Scheiße, wieviel Zeit doch vergangen ist ... Wenn ich nur wüßte, wo wir vor neun Jahren waren ...«

War es möglich, daß er sich wirklich nicht erinnerte? Oder wollte er sich einfach nur nicht erinnern?

»Ich war sehr betrunken. Du auch, glaube ich. Ich meine die Nacht, in der ich meine Jungfräulichkeit verloren habe.«

Er schaute mich mit großen Augen unverwandt an.

»Was sagst du?«

»Ich dachte, du erinnerst dich. Ich bin mir sicher, du erinnerst dich.« Meine Stimme klang fest und durchsichtig, trotz des vielen Whiskys, trotz des Getöses der Musik und obwohl es in der geheimen Höhle brodelte, in der sich meine Verzweiflung über die Jahre versteckt gehalten hatte.

Er schaute mich mit leerem Ausdruck an, lenkte dann seinen Blick auf die Tanzfläche, trank sein Glas mit einem Schluck herunter, aber die Worte sickerten ihm matt aus dem Mund, so als ob sie herauskriechen müßten.

»Ich weiß nicht, was du damit sagen willst.«

Ich habe den Verdacht, daß er vielleicht sogar die Wahrheit sagte, daß er sich tatsächlich nur vage an die Episode zwischen den Eukalyptusbäumen erinnerte, ich weiß ja auch nicht, Antonio hatte zu dieser Zeit jede Menge Geschichten laufen, wer weiß, wie viele Mädchen mit ihm zwischen diesen Bäumen verschwunden sind … Ich weiß ja auch nicht, vielleicht stimmte auch nur, was ich über ihn gehört hatte, daß er Alkoholiker ist, er kaum noch eine halbe Leber hat und im Kopf nicht mehr ganz klar ist.

Aber ich erinnere mich an jede Sekunde dieses Kapitels. Wie wir auf dem feuchten Boden lagen, er mir die Bluse aufknöpfte und die Brüste anfaßte, wie er mir den Slip herunterzog und die Hand zwischen die Beine steckte, wie ich ihn plötzlich mit heruntergezogenen Hosen auf mir hatte, und wie er versuchte, mir sein Ding reinzustecken, wie er versuchte, reinzukommen, ohne es ganz zu schaffen, weil ich mich unter ihm mit aller Kraft hin und her warf, sosehr ich nur konnte, und er hatte ziemlich damit zu tun, mir die Hände mit einem Arm festzuhalten und mit dem anderen sein Geschlecht, während ich mich unter ihm wand wie ein Aal und kämpfte, um aus seinen Armen herauszukommen, und wie es mir für einen Augenblick gelang und ich eine Hand frei bekam und ihm mit der Hand das Gesicht zerkratzte, wie ich sofort einen eisernen Hammerschlag und das Blut im Gesicht spürte, das in Strömen aus meiner Nase floß, wie ich ihn auf mir spürte, so daß ich mich kaum noch bewegen konnte, schwer wie ein Strafurteil, und wie er mich packte, daß mir die Luft wegblieb, und meine Handgelenke festhielt wie in einem Schraubstock, und wie ich das Unmögliche versuchte, um mich von neuem zu befreien, alle Sinne einsetzte, um mich mit einem Ruck aufzubäumen, damit er nicht reinkommen konnte, aber er war viel stärker als ich, und das wußte ich, ich wußte das gut, ich habe ihn nie beim Armdrücken besiegen können, und wie ich ihm ins Gesicht biß mit aller Wut, wie ein gehetzter

Hund, als ich ihn nahe genug hatte, und wie ich ihn vor Schmerzen schreien hörte, und wie er mich zur Antwort mit noch mehr Kraft niederdrückte und mich in einem heftigen Ansturm schrecklich bestieg, und wie ich spürte, daß mein Inneres verbrannte, und wie er mir die Hände mit solcher Kraft gegen den Boden drückte, als würde er sie eingraben, bis sich Millionen kleine Steinchen in die Fingerknöchel drückten, wie das Stunden zu dauern schien, auch wenn es vielleicht nur Minuten waren, und wie ich den süßlichen Geschmack von Blut im Mund spürte und dachte, daß innerhalb von Sekunden die Stimmbänder zerreißen, und wie ich mein eigenes Wimmern hörte, scharf wie ein Rasiermesser, kreischend, und Mühe hatte, es wiederzuerkennen, und wie mir der Rücken weh tat und die Handgelenke, und vor allem, vor allem, wie es mir zwischen den Beinen weh tat, ein irrsinniger stechender Schmerz, als würde er weißglühendes Eisen einführen, ein Schmerz, der mich durchbohrte wie eine Nadel, die das lebende Rote durchbohrt, die sich in mich hineindrückte, sehr tief hinein, in das Zentrum meiner Nervenenden, noch hinter alle Muskeln und Sehnen, noch hinter alles Fett und Fleisch, exakt in den Kern meiner Seele, und wie er immer stärker stöhnte, immer, immer stärker, bis er am Ende seufzend über mir zusammensackte.

Als er aufstand, blieb ich zusammengesunken am Boden sitzen. Er packte mich am Arm und zwang mich auf die Füße. Er schleppte mich bis zum Motorrad. Auf dem Heimweg wechselten wir kein Wort. Am Hauseingang setzte er mich ab, ich stolperte die Treppen hinauf und war überzeugt, daß ich an allem schuld sei, weil ich mit ihm zu diesem verfluchten Wäldchen gefahren war.

Wenn ich mir Antonio ansah, wie er auf die Theke gelehnt neben mir stand, ein Schatten seiner selbst, der verzweifelt an einem Glas Whisky hing wie ein Baby an der Brustwarze seiner Mutter, verstand ich haargenau, was die Philosophen meinen, die sagen, Gott existiert, aber wir sind ihm egal, er hat sich darauf beschränkt, uns auf die Erde zu setzen, aber er hält sich von uns fern. Genauso gibt es Menschen, die uns erschaffen, die uns zu den Personen machen, die wir sind, die uns für den Rest unseres Lebens prägen, so daß wir niemals wieder die sein werden, die wir zuvor gewesen sind, und die sich trotzdem nicht für uns verantwortlich fühlen. Bevor Antonio über mich gekommen ist, war ich eine bestimmte Person, und danach war ich eine völlig andere. Und hier war Antonio als Beweis, er war völlig jenseits von diesem Wirbelsturm Antonio, der auf seinem Weg alle Blumen verwüstet hatte, der Unkraut hinter sich hatte wachsen lassen, Dornbüsche und Disteln, Brennesseln und Weißdorn.

Borja tauchte mit einem Mal in der Menge auf. Mein Mann nahm mich am Arm.

»Es ist grauenvoll hier«, sagte er.

»Mir gefällt es«, antwortete Antonio, auch wenn seine gedämpfte Stimme nicht auf exzessiven Enthusiasmus schließen ließ.

»Wenn wir uns auf deinen Geschmack verlassen müßten ...«, antwortete Borja. Absolut wahr: Antonio gefielen die eigenartigsten Sachen.

Wir gingen nach Hause, ohne viel zu reden, nahmen ein Taxi, weil wir zu betrunken waren zum Fahren. Als wir zu Hause ankamen, schützte ich Müdigkeit vor, entschuldigte mich und ging direkt ins Bett. Ich ging zum Arzneikästchen und nahm eine Schachtel *Polaronil* heraus. Ein Arzt hatte sie mir vor einem Jahr gegen eine leichte Allergie verschrieben, aber ich hatte damals die Behandlung kaum mehr als drei Tage durchgeführt, weil sie so müde machten. Jetzt nahm ich mit einem

Schluck Leitungswasser vier Tabletten auf einmal und ging ins Bett.

Messer und Schlangen, Fledermäuse und Blut, Maden und prasselnde Glut tauchten in meinem Traum auf, ein riesiger, dunkler Schatten, der mich verfolgte, ich konnte nicht laufen, weil die Beine immer schwerer wurden, und als ich plötzlich auf meine Beine schaute, dieselben Beine, die nicht laufen konnten, sah ich schwarze Blutstropfen, die langsam über meine Schenkel liefen.

Ich träumte von einem kleinen schwarzen Delphin, der kaum größer war als meine Handfläche. Der Delphin lebte in unserem Waschbecken, aber ich wußte, daß er eines Tages wachsen würde und daß er dann nicht mehr in das Waschbecken passen würde und dann auch nicht mehr in die Badewanne, und ich überlegte verzweifelt, wie ich ihn lebendig im Badezimmer behalten konnte, wie ich ihn ernähre und wie ich es anstellen würde, ihn bis zum Meer zu bringen, wenn er anfangen würde zu wachsen, aber währenddessen färbte sich das Wasser im Waschbecken nach und nach rot.

Ich erwachte schwitzend. Borja schlief seelenruhig an meiner Seite. Es war sieben. Ich blinzelte, um wieder in die Realität zurückzufinden. Mein Mund war trocken, als ob ich Kreide gekaut hätte, und der Kopf schwerer als das schlechte Gewissen.

Ich rieb mir die Augen, das erste Licht des Morgens kam durch das Fenster herein und tauchte das Zimmer in ein weiches Pfirsichlicht. In der Wohnung herrschte absolute Ruhe.

Ich ging ins Badezimmer und vergewisserte mich, daß es keinen Delphin im Waschbecken gab. Aus dem Arzneikasten holte ich die Schachtel *Ovoplex* hervor und befreite die winzigen Pillen eine nach der anderen mit dem Fingernagel aus ihrem kleinen Plastikgefängnis und ließ sie in das Becken der Toilette plumpsen, und während sie fielen, zählte ich sie, eins, zwei, drei, vier... Freitag, Samstag, Sonntag, Montag, und ich glaube, in Wirklichkeit vollzog ich ein Ritual, ich weiß ja auch nicht, als ob ich den Schutz der Fruchtbarkeitsgöttin anflehte, und obwohl ich damals vielleicht nicht einmal genau wußte, was ich tat, ahnte ich doch, daß ich schwanger werden wurde.

Borja und Antonio schliefen bis Mittag. Während ich den Salat zubereitete, rutschte mir das Messer aus, und ich schnitt mir in den Finger, so daß die weiße Arbeitsplatte in der Küche mit Blut beschmiert wurde. Aber ich spürte keinen Schmerz. Ich schaute zu, als ob es nicht von mir sei, und wurde benommen vom Betrachten des Blutes, das auf einen immer größer werdenden roten Fleck tropfte. Es dauerte einige Zeit, bis ich realisierte, wie groß der Blutfleck wurde, und dachte, daß ich die Tabletten vielleicht besser nicht genommen hätte. Ich fühlte mich so langsam...

Beim Frühstück schwebte ich. Ich war nicht im Eßzimmer, sondern hatte das Gefühl, in ein Schwimmbecken mit warmem Wasser einzutauchen. Antonio und Borja redeten wenig, offensichtlich angeschlagen von einem ernsthaften Kater, die Sonne schien durch die Scheiben herein und spiegelte einen Heiligenschein über den blonden Schopf von Antonio, und Antonio wurde für einen Moment um Zeitalter verjüngt und verwandelte sich in einen trägen Cherub, der mit Brotkrumen spielte. Alles war unwirklich wie ein Traum.

Eine Stunde später war Antonio bereits weg. Ihm blieb gerade noch Zeit für eine kurze Dusche und dann packte er seine Sachen. Beim Abschied machte er Anstalten, meine Wange zu küssen, aber ich wendete den Kopf ab und gab ihm die Hand.

Der Ultraschall sagte, daß es ein Mädchen wird, aber nach neun Monaten kam ein Junge zur Welt, die Geburt verlief ohne

Komplikationen, und alle Welt fand, daß es ein zauberhaftes Baby sei, vor allem Borja, der über den kleinen Jungen besonders glücklich war; nur ich verspürte eine tiefe und uneingestandene Enttäuschung, so subtil und gefährlich wie ein Spinnennetz, weil ich mir ein Mädchen sehr gewünscht und bereits liebevoll die rosafarbenen Babyhemdchen und Babyjäckchen zusammengelegt hatte und mir an den Nachmittagen Feen- und Prinzessinnennamen ausgedacht hatte, die gut zu einem Mädchen gepaßt hätten. Meine Gefühle konnte ich niemandem anvertrauen, weil mich alle für unmenschlich gehalten hätten, aber tief im Innersten, tief verborgen in mir, saß das Gefühl, einen Jungen geboren zu haben, bedeute, mit dem Feind zu paktieren.

Die folgenden zwei Jahre verflogen mit Windeln und Flaschen, Bordüren und Schirmständern, Stickereien und Rezepten für Mousse, und außerdem entfaltete ich eine leidenschaftliche und schwärmerische und unermüdliche Begeisterung dafür, eine Wohnung einzurichten, auf die Mama stolz sein konnte. Den Kleinen liebte ich wie verrückt, obwohl ich ihn am Anfang nicht hatte sehen können, aber das sei normal, sagten die Ärzte, eine postnatale Depression, etwas ganz und gar Normales. Am Ende liebte ich den Jungen viel mehr, als ich Borja jemals geliebt hatte und lieben werde. Das weiß ich, Borja weiß es, ich glaube die ganze Welt weiß es, aber niemand sagt es.

Antonio rief noch sehr oft bei uns an, aber besuchte uns nie wieder. Von den Freundinnen aus Donostia hörte ich, daß es immer schlechter um ihn stand, daß er an der Nadel hing, aber Borja und Antonio hatten sich zu diesem Zeitpunkt schon weit voneinander entfernt.

Bis eines Tages das Telefon klingelte, vor mehr oder weniger einem Monat, und ich mir die Hände an der Schürze abtrocknete, ich war gerade dabei, einen Salat zuzubereiten, und ohne große Erwartungen nach dem Hörer griff, weil ich mit Mamas Stimme am anderen Ende der Leitung rechnete, die sich gewöhnlich nach dem Kind erkundigt. Entsprechend überrascht war ich, Karmele zu hören, die mir keuchend und abgehackt erzählte, daß Antonio an einer Überdosis gestorben sei. Die baskische Polizei, *Ertzainza*, habe seine Leiche in einem kleinen Wäldchen in der Nähe der Autobahnausfahrt Orio gefunden, und die Polizei gehe davon aus, daß er zum Zeitpunkt des Todes in Begleitung gewesen war, weil sie kein Fahrzeug in der Umgebung gefunden hatten und sich nur schwer vorstellen konnten, daß Antonio zu Fuß dorthin gelaufen sei, vor allem, weil es eine regnerische Nacht gewesen war, so daß man vermute, Antonio sei auf der Suche nach einem abgeschiedenen Ort mit einem oder mehreren Drogenabhängigen dorthin gegangen, um sich einen Schuß zu setzen, und sein Begleiter oder seine Begleiterin hätten die Leiche dort allein gelassen, als sie realisierten, was passiert war, um keine Probleme mit der Polizei zu bekommen. Sie erzählte noch, daß mehrere Personen in dieser Nacht gesehen hatten, wie Antonio mit einem sehr jungen Mädchen durch die anrüchigsten Lokale der Altstadt gezogen sei.

Ich legte den Hörer auf, schnitt die Zwiebel weiter, als ob nichts gewesen wäre. Sang die Lieder aus dem Radio vor mich hin, während ich kunstvoll den Sellerie, die Gurke, die Karotte und die Radieschen nach Farben sortiert verteilte. Als Borja von der Arbeit zurückkam, vergaß ich sogar, ihm von dem Anruf zu erzählen.

Zwei Tage später fuhr ich mit Tüten beladen im Autobus nach Hause. Der Kleine war im Kinderladen. Als ich aus dem Fenster schaute, sah ich plötzlich Antonio über die Straße laufen. Was machte Antonio in Madrid? Warum hatte er nicht angerufen, um uns Bescheid zu sagen? Ich stand hilflos auf, um an der nächsten Haltestelle auszusteigen und ihm entgegenzulaufen, auch wenn mir klar war, daß es eher unwahrscheinlich war, ihn noch zu treffen, und er sich schon in den Straßen Madrids verloren haben mußte, aber als ich gerade die Stufen im Bus hinuntersteigen wollte, begriff ich schlagartig, was vor sich ging. Der Mann konnte unmöglich Antonio gewesen sein. Antonio war tot. Ich stieg trotzdem aus. Die Luft ging mir aus, und meine Beine waren schwer wie Blei. Ich ließ mich auf die erstbeste Bank fallen und spürte, wie mich die zweiundfünfzig Kilo auf die Bank herunterdrückten und mich nicht wieder aufstehen ließen, ich hätte tagelang sitzen bleiben können, weil ich keinen Grund mehr hatte aufzustehen, so machte ich die Augen zu und versuchte an nichts zu denken. Null. Verschwinden.

Ich weiß nicht mehr, wieviel Zeit ich auf dieser Bank zugebracht habe; die Minuten verstrichen, vielleicht waren es Stunden, bis ein älterer Herr zu mir kam, um zu fragen, ob ich wohlauf sei, nein, ich war nicht wohlauf, ich wollte den Rest meines Lebens auf dieser Bank sitzen, reif werden, Wurzeln schlagen, dahinwelken, trocknen und verschwinden, aber mir fiel ein, daß ich ein zweijähriges Kind hatte, das genau in diesem Moment am Heulen sein mußte, weil seine Mutter nicht in den Kinderladen gekommen war, so daß ich mich, so gut es ging, von dem liebenswerten Herrn frei machte, ein Taxi nahm und den Kleinen gerade noch erwischte und mit geschwollenen Pupillen vom vielen Weinen und Weinen nach Hause kam.

Ich bin nicht mehr die Frau, die ich vor zwei Monaten war, die Regalschleiferin und Lackiererin und Streicherin. Ich werde wieder zum Anachen, bade mich in meinem eigenen Geheule, führe lange Selbstgespräche und weine salzige kleine Perlen aus Kristall still vor mich hin. Das Leben entwischt mir aus den glänzenden Augen, stundenlang liege ich auf dem Bett und bin unfähig aufzustehen. Mein Blick wandert durch das Zimmer, von einem Detail zum nächsten, mittlerweile kenne ich es auswendig: den kaum wahrnehmbaren Feuchtigkeitsfleck auf der Tapete, eine kleine dreieckige Schramme, die eines schönen Tages ein Stück Holz zurückgelassen hat, das unbedingt den Parkettboden verlassen wollte, um weiß Gott wo zu landen, die rosafarbenen, grünen und granatroten geometrischen Muster im Kelim, das abgesprungene Porzellan an der Lampe. Ich sollte nicht weinen, ich, die ich alles habe, alles gesammelt habe, um Antonio zu zeigen, daß ich es überlebt habe, daß ich viel, viel mehr wert bin, als er auch nur ahnen konnte: einen Steinfußboden, Gläser *Ruiz de la Prada*, Sofa *Roche Bobois*, Vorhänge *Gastón y Daniela*, Tisch *Ricardo Chiara*, die Fenster von *Vilches*, das Badezimmer mit den Bronzehähnen aus Trentino, einen Salon, der im Mittelteil der *Elle* abgebildet sein könnte, den gut aussehenden und brillanten Ehemann, den Schrank voller *Sibila y Jesús del Pozo*. Alles ist um mich, aber es ist nichts mehr in mir.

Zu der Zeit hatte niemand von Vergewaltigungen gesprochen. Das Anachen von damals hatte nicht einmal gewußt, was das Wort bedeutete, und hatte gedacht, daß alles allein ihre Schuld gewesen war. Sie war einfach mitgefahren Richtung Berg. War allein auf dem Motorrad mitgefahren. Sie hatte es ja so gewollt. Die Männer sind Tiere. Sie können ihre Instinkte nicht beherrschen. Das hatten die Nonnen immer gesagt, und es hatte in meiner Verantwortung gelegen, für die Unberührtheit meines Körpers zu sorgen, dieses heiligen Tempels, den ich von Gott bekommen hatte. In meiner und nur in meiner. Antonio hatte mich als Hure behandelt, und ich habe mein ganzes Leben darauf ausgerichtet, um ihm, der Welt und mir selbst zu zeigen, daß ich keine bin.

Aber Antonio ist gestorben, und die Welt hat sich verändert, meine kleine Schwester schläft mit jedem, wenn sie Lust dazu hat, und niemand sagt etwas, und niemand findet es fragwürdig. Und ich, ich, was ist mit mir? Ich hatte nur zwei Männer, und mit keinem hat es sich gelohnt. Genausowenig, wie es sich gelohnt hat, auf meine Mutter und die Nonnen zu hören.

Alle Bemühungen, ein gutes Mädchen zu sein, haben sich nicht gelohnt. Antonio ist gestorben, und er ist mir egal. Borja lebt, und er ist mir egal. Das einzige, was mir wichtig ist, das einzige, was mir immer wichtig war, war es, diesen Fleck wegzukriegen. Aber das ist nun auch nicht mehr wichtig. Die Sauberkeit zieht mich nicht mehr in ihren Bann.

Anachen organisierte eine operettenreife Vergeltung, und Ana schläft jetzt eingekerkert in dieser Wohnung mit einem Fremden, eine Wohnung, die mir gezeigt hat, das sie mich nicht braucht, ein Gefängnis, das ich mir selbst dekoriert habe. Ich bin leer wie eine Luftblase.

S wie Schreck

Es lassen sich die verschiedensten Dinge über das Leben sagen, aber für mich gibt es nur zwei verschiedene Formen, es zu leben: mit Drogen oder ohne Drogen oder, was dasselbe ist, schutzlos ausgesetzt oder betäubt. Drogen, Drogen, Drogen. Ecstasy ist unser täglich Brot, und wir wissen schon nicht mehr, wie ohne Ecstasy leben. Eine Tablette pro Woche schmeißen wir wenigstens, um das Wochenende so zu verbringen, wie es Gott und die Szene vorsehen, und in der Regel fällt in den restlichen Tagen auch noch die eine oder andere ab. Nachdem wir festgestellt hatten, was für eine Unmenge Kohle die Pillchen verschlangen, beschlossen wir, uns für den Rest des Monats einen Vorrat anzulegen, nicht nur, weil es billiger war, sondern auch, weil es gerade ein Zeug gab, das sonst nur schwer zu haben war: reines MDMA, frisch aus Holland, Pillen, die nicht mehr hergestellt werden. Die Tablette für fünf *talegos*, fünftausend Peseten, aber für *Planeta-X*-Mitarbeiter (dem Zentrum ihrer Aktionen) gibt es die Familienpackung bei Carlos dem Maulwurf, alias Tantangao, zum Sonderpreis: dreißig Tabletten für fünfundsiebzigtausend, das heißt, die Tablette zum halben Preis. Da wir solch eine Gelegenheit nicht verstreichen lassen durften, haben Line, Gema und ich unser ganzes Geld in einen Topf geworfen, und hier sind wir nun, um sechs Uhr morgens im Auto von Gema, die drei Marias, Line, Gema und ich, jede mit ihrem Tütchen, in jedem neun weiße, kleine Tabletten. Neun im Tütchen und eine im Bauch, weil wir der Versuchung nicht widerstehen konnten, sofort eine auszuprobieren. Wir kommen gerade erst aus dem *Planeta X*. Es ist sechs Uhr morgens, mit den anderen hatte ich abgesprochen, früher gehen zu dürfen, weil Dienstag ist und im Laden sowieso nicht viel zu tun ist.

Wir fahren die Calle de San Bernarda runter, mit der Leier auf voller Lautstärke. Eine Kassette röhrt, die mir der Ticker in dieser Nacht geschenkt hat, und ich bemühe mich mit großem didaktischen Eifer, aber geringem Erfolg, Gema in die Geheimnisse unserer *cyberschicken* Kultur einzuführen.

»Siehst du, Gemachen, was du im Moment hörst, ist *Trance*.«

»Soll das heißen, was vor fünf Minuten lief, war kein *Trance*?« fragt Gema mit begriffsstutzigem Gesicht.

»Nein, das vorhin war *Hardcore Techno*.«

»*Art-Chor*?« Gema reißt die Augen auf und schaut mich skeptisch an.

»*Hardcore Techno*«, wiederhole ich in gestochenem Oxford – mein irischer Lover war schließlich nicht ganz umsonst gewesen –, was man hier *gabba* nennt.

»Und worin besteht der Unterschied zwischen *Art-Chor* und *Trance*?« fragt sie. »Ich jedenfalls erkenne überhaupt keinen Unterschied«.

»Na, *Hardcore Techno* ist stampfender, maschineller, also chunda-chunda-chunda-chunda, während *Trance* mehr so einhüllend und spacig ist. So was wie tiritiritiritiritiriiiií-tiritiritiritiririiiiiií-uauuuú-uauuuú. Und dann gibt's noch *Ambient*, das ist viel entspannter, tin … plin … tirirrirín … plin. So was wie *New Age* zum *dancen*. Und dann gibt's noch *Jungle* …«

»*Shanghai?*« Die Überraschung in Gemas Gesicht wird für Sekunden offenbar.

»*Jungle*, das ist so was wie Stammesmusik zum Tanzen, aber mit Computern, wahnsinnig schnell und mit vielen Geräuschen dazwischen, verstehst du, vorher aufgenommenes Elephantengebrüll, Affengeschrei und Papageien«, ich mache eine Pause in meinen Ausführungen, als ich merke, daß eines meiner Lieblingslieder läuft, »Eh, jetzt läuft *Underworld*. Die finde ich krass!«

»Cristina, wie du die verschiedenen Stile unterscheiden kannst, ist bemerkenswert, aber daß du die einzelnen Lieder wiedererkennst, hat etwas Besorgniserregendes, was soll ich dir sagen«, bemerkt Gema.

»Na ja, zugegeben, am Anfang fand ich das auch nicht besonders, aber seit ich in der Bar arbeite, stehe ich total auf so ein Zeug. Da läuft nichts anderes mehr. So richtig schlimm wurde es, als ich mir ein paar *Trance*-Sampler aufgenommen und mit nach Hause genommen habe, seitdem höre ich nichts anderes mehr. Morgens stehe ich mit *Trance* auf, mittags mache ich mir mit *Trance* das Essen ... total abgefahren.«

»Na, falls du irgendwann eine Entziehungskur brauchst ... Sehe ich dich vor Jahresende in der Suchthilfe.« Line, die bisher sehr still war auf dem Rücksitz, öffnet zum erstenmal den Mund. »Sag mal, wo von Entziehungskuren die Rede ist, hast du was von Iain gehört?«

»Keinen Bedarf«, antworte ich trocken wie Espartogras.

Gema dreht sich neugierig zu mir.

»Dieser Yan, ist das der Freund, von dem du mir erzählt hast?«

»Ja, mein Freund, genau«, bestätige ich (aus Gewohnheit), um gleich darauf richtigzustellen, »das heißt natürlich mein Exfreund. Er war bis vor kurzem mein Freund, wie man so schön sagt.«

Gema schaut mich überrascht an.

»Ihr habt euch getrennt?«

»Vor einem Monat, und jetzt bin ich total am Ende. Aber dich habe ich ja in letzter Zeit fast nie zu Gesicht bekommen, da hast du von alldem nichts mitgekriegt.«

»Falls das eine Anspielung sein soll, darf ich dich daran erinnern, daß ich mit meiner Diss bis über beide Ohren beschäftigt bin.«

»Du und deine Diss ... Melibea, die erste Feministin. Typisches Thema für eine überzeugte Lesbe. Eine Heulsuse soll die erste Feministin gewesen sein, obwohl sie den ganzen Tag nur zu Hause herumhockte und sich nach ihrem Vollidioten sehnte. Das muß man sich mal reinziehen. Ihr Romanistinnen habt ja nicht mehr alle Tassen im Schrank.«

Ich habe ihre Achillesferse getroffen, ihre Diss, ihr Meisterwerk, ihr Kleinod, ihr Schätzchen, ihre Augenweide.

»Jetzt fang nicht wieder an, wie oft haben wir uns schon wegen meiner Diss herumgestritten. Abgesehen davon, daß deine nun auch keine Anstalten macht, ein sprühendes Feuerwerk zu werden. *Die unterschiedlichen Konzeptionen des Gefühls des Verliebtseins im Spiegel der Geschichte*. Vielleicht bekommst du für die Originalität einen Extrapunkt ...«

»In Ordnung. Waffenruhe. Lassen wir das Thema. Deine Diss ist total okay. Keine Ahnung, ich glaube, ich werde einfach sauer, wenn das Thema auf Iain kommt.«

»Mach dir keine Sorgen«, beruhigt mich Gema, »so toll, wie du aussiehst, wirst du immer einen Mann finden.«

»Könntest du das wiederholen?«

»Was?«

»Daß ich toll aussehe.«

»Na klar, du bist wunderschön.«

»Na, das hast du mir noch nie gesagt.«

»Ich dachte immer, das muß man dir nicht sagen. Das sieht doch ein Blinder mit Krückstock. Außerdem bist du nicht gerade die Frau, bei der man den Eindruck hat, daß sie so etwas gerne hört.«

»Und warum sollte es mir nicht gefallen?«

»Weil du, liebe Cristina, so kratzbürstig, wie du bist, dich gewöhnlich nicht nur nicht bedanken würdest, sondern man auch noch eine deiner blöden Bemerkungen erntet, so was wie: ›Gema wieder, die alte Schleimerin‹ oder noch üblere Sprüche.«

»Kratzbürstig, ich?«

»Nein, natürlich nicht. Drücken wir es mal lieber so aus, selbst die alte *Cruella* aus 101 Dalmatiner ist an deiner Seite eine Heilige.«

»Findest du?« frage ich ein wenig nachdenklich zurück. »Das haben mir schon so viele gesagt ... Auch Iain, und der redet nicht mehr mit mir.«

»Ist er Engländer?«

»Schlimmer noch, Ire«, konkretisiert Line von der Hinterbank, »Katholiken und Besoffene.«

»Und die besten Liebhaber. Das hat bereits Marilyn Monroe gesagt«, komplettiere ich.

»Aber das bezog sich auf die Kennedys, und das waren Amis«, berichtigt Line, »davon abgesehen, gebumst hat er bestimmt phänomenal, aber er war trotzdem ein eingebildeter Klugscheißer. Mit seiner Tour, er als Schriftsteller ...«

»Schriftsteller«, fährt Gema dazwischen, »das wußte ich gar nicht. Was schrieb er denn?«

»Kurzgeschichten. Schwer verdauliche Kost. Aber er hat das Glück, vom Geld seiner Familie zu leben, so daß es ihm egal sein kann«, erkläre ich.

»Von der Familie? Also war er reich, oder was?«

»Er nicht. Seine Familie ja, jedenfalls macht es ganz so den Eindruck. Er selbst ist ein Geizhals, wie alle Leute, die Kohle haben. Als wir uns trennten, schickte er mir zwar in einer Schachtel all meine Sachen, die ich in seiner Wohnung gelassen hatte, zurück. (Am Anfang war mir das Paket so unheimlich, daß ich mich nicht einmal traute, es aufzumachen.) Aber vor zwei Tagen, als ich es dann endlich öffnete, mußte ich sehen, daß dieser Arsch alle Sachen behalten hat, die ihm gefallen haben. Zum Beispiel meine besten Hemden. Und meine chinesischen Kugeln.«

»Chinesische Kugeln? Was sind das denn für Dinger?« fragt Gema.

»So was ähnliches wie ein Vibrator«, informiere ich, »aber mit zwei Kugeln. Meine Liebe, ich hätte gedacht, daß ihr Lesben da mehr Ahnung von habt ... Normalerweise steckt man sich die eine vorne rein und die andere ... Gut, vergiß die Gebrauchsanweisung. Fakt ist, daß er MEINE chinesischen Kugeln irgendeiner anderen reintut, genau wie er mit MEINEN Hemden herumlaufen wird und sie deshalb nicht rausrückt.«

»Oh Mann, das bezweifle ich aber stark«, meint Gema.

»Was?«

»Daß er deine chinesischen Kugeln benutzen wird ...«

»Ich verstehe gar nicht, wie man daran zweifeln kann. Du glaubst doch nicht im Ernst, daß er Ehrfurcht vor meinem Andenken hat. Der hält es keine zwei Tage aus, ohne zu vögeln ...! Ich bin mir sicher, daß er schon längst wieder mit irgendeiner anderen zusammen ist.«

»Das will ich nicht sagen, Cris. Ich glaube nicht, daß er nicht wieder vögelt. Ich meine ja nur, daß es nicht sehr normal wäre, einen Vibrator vom Nachttisch zu holen, so als ob nichts wäre, wenn man das Mädchen noch nicht lange kennt, um damit eine

Nummer zu schieben. Also komm, auf jeden Fall kann ich mir das nicht bei den Frauen vorstellen, denen ich bisher so begegnet bin. So in der Art: Ey, guck mal, ich habe hier ein kleines Spielzeug von meiner Ex, wollen wir das nicht mal ein klein wenig benutzen? Du wirst wohl kaum abstreiten, daß das ziemlich heftig klingt.«

»Jetzt enttäuschst du mich aber, Gema. Ich dachte, ihr Lesben spielt den ganzen Tag mit Vibratoren rum.«

»Du hast dir ein paar Pornos zuviel angeschaut«, antwortet mir Gema.

»Außerdem muß er ja nicht gleich dazu sagen, daß es sich um ein Spielzeug von seiner Ex handelt«, fügt Line hinzu. »Er könnte doch sagen, er habe es an einem Polterabend bei einer Verlosung gewonnen, und jetzt würde er gerne mal sehen, ob es überhaupt funktioniert.«

»Eh, das wäre ja noch schlimmer...!« ruft Gema. »Was soll die Frau von seinen Freunden denken? Aber sag mal, wie lange wart ihr eigentlich zusammen?«

»Was soll denn das nun wieder? Soll ich dir mein Tagebuch schreiben, oder was?«

»Siehst du? Das mit dem ›kratzbürstig‹ hat schon seine Gründe.«

»Okay, schon gut. Ich gebe zu, er hat mich sogar deswegen verlassen. Er hatte das Theater satt, meine große Klappe, meine Depressionen und meine Psychologen.«

»Und wie geht es dir damit?«

»Mal so, mal so... es geht. Ehrlich gesagt, überlege ich gerade, ob ich lesbisch werde oder gleich ins Kloster gehen soll.«

»Das kannst du doch lässig miteinander verbinden. Denk bloß an die Nonne, von der du erzählt hast, die, die dich immer in den Fluren im *Colegio* verfolgt hat...«, erinnert mich Line.

»Grauenvoll! Erinnere mich nur nicht daran.«

»Aber, wenn du einen Rat von mir annehmen willst, ich würde mich an deiner Stelle für ersteres entscheiden. Es klingt nicht nur interessanter, sondern ich finde, es wäre eine Schande, wenn du deine ganzen Reize unter einer Kutte verbergen würdest, jetzt, wo du abgenommen hast«, meint Gema

»Willst du mich anbaggern oder was?«

»Ja logisch, wenn du lesbisch werden willst, bin ich die Number one in deinem zukünftigen Fanclub«, kündigt Gema lachend an und, wie ich glaube, ziemlich ironisch.

»Mädchen, hör mal, wir kennen uns schon seit über sechs Jahren ...«

»Na und, besser spät als nie.«

»Hey, falls ich hier hinten überflüssig bin, braucht ihr es mir nur zu sagen, und ich steig' aus, klar?« quengelt Line dazwischen.

Ich tue so, als ob ich es nicht verstanden hätte, und wechsele das Thema.

»Darf ich dir eine indiskrete Frage stellen?« gehe ich Gema an.

»Fragen sind nie indiskret, höchstens die Antworten, sagte Oscar Wilde«, bemerkt Line.

»Wir dachten, mein Freund sei der Schlauscheißer«, erinnere ich sie.

»Exfreund«, korrigiert sie.

»Und was wäre deine indiskrete Frage?« fragt Gema.

»Dreimal darfst du raten, sie will wissen, ob du es irgendwann schon einmal mit einem Typen gemacht hast«, läßt Line vom Rücksitz los.

»War es das?« fragt Gema.

»Das war's«, bestätige ich.

»Von heute an dürft ihr mich eure Sibylle nennen«, sagt Line.

»Pfh, so indiskret ist das ja nun auch wieder nicht, meine Liebe. Na klar. Da gab's ein paar. Zum Beispiel habe ich es mit dem Linguistikprofessor aus dem ersten Semester gemacht.«

»DEM AUS LINGUISTIK?!« kreischt Line. »Mit diesem Monster? Das ist ja supereklig! Der dürfte gut und gerne um die hundertzwanzig Kilo drauf haben ... Jetzt wundert mich nichts mehr, da wäre selbst ich Lesbe geworden. Nach so einer Erfahrung ist man sicher zu allem bereit.«

»Sei nicht so reaktionär. Gay wird man nicht einfach so«, wehrt sich Gema empört.

»Das war doch nicht so gemeint, verflucht. Werd jetzt bloß nicht kleinlich, morgens um sechs.«

»Und ihr, wenn wir schon einmal beim Thema sind, habt ihr es schon mal mit einer Frau gemacht?«

»Nö«, antworte ich.

»Aber klar doch«, antwortet Line ihrerseits, »die da vorne und ich haben uns schon den einen oder anderen Schmatzer gegeben, und einmal haben wir es gemeinsam mit Santiago getrieben ...«

»Also nicht«, fällt ihr Gema ins Wort.

»Eher nicht«, ich überlege noch eine Sekunde, »nein.«

»Nein«, bestätigt Line.

»Und, sag mal, ist es ganz anders?« frage ich.

»Was?« Gema kontert die Frage galicisch mit einer Gegenfrage.

»Was wohl ... Mit einem Typen oder mit einer Frau zu vögeln?«

»Ja und nein. Wie soll ich euch das erklären ...« Das Ecstasy dürfte ihr zu Kopf gestiegen sein. Oder warum labert sie so rum? Unter anderen Umständen hätte ich sie auf den Mond geschossen. »In einer Beziehung mit einem Mann erwartet man von Anfang an kein absolutes Verständnis. Bei Männern gehen wir vom Dualismus aus, bei Frauen von Identifikation. Mit Frauen kann es erheblich offener sein, die Rollen sind weniger festgeschrieben, weder im Bett noch sonstwo, dadurch wird vieles einfacher. Es gibt Dinge, die ein Mann einfach nicht verstehen kann, weil Männer nicht wissen, was es bedeutet, Frau zu sein. Und es gibt noch einen gewaltigen Unterschied: Männer haben keinen Busen, und Frauen haben weniger Muskeln als Männer...«

»Und du sparst dir das ganze Theater beim Oralverkehr, was ziemlich nervig ist, wenn du nicht gerade einen riesengroßen Mund hast...«, unterbricht Line Gemas Bildungsdiskurs.

»Oder seiner ist sehr klein«, vollende ich.

»Mich stößt es ja ein bißchen ab, wißt ihr, was ich meine?« Line, immer so direkt.

»Was?« fragt Gema.

»Na was wohl... eine Frau zu schlecken, verdammt noch mal«, antwortet Line.

»O Mann, das kannst du doch nicht so verallgemeinern. Frag doch mal irgendeinen Typen. Außerdem ist unser Geschlecht aus der Nähe besehen zauberhaft schön. Wie eine Blüte. Wie eine Orchidee. So weich, so verlockend, damit zu spielen. Ich finde es da viel unangenehmer, irgendeinem Typen einen zu blasen, da kannst du dich manchmal verschlucken, bis du nicht mehr atmen kannst...«

»Und die vielen Dreckschweine, die sich nicht waschen...«, Line nun wieder.

»Was ich hasse, ist, wenn sie dich mit den Händen am Kopf packen und dir ihren Apparat bis zum Zäpfchen reinstecken wollen, und du hängst da, halb erstickt, und merkst, daß du langsam keine Luft mehr kriegst«, erkläre ich.

»Siehst du, so was kann dir mit einer Frau zum Beispiel nie passieren«, Gema, unsere Professorin.

»Eh, mach nur so weiter, und du wirst mich noch überzeugen. Ich habe sowieso keine große Lust mehr, mich noch einmal auf einen Typen einzulassen, nachdem ich Iain gehabt habe.«

In diesem Moment sehen wir die Bullen, die auf dem Gehsteig herumstehen und ein paar Autos anhalten. Der Verkehr staut sich bereits beachtlich.

»Was soll denn das?« fragt Line.

»Bestimmt kontrollieren die wegen Terroristen. Ich könnte wetten, daß es ein Attentat gab«, sagt die hellseherisch veranlagte Gema.

»Mir sieht das eher nach einer Alkoholkontrolle aus«, sage ich. Die Bullen machen uns prompt Zeichen anzuhalten, ich nehme an, weil die verbeulte Blechschachtel von Gema ziemlich verwegen aussieht. Eine Bande aus dem Golfclub braust in ihrem Kabriolett an uns vorbei. Klar, die werden nicht angehalten.

Einer der Bullen bittet Gema auszusteigen. Line und ich vertiefen uns in Betrachtungen über die Art und Weise, wie der Typ die Papiere fordert. Gema holt sie in aller Ruhe aus dem Handschuhfach und zeigt sie ihnen.

Der Bulle schaut auf Line, dann auf mich und macht uns Zeichen. Jetzt sind wir dran auszusteigen. Der Typ öffnet meine Tasche, und das erste, was er herausnimmt, ist das silberne Zigarettenetui, das mir Iain geschenkt hat (natürlich rauche ich nicht; Iain, der Schlauberger, hat sich ordentlich verhauen mit seinem Geschenk). Er macht es auf und findet das Tütchen.

Da wird mir erst klar, wie dumm wir waren. Wir wären nie auf die Idee gekommen, daß die Bullen die Leute, die aus dem *Planeta X* herauskommen, auf Ecstasy kontrollieren könnten.

Ich hatte zwar schon davon gehört, aber immer gedacht, daß sie sich am Stadtrand vor den Toren der Mega-Discos aufbauen, in Atica oder im Central, und nicht hier, mitten im Zentrum von Madrid. Auch wenn es superlogisch ist, daß sie hier Kontrollen machen, weil das *Planeta X* bei aller Welt für seine Tablettenschmeißer und Kokser bekannt ist. Auch bei den Bullen, wie man sieht.

Mir summt es in den Ohren. Wahrscheinlich das Blut in meinen Schläfen.

»Und was ist das?« fragt der Bulle.

»Tabletten«.

»Das sehe ich selbst. Hat eine von euch mehr von diesen Tabletten hier?« fügt er hinzu und wendet sich an Gema und Line.

Line und Gema kriegen den Mund nicht auf.

Er weist uns darauf hin, daß unsere Personalien sowieso aufgenommen werden, es sei also klüger, wenn wir das Zeug herausrückten. Dann gehe es schneller und werde weniger demütigend, sagt er.

Gema pult ihre Tüte aus der Jeanstasche hervor.

Ich weiß, daß Line ihr Tütchen in den Doc Martens stecken hat, nicht weil sie eine Kontrolle befürchtet hätte, sondern weil in ihrem winzigen, herzförmigen Täschchen kein Platz mehr war, nachdem sie schon mit Mühe und Not ihre Schminksachen, die Schlüssel, den Tabak und den Geldbeutel hineingestopft hat, und ihre Nachtgarderobe – ein Trägerkleidchen aus rosafarbenem Vinyl – hat keine Taschen.

Der Polizist wendet sich an Line:

»Na komm, Blondchen, du auch. Deine Tabletten.«

»Ich habe nichts dabei«, versichert Line. Er wiederholt, es sei besser, den ganzen Stoff jetzt abzuliefern, um sich nicht noch mehr Probleme aufzuhalsen als die, die sie ohnehin schon habe, und daß man ihre Personalien sowieso auf alle Fälle erfassen werde.

Line zögert einen Moment, ehe sie sich auf den Gehsteig setzt und anfängt, ihre Doc Martens aufzuschnüren. Keine leichte Aufgabe, wie sich herausstellt, weil sie die mit dem hohen Schaft hat, die bis über den Knöchel hoch geschnürt sind.

»Wenn Sie einen Moment warten können«, warnt sie vor, »hier müssen sie irgendwo stecken«.

Der Bulle, ungeduldig, sagt ihr, sie solle sich beeilen, er habe nicht den ganzen Tag Zeit.

Line zieht die flammend rosafarbenen Socken aus. In der Morgenfrische wirkt es ein bißchen absurd, Line barfuß zu sehen. Fehlanzeige. Nichts fällt heraus, was wie eine Tüte mit Tabletten aussieht.

»Ich glaube, ich habe mich im Stiefel getäuscht. Dann müssen sie im rechten stecken«, sagt Line, zieht die Schultern hoch und schaut den Bullen mit ihrem charmantesten Lächeln an.

Wir warten weitere fünf Minuten, bis es ihr gelingt, den anderen Stiefel auszuziehen und schließlich das ruchlose Tütchen auftaucht. Dann zehn Minuten, bis sie die Schuhe wieder anhat. Der Aufzug von Line mag so modern sein, wie er will, aber er ist auf keinen Fall für eine wilde, leidenschaftliche Nacht gemacht, höchstens für einen Quicky an der Wand, wenn sie das Trägerkleidchen bis zu den Brüsten hochzieht und die Stiefel anläßt, aber noch klarer ist, daß er nicht für Polizeikontrollen entworfen wurde. Da brauchte man sich bloß die Gesichter der Bullen anzuschauen.

Einer von ihnen zeigt auf das Tütchen und fragt uns, wo wir die Tabletten gekauft haben.

»Auf einem Fest«, sage ich.

»Im *Planeta X*«, sagt Gema.

Sie hat die Wahrheit gesagt, und ich hätte um ein Haar meinen Job gerettet.

»Auf einem Fest im *Planeta X*«, ergänze ich, um die Situation wieder einzurenken.

Der Bulle steigt ins Auto und spricht über Funk mit irgend jemandem. Er macht nichts anderes, als Zahlen herzusagen. So was wie: »Alpha 33, Alpha 33, zweihundertneunundzwanzig, aufgenommen in der Calle San Bernardo, ich wechsele, Ende ..., negativ ..., zweihundertneunundzwanzig.« Selbstverständlich benutzt er einen Code. Er hört auf und veranlaßt, daß wir die Blechschüssel parken.

»So wie es aussieht, befürchte ich, daß ihr mich aufs Kommissariat begleiten müßt, um eine Erklärung abzugeben«, sagt er zu Gema.

Sie stecken uns in einen der kleinen Busse und fahren los. Ein junger Typ fährt. Wir drei sitzen zusammengedrängt im hinteren Teil des Autos, durch ein Metallgitter von den beiden Polizisten getrennt, die uns hinbringen. Wie Hündchen. Handschellen haben sie uns nicht angelegt. Ich hätte gedacht, daß sie Handschellen anlegen, wenn sie einen zur Wache fahren. Der Gedanke erregt mich leicht, weil ich Handschellen immer nur zum Vögeln benutzt habe. Ich weiß nicht einmal, ob wir festgenommen sind oder nicht. Durch meinen Kopf spuken grauenerregende Bilder von brutalen Polizisten, Verhöre im Scheinwerferlicht, Schläge mit feuchten Handtüchern, die keine Spuren hinterlassen, dumpfe Zellen ohne Wasser und Toiletten ... Mit einemmal, mir nichts, dir nichts, haben wir uns in Verbrecher verwandelt und stecken mitten im wilden Teil des Lebens.

»So ein Pech«, seufze ich.

»Ihr drei da, seid still«, schnauzt der Bulle, der fährt.

»Ja, ja, ist ja gut, wir sind ja schon still«, antwortet Line.

In tiefstem Schweigen setzen wir den Weg fort. Dabei waren wir in Wirklichkeit höchstens fünf Minuten in der Wanne, weil sie uns direkt zur Wache *de la Luna* brachten, die praktisch direkt um die Ecke liegt.

Auf der Wache werden wir getrennt. Mich bringen sie in ein Zimmerchen, in dem ein kleingewachsener Polizist vor einer Schreibmaschine sitzt und meinen Namen, meine Adresse und die Personalausweisnummer aufnimmt. Er sieht noch ganz jung aus. Vielleicht ist er sogar jünger als ich. Das ganze Zeug aus meiner Tasche liegt ausgeschüttet auf seinem Tisch vor ihm: Brieftasche, Schlüssel, Brillenetui, Lippenstift, Geldbeutel. Alles, bis auf das silberne Zigarettenetui, das mir Iain geschenkt hatte und in dem die Tabletten waren.

Er fragt mich nach meinem Beruf.

»Studentin«, antworte ich. Ich weiß nicht, warum ich mich schäme, Kellnerin zu sagen. Der Einfluß meiner Schwestern, nehme ich an.

In diesem Moment, *womm*, spüre ich ein vertrautes Gefühl, das mich im Bauch kitzelt, das sprudelt und prickelt wie eine Aspirinbrausetablette, die sich in mir auflöst, Bläschen, die Stück für Stück schaumig in den Kopf steigen. Oh, nein ... Mein Puls wird schneller, und ich fange an, abgehackter zu atmen, einatmen, ausatmen, mir fehlt Sauerstoff, ich schnappe mit dem Maul wie ein Fisch an Land, spüre, wie mir die Beine anfangen zu zittern, die Gelenke und Hände kribbeln, ich bin unfähig, ruhig zu bleiben, und BEKOMME EINE ALBERNE LUST ZU LACHEN. Carlos Tantangao, diesmal hast du deinem Namen keine Ehre gemacht. Das ist reines MDMA. Das Beste, das ich jemals bekommen habe.

Der Bulle holt eine Zigarette hervor, bietet mir eine an. Ich nehme keine, weil ich nicht rauche, aber bedanke mich sehr liebenswürdig.

Er erklärt mir, wir hätten Glück gehabt, weil sie heute nicht so viele Leute geschnappt hätten, so daß der Fall schneller erledigt sein dürfte als gewöhnlich, normalerweise könnten Stunden vergehen, bis sie das Protokoll aufnehmen.

Er scheint ziemlich nett zu sein. Ich habe bis jetzt nicht den Eindruck, die Brutalität der Polizei kennenzulernen.

Nach kurzer Zeit taucht ein anderer Typ mit Bart auf, in Zivil. Der müßte so um die Vierzig sein und ist auf seine Weise ganz attraktiv. Er hat was – falls einem Typen aus der Werbung von *El Corte Inglés* gefallen, klar.

»Ich nehme an, es ist dir bewußt, in was du dich da hineingeritten hast«, sagt er zu mir und zündet sich eine Zigarette an, genau, haargenau wie in den Bogart-Filmen.

»Ich kann es mir vorstellen.«

»Wo habt ihr die Tabletten gekauft?«

»Im *Planeta X*. Das habe ich bereits dem Beamten gesagt, der uns hierhergebracht hat.«

»Wem habt ihr sie abgekauft?«

»Einem Dealer, wem sonst.«

»Weißt du seinen Namen?«

Was soll ich machen? Lügen? Ich gehe davon aus, daß Gema sich nicht verplappert, aber Line tritt auf ihre Art sicherlich ins Fettnäpfchen.

Das Gefangenendilemma. Eines der Grundprobleme der Spieltheorie. Zwei Personen, die verdächtigt werden, als Komplizen ein Verbrechen begangen zu haben, werden festgenommen und in getrennten Zellen eingesperrt. Jeder kann den anderen verpfeifen oder dichthalten. Es gibt drei Möglichkeiten: Wenn der eine auspackt und der andere nicht, setzen sie den an die frische Luft, der gesungen hat, während sie dem anderen zwanzig Jahre aufbrummen. Wenn sich beide verpfeifen, bekommen beide fünf Jahre. Und wenn beide dichthalten, bekommt jeder für eine harmlosere Geschichte ein Jahr, wie zum Beispiel illegalen Waffenbesitz. Jeder muß seine Entscheidung treffen, ohne zu wissen, wie sich der Kompagnon verhalten wird. Was sollen sie machen?

Lösung: Am besten halten beide dicht. Moral: In einem Spiel, in dem nicht alle relevanten Informationen bekannt sind, werden die besten Ergebnisse erzielt, wenn alle Spieler eine kooperative Strategie verfolgen.

»Nein, ich weiß nicht, wie er heißt«, antworte ich, »bei solchen Deals fragt man nicht nach dem Namen, sondern nur nach dem Preis.«

Die Erklärung scheint ihn zu überzeugen.

»Kannst du ihn beschreiben? Es ist besser für dich, wenn du ehrlich bist, wir werden deine Freundinnen auch fragen, und wenn die Beschreibungen nicht übereinstimmen, bekommt ihr ernsthaft Probleme.«

Ich gebe ihm eine Beschreibung, die auf Carlos den Maulwurf paßt, aber genausogut auf jeden anderen zutreffen könnte: dunkelhaarig, relativ klein, braune Augen. Ich gebe noch preis, daß er eine dicke Brille trägt (deshalb nennen sie ihn Maulwurf), und da fast niemand mehr solche Brillen trägt, seit es Haftschalen gibt, könnte ihnen diese Angabe helfen, ihn leicht zu identifizieren. Ob die anderen das erwähnen, ist ihr Bier. Aber niemand wird mir vorwerfen können, ich hätte gelogen. Alles, was ich gesagt habe, paßt auf Carlos.

»Hast du ihn vorher schon mal gesehen?« fragt mich der Drogenfahnder in Zivil (das nehme ich an, weil er keine Uniform trägt).

»Ein paarmal«, lüge ich.

»Weißt du, ob er ein ständiger Händler ist?«

»Was?«

»Ob er ein bekannter Dealer ist?« übersetzt der Bulle herablassend.

Carlos der Maulwurf, alias Tantangao, ist der berühmteste Dealer in ganz Malasaña (und Umgebung).

»Nee, keine Ahnung. Ich habe ihn heute nur zufällig erwischt«, sage ich.

Der Maulwurf ist schon seit drei Jahren mein ständiger Lieferant, was würde der Bart wohl dazu sagen.

»Und woher wußtest du, daß er Tabletten verkauft?«

»Na, ich habe das gemacht, was alle Welt macht. Ich bin in die Bar gegangen und habe gefragt, wer was zu verkaufen hat.«

»Findest du neun Tabletten nicht ein bißchen üppig, um sie einfach so mit sich herumzuschleppen?«

»Na ja, wir bereiten eine Party vor.«

Gott möge dafür sorgen, daß die anderen etwas Ähnliches sagen. Eigentlich bin ich Atheistin, aber in solchen Fällen besinne ich mich zur Sicherheit auf den Glauben aus dem *Colegio*.

»Na gut, wir schicken die Tabletten jetzt in ein Labor, um sie analysieren zu lassen, und wenn das herauskommt, was wir vermuten, wird es deinen Eltern wahrscheinlich nicht sehr gefallen.«

»Verstehe.« Paternalistisches Schwein, denke ich bei mir.

»Das hoffe ich. Lebst du bei deinen Eltern?«

Die Antwort macht mir Mühe. Ich spüre, daß ich anfange zu zittern und mir der Kiefer entgleitet. Affengeile Ecstasy-Flashs.

»Nein, ich lebe allein«.

»Du hast schon eine Tablette genommen, oder?«

Beachtliche Wahrnehmung von seiner Seite.

»Ich fürchte ja«, antworte ich.

Der Puls jagt wie bei einem durchgegangenen Pferd, das Feuer gesehen hat. Ich keuche und spüre einen inneren, brodelnden Rhythmus, der sich vom Kopf bis in die Füße zieht. Ich nehme das Klopfen des Blutes in den Ohren wahr, das Echo des Pochens in der Brust, so stark, daß ich sogar anfange, den jungen uniformierten Polizisten ganz süß zu finden. Das ist supergutes MDMA, das abgeht wie eine Rakete.

»Jetzt warten wir noch ab, bis wir deine Freundinnen vernommen haben, und entscheiden dann, was wir mit euch machen. Das wär's fürs erste«, verkündet der Bart. Danach erhebt er sich, geht aus dem Raum und schließt die Tür hinter sich. Er scheint mit den nutzlosen Informationen ganz zufrieden zu sein, die ich ihm vorgesetzt habe.

Der Junge sagt mir, er würde mich zur Zelle begleiten. Zur Zelle! Ich war noch nie in meinem Leben in einer Zelle. Aber der Ort, an den er mich bringt, hat auch nicht viel mit einer Zelle gemein. Keine vergitterten Fenster, zum Beispiel. Es handelt sich um ein einfaches, von außen verschließbares Zimmer, mit einem kleinen Fensterchen in der Tür, falls wir jemanden rufen wollen. Drinnen gibt es eine Bank und auf der Bank einen Schwarzen. Ich gehe hinein und setze mich neben ihn. Die Bank erweist sich als ziemlich unbequem. Der Schwarze hat sehr hübsche Augen.

»Hallo«, grüße ich.

»Hallo«, antwortet der Schwarze, mit einem strahlendweißen Grinsen.

»Warum hier, du?«

»Drogen«, sage ich.

»H?«

»Nein, E. Und du?«

»H.« Er hat einen ganz eigenartigen Akzent.

»Sag ma …, du …, wo kommstn du her?«

»Senegal«.

»*Donc, tu parles français …*«, sage ich. Französisch war meine zweite Fremdsprache im Studium.

»*Mais bien sûr*!« Er ist ganz begeistert: »*Tu parles très bien.*«

»*Merci.*«

»*Est, qu'est-ce que tu fais, une belle fille comme toi, et cultivée aussi, dans cet endroit …*«, sagt er. Was wird das wohl heißen: Was macht ein so hübsches Mädchen wie du an so einem Ort?

»*C'est la vie.*«

Das bräuchte ich wahrscheinlich nicht zu übersetzen: So ist das Leben.

Wir verwickeln uns in eine lebhafte Unterhaltung. Er heißt Ourané oder so ähnlich. Ich bin so auf Ecstasy, daß ich wahnsinnige Lust habe zu reden, trotz der, wie man meinen könnte, ungünstigen Umstände. Beim Plaudern mit Ourané, oder wie er heißt, verfliegt die Zeit, er erzählt, wie die Casamance ist, die Region, aus der er kommt, wo es offensichtlich von Terroristen nur zu wimmeln scheint. So was wie die ETA, nur eben in Schwarz, damit wir uns verstehen. Wir haben uns halb totgelacht, und ich hätte darüber fast vergessen, daß ich auf einer Wache sitze und möglicherweise auf eine Anklage wegen Drogenhandels warte.

In dem Dorf am Meer, in dem Ourané geboren wurde, scheint immerzu die Sonne. Ourané hat nicht einmal richtig lesen und schreiben gelernt. In der Casamance haben die Kinder oft die Grippe, und es gibt weder Antibiotika noch Aspirin. In der Casamance brauchen die Frauen einen Tag, um mit ihren Babys auf der Schulter von einem Dorf zum anderen zu laufen. In der Casamance stehen die Soldaten in ihren grünen Uniformen an den Kreuzungen mit französischen Gewehren, die sie sich auf die Hüfte stützen, und achten darauf, daß die Kinder nicht Wolof sprechen, sondern Französisch. Ich stelle mir vor, wie Ourané in einer Nußschale nach Spanien herübergeschaukelt ist und dann den ganzen Weg aus dem Süden hochgekommen ist, mit zwei alten Hemden in einer Plastiktüte und dem Kopf voller absurder Hoffnungen. Vielleicht dachte Ourané, daß er hier Arbeit finden könnte und ein neues Leben. Ourané, du wärst besser in deinem Dorf am Meer geblieben, da hättest du fischen gehen können, in einer Bucht voller Delphine, und am Abend auf Tambourinen getrommelt. Ich weiß nicht, wer dich hereingelegt hat, wer gesagt hat, daß du hier Autos, Kugelschreiber, Zigaretten, elektrisches Licht, Jeans und Kassetten von Michael Jackson finden wirst. Alles, was du gefunden hast, ist eine Zelle ohne Bad und eine Bank, auf der du dich ausstrecken kannst.

Ich frage mich: »Was zum Teufel macht er hier?« und was noch fürchterlicher ist: »Was zum Teufel mache ich hier?« Ich meine nicht nur diese gitterlose Zelle, nein, ich meine vor allem das Leben ohne jeden Halt und Sinn, ohne Alibis und Vorwände, ohne Ausflüchte und Ziele, ohne Absichten und Ideale. Wenn ich auf der Stelle sterben würde, wem würde ich meinen letzten Gedanken widmen? Welche Erinnerungen würde ich mitnehmen wollen? Würde es mir sehr leid tun, das hier aufzugeben? Warum sollte ich mir etwas vormachen: Ich habe kein Zuhause, denn meine winzige Wohnung mit ihrer astronomisch hohen Miete kann man nicht als Zuhause bezeichnen; ich habe keine Arbeit, denn diese Rolle als laufende Blumenvase, die ich in der Bar spiele, kann man nicht Arbeit nennen; ich habe keinen Freund und bin mir nicht sicher, ob ich je einen gehabt habe; ich habe noch nicht einmal einen Hund, und das, obwohl ich mir im Alter von vier Jahren fest versprochen habe, einen zu adoptieren, wenn ich groß bin. Eigentlich sollte ich mich glücklich schätzen, mit weißer Haut in Madrid geboren zu sein. Aber das Wissen darum, daß Ourané schlechter dran ist als ich, tröstet mich auch nicht. Ich fühle mich egoistisch, und das macht es nur noch schlimmer, falls das überhaupt geht. Ich würde gerne ganz ruhig werden, nach und nach aufhören zu atmen, aufhören, Befehle an meine Neuronen zu verschicken, aufhören zu denken, aufhören zu sein, aufhören, mich mit mir selbst zu beschäftigen, mit meiner Haut, mit meinen Sehnen, mit meinen Venen und meinen Knochen. Wenn ich hier rauskommen sollte, werde ich nicht besser und nicht schlechter sein. Ich bin nicht mehr als eine Plastikpuppe, bei der blöderweise nun auch noch die Batterien schwach werden.

Nach zwei Stunden oder so taucht der junge Polizist von vorhin auf, um mich wieder in den Raum zu bringen, in dem sie mich vernommen haben. Ich verabschiede mich von Ourané, oder wie er heißen mag, mit einem superlangen Kuß (ich bin voll auf E und seine Geschichte hat mich sentimental gestimmt, und außerdem, verdammte Scheiße, sind seine Augen so hübsch), gebe ihm meine Telefonnummer, falls er Lust hat, mich anzurufen, wenn er rauskommt, falls er rauskommt. Der junge Polizist muß schon vieles gesehen haben in seinem Leben, nicht einmal das scheint ihn zu überraschen.

Ja, ich weiß, ich habe Glück, mit weißer Haut in Madrid geboren zu sein.

Im anderen Zimmer, dem mit der Schreibmaschine, erwartet uns der Geheimbulle mit seinem Bart. Er sagt, ich solle mich setzen.

»Wir haben deine beiden Freundinnen vernommen, und die verschiedenen Versionen stimmen praktisch nahezu überein«, erklärt er.

Ich schaue mir sein Gesicht an. Es fehlt ihm etwas, keine Ahnung was, ich würde sagen: Ausdruck. Ein Gesicht, das älter geworden, aber nicht gereift ist. Ich weiß auch, an wen er mich erinnert: an den *Geyper Man*.

»Wir haben eure Personalien überprüft und bei keiner von euch dreien irgendwelche Vorstrafen gefunden«, fährt er fort, »Ich denke, für dieses Mal lassen wir euch ohne Anzeige laufen. Aber ich hoffe sehr, daß ihr im Hinterkopf behaltet, daß wir eure Daten gespeichert haben und ihr euch ernsthafte Probleme aufhalst, falls wir euch noch einmal bei so was Ähnlichem erwischen, verstanden?«

»Verstanden.«

»Noch was. Wir haben eine erste Untersuchung von euren Tabletten gemacht, auch wenn es noch zu früh ist, um aus dem Labor die amtliche Bestätigung zu bekommen, kann ich dir was verraten. Reine Verarschung, eure Tabletten. Kreidestaub.«

»Das glaube ich nicht. Und der Turn, auf dem ich bin, was ist damit?«

Schau her, hier sitzt eine Tablettenschmeißerin. Wie konnte mir bloß so was rausrutschen? Warum kann ich nie die Klappe halten?

Ein Lächeln spielt um seine Mundwinkel, das er zur rechten Zeit unterdrückt. Gott sei Dank, Schwein gehabt: Er ist mir wohlgesinnt.

»Reine Einbildung. Mädchen in eurem Alter haben eben eine große Phantasie«, sagt er und steht auf.

Ich habe die Tonlage nicht überhört, mit der er »Mädchen in eurem Alter« losgelassen hat.

Der Bart verschwindet, ohne sich zu verabschieden. Ich bleibe allein mit dem jungen Polizisten.

»Das war's?« frage ich.

»Willst du mehr?«

Das ist alles. Kein Verhör unter Scheinwerferlicht, keine Prügel in einem Raum mit blutbefleckten Wänden, rein gar nichts.

Der junge Polizist bringt mich zur Tür.

»Wenn doch nur alle so wären wie ihr: keine Schwierigkeiten, kein schlechtes Benehmen, keine Klagen. Und noch dazu habt ihr alle Fragen auf Anhieb beantwortet. Tochter, es war ein Vergnügen, dich hier zu haben. In den zwei Jahren, die ich auf der Wache bin, habe ich noch nie irgendwelche Mädchen erlebt, die so süß sind wie ihr. Schau, da drüben kommen deine Freundinnen«, sagt er und zeigt auf Line und Gema, die von einem uniformierten Polizisten eskortiert werden. »Also, paßt auf mit den Dummheiten, ich will euch nicht noch einmal hier sehen.«

Ich fühle mich wie mit vier Jahren, als mich meine Mutter, erleichtert, aber auch ein bißchen besorgt, an der Tür der Vorschule absetzte.

Ohne zu reden laufen wir nebeneinander her. Es ist bereits Mittag, und die Sonne strahlt in ihrer ganzen Pracht. Die blonden Zöpfchen von Line schimmern wie Goldfäden. Nach der Dunkelheit in der Zelle habe ich den Eindruck, daß ich die privilegierteste Person auf der ganzen Welt bin, schon allein, weil ich den Kuß der Sonne auf dem Gesicht spüren und die Luft der Straße atmen kann.

Line bricht nach einigen Minuten das Schweigen.

»Haben sie dich durchsucht?«

»Nein, und euch?«

»Nein. Ich dachte, daß sie mich nackt ausziehen würden und ein lesbisches Mannweib käme und mir den Finger unten reinstecken würde, aber nichts.« Eine leichte Nuance der Ernüchterung ist dem Stimmchen von Line zu entnehmen.

»Der eine Bulle hat mir gesagt, daß unsere Tabletten reine

Placebos seien. Ich weiß nicht, ob ich es glauben soll, ich hatte nämlich den Eindruck, dieses Zeug habe wahnsinnig reingeknallt«, sage ich.

»Von wegen Placebos, Scheiße noch mal. Die haben sich das Zeug eingesteckt, das kann ich euch verraten. Ist doch klar, das gesamte Rauschgiftdezernat läßt es sich auf unsere Kosten gutgehen. Drei Stunden für den Arsch und fünfundzwanzigtausend Peseten im Eimer!« schimpft Gema.

»Fast wären wir in den Knast gewandert, und du denkst immer noch an die Kohle?« frage ich sie.

»Pfh, von wegen Knast! Die wollten uns doch nur wieder loswerden, Cris. Wir sind für die doch nur ein paar harmlose Töchterchen aus gutem Hause, denen sie mal einen gehörigen Schrecken einjagen wollten.«

Insgeheim gebe ich ihr recht. Ich atme tief ein. Inhaliere die Luft. Bin ich auf E oder nicht? Die Farben der Straße (das Gelb und Blau und Rot der Autos, das Weiß der Wolken, das Grau der Gehsteige, das Rosa von Lines Trägerkleidchen) tun mir in den Augen weh. Sie leuchten, strahlen, funkeln, blitzen, glänzen, lodern und flammen von der Kraft der Sonnenstrahlen, und ich mache es ihnen nach. Ja, ich glaube, ich muß auf E sein.

Wir sind wieder auf der Straße, auf die wir offensichtlich nicht gehören.

T wie Triumph

Mit jedem Jahr pinseln wir einen weiteren Strich in unser endgültiges Portrait. Mit jedem Jahr schaufeln wir einen Berg Erde auf das Grab unserer Jugend. Jedes neue Jahr, würde man meinen, bedeute mehr Erfahrung und von daher mehr Weisheit und Gelassenheit. Aber leider führt uns jeder Geburtstag etwas ganz anderes vor Augen: Dieses Jahr hast du *wieder* nichts aus deinem Leben gemacht.

Vor einem Monat wurde ich dreißig. Ich habe bereits genau ein Drittel meines Lebens vergeudet.

»Wenn Sie als Geschäftsfrau Erfolg haben möchten, dann stehen Sie ebenso häufig und in ebenden Situationen auf, in denen Ihre männlichen Kollegen sich hinstellen. Bleiben Sie nicht sitzen, wenn jemand Ihr Büro betritt oder eine Versammlung an Ihrem Schreibtisch stattfindet. Egal was die Handbücher der Höflichkeit sagen mögen: Wenn Sie Chancengleichheit und Gleichbehandlung wünschen, sollten Sie Ihren Mann stehen, wörtlich und sinnbildlich gesprochen.«

Das gilt vor allem, wenn Sie hochgewachsen sind, größer sind als die Mehrzahl Ihrer männlichen Kollegen.

»Verhalten Sie sich wie ein Mann. Beherrschen Sie Ihre Gefühle. Weinen Sie nie in der Öffentlichkeit. Stimmen Sie Ihre Gesten taktvoll auf die konkreten Situationen ab. Bringen Sie Ihr Verhalten mit allem, was Sie sagen, in Einklang.»

»Seien Sie von seiten der Geschäftsführung auf alles gefaßt. Denken Sie daran, daß Frauen in aller Regel zur Zielscheibe von Kritiken werden, die nichts mit ihren beruflichen Fähigkeiten zu tun haben. Manche Qualitäten, die man bei Geschäftsmännern gerne sieht oder sogar bewundert, können sich bei Frauen in negative Qualitäten verwandeln. Konzentriert sich eine Frau mit aller Energie auf ihre Arbeit, wird sie als frustriert abgekanzelt, teilt sie sich die Verantwortung mit einem Team, gilt sie als unsicher, lenkt sie mit fester Hand, als verbittert.«

Dreißig Jahre. Zehn Millionen Peseten im Jahr. Einen *Alfa Romeo*. Eine Eigentumswohnung. Keine Aussicht darauf, zu heiraten oder Kinder zu haben. Niemanden, der mich besonders liebt. Ist das deprimierend? Ich weiß es nicht. Muß ich nur wegen der weißen und grünen Tablettchen, die ich jeden Morgen nehme, nie weinen? Sorgen diese Tablettchen, die mir der Arzt verschrieben hat, dieses wundersame Konzentrat aus Fluoxicetina, dafür, daß alle Sorgen an mir abgleiten wie das Wasser an einer öligen Pfanne?

Friede oder Prozac? Ich weiß es nicht.

Dreißig Jahre. Die Reife beginnt. Ein bedeutendes Datum, das ich eigentlich feiern müßte.

Aber ich möchte keine Geburtstagsparty feiern, denn wen sollte ich einladen? Natürlich meine Schwestern und meine Mutter, aber liebe ich sie wirklich? Ja, bis zu einem gewissen Punkt. Sie sind meine Familie. Sie waren es immer und werden es immer bleiben.

Meine Mutter und meine Schwestern bilden den einzigen festen Bezug in meinem Leben. Meine Mutter wird mir immer ein Rätsel bleiben, so eisig, reserviert und beherrscht, wie sie ist, aber sie hat sich immer korrekt mir gegenüber verhalten, und vor allem, sie war immer für mich da, beständig wie ein Markstein, der den Weg anzeigt.

Meine Schwester Ana ist eine Heilige, ein gutes Mädchen im wahrsten Sinne des Wortes, aber ungeheuer langweilig, wie das alle guten Mädchen so an sich haben, und ist nicht genau der Typ von Mensch, den man an seinem Geburtstag um sich haben möchte.

Und Cristina ... Okay, da muß ich etwas zu sagen. Ja, ich habe sie mit ganzer Seele gehaßt, aber vielleicht gerade deswegen, weil ich sie sehr geliebt habe. Selbst wenn es so ist, möchte ich an meinem Geburtstag nicht mit ihr alleine essen gehen. Dafür verstehen wir uns nicht gut genug.

Ich könnte auch ein Fest machen mit allem Drum und Dran und die Arbeitskollegen samt ihren Frauen einladen, alte Bekannte von der Universität, Kunden und Lieferanten.

»Wenn Sie ein Fest machen wollen, sollten Sie immer vier Punkte grundlegend im Kopf haben. Was für ein Fest soll es werden? Wen will ich einladen? Wann kann ich das Programm vorbereiten? Wo will ich feiern?«

»Laden Sie nur die Leute ein, mit denen Sie wirklich feiern wollen. Laden Sie nur die ein, denen Sie zuhören. Greifen Sie nicht auf das Protokoll zurück, um Gäste auszuwählen. Nehmen Sie sich genug Zeit für die Vorbereitungen. Planen Sie das Fest an einem Tag, an dem alle wichtigen Gäste disponibel sein können. Achten Sie auf eine höfliche Form. Überschlagen Sie die Kosten. Vergewissern Sie sich an Ort und Stelle von den Räumlichkeiten.«

»Wenn Sie genau wissen, was Sie von dem Fest wollen, haben Sie die größten Chancen, Ihre Erwartungen zu verwirklichen.«

Dazu habe ich noch weniger Lust.

Stundenlange Vorbereitungen und eine Menge Geld für Kanapees und Getränke, bloß damit ein Haufen von Leuten in das kleine Reich meiner Wohnung eindringt, mir die Luft verpestet mit untranszendenten Unterhaltungen und künstlichem Herumgelache. Und wofür das alles? Damit die Sache am nächsten Tag auf einen ernstzunehmenden Kater hinausläuft, auf Aschenbecher und klebrige Krumen, die über den Acryltisch und Boden verstreut sind, auf Ränder von den verschütteten Getränken in der Küche, auf kaputte Plastikbecher hier und da, auf dreckige Servietten und Teller, die im Schrank vergessen wurden.

Nein, danke. Kein Fest.

Statt dessen nahm ich mir einen Tag frei und machte mich im *Alfa Romeo* auf den Weg Richtung Süden. Zwölf Stunden Fahrt, mit den Liedern von Schubert auf voller Lautstärke. Ich machte keine einzige Pause, bis ich in Fuengirola ankam. Es wird so gegen sechs Uhr abends gewesen sein.

Zweiundzwanzig Jahre waren seitdem vergangen.

Zweiundzwanzig Jahre lag dieser Sommer in Fuengirola zurück. Der letzte Sommerurlaub, den wir mit meinem Vater verbracht haben.

Das Dorf war nicht wiederzuerkennen. Hinter dem Strand standen in einer Linie große, weiße Gebäude aus Beton wie riesige Vogelscheuchen, Giganten aus Zement und Glas mit Blick aufs Meer, massig wie Bunker. Zu ihren Füßen, wie Ameisen, wimmelte es von Bars und Strandcafés, die jetzt geschlossen waren, nur die billigen Plastiktafeln kündigten in schreienden Farben noch ihre Calamares und Salatplatten an, schrille Reklamen, übersät mit orthographischen Fehlern.

Ein Mittwoch außerhalb der Saison, der Strand war leer wie die Wüste.

Ich setzte mich vor die einzige Bar, die offen war, und bestellte ein Glas Wein nach dem anderen. Ich war entschlossen, für meine dreißig Jahre dreißig Gläser zu trinken. Aber ich kann mich nicht mehr erinnern, wie viele ich getrunken habe. Ab einem gewissen Zeitpunkt hatte ich den Überblick verloren.

Ich trank Glas um Glas, in aller Ruhe, während ich auf diese weite cremefarbene Fläche des Strandes schaute. Die Stunden verstrichen, und die Landschaft wechselte ihre Farben.

Der Himmel changierte zwischen Indigo, Kobaltblau und Violett. Das Meer zwischen flaschenfarbenem Smaragd und tiefem, dunklem Grün. Der Sand flimmerte in allen warmen Farben: Ocker und Bernstein, Kastanie, Umbra und gebranntem Siena. Meine Trunkenheit machte aus der Landschaft ein Kaleidoskop, ein chromatisches Delirium.

Dann kam die Nacht, und alle Farben lösten sich in Schwarz auf.

Da wandte ich mich zum Strand und fing an, die Sterne zu zählen.

Es müssen ein oder zwei Stunden vergangen sein. Ich habe wahnsinnig gefroren mit meinen dreißig Jahren. Keine Menschenseele war am Strand. Nur ich, der Sand, das Wasser und die Sterne.

Ich stand auf und schaute benebelt auf die schwarze, praktisch reglose und plane Wasserfläche, auf der nur ein paar winzige Wellen kleine schaumige, weiße, horizontale Linien langsam an den Strand spülten.

Ich fing an zu überlegen, ich könnte ins Wasser gehen, hineinlaufen, bis ich keinen Boden mehr unter den Füßen hätte, und ertrinken. Wie Virgina Woolf.

Jung, mit Eleganz.

Wenn einen nicht der natürliche Drang übermannt, an die Wasseroberfläche zu kommen, stirbt man den schmerzlosesten Tod, den es gibt. Es soll sogar angenehm sein. Ein süßer Tod.

Der Sauerstoffmangel löst Halluzinationen aus, man verliert in einer Art Ekstase das Bewußtsein, ohne es zu merken.

Ich habe von Leuten gehört, die sich Plastiktüten über den Kopf ziehen, wenn sie Sex machen, oder sogar Gasmasken, weil der fehlende Sauerstoff die Intensität beim Orgasmus um ein Zehnfaches erhöht.

Das Meer wäre mein letzter Liebhaber. Die Wellen küssen mich in den Tod. Sie lecken auf eine süße Weise meine Brüste, meine Beine und mein Geschlecht, bis zum Ende.

Ich käme in ein Unterwasserland, in dem sich Mutlosigkeit und Bösartigkeit, Betrügereien, Revanchen und scheiternde Liebesbeziehungen, Bitterkeit, Melancholie, die Sehnsucht und das Bedürfnis zu weinen in nichts auflösen würden. Lustvoll betrachtete ich den Tod wie einen weißen Frieden vor mir.

Sobald ich ins Wasser ginge, würde ich den Mut verlieren, mich zu ertränken, das wußte ich. Die Sehnsucht danach war zwar groß, aber der Wille nicht stark genug, um wirklich einen Schlußstrich zu ziehen. Gründe dafür, weiterzuleben, hatte ich nicht, aber mein Leid war auch nicht groß genug, um aus eigener Kraft den Atem stillstehen zu lassen.

Jahre mit diversen Männern, die ich nicht verstehen werde, liegen noch vor mir, eine zügellose Welt, mit der ich jeden Tag kämpfen werde: eine Welt, in der sich die Familien auflösen und den menschlichen Beziehungen der Sinn fehlt. Eine Welt, in die nur Sieger passen. Um einer zu werden, muß man alles andere dafür opfern.

When fate calls you from this place ...

Ich hatte keine Angst, es machte mir keine Angst, zu sterben.

Ich gestand mir nicht ein, daß ich in Wirklichkeit Angst davor hatte, weiterzuleben.

Als nächstes erinnere ich mich daran, wie ich steif und starr mit trockenem Mund aufwachte und spürte, wie mir die Schläfen pochten. Die Sonne stand schon ziemlich hoch am Himmel, der warme Sand war ein angenehmes Bett. Ich war eingeschlafen, trübe vom Wein, und das hypnotische Murmeln der Wellen hatte mich in den Schlaf gelullt.

»Im Angesicht einer Krisensituation empfiehlt es sich, eine Liste mit Alternativen anzulegen, die danach geordnet werden, ob sie wünschenswert sind oder nicht. Spielen Sie alle Möglichkeiten durch, als ob Sie sich bereits für sie entschieden hätten, und urteilen Sie erst dann. Wiederholen Sie dieses Vorgehen bei allen Möglichkeiten, die Ihnen in den Sinn kommen. Lösen Sie gedanklich die Hindernisse. Stellen Sie Analogien auf. Brechen Sie die Schemata logischen Denkens, und behalten Sie beim Analysieren der Krisensituationen für den Ernstfall immer eine Alternative in der Hand. Ihr Plan B wird Ihnen die Sicherheit geben, Dinge zu wagen und alles Nötige zu tun, um Erfolg zu haben.«

Hier lag mein Fehler. Ich habe keinen Plan B. Ich hatte all meine Karten auf einer Hand gehalten, und jetzt, wo mir die Trümpfe fehlten, jetzt, wo mir bewußt wurde, daß der Gewinn die Verluste kaum noch aufwiegt, wußte ich nicht, wie ich weitermachen sollte. Was soll frau machen, wenn sie merkt, daß sie ihr Leben an den Wünschen anderer ausgerichtet hat, obwohl sie überzeugt davon war, eigene Ziele zu verfolgen?

Auf der Rückfahrt nach Madrid dachte ich mehr als einmal daran, die Hände vom Steuer zu nehmen und das Auto in einer Kurve verunglücken zu lassen, überwältigt von dem Gedanken an die endlos gleichförmige Abfolge grauer, trüber und nichtssagender Tage, der ich mich gegenübersehe, alleine, versklavt und dazu verurteilt, wie Bauern beim Schach auf einem Brett zu spielen, das ich nicht verstehe, ohne Begleiter und Liebhaber, ohne Kinder und ohne echte Freunde.

Aber ich habe es nicht gemacht, weil ich im Grunde so wie mein Computer bin und über eine Notbatterie verfüge, die sich automatisch in Betrieb setzt, wenn es Probleme mit dem elektrischen Strom gibt.

Auf Haltbarkeit gebaut. Auf Durchhalten programmiert.

U wie Underground

Ein paar Machos sind bereit, für Sex zu sterben. Die Gottesanbeterin und die Schwarze Witwe verzehren ihre Männchen während oder nach der Begattung. Die Männchen wollen sich fortpflanzen, und die Weibchen hoffen auf ihr Abendessen. Nachts wache ich schweißgebadet auf. In meinem Kopf spuken längst vergessene Bilder umher, verschiedene Szenen, die ich vor langer Zeit in irgendeinem Winkel meines Unterbewußtseins abgespeichert habe, tauchen hinterhältig wieder auf, sobald ich schlafe, wehr- und schutzlos im Bett liege und nicht gegen sie ankämpfen kann. Sie tauchen auf, um mich zu quälen, wollen, daß ich mit einem Satz im Bett sitze, mir vor lauter Verzweiflung die Beine aufkratze und wie ein Neugeborenes allein, nackt und blutig in meinem Bett sitzen bleibe. Ich sehe, wie Santiago es mit Line treibt. Wie er sich ergießt über ihrem rasierten Möschen. Line und ihr unschuldiges Gesicht, ihr kleiner Körper, ihre sich kaum abzeichnenden Brüste, ihr Schoß, der aussieht wie bei einem achtjährigen Mädchen. Wie viele Gläser hatten wir in dieser Nacht getrunken? Wie viele Tabletten gefressen? Armer Santiago. Du wußtest nicht, daß du ein fleischfressendes Weibchen vor dir hattest. Ich weiß noch, wie du in die Bar kamst. Wie dein Lächeln uns alle betört hat. Du warst der Barkeeper mit dem größten Erfolg bei den Frauen. Die Mädchen schauten dich verliebt an. Die Transis fraßen dich auf mit ihren Augen. Dabei sahst du gar nicht so toll aus, das nicht. Aber dein Lächeln, diese Fröhlichkeit, die gute Laune, die du ausgestrahlt hast... Obwohl du eigentlich kaum Grund dazu hattest. Deine Eltern trennten sich, als du sieben Jahre alt warst. Deinen Vater hast du danach nie wiedergesehen. Deine Mutter war schwer neurotisch, nach allem, was du mir erzählt hast, fing sie immer an zu weinen, wenn du spät nach Hause kamst. Ihr habt euch den ganzen Tag angeschrien. Du hast bei ihr gewohnt, weil dein Geld nicht für die Miete reichte, und ich glaube, auch weil sie dir tief im Inneren leid tat. Du hattest *filosofía y letras* studiert. Du konntest Heidegger mit derselben Leichtigkeit zitieren, mit der du deine schmalen Hüften zum Rhythmus von *Renegade Soundwave* geschwungen hast, diese Hüften eines Postadoleszenten. Du hattest überall die besten Noten. Aber wer will einen Philosophen in seinem Büro hinter dem Schreibtisch? Niemandem bedeutet es etwas, daß du Heidegger zitieren kannst. Du wolltest dein Leben nicht in einem Büro vergeuden und für anonyme Geschäftsmenschen arbeiten. Waffenhändler? Kinderhändler? Wir waren uns so ähnlich: unser störrischer Charakter, beide unangepaßt, Exilanten in der eigenen Familie und beide gesellschaftlich nutzlos. Du warst immer gut drauf. Alles war dir heilig. Dieses Buch ist heilig, diese Gruppe ist sehr heilig, diese Bar ist unglaublich heilig. Und Line war die Heiligste von allen. Die heilige Heilheiligkeit. Boah, deine Freundin ist heilig, aber sehr, sehr heilig, hast du gestammelt, als sie in das *Planeta X* hereinkam. Das ist nun lange her. Damals kannte ich Iain noch nicht. Das war sogar lange noch, bevor Line im Krankenhaus landete. Eine Sonde, die ihre achtunddreißig Kilo an die Erde bindet. Eine Sonde, damit sie nicht davonfliegt. Eine Sonde, die Schnur eines Luftballons. Armer Santiago. Du wußtest nicht, daß du ein fleischfressendes Weibchen vor dir hattest.

Latrodectus hasselti, die Spinne mit dem roten Rücken, beginnt mit ihrem verführerischen Balztanz, sobald du dich ihrem Netz näherst. Dann tänzelt sie auf den klebrigen Fäden. Steppt leichtfüßig auf ihnen herum. Nimmt ein wenig Spinnennetz und formt Kügelchen. Damit du den Geruch des weiblichen Sekrets nicht riechst, mit dem die Fäden durchtränkt sind und dem schon ganz andere Männchen erlegen sind. Ihr Aussehen eines kleinen präpubertären Vamps hat dich gefesselt, ihre niedlichen Zöpfchen und ihre symmetrischen, koralligen Zähnchen. Wie hättest du Lines ewigem Erstaunen wiederstehen sollen? Ihren winzigen beiden Brustwarzen, die sich trotzig aus dem rosafarbenen, baumwollenen Gefängnis herausboxen, in das sie die Gesellschaft verbannt hat. Ihre treffsicheren Brustwarzen, die kein Ziel verfehlen und menschliche Wärme spüren wie die Zecken. Unter der Tarnung ihres Busens liegen zwei winzige Scud-Missiles. Diesem kleinen perfekten Hintern, den sie in Kinderjeans steckt. Line muß mit dem Teufel paktiert haben, um Größe 34 zu halten. Laß mir meinen Mädchenkörper, dafür höre ich auf zu essen. Mit aller Kraft zerstört sie Milligramm für Milligramm von ihrem eigenen Wesen. Was zum Teufel hättest du ihr schon bedeuten können? Das Männchen steigt auf den Unterleib des Weibchens, verwöhnt ihn einige Zeit. Während der Begattung rollt es sich und bleibt am Ende in einer Position, in der es am leichtesten vom Weibchen gefressen werden kann. Du hast nie aufgehört, nach ihr zu fragen. Du wolltest mit ihr vögeln, und ich wollte mit dir vögeln. Und sie hätte mit allen und niemandem gevögelt. Sex bedeutet gar nichts. Fünfzehn Minuten Sturm, zwei Minuten Orgasmus, wenn überhaupt. Niemand verliebt sich in seine Affären, ebensowenig wie in seine Dealer. Und jede bleibt beim besten Ticker, der den besten Stoff zum billigsten Preis verkloppt. So einfach ist das im Leben. In deinem alten, roten Citroën AX fuhren wir am Morgen nach einer Silvesternacht um elf zu mir nach Hause. Unsere Körper waren durch die vielen Tabletten gut unterwegs. Wir hatten uns lange geküßt auf der Tanzfläche. Ich hatte dich geküßt, du hast mich geküßt. Du hast sie geküßt. Ihr habt euch geküßt. Wir haben uns geküßt, ich habe eine Frau geküßt. Wir haben uns lange und leidenschaftlich zum Rhythmus vom schwerfälligen und stampfenden *Renegade Soundwave* geküßt. Die Geschichte ist so platt, zwei hübsche Mädels küssen sich auf der Tanzfläche. Wir alle haben *Basic Instinct* gesehen. Als wir in meiner Wohnung ankamen, gingen wir direkt ins Bett. Es ist viel Zeit vergangen seitdem, damals kannte ich Iain noch nicht, es war lange bevor Line im Krankenhaus landete. Wir rissen uns gegenseitig die Kleider vom Leib, lachten, stolperten und waren glücklich wie die Bestien. Ich wollte mit dir vögeln, und du wolltest mit ihr vögeln, und sie wollte mit allen und niemandem vögeln. Dich hätte es fast umgehauen, als du ihr scheinheiliges Mädchenmöschen gesehen hast, ihre heimtückische kleine Fotze, die sie mit Hilfe eines elektrischen Maschinchens um zehn Jahre verjüngt hat. Die zarte Kurve ihrer neugierigen und frechen, rosafarbenen Brustwarzen, diese sich kaum abzeichnenden Tittchen. Linelolita, Königin der Tanzfläche und Nymphen. Ich leckte deine Eichel, und du hast ihren Mund geküßt. Ich spürte deinen Schwanz, der in meinem Mund wuchs und wuchs. Du hast sie darum gebeten, dich zu fesseln. Das ist so abgedroschen, mit dem Taschentuch. Wir alle haben *Basic Instinct* gesehen. Sie hat dich an das Kopfteil des Bettes gefesselt und rittlings bestiegen. Ich schaute ihr zu, wie sie auf und ab wogte, sah den sorglosen Ausdruck in ihrem Gesichtchen, wie sie lachte mit geschlossenen Augen, mit der Freude und Unbeschwertheit, mit der Kinder auf einem Pferdchen im Karussell sitzen. Die Zöpfchen hatte sie nicht einmal gelöst. Nur ein Lolli hätte ihr noch gefehlt, dieser klebrige, rosa gefärbte Zucker, den sie auf dem Jahrmarkt verkaufen. Du wolltest mehr und mehr. Das Männchen verlängert den sexuellen Akt um mehrere Minuten, um das Weibchen davon zu überzeugen, daß sie ihn fresse. Es hemmt die sexuelle Ungeduld des Weibchens. Ich war überflüssig. Ein fleischfressendes Weibchen sucht kein anderes Pärchen, wenn das Paaren auf ein Bankett hinausläuft. Sie besprang dich, besprang dich sogar noch, nachdem du gekommen warst. Es muß dir weh getan haben, da bin ich mir sicher, aber du hast sie machen lassen, du wärest stundenlang unter ihr liegengeblieben. Dein Schwanz blieb hart, trotz all des Samens, den du ihr geschenkt hattest. Literweise weiße, klebrige Flüssigkeit. Ganze Spermienkolonien, die sie mit *Spermatizit*-Creme ausgelöscht hat. Aber dein Schwanz blieb hart und dort, wo er hingehört. Dank Ecstasy oder elektrischem Maschinchen. Dem männlichen Ungestüm entspricht das Weibchen, indem es das Männchen während der Sexualaktes verflüssigt und verschlingt. Armer Santiago, du wußtest nicht, daß du ein fleischfressendes Weibchen vor dir hattest. Wieso sollen wir uns auf ernsthafte Beziehungen einlassen? Wir haben kaum eine Zukunft. Können wir eines Tages ein Zuhause haben? Können wir für unsere Kinder sorgen? Wir können ja fast nicht für uns selbst sorgen, obwohl sie uns als Kinder immer gesagt haben, daß wir talentiert sind, daß das Leben vor uns liegt, daß wir uns anstrengen müssen und studieren. Und dann haben wir die besten Noten bekommen und können Heidegger zitieren und Foucault, und was haben wir davon? Wir können uns nichts aufbauen. Wir können uns nur weiter betrinken, uns Drogen einschmeißen und von Zeit zu Zeit vögeln. Das ist Lines Meinung, deshalb sind ihr deine sehnsüchtigen Blicke egal gewesen und dein verzweifelter Wunsch, das

Mädchen zu beschützen, für das du sie gehalten hast. Und deshalb wollte sie es nie wiederholen, sie hatte noch andere Körper zu entdecken und andere Männchen zu verschlingen. Ihre einzige Nahrung. Ihre Diät machte bei eifersüchtigen Männchen eine Ausnahme, sonst aß sie so gut wie nichts. Wie konntest du dich nur so in sie verlieben? Du warst nicht mehr bei Sinnen. Du hättest sie Tag und Nacht verfolgt, sie zu jeder Zeit angerufen, ihr immer gezeigt, daß du für sie da bist. Und das endete so schlecht, Santiago. Wie konntest du dir diese ganze Scheiße in die Venen stopfen? Weil sie es total cool fand, sich H zu spritzen. Weil Kurt Cobain spritzte, weil Iggy Pop spritzte, weil Courtney Love spritzt. Und alle so dünn sind. Moderne Körper, mager und verbraucht. Auch Kerouac sagte, er sei lieber dünn als berühmt. Alle reden von Kerouac, obwohl ihn niemand gelesen hat. Er ist angesagt, aber – unter uns – unerträglich. Ich habe so verzweifelt versucht, dich zu vergessen, diese ganze Geschichte mit dem braunen Pulver und der Spritze und dem Löffelchen und der Zitrone. Ich wollte vergessen, daß ich etwas damit zu tun habe. Die Zigaretten mit dem H vergessen, die wir drei zusammen geraucht haben, den Sex vergessen, den wir drei zusammen hatten. Ich habe versucht, das Gesicht deiner Mutter auf der Beerdigung zu vergessen. Aber die Erinnerungen kommen hinterhältig wieder hoch, wenn ich schlafe, wenn ich wehr- und schutzlos im Bett liege, sie nicht bekämpfen kann, tauchen die Bilder wieder auf, um mich zu quälen. Du treibst es mit Line. Du ergießt dich über ihrem heuchlerischen Kleinmädchenmöschen. Ich liege nackt und blutig ausgestreckt im Bett wie ein Neugeborenes. Armer Santiago, du wußtest nicht, daß du ein fleischfressendes Weibchen vor dir hast.

V wie verletzlich

Sich auf Traurigkeit einlassen ist, wie auf Rollschuhen einen Abhang hinunterzurasen: Man weiß nicht genau, wann die Fahrt zu Ende sein wird, weiß aber haargenau, daß alles mit einer Bauchlandung enden wird. Mit den Rollschuhen, das Mädchen bin ich, Anachen, blond und klein wie eh und je, rase ich vollgestopft mit Tabletten den Abhang hinunter.

Die Schlaftabletten sind rund, klein und blau, die Aufputschmittel weiß und sogar noch kleiner; für die gute Laune nehme ich weiße und grüne Kapseln, dann gibt es noch rote Kapseln gegen die Schmerzen und weiße Tabletten gegen Beklemmungen. Ich trage sie in einer leeren Schachtel violetter Bonbons mit mir herum, *Donormil* und *Diazepam*, *Nolotil* und *Lexotanil*, sie sind meine Rettung, mein Fetisch, weil ich mir sicher bin, daß mir nichts passieren kann, solange ich sie zur Hand habe.

Ganz am Anfang habe ich *Polaronil* zum Schlafen genommen, aber dann war die Schachtel leer. Also ging ich mit der erstbesten Ausrede zur Apotheke und sagte der Apothekerin, daß man bei meiner Mama einen Tumor entdeckt habe, Proben seien bereits entnommen, um zu untersuchen, ob er gutartig oder bösartig wäre, aber daß ich deswegen im Moment sehr nervös sei, weil mich die Nachricht sehr getroffen habe, und gerne ein Schlafmittel hätte. Die Apothekerin, eine alte Freundin aus dem

Viertel und ebenfalls Mitglied der Vereinigung ehemaliger Schülerinnen des *Sagrado Corazón*, gab mir eine Schachtel *Tranxilium* und erklärte mir, daß man dieses Medikament normalerweise verschrieben bekommen müsse, aber daß sie für mich eine Ausnahme mache, weil ich es sei. Sie sagte, mit einer halben Kapsel könnte ich schlafen. Ich dankte ihr und betete im stillen zu Gott, daß Mama niemals in dieser Apotheke auftauchen möge. In der ersten Nacht nahm ich eine, aber die wirkte nicht richtig, ich wurde immer noch alle naselang wach, so daß ich in der nächsten Nacht fünf nahm und, klar, am Morgen nicht mehr aus dem Bett kam. Borja schüttelte mich, aber ich sperrte mich verzweifelt dagegen, dieses baumwollene Nest der Tabletten zu verlassen, die mich so schön zudeckten und schützten, und wollte erklären, daß mir der Kopf weh tue und ich mich zu schwach fühle, um aufzustehen, aber die Zunge war wie ein Lappen, und ich brachte kein Wort hervor. Borja machte mir klar, daß er mit dem Kind überfordert sei. Er schrie mich an, was selten bei meinem Borja passiert, der mich eigentlich nie angeschrien hat, aber selbst sein Geschrei kam nur gedämpft bei mir an, so als würde ich mir die Ohren mit dem Federkissen zuhalten. Letztlich stand ich auf, aber die Füße schienen den Boden nicht zu berühren, dafür empfand ich das Kind als zentnerschwer, und mir war sogar egal, ob es weinte oder nicht, mir war alles egal, wirklich, und ich wundere mich, daß mir das Kind nicht aus den Armen gerutscht ist. Borja nahm dann den Jungen mit, und ich ging zurück ins Bett. Es war wundervoll, wieder in dieses warme Gefühl einzutauchen und nichts zu spüren. Ich schlief bis zum Abend.

Das *Tranxilium* nahm ich noch eine Woche weiter oder so und blieb dann den ganzen Tag über im Bett, bis ich merkte, daß ich das Leben nicht im Schlaf verbringen konnte, sosehr ich es mir auch gewünscht hätte, denn, klar, wenn ich abends die Tabletten genommen hatte, kam ich am nächsten Morgen nicht in die Gänge, und bei weniger als zwei Tabletten konnte ich nachts nicht schlafen. Mir fielen ein paar gelbe Tabletten ein, die ich eine Zeitlang zum Abnehmen einnahm, um nach der Schwangerschaft ein paar Kilo runterzukriegen, die aufputschen und den Appetit zügeln. Damals habe ich sie nicht mehr genommen, weil sie mich zu sehr aufregten, aber jetzt dachte ich, sie seien genau das, was mir fehlte. Ich nahm am Abend *Tranxilium*, um zu schlafen, und am Morgen *Dicel*, um die Müdigkeit wegzubekommen. Als die Schachtel *Dicel* leer war, fing ich mit *Minilips* an, das ist so ziemlich dasselbe unter einem anderen Namen. Später nahm ich sie mit Alkohol, weil sie, ich weiß ja auch nicht, noch besser wirken, wenn man sie mit Alkohol nimmt, und einen noch zufriedener machen, so als ob man die Welt mit anderen Augen sähe, ich weiß ja auch nicht, alles ist einem egal, es gibt dann nichts Gutes und nichts Schlechtes mehr. Früher habe ich Alkohol nie gemocht, höchstens wenn das Zeug sehr süß war, also nahm ich die Tabletten mit *Cassis*, einem französischen Johannisbeerlikör, den mir Borja aus Paris mitgebracht hatte und der sich wie Saft wegtrinken läßt, einem aber ganz schön in den Kopf steigt, fast ohne daß man es merkt, weil er vierzig Prozent oder so hat, und irgendwie gewöhnte ich mich dann daran und nahm die Tabletten immer mit einem Schluck *Cassis*, bis die Flasche leer war, dann versuchte ich es mit Whisky-Cola und merkte, daß es gar nicht so schlecht war, und nahm die Tabletten immer mit Whisky-Cola light, natürlich machte ich mir Sorgen, weil Alkohol doch so unglaublich dick macht, aber eben wegen der Tabletten brauchte ich ja fast gar nichts zu essen, so daß es nicht so schlimm werden konnte. Danach probierte ich alles mögliche. Als *Tranxilium* alle war, versuchte ich *Donormil*, und nach *Minilip* kam *Fluotin*, und Borja höchstpersönlich empfahl mir *Lexotanil*, und ich glaube, mittlerweile gibt es keine Tabletten fürs Gemüt mehr, die ich nicht irgendwann schon einmal genommen habe. Die Vormittage verbringe ich wie benebelt vor dem Fernseher. Mir ist das Schicksal dieser Figuren, die über den Bildschirm flimmern, zwar ziemlich gleichgültig, aber auf irgendeine Weise faszinieren sie mich doch, weil ich den ganzen Tag vorm Fernseher hänge, als ob ich durch eine unsichtbare Nabelschnur aus Hertzschen Wellen mit ihm verbunden sei. Ich komme nicht mehr vom Sessel hoch, weil ich keinen Grund habe aufzustehen. Manchmal möchte ich weinen, aber die Tränen sind versickert, vielleicht von den vielen Tabletten, die mir den Tränenkanal verstopfen oder so. Dann kauere ich mich ins Sofa, verziehe das Gesicht und breche die Stimme zu einem schwachen Wimmern, nur Tränen kommen eben keine. Meine Tränendrüsen sind trocken wie ein umgeworfener Baumstamm, der zum Sägewerk wandert. Manchmal frage ich mich, ob die Tabletten irgendwelche Rezeptoren in meinem Hirn blockiert haben, und zwar genau die Stellen, an denen die Gefühle mit der Welt zusammenkommen. Denn ich schwebe jetzt im Nichts und fühle mich, als ob ich in einem Topf aus Formalin stecken würde.

Wenn ich so wie ein Fötus zusammengekauert dahocke, wünsche ich mir nichts sehnlicher, als an irgendeinem anderen Ort zu sein, nur eben nicht in diesem Sessel. Wie kann ich es schaffen, mich wieder ins Leben einzumischen, das sich vor der Tür abspielt? Selbst die kurze Abwechslung, die ich mal hätte, wenn ich mich mit jemandem treffen würde, ist überschattet von dieser fürchterlichen Angst, nie eine Freundin zu haben und niemanden zu finden, den ich wirklich liebe, sondern daß ich das ganze Leben alleine auf dieser Erde sein werde, denn ich bin ja nicht einmal in der Lage, mich um mein eigenes Kind zu kümmern, sondern bringe es zum Kinderladen, weil ich nicht weiß, wie ich mit seinem Gezeter und Gebrüll umgehen soll und was ich machen soll, wenn es seine Finger direkt in die Steckdose stecken will. Ich fühle mich zu erschöpft, um ihm den ganzen Tag in der Wohnung hinterherzulaufen.

Auf das Sofa gekauert, spinne ich mir ein neues Leben zurecht, unter einem anderen Namen und mit einer anderen Persönlichkeit. Ich stelle mir vor, nicht geheiratet zu haben. Studiert zu haben, ein seriöses Fach studiert zu haben, nicht diesen Unsinn Fremdsprachensekretärin, der nichts nutzt. Ich träume, ich sei eine effiziente und selbstsichere Frau in eleganten Anzügen mit dunklem Jackett, die sich mit einer schwarzen Mappe voller wichtiger Papiere wie ein Fisch im Meer aus Fluren und Büros bewegt, wie die Anwältin in *Ley de Los Ángeles*, während mich die Männer bewundernd und die Frauen mit Neid anschauen. Ich hätte keinen Mann an meiner Seite und bräuchte auch keinen, ich wäre nicht die Frau von dem und dem und nicht von irgend jemandem abhängig. Ich stelle mir vor, ich sei wie meine Schwester Rosa, hätte einen *Alfa Romeo* und würde zehn Millionen Peseten im Jahr verdienen. Ich glaube, wäre ich wie Rosa, wäre ich nie in diesem Chaos versunken. Wäre ich wie Rosa, hätte ich die Zügel meines Lebens schon längst entschlossen in die Hand genommen und würde ein Leben führen, so wie ich es wollte, wäre ich wie Rosa, würde ich das Tempo diktieren, die Kurven und Schlaglöcher, würde ein Leben in schwindelerregenden Höhen führen, ohne daran zu zerschellen.

Zu später Stunde, wenn Papa Borja mit Sohnemann Borja bereits schläft, wenn die Wirkung vom *Tenuate* nachläßt und das *Donormil* langsam loslegt, wenn meine Gedanken verschwimmen und mein Kopf sich in eine trübe Knetmasse verwandelt, hebe ich den Hörer ab und wähle die Nummer von

Rosa, aber weil ich nie weiß, wie ich ihr erklären soll, daß ich verzweifelt einsam bin und gerne so wäre wie sie und Hilfe bräuchte, spiele ich ihr nur *The fatal hour* vor, weil dieses herzzerreißende Lied genau den Zustand ausdrückt, in dem ich mich befinde, und erzählt, wie sich die Idee des Todes in einem festsetzen kann, und daß ich in einer undurchsichtigen und unangenehmen Angst lebe und vor Langeweile sterbe. Rosa, ihr habt immer geglaubt, ich sei die Dumme der Familie, ein gutes Mädchen, aber eben nicht mehr, aber ich fürchte, ich bin zu schlau oder zumindest schlau genug, um zu merken, daß dieses Leben, das ich jetzt führe, mir überhaupt nichts sagt. Ich wollte immer so sein wie du, bin aber eben nicht schlau genug, um zu wissen, wie ich aus diesem Schlamassel wieder herauskomme, in den ich mich selbst hineinmanövriert habe.

wie Whisky

Ein beliebiger Tag im Leben bereitet sooft ein bestimmtes Ereignis vor. Auch wenn wir uns nicht im klaren darüber sind. Wir gehen müde ins Bett und sind davon überzeugt, der Tag sei wie jeder andere gelaufen. Erst Jahre später erkennen wir die Bedeutung.

Der 17. Mai 1980 in Macclesfield: Kurz vor der Abreise in die Vereinigten Staaten zur ersten amerikanischen Tour der *Joy Division* geht Ian Curtis ein letztes Mal in das Haus, das er mit seiner Frau und seinem Sohn bewohnt hatte, und nachdem er die bittere Odyssee von Bruno S. gesehen hat, die sein Lieblingsfilmemacher, Werner Herzog, in *Stroszek* erzählt, erhängt er sich am Morgen des darauffolgenden Tages an der Küchendecke.

Der 17. Mai 1980 in London: Iain Bruton geht, nachdem er gerade *Stroszek* im Fernsehen gesehen hat, zu Bett, kann aber den leidenden Blick von Bruno S. nicht vergessen. Er findet keinen Schlaf und säuft die Nacht über Whisky und hört dabei dem Regen zu, der gegen die Scheibe seines Fensters trommelt. Erst bei Morgenanbruch fallen ihm die Augen zu und ihn überwältigt der Schlaf. Er träumt von einem Engel mit weitgespannten weißen Flügeln, der langsam, sehr langsam mit nackten Füßen an ihm vorbeistreicht und über das grüne und frische Gras des Friedhofs schwebt, während sich der kalte Marmor der Grabsteine in seinen geschlagenen Augen spiegelt. Am nächsten Morgen liest er in der Zeitung die Nachricht von Curtis Selbstmord und begreift, daß der Engel, den er im Traum gesehen hatte, Ians Geist gewesen ist. Er geht sofort zu *Tower Records*, um sich alle LPs und alle Singles von *Joy Division* zu kaufen. Der dunkelhäutige Angestellte teilt ihm mit, daß sie schon vergriffen waren, kaum daß er eine halbe Stunde den Laden geöffnet hatte. Der Tod verkauft sich.

Der 17. Mai 1980 in Madrid: Ana Gaena, meine älteste Schwester, dreht den Goldring am Finger, den ihr Borja, ihr Freund, noch am selben Abend geschenkt hatte, zur Feier des ersten Jahres, das sie zusammen verbracht haben, heftet die Augen auf das Funkeln des Diamanten und träumt davon, wie sie in reinstem Weiß gekleidet mit einem langen Schleier durch den Mittelgang der Kirche dahinschreitet.

Der 17. Mai 1980 in Madrid: Rosa Gaena, meine andere Schwester, beugt sich über ihr Ökonometriebuch, versucht, die Statistiktabellen in den Kopf zu bekommen, um sich wie mit einem Kopfsprung in eine neue, unbekannte Welt zu stürzen, in der es statt von Familien, Häusern und Straßen, Geschäfen und Portalen von Wahrscheinlichkeiten und Abweichungen, Streuungsmittelwerten, ökonometrischen Modellen und Matrizenkalkülen wimmelt. Rosa versucht verzweifelt, einen Ort in der Welt der Zahlen zu finden, weil sie in der Welt widersprüchlicher Gefühle und heimtückischer Überraschungen keinen hat finden können.

Der 17. Mai 1980: Cristina Gaena, ich, liege still umarmt, an den Körper meines Cousins Gonzalo gekuschelt, und zähle in Gedanken leise die Namen von allen Stofftieren und Puppen aus meiner Kindheit auf, denen ich vor dem Zubettgehen mit einem Kuß immer eine gute Nacht gewünscht hatte, einer nach der anderen, und lege meine Lippen auf die von Gonzalo Anasagasti, fahre mit den Fingern durch die blonden und weichen Wellen seines Haares und lasse ihn langsam meinen Nacken küssen und meinen Geruch nach Babycreme einsaugen, weil ich haargenau weiß, daß ich, und nur ich, seine Lieblingspuppe bin.

Fünfzehn Jahre später schenkt mir Iain Bruton zum Beweis seiner Liebe seine absolute Lieblingsplatte: *Love Will Tear Us Apart*, von Joy Division, in der Maxisingle-Version. Eine Rarität für Sammler. Ich weiß sehr gut, was es für ihn bedeutet, sich von ihr zu trennen. So daß ich eine religiöse Zeremonie daraus mache, die Platte das erstemal zu hören. Ich lösche alle Lichter in der Wohnung, zünde eine einzige, rote Kerze an, die mit ihrem Licht die Schatten des Mysteriums einfärbt. Ich lege die Platte auf den Teller. Höre das knisternde und obsessive Geräusch der Nadel, als sie das erstemal auf dem Vinyl kratzt. Ich werfe mich auf mein Bett und mache die Augen zu. Dort drinnen schweben Schwaden und Nebelfetzen einem schwarzen Horizont entgegen. Die Stimme von Ian Curtis bricht pötzlich über jenes zweifarbige Land herein und bemächtigt sich seiner. *When the routine bites hard and ambitions are low and the resentment rides high but emotions won't grow... Do you cry in your sleep all your failings expose?* Es ist die Stimme eines Toten. Ich liebe die Einsamkeit, und ich liebe seinen Stolz. *Get a taste in my mouth as desperation takes hold. It is something so good just can't function no more... Die Liebe wird uns trennen.* Aber ich brauche nicht erst dieses trostlose und harte, zu schöne und zu reale Lied zu hören, diese vollständige Vernichtung von Hoffnung, dieses Schwarzweißbild von Lust und Verwüstung, diese Affirmation der Impotenz im Angesicht einer Welt ohne Antworten, das mit derselben sterilen Gewißheit in mein Fleisch dringt, wie es ein chirurgisches

Skalpell machen würde, um zu wissen, was ich schon von Kind an wußte, schon immer wußte: daß die Liebe zerstört. Tief, verletzend, schmerzhaft.

X wie inkognito

Die Welt ist voller Vampire. Wer heute beißt, wurde eines Tages gebissen. Wer jetzt schlägt, wurde geschlagen. Wer heute mißbraucht, hat Mißbrauch erlitten. Gut und Schlecht kommen nicht von ungefähr, irgend jemand hat sie uns mit Schlägen in den Kopf gehämmert. Neugeboren sind wir wie Steine, die darauf warten, vom Leben behauen zu werden. Später verwandeln wir uns in Statuen. Wir können zerbrechen und zerspringen, aber ändern tun wir uns im Grunde nicht mehr.

Ich glaube, es gibt in der Welt zwei Typen von Personen: die einen glauben an das *Große Warum* und die anderen nicht. Psychoanalytiker glauben an das *Große Warum* und Psychologen nicht, und ich, von der meine Mutter und meine Schwestern sagen würden, daß ich eine Meise habe, und die ich die einen wie die anderen ertragen habe, schon seit ich fünfzehn bin, habe beide Auffassungen aus der Nähe kennengelernt.

Das *Große Warum* wäre das Besondere deines Lebens, das dich zu dem macht, was du bist. Die frühkindlichen Mißhandlungen, die den Würger von Boston zum Attentäter machten, das Fehlen des Vaters, das Baudelaire depressiv werden ließ, die Abwesenheit der Vaterfigur, die Jane Bowles zur Lesbe machte. Aber wenn man nicht an das *Große Warum* glaubt, würde man sagen, daß der Würger von Boston zehn Mädels umlegte, weil er ein Hurensohn war, weiter nichts, daß Baudelaire gar nicht depressiv war, sondern ein sensibler Künstler, und daß Jane Bowles mit der Liebe zu Frauen auf die Welt gekommen ist und vom ersten Tag an durch ihren genetischen Code lesbisch gewesen ist.

Deshalb glauben die Psychoanalytiker, Probleme können behoben werden, wenn man das *Große Warum* herausschält, wenn man die besonderen Umstände begreift, die einen zu der machten, die man ist; während die Psychologen versuchen, das Verhalten zu modifizieren, die Regeln zu ändern, die hinter dem Verhalten stehen, die natürlich vom *Großen Warum* laut der Psychoanalytiker überhaupt erst geschaffen wurden.

Ich habe beides versucht, und es hat überhaupt nichts genutzt. Ich war bei Psychoanalytikern, mit denen ich über meine ersten Erinnerungen sprechen mußte (ein paar legten mich auf die Couch, andere nicht), und ging zu Psychologen, bei denen ich Bäume malte und die Bedeutung von ein paar Tintenklecksen interpretieren sollte.

Und trotzdem weiß ich immer noch nicht, warum ich manchmal die Nerven verliere, hysterisch werde und mich auch noch zu allem Überfluß selbst verletze, wenn ich es am allerwenigsten gebrauchen kann.

Vielleicht bin ich, wie ich bin, weil ich zuviel Testosteron habe. Genausogut ist es möglich, daß mein *Großes Warum* in der Person von Gonzalo steckt.

Na ja, Gonzalo hat meine jungfräulichen Schätze geplündert, so ist das halt, wie soll ich es sonst nennen.

Als Vater uns verlassen hat, ging eine Welt für mich unter. Ich war damals vier Jahre alt, und alle Welt glaubte, Cristinalein bekomme nichts mit, aber ja, ich habe alles mitbekommen, und zwar haarklein. Ich habe am eigenen Leibe zu spüren bekommen, daß der Mensch, den ich am meisten auf der ganzen Welt geliebt habe, fortgegangen ist. Ich habe genau gespürt, daß niemand mehr lieb zu mir war und mir schöne Dinge sagte, daß mich niemand mehr durch die Luft wirbelte und beim Dreiradfahren anfeuerte. Ich sah doch, daß meine Mutter den ganzen Tag nur noch weinte. Trotz Lätzchen und Zöpfchen und der Liebe für meine Puppe Nancy habe ich genau verstanden, was vor sich ging.

In der ersten Zeit habe ich mich in den Schrank im Wohnzimmer zurückgezogen und bin Stunden in der Dunkelheit untergetaucht, saß da allein unter dem warmen Umhang aus Jacken und Mänteln, hüllte mich in all die Schichten ein, um mich zu schützen, damit alles, was bei uns zu Hause vor sich ging, nicht an mich herankam. Ich glaube, ich habe dort Stunden verbracht, und komischerweise hat mich offensichtlich auch nie jemand vermißt.

Mit Gonzalo tauchte ein Licht am Ende des Tunnels auf. Es gab wieder einen Mann, der sich um mich bemühte, der sich nur mit mir beschäftigte und der mich wundervoll fand. Außerdem war er hübsch, so hübsch, wie es auch mein Vater gewesen war, und ich merkte sofort, daß er allen Frauen gefiel. Vielleicht werden ein paar Leute sagen, mit fünf Jahren achte man noch nicht auf so etwas. Mit fünf Jahren verliebe sich doch noch kein Mensch. Irrtum.

Eine eigenartige Affinität verband mich mit ihm. Ich hatte das Gefühl, daß ich ihm gefallen könnte. Ich meinte, die Engel hätten ihn nur für mich geschickt, um mich zu beschützen, um die Katastrophe aufzuwiegen, die die Abwesenheit meines Vaters bedeutete. Ich wußte es genau, Gonzalo war eigens für mich da. Er gehörte mir.

Jahre später schauten wir eines Abends im Wohnzimmer alleine fern. Meine Mama und die Tante waren einkaufen gegangen, Ana war mit Borja verabredet, und Rosa saß in ihrem Zimmer und lernte. Ich lag unter einer alten, schottenmustrig karierten Reisedecke und merkte, wie seine Hand sich unter die Decke mogelte und an meinen Beinen nach oben wanderte. Seine Finger unternahmen einen gewagten Streifzug unter meinen Slip. Ich habe nicht versucht, ihn aufzuhalten. Ich spürte, wie mein Herz schneller schlug und ich schneller als gewöhnlich atmete, aber ich habe so getan, als wäre nichts, vor lauter Angst, er könnte aufhören. Und das wollte ich auf keinen Fall, daß er aufhörte. Also blieb ich genauso liegen und nahm die Dinge an, die da passierten. Ich wußte nicht genau, was er da machte, aber irgendwie hatte ich mich danach gesehnt, auch wenn ich nicht wußte, nach was genau. Aber ich wußte auch, daß mich *da* niemand anfassen durfte. Deshalb sollte er es tun, weil er besonders war, weil er nicht irgend jemand war. Er war der, dem ich besondere Privilegien einräumen mußte und wollte. Seine Hand spielte weiter, ich blieb dabei ruhig, und er schaute starr auf den Fernseher. Er tat ebenfalls so, als sei alles wie immer, als würden wir keine Regeln überschreiten. Und so machten wir weiter, mit den Augen auf dem Bildschirm und den Gedanken unter der karierten Decke. Ich war beunruhigt und glücklich auf einmal. Mit dem, was Gonzalo bei mir machte, gehörte ich in die Kategorie der Großen. Für ihn war ich kein Kusinchen mehr, ich war etwas mehr. Niemals hatte ich vorher so eine Empfindung kennengelernt, niemals hatte es in meinem Bauch so gekribbelt, als ob sich da etwas drehe wie die Wäsche in einer Waschmaschine. Das war mindestens so viel wert wie der Hauptpreis bei der Tombola im *Colegio*, auf den ich fünf Jahre lange vergeblich und mit ganzer Seele gehofft hatte, den ich aber nie bekam.

Es blieb nicht dabei. Jeden Abend tasteten wir uns ein Stück weiter. Bald lernte ich, ihn anzufassen. Mit den Fingern, mit der Hand, mit dem Mund. Jeden Tag lernte ich ein bißchen was dazu. Die Fortschritte waren gefährlich. Es war wie auf einem Minenfeld. Wenn ich mir manchmal andere ältere Jungen ansah, die mir gefielen, Studenten der *Maristas*, die mit uns im Autobus saßen, den Jungen aus der Bäckerei oder den vom Kiosk, bekam ich Lust, mit ihnen dasselbe zu machen, und fragte mich, ob es mit ihnen genauso sein würde wie mit Gonzalo. Aber ich durfte kein Sterbenswörtchen sagen, das hatte Gonzalo mich schwören lassen, ich mußte schweigen wie ein Grab, sonst würde alle Welt denken, er mißbrauche mich, hatte er gesagt, weil ich nur neun Jahre alt war und er zwanzig, und wenn es irgend jemand mitbekäme, würde ich im hohen Bogen vom *Colegio* fliegen und in eine Besserungsanstalt oder in eine psychiatrische Klinik kommen, und unter keinen Umständen wollte ich so etwas, ich wußte, daß ich ein anständiges Mädchen war, ein anständiges Mädchen, aber eben auf meine Weise.

So ging das ein Jahr lang. Manchmal schmuggelte ich mich mitten in der Nacht in sein Zimmer und war hin- und hergerissen von zwei verschiedenen Empfindungen: der Angst, entdeckt zu werden, und der eigenen Entdeckung meiner Lust. Ich wünschte, in jedem Augenblick selbst mit mir machen zu können, was er mit mir machte, niemals hatte ich vermutet, daß in meinem Körper solche Rezeptoren schlummerten. Ich liebte es, in seinen Armen zu schlafen. Ich liebte seinen Geruch und seine Wärme. Ich hätte nie damit gerechnet, ihn zu verlieren.

Und dann, ganz plötzlich, entschied sich Tante Carmen dafür, nach Donostia zu ziehen, und mein Leben zersprang in lauter kleine farbige Scherben wie kaputtes Glas. Gonzalo versuchte mir zu erklären, daß ich wachsen und ohne ihn groß werden würde, und daß ich mir einen Jungen in meinem Alter suchen solle, wenn ich groß sei, und daß ich nicht weinen dürfe.

Fragt nicht, wie ich es überstanden habe. Ich weiß es selbst nicht. Ich vermute, eines Tages habe ich ihn tatsächlich vergessen. Vielleicht liegt es daran, daß sich Kinder an Ereignisse und Gefühle nicht so genau zurückerinnern können. Aber es gab eine Zeit, in der ich mich jeden Tag unsichtbarer fühlte, so als ob mich ein zäher dunkler Lack einwickeln würde, eine Dunkelheit, die mich in immer mehr Schichten hintereinander zu ersticken drohte. Dann wurde es irgendwann besser. In mir hatte sich irgend etwas verändert, ich begann mich wohl zu fühlen in meiner Haut. Die Neugier wurde von Tag zu Tag größer, wie ein riesiges und unersättliches Monster, das von meinen Erfahrungen lebte und mehr Futter haben wollte, mich bis zur Tür schob, um mich nach draußen zu bringen, auf die Straßen, um die Dinge zu sehen und die Zärtlichkeit der Luft auf den Wangen zu fühlen und zu spüren, wie das Licht in den Augen kitzelt. Eines Morgens wachte ich auf, und Gonzalo war mir nicht mehr wichtig. Ich blinzelte strahlend in den Tag, der gelebt sein wollte. Nach und nach verschwand der Schmerz, ganz langsam, genau so, wie sich der Dunst in Donostia am Morgen auflöst. Plötzlich, ohne daß man damit rechnet, scheint einem die Sonne ins Gesicht und deine Haare flimmern kupferfarben, während du ein paar Stunden zuvor noch nicht über den Rand deiner eigenen Nase hinausschauen konntest.

Da lernte ich in Donostia Mikel kennen und mir wurde klar, daß ich alles, was ich mit Gonzalo geteilt hatte, auch mit anderen tuen konnte. Mit ein paar Jungen machte ich herum, trieb es aber nie bis zum Ende. Meine Jungfräulichkeit hatte ich mir für einen anderen aufgehoben.

Es war das natürlichste von der Welt, daß es vier Jahre später Gonzalo war, der sie mir nehmen sollte. Kein anderer hätte es sein dürfen. Er hat nicht gedrängelt. Es war meine Entscheidung gewesen. Ich hatte mich entschlossen, die Kontrolle zu übernehmen. Und ich habe es nie bereut. Es tat nicht weh und war nicht unangenehm. Es war ganz toll. Das Lächeln war so aufrichtig, das Streicheln war das zärtlichste der Welt, die Glorie strahlte zwischen meinen Beinen. Es wird Leute geben, die glauben, ich sei ein Opfer gewesen. Kann sein. Aber ehrlich gesagt, glaube ich, daß das erste Mal bei vielen viel schlechter war als bei mir.

Aber dann begann diese ständige Anruferei, diese Erpessung der Gefühle, die Briefe, das Drängen. Ein Alptraum. Ich würde diese Erfahrung nicht noch einmal machen wollen. Ich habe nur deshalb mit ihm geschlafen, weil ich mich dazu verpflichtet fühlte, weil ich das Gefühl hatte, daß ich es ihm schuldig bin. Ich wußte, daß er darauf gewartet hatte. Aber ich dachte, alles würde so laufen, wie es die Nonnen gesagt haben, ich gebe, was er von mir will, und werde ihm damit gleichgültig. Genau darauf hatte ich spekuliert: Ich wollte meinen Frieden mit ihm haben. Ich hatte Lust, mit Jungen in meinem Alter zusammenzusein und mein eigenes Leben zu führen. Die Geschichte sollte ein für allemal beendet werden. Ich hatte das Gefühl, eine Große zu sein und niemanden mehr zu brauchen, der mir das bewies. Aber er war ein Dickkopf. Jahrelang bestand er darauf, nachts mit mir um die Blöcke zu ziehen, wenn er in Madrid war. Er ließ sich dann vollaufen und versuchte meine Freundinnen zu verführen, weil ich ihn nicht mehr beachtete. Mit Line hat er geschlafen und es bei Gema versucht, obwohl er ihre Vorlieben kannte.

Mittlerweile ist Gonzalo Mitte Dreißig, hat keinen Beruf und kein Einkommen. Was würde meine Mutter dazu sagen? Ich weiß nicht mehr viel von ihm, nur die paar Sachen, die meine Tante erzählt. Er scheint nichts zu arbeiten und scheint es auch nicht zu müssen, weil er genug Geld für den Rest des Lebens geerbt hat. Als ich ihn vor zwei Jahren das letztemal auf der Hochzeit meiner Cousine Andone sah, hätte ich ihn fast nicht erkannt. Er ist dick geworden, hat kaum noch Haare auf dem Kopf und viele Falten bekommen; die unglaublich grauen Augen sind glasig geworden, überzogen mit einem milchigen Schleier vom Alkohol und gerötet von den vielen Drogen. Ich nehme an, er hört immer noch die Platten von Hendrix und der Joplin, so wie er aussieht. Der Körper ist gealtert, aber nicht gewachsen. Er hat nie geheiratet, klar, und ich wüßte von keiner ernsten Beziehung. Ich glaube, er ist unfähig, mit Frauen aus Fleisch und Blut tiefe Beziehungen einzugehen. Höchstens mit Mädchen.

Den Psychologen habe ich nichts davon erzählt. Wozu auch. Einer hat es wahrscheinlich trotzdem immer geahnt, denn irgendwann sagte er, Mädchen, die sexuell mißbraucht worden seien, würden im reifen Alter zur Promiskuität neigen, weil sie diese übertriebene Aufmerksamkeit verzweifelt suchten, die sie damals erfahren haben, als sie klein waren. Kann sein. Kann sein, daß ich ein Opfer war. Ich weiß es nicht. Möglich, vielleicht habe ich wirklich einen Knacks, und diese obsessive Fixierung auf Iain sollte man besser nicht Liebe, sondern neurotische Abhängigkeit nennen. Kann sein, vielleicht liegt es aber auch nur am Serotonin. Oder am Testosteron.

Y wie Yerma, Yo-Yo, Yin-Yang und Ypsilon-Eule

In den letzten fünf Jahren ist mein Leben keinem festen Kurs gefolgt. Von hier nach dort, ohne Partner und Ziel, ohne Zuflucht und Kompaß. Es driftet ab. Auf der sinnlosen Flucht vor mir selbst suche ich nach einem Ort, an dem ich bleiben kann. Trinke Cuba-Libre, rauche Heroinzigaretten, nehme Ecstasy und schenke Getränke aus, küsse Lippen und lutsche an Schwänzen, bestehe Prüfungen und redigiere Arbeiten, lese Bücher und schreibe Gedichte, die meisten sind nicht besonders, ehrlich gesagt. Ich bekenne mich zu allen Rauschgiften und bin immer unterwegs. Sagen wir, ich will Burroughs sein, so wie Gema wahrscheinlich Jane Bowles sein will. Ich habe alle Drogen ausprobiert, die man bekommen kann, und habe mit allen mehr oder weniger passablen Männern geschlafen, die mir in die Finger kamen. Ich habe es mir alles in allem gutgehen lassen. Vielleicht jedenfalls. Vielleicht ging es mir auch ziemlich beschissen. Möglich, daß ich es nicht einmal gemerkt habe.

So standen die Dinge, weder besser noch schlechter, einfach anders, bis Line vor etwa einem Monat unbedingt wollte, daß wir ein neues Heroin ausprobierten, eines, das Santiago besorgt hatte.

Armer Santiago. Der tollste Barkeeper im *Planeta X*. Ich war verrückt nach ihm, auch wenn ich es niemandem erzählte und es mir wahrscheinlich nicht einmal selbst eingestand. Mein

Stolz wäre viel zu groß gewesen, als jemandem hinterherzulaufen, der auf eine andere, genauer gesagt, auf meine beste Freundin scharf war. Santiago war so verrückt nach Line, und als sie ihm sagte, Heroin gefalle ihr immer besser, unternahm er alles, um das beste Dope von ganz Madrid ausfindig zu machen, bis er frisches, ganz reines Zeug aus Thailand fand.

Ich hatte keine besondere Lust dazu, ich fand Heroin schon immer teuer und langweilig. Ich kann da nichts dran finden, sich das Zeug reinzuballern, um Stunden stumm und unbeweglich zu bleiben, man hat das Gefühl, man schwebt ohne Grenzen, als strecke man sich auf einem Wasserbett aus und das ganze Gewebe breite sich dann aus. Man schifft durch andere Welten, aber der Körper bleibt da, und man kann mit keinem Menschen mehr etwas anfangen, einfach weil man nicht mehr auf der Erde ist. Das muß all die anziehen, die sich selbst nicht ertragen, die sich und ihre eigene Identität vergessen wollen.

Dazu kommt diese ganze Subwelt des H, die nach der Uhr der Droge läuft: Drei Ladungen am Tag und zwischen den Schüssen bringt man die Zeit irgendwie herum, um auf den nächsten Druck zu warten. Jedenfalls wenn man reich ist. Wenn nicht, rennen sie in dieser Zeit herum, um Geld für den nächsten Schuß aufzutreiben, klauen, schachern oder gehen auf den Strich.

Ein ruheloses Leben, das Herumstreunen auf der Straße, um das Dope aufzutreiben, die Angst vor unreinem Stoff, das ewige Herumziehen, neue Gesichter, neue Leute, neue Junkies, neue Dealer, Entzugserscheinungen und Tabletten dagegen, Gefängnisse und Klinikzellen, kein sicherer Ort, kein Tag wie der andere. Der Schwindel des Abenteuers, die Koketterie mit dem Tod. Ein hartes Leben. Ein Leben unter Hochdruck. Die Ekstase des *Heroes*. Des Heroins.

Diese dünnen, nervösen und verbrauchten Junkies, die

ihre Freundinnen »meine Frau« nennen. Wandelnde Skelette, die nur an ihr H denken. Tote Augen, konfus, getroffen, deprimiert, dumm.

Es stellt mehr Forderungen als die besitzergreifendste Liebhaberin, ist gefährlicher als die gewissenloseste Hure. Heroin saugt das Blut aus und bietet dafür nur die Sicherheit gegen die Abwesenheit von sich selbst.

Aber Line wollte unbedingt, und ich gab am Ende nach. Wir halten uns für so schlau und denken immer, daß wir uns von Zeit zu Zeit alles mögliche reintun können und alles unter Kontrolle haben. Wie überheblich sind wir alle, überzeugt davon, daß wir über den Rest der Sterblichen erhaben sind. Schließlich, sagte ich zu mir selbst, habe ich seit einem Jahr kein H gehabt. Es wird Zeit, mir die Ehre zu geben. Warum nicht?

»Wenn jemand *wirklich* leben will, muß er bereit sein, sich alle Arten von seltsamen Objekten und Substanzen in jede Öffnung seines Körpers zu stecken.« Eine *boutades* von Line an der Theke der Bar. Unterhaltungen in Szenebars um sechs Uhr früh. Armer Santiago. Er hätte alles gemacht, um Line zu beeindrucken, und wenn Kurt Cobain sich Heroin spritzte, wollte Line Heroin, und wenn Line Heroin wollte, mußte man es ihr geben. Die Sachen sind sehr einfach mit fünfundzwanzig Jahren. Also zogen wir um sieben Uhr früh, als unser Barschichtdienst zu Ende war, in Santiagos Auto los und fuhren zum *Parque del Oeste*. Line, Santi und ich. Ich wollte Santi vögeln, Santi wollte Line vögeln, und Line wollte alle und keinen vögeln.

Wir parkten das Auto ein bißchen abseits, und Santi holte aus dem Handschuhfach die ganze Ausrüstung: ein Tütchen Heroin, das Löffelchen, die Spritze, die Zitrone zum Desinfizieren, eine Flasche Mineralwasser und ein paar *Kleenex*. Der hatte aber auch alles dabei, der Typ.

Er riß einen langen Streifen Papier ab, machte ihn mit der Zunge feucht und wickelte ihn um das Ende der Spritze. Öffnete das Tütchen mit dem Heroin, achtete darauf, daß er den Inhalt nicht verschüttete, leerte ihn mit einer zarten Bewegung über dem Löffel aus und fügte ein bißchen Mineralwasser aus der Flasche hinzu, die er wie ein guter Drogist immer im Auto hatte. Er hielt ein brennendes Feuerzeug unter den Löffel, bis sich das Braune auflöste, wie Schnee, der auf eine Pfütze fällt. Danach steckte er die Spritze durch ein Stück Baumwolle, den Filter, in die Lösung.

Als ich das sah, hätte ich mich verfluchen können. Ich hatte gedacht, wir würden rauchen oder sniefen. Ich hatte total vergessen, daß Santiago alles gemacht hätte, um Line zu beeindrucken. Der dumme Kerl. Es ist natürlich viel cooler mit der Spritze, klar. Ganz Tarantino.

Ich hatte Angst, mich zu spritzen, warum soll ich das leugnen. Die Nadel, der Einstich, den Schauder zu spüren, wie das H in die Venen eindringt. Man kann Heroin rauchen oder sniefen, aber die Leute spritzen sich in die Vene, um Stoff zu sparen und weil sie glauben, daß der erste Effekt der beste sei. Am einfachsten ist es, sich in den Unterarm zu spritzen, aber viele Leute machen das nicht, um die verräterischen Spuren zu vermeiden, das Stigma der Junkies. Entweder das, oder weil ihr Arm vom vielen Herumstochern schon aussieht wie ein Nadelkissen, wie eine Gebirgskette schwieliger Beulen. Die stechen sich dann in die Füße oder in die Hände, manche sogar in die Zunge, obwohl die Vene da schwieriger zu finden ist. Irgend so ein Penner, den ich kenne, hat sich sogar mal in den Schwanz gespritzt. Man muß vorsichtig sein, muß in die Vene spritzen, niemals in die Haut, sonst kriegt man die Nadel kaum noch sauber, so verstopft ist sie, mit geronnenem Blut.

Versteht ihr jetzt meine Leidenschaft für Pillen, für die komprimierte Dosis Glück, die sich unmerklich in der Speiseröhre auflöst, weder Opfer noch Selbstdurchbohrungen erfordert? Wie sollte ich mir, die ich schon vor einer Blutuntersuchung einen Wahnsinnsschiß habe, eine Nadel setzen, einfach so, auf die wilde Art? Da tat mir das durchbohrte Fleisch leid und die Vergewaltigung der Venen.

Also sagte ich zu ihnen, ich gehe mal Pipi machen, schon weil ich es überhaupt nicht ertrage, zu sehen, wie sich jemand einen Druck macht. Da kam ich lieber zurück, wenn das ganze Spritzen- und Venenritual zu Ende ist, um mir dann in aller Ruhe eine Reihe zu legen.

»Du, mach doch, was du willst«, sagte Santi, »aber ich denke, ich werde es mir jetzt reinballern.«

»Ich komm' mit dir mit, Cris«, sagte Line zu mir, »ich mach' mir auch schon gleich in die Hose.«

Wenn Santi meinte, er würde Line beeindrucken, hatte er sich jedenfalls getäuscht.

Also stiegen Line und ich aus dem Auto und suchten uns einen abgelegenen Platz zwischen den Sträuchern, wo wir unserer Inkontinenz freien Lauf lassen konnten, während Santiago sich auf seine Weise zufriedenstellte. Wir pinkelten in der Hocke, zwischen ein paar Sträuchern, und versuchten, leider ohne Erfolg, unsere nagelneuen Doc Martens nicht zu besprenkeln. Beim Aufstehen fiel Lines herzförmiges Täschchen auf den Boden. Sie hatte es nicht richtig zugemacht, und der ganze Inhalt breitete sich auf dem Gras aus. Es kostete uns Gott und dessen Hilfe, die Schlüssel wiederzufinden, die unter einen Strauch gefallen waren, und weil wir bei dem wenigen Licht und dem vielen Zeug, das wir getrunken hatten, kaum etwas sahen, brauchten wir dafür mindestens eine halbe Stunde. Als wir sie hatten, fiel uns ein, wie lange wir schon weg waren. Hoffentlich hatte sich Santiago nicht schon aus dem Staub gemacht, bemerkte ich, und wo, Scheiße noch mal, sollten wir um diese Uhrzeit ein Taxi finden, so am Arsch der Welt?

»Mach dir nicht so viele Sorgen«, sagte Line, »wenn er drauf ist, sitzt er sicher noch genau dort, wo er gesessen hat. Wenn der Stoff so gut ist, wie er behauptet, wird er nicht einmal gemerkt haben, wie lange wir weg waren.«

Wir gingen zur Straße zurück. Das Auto stand noch da. Santiago war unbeweglich gegen das Lenkrad gelehnt. Ich dachte, er sei so gut unterwegs, daß er völlig benommen wäre, nichts weiter und schüttelte ihn.

»Eh, steh auf, wir können nicht die ganze Nacht hierbleiben.« Ich rüttelte an ihm herum, aber er antwortete nicht. »Line, du wirst fahren müssen, der Typ reagiert überhaupt nicht mehr.«

Jetzt erst schaute ich mir Santi genauer an. Die Nadel steckte ihm im Arm, das Gesicht war weiß wie Papier, und einen Blutfleck hatte er rund um die maulbeerfarbenen Lippen, die so erstarrt waren, als hätten sie ihm einen Schlag versetzt. Die Augen waren offen, der Blick fest auf einen unbestimmten Punkt gerichtet. Die malvenfarbenen Augenringe waren so stark, so übertrieben, daß sie aussahen wie Schminke, die mit der Farbe der Lippen spielte. Der Körper war hart, gespannt, irgendwie geschwollen. Er wirkte wie einbalsamiert, als hätten sie ihm Kleber unter die Haut gespritzt. Fleisch ohne Blut, fast durchsichtig, ähnelte er einer reglosen Echse, so starr und matt, die der Winter überraschend erwischt hatte.

Ich erschrak, schüttelte ihn noch stärker und schrie, aber er reagierte überhaupt nicht. Line kam heran und wurde fast so weiß wie er. Fühlte seinen Puls und drückte den Kopf gegen seine Brust. Haargenau so, wie ich es aus Filmen kannte.

»Der Typ ist tot«, verkündete sie. Es war das einzige Mal im Leben, daß ich ihre Stimme (ihre Stimme, nicht ihr Stimmchen) gehört habe, ohne dieses spitze Timbre, das sie normalerweise charakterisiert.

»Woher weißt du das? Vielleicht ist er nur ohnmächtig«, sagte ich.

»Der ist tot. Da bin ich mir total sicher.«

»Warum? Wie kannst du das so sicher sagen?«

Ich wollte, daß er nur ohnmächtig war oder ohne Bewußtsein.

»Weil ich Rettungssanitäterin bin. Ich weiß, wie man den Puls fühlt und woran man einen Toten erkennt. Und dieser Typ ist tot. Laß uns hier verschwinden«, der Schreck schien ihr tief in die Glieder gefahren zu sein. »Wir haben so ein Schwein gehabt, daß wir den Stoff nicht als erste probiert haben.«

Mich empörte dieser Satz, mit dem sie alle Fragen vom Tisch wischte. Es schien sie überhaupt nicht zu berühren, daß einer unserer Freunde, genauer gesagt, der Freund, der alles für sie getan hätte, krepiert war. Ihr war nur wichtig, daß das russische Roulett sie nicht getroffen hatte.

»Wir können hier nicht einfach abhauen. Wir können ihn hier nicht alleine lassen«, insistierte ich.

»Schau, Cris, es gibt nichts mehr, was wir für ihn tun können«, sagte Line, »und ich habe keinen Bock, mir irgendwelchen Ärger einzuhandeln. Laß uns hier sofort verschwinden.«

Ich kann es kaum vor mir rechtfertigen, daß ich damit einverstanden war, ihn so alleine zu lassen. Ich nehme an, mein Schock war so groß, daß ich mich von Lines soeben entdeckter, eiserner Willenskraft mitreißen ließ. Ich hatte das Gefühl, sie hatte recht. Er war tot, wir konnten ihm nicht mehr helfen, indem wir dort blieben. Wir gewannen nichts, wenn wir an seiner Seite blieben, hatten aber im Gegenzug viel zu verlieren, machten wir uns nicht aus dem Staub. Vor allem Line, der endlose Erklärungen und Auseinandersetzungen bevorgestanden hätten, weil sie noch bei ihren Eltern lebte, die dann von allem erfahren hätten. Ich verstand genau, was in ihr vorging. Sie mußte mir nichts erklären. Letztlich sind wir nichts weiter als zwei recycelte Golfclubmädchen.

Wir gingen und wechselten auf dem Weg bis Moncloa kein einziges Wort. Als wir die erste Telefonzelle sahen, gingen wir automatisch hinein, keine hätte der anderen erklären müssen, was zu tun war. Line rief die Polizei an und erklärte, was passiert war, beschrieb den Ort, wo sie das Auto finden konnten, und bat, so schnell wie möglich einen Krankenwagen dorthin zu schicken. Sie sagte mehrfach, daß es ernst sei, dann legte sie auf.

Als wir zu Hause waren, versuchten wir uns zu erklären, was passiert sein mußte. Eine Überdosis konnte es eigentlich nicht gewesen sein. Wir hatten gesehen, wie er den Druck vorbereitete, er hatte nicht einmal ein Viertel von dem Zeug hineingeschüttet. An der Menge kann es nicht gelegen haben. Es konnte keine Überdosis sein. Wieviel Heroin ist in einem Gramm Pulver? Sieben Prozent? Möglicherweise hatte man den Stoff mit Strychnin, mit Salz oder irgendeiner anderen unmöglich zu analysierenden Substanz gestreckt. Oder das Zeug war, schlimmer noch, wirklich so gut, wie er immer behauptet hatte. Das kommt manchmal vor. Wenn das Heroin zu rein ist, ist es fast gefährlicher, als wenn es gestreckt wurde. Sache ist, daß ich nicht weiß, was passiert ist.

Ich habe nie vergessen, was Line über unser Glück gesagt hat. Wenn mir die Nadel nicht so einen Schauer eingeflößt hätte, wenn Line nicht mitgekommen wäre, als ich pinkeln ging, wenn wir nicht eine halbe Stunde mit der Suche nach ihren Schlüsseln vertrödelt hätten, wenn wir uns vor Santi ein paar Reihen gelegt hätten, wo wären wir jetzt?

Hätte ich eine Line von diesem gestreckten H durchgezogen, wären mir Schlafmittel, Milchzucker, Gips, Abführmittel, Antibiotika, *Nesquick*, Mauerstaub, Kekskrumen und weiß der Teufel was direkt ins Herz gefahren, und ich wäre dort geblieben, mit weißen Augen, geiferndem Mund, und der Kopf wäre mir auf die Schulter gefallen, wie der von Uma Thurman in *Pulp Fiction*.

Ich sagte mir: »Komme, was wolle, so mies es dir gehen mag, so satt du alles haben magst, erinnere dich immer daran, daß du Schwein gehabt hast, weiterleben zu dürfen. Es ist ein Geschenk, dazusein.«

Vierzehn Tage später lernte ich Iain kennen und klammerte mich verzweifelt an ihn, wie ein Schiffbrüchiger an seine Planke, ich wollte nicht in diesem turbulenten Ozean ertrinken, auf dem Line und ich herumschipperten. Ich wollte das blaue Gesicht von Santiago vergessen, die blauen Lippen, die ich geküßt hatte, als sie noch rot waren, die steifen Finger, die mich in den Po gezwickt hatten, als sie sich noch bewegen konnten. Ich wollte Line vergessen, die ausgesehen hatte wie ihr eigenes Röntgenbild, die weder Gutes noch Schlechtes berührt hatte. Ich wollte jemanden lieben. Ich wollte mich an jemanden klammern, ich brauchte einen ernsten Grund, zu leben. Ich brauchte jemanden, der nichts mit Heroin, Ecstasy und dem *Planeta X* zu tun hatte. Jemanden, der älter und reifer ist als ich. So einen Typen, wie ihn die Blondinchen in den Amifilmen haben: einen guten Menschen, der mich liebt und respektiert. Aber es hat nicht funktioniert. Ich bin keine Blondine und aus keinem Amifilm. Ich bin eine leidenschaftliche Dunkelhaarige, die sich durch halb Madrid gevögelt hat. Kein ehrenwerter Mann würde sich vornehmen, mich da herauszuholen.

Iain will nichts mehr von mir wissen. Meinem Leben bleibt kein einziger Halt. Meine Schwester Rosa hat außer ihrem Modem und ihrem Fax keine Freunde. Meine Schwester Ana hat gerade erst begriffen, daß es im Leben einer Frau mehr geben muß als Schränke und Wäscheberge. Aber ich bemitleide weder meine Schwestern noch mich. Es ist nicht unsere Zeit, aber wir werden aus dem Tal wieder herauskommen. Wir haben schon Schlimmeres überstanden. Und wenn der Spruch stimmt: Was nicht tötet, härtet ab, dann sind wir resistent wie Stehaufmännchen, die trotz ihrer Narben einen Weg finden werden.

Wenigstens sind wir am Leben. Das habe ich jeden Tag vor Augen. Und ich muß irgendwem danken, nur wem? Der unsichtbaren Hand göttlicher Vorsehung, den Engeln, an deren Existenz ich eigentlich nicht glaube, dem, der mir erlaubt hat, zu bleiben. Also mache ich weiter, solange ich hier bin, mit Ach und Krach, stolpere, rutsche und stoße gegen alles mögliche, aber wenn ich falle, stehe ich wieder auf. Hier bin ich, und der November kommt mit seinen traurigen Farben.

Z wie Zenit

Einer rabbinischen Tradition zufolge war Lilith die erste Frau, die noch vor Eva erschaffen wurde. Dort heißt es: »Mann und Frau hat er geschaffen.« In diesem Bericht ist sie dem Mann gleichgestellt, aus dem Schlamm der Erde geschaffen, wie er. In der Kabbala streitet sie dann mit Adam und flieht. Hier verwandelt sich Lilith in einen Dämon, Sukkubus und Anstifter der unehelichen Liebe.

Denen, die die Bibel schrieben, gefiel der ursprüngliche Schöpfungsbericht nicht. Um die Unterwerfung der Frau zu betonen, erfanden sie die Figur Evas, die aus Adams Rippe erschaffen wurde; verführt von der Schlange wurde sie für das ganze Unheil ihrer Nachfahren verantwortlich gemacht. Diese zweite erste Frau ließen sie aus dem Mann entstehen, und aus diesem Grunde wurde sie als von ihm abhängig gedacht.

Heutzutage kennt kaum noch jemand die Geschichte von Lilith, während alle Welt den Mythos von Eva kennt. Die Bibelschreiber haben erreicht, was sie wollten.

Und zweifellos schmuggelten sich trotzdem einige starke Frauen zwischen die Seiten der Bibel, die zeigen, daß Frauen nicht Anhängsel von irgend jemandem sind. Debora, Richterin und Prophetin, die mit der Unterstützung von Barak den Kampf gegen die Kanaanäer anführte. Athalja, Königin von Juda, die einzige Frau, die im Königreich regierte, auch wenn sie ihre sechs Brüder, einen nach dem anderen, hatte dafür umbringen müssen. Bethsabee, die Lieblingsfrau von David, seine Ratgeberin und Stütze. Esther, die jüdische Frau des persischen Königs Ahasverus, die ihr Leben aufs Spiel setzte, um den geplanten Mord an ihrem Volk zu verhindern. Judith, die Mörderin von Holofernes, dem assyrischen General, die dank ihrer List und Intelligenz der Belagerung des jüdischen Volkes ein Ende machte ...

Eine starke Frau kann trotz aller Hindernisse, die man ihr in den Weg legt und obwohl man es zu kaschieren versucht, erreichen, was sie will. Es scheint paradox zu sein, daß ich diese Lektionen ausgerechnet in einer Nonnenschule gelernt habe, einem *Colegio*, in dem die Schwestern uns zur Pflichterfüllung anhielten: Jeder soll seine Pflicht tun, weil »wir doch eines Tages unseren Kindern helfen müssen, die ihrige zu tun«.

Stärke ist nicht das, was alle denken. Stärke bemißt sich nicht am Umfang der Muskeln oder dem Gewicht, das ein Mensch heben kann. Stärke bedeutet vor allem, ertragen zu können, nicht zu zerbrechen. Sie ist eine weibliche Tugend.

Manchmal hasse ich diese Kinder glücklicher Familien, die um mich herum sind, diese Tablettensüchtigen, die ins *Planeta X* kommen, Kinder aus gutem Hause, die in *Mirasierra* oder *Moraleja* wohnen, ein Häuschen mit Garten, Schwimmbad und Hund haben, einen fleißigen Vater und eine gesunde und braungebrannte Mutter, und die nichts vergessen müssen, nichts haben, wofür sie sich schämen. Sie haben einen Vater und eine Mutter, die sich vergöttern oder wenigstens mit wechselseitiger Toleranz ertragen, Eltern, die ihnen ihr erstes Auto zum Abitur schenken, die ihnen das Studium und ihre Reisen zahlen, einen Monat in Marbella im Sommer und eine Woche in Saint Lary im Winter. Sie haben Freunde, die mit ihnen Ski fahren und Reiten gehen, seit sie klein sind. Sie haben einen Computer und ein Videogerät in ihrem Zimmer, tragen Hosen von *Caroche*, Lederjacken von *Gaultier* und Stiefel aus echtem Schlangenleder (für vierzigtausend Peseten das Paar), ziehen sich an, als wären sie Junkies, Luxusjunkies, imitieren das Aussehen von Matt Dillon in *Drugstore Cowboy*, dabei ist ihr Kühlschrank randvoll, und auf der Straße haben sie auch noch nie geschlafen.

Einer dieser Jungs offenbarte mir zwischen zwei Cuba-Libre, auf seinem Barhocker sitzend, zwei große Tragödien in seinem Leben: Seine Freundin hatte ihn verlassen, und mitten auf der Gran Via ist er einmal überfallen worden. Wie sollte ich ihm erklären, daß mein Vater eines schönen Tages verschwunden ist, ohne nennenswerten Grund, meine Mutter es in ihrem ganzen Leben nicht geschafft hat, mehr als fünf aufeinanderfolgende Worte an mich zu richten, daß ich das erste Mal mit meinem zwanzigjährigen Cousin geschlafen habe, als ich neun war, daß meine beste Freundin ihr Leben damit verbringt, ins Krankenhaus eingeliefert und wieder entlassen zu werden, daß ich mir die Narbe mit den sieben Stichen an meinem rechten Arm selbst mit dem Messer beigebracht habe und daß ich sechzehn Jahre alt war, als ich das erste Mal versucht habe, mich umzubringen?

Würde ich ihm diese Dinge erzählen, würde er denken, ich sei eine kaputte und komplizierte Person, auch wenn ich mich selbst gar nicht so sehe. Ich bin mir sicher, daß er wegen seiner Freundin mehr gelitten hat als ich wegen Iain. Ich kann mir gut vorstellen, wie er seinen Kummer in Ecstasy und Alkohol ertränkt, sich wie ein Herkules anstrengt, um alles um sich herum zu vergessen, wie er die Bars systematisch meidet, in denen sie immer zusammen rumhingen, und die Plätze, auf denen sie immer zusammen flaniert waren, und daß er dem ersten Schlag in seinem Leben schutzlos ausgeliefert ist, weil er noch nicht abgehärtet wurde und ihn niemand gegenüber Frustrationen resistent gemacht hat. Keiner hat ihn darauf aufmerksam gemacht, daß er es laut Statistik im Leben mindestens einmal mit einer unglücklichen Liebe, einem Verkehrsunfall und einer Enttäuschung über einen Freund zu tun bekommen wird und daß alles Geld und alle Liebe seiner Eltern nicht reichen, um das Unvermeidliche zu vermeiden.

Denkt zum Beispiel einmal an uns, an die Schwestern Gaena. Stehen die Dinge wirklich so schlecht, wie es aussieht?

Zugegeben, Iain hat mich verlassen und wird niemals zurückkommen. Vielleicht habe ich ihn gar nicht geliebt. Vielleicht habe ich nur gehofft, daß er dieses riesige Loch füllt, das ich in meinem Inneren verspüre. Es ist an der Zeit, daß ich lerne, mich nicht in dem Leben eines anderen Menschen zu verlieren, ohne mein eigenes zu leben, und meine eigenen Löcher selbst stopfe.

Rosa, meine Schwester, hat sich von keiner Menschenseele in ihr Leben hineinreden lassen, das wird niemand leugnen, aber sie ist ihr eigenes Gefängnis geworden. Wie lebt es sich mit einer Festplatte als Hirn und einem Modem als Herzen? Ich nehme an, viele Leute meinen, ihr Leben sei eine Wüste ohne Oase. Ich nehme an, viele Leute bedauern das und malen sich meine Schwester im Geiste als neurotische Jungfer aus, stellen sich ihr Leben wie einen Wettlauf gegen die Zeit vor, im Versuch, dem Leben einen Sinn zu geben, bevor die biologische Zeit stehenbleibt, bevor sie zu alt sein wird, um Kinder zu haben oder sexuell attraktiv zu erscheinen. Ich bin mir sicher und habe keinen Zweifel daran, daß meine Schwester alles erreichen kann, was sie will.

Ich habe sie jahrelang in ihrem Zimmer sitzen sehen, mit

ihren Blei- und Filzstiften, die sie nach Farben sortierte, mit Falten auf der Stirn und weit geöffneten Augen und mit dieser Entschlossenheit, die Beste ihres Jahrgangs zu sein. Sie hat es geschafft, die Beste in einem Studiengang zu sein, der praktisch immer eine Männerdomäne war. Kann sie dann nicht auch ihr Leben von dem Moment an ändern, in dem sie sich dazu entschließt? Möglich, daß ich mich nicht sehr gut mit meiner Schwester verstehe, aber, verdammt noch mal, ich muß anerkennen, auch wenn es manchmal schwerfällt, daß es Momente gibt, in denen ich sie aus tiefstem Herzen bewundere. Und bedauern tue ich sie schon gar nicht, davon mal abgesehen.

Eine große Welle hat Anas Strand überspült und ihr die kleine Sandburg kaputtgemacht. Fragt mich nicht, wann und warum, ich weiß es nicht. Ich weiß nur, daß ihr nicht gefällt, was sie hat. Das Leben läuft ihr langsam und unerbittlich davon, wie eine Sanduhr, die ihr die Stunden anzeigt. Mit jedem Augenblick bleibt ihr weniger Zeit. Meine Mutter rief panisch bei mir an, um mir zu sagen, wie schlimm das mit Ana sei. Gut, ich habe ja auch gesehen, wie Anas Augen am Bildschirm hingen, habe ihre mutlosen Hände gesehen, in denen sie kaum noch ein Glas halten konnte. Ich habe sie mit Augenringen und zerzausten Haaren gesehen, wie sie kein Wort herausbrachte, und trotzdem habe ich keine Angst um sie.

Weil ich auch gesehen habe, wie sie schnell und fleißig über Jahre wie eine Ameise die Rechnungen erledigt und die Schränke aufgeräumt hat, wie sie in der Küche zwischen den Bergen von schmutzigen Tellern und leeren Verpackungen einen Weg gebahnt hat, wie sie für uns die Mutter wurde, die meine Mutter nicht sein konnte, und zugleich alles gut organisierte und ruhig und vernünftig verwaltete.

Sie war so unauffällig, daß wir sie kaum bemerkt haben, bis

sie heiratete und uns mit einem Schlag klar wurde, was wir an ihr verloren hatten. Die Wohnung versank über Nacht in einem unüberschaubaren Chaos. Unsere Wäsche lag tagelang in der Waschmaschine und faulte vor sich hin, weil niemand daran gedacht hatte, sie aufzuhängen, so einfach war das. Wir fingen an, von Tiefkühlkost zu leben, weil niemand von uns kochen konnte, die Staub- und Dreckschichten in unseren jeweiligen Zimmern wurden immer höher, weil wir jahrelang nie daran gedacht hätten, einen Lappen in die Hand zu nehmen, so daß uns auch jetzt nicht in den Sinn kam, daß wir das hätten tun müssen.

Ana zog aus, und die Streitereien mit Mama wurden immer häufiger und immer heftiger. Meine Mutter verzweifelte an der Unordnung, die überall herrschte und langsam, aber sicher wie eine unheilbare Krankheit fortschritt. Wenn sie erschöpft und deprimiert aus der Apotheke nach Hause kam und die Wohnung in diesem Zustand vorfand, verlor sie für Momente die Fassung und ging regelmäßig in die Luft. Sie machte uns dafür verantwortlich, klar, aber was hätten wir denn machen sollen. Ich wußte ja noch nicht einmal, wie man ein Ei brät oder einen Salat zubereitet, geschweige denn, daß ich gewußt hätte, wie man bügelt oder Betten macht. Ana hatte es mir nie gezeigt. Rosa saß den ganzen Tag über ihren Büchern und stellte immer klar, daß ihre Berufung zu häuslichen Zielen gleich null sei. Bis dahin hatte mich das tiefgefrorene Schweigen meiner Mutter aus dem Gleichgewicht gebracht. Aber als Ana auszog und meine Mutter das Schreien und Fluchen lernte, zog es mir den Boden unter den Füßen weg, mit einem Mal kamen die ganzen Ressentiments an die Oberfläche, die sich über Jahre hinweg in uns aufgestaut hatten. Sie brüllte, ich brüllte noch lauter zurück, wir beschimpften uns gegenseitig mit allem, was wir kannten, und erfanden bei dieser Gelegenheit noch ein paar neue Schimpfworte dazu. Sie verfluchte sich dafür, mich auf die Welt gebracht zu haben. Ich hielt dagegen, niemand habe sie darum gebeten und ich sei auch nicht gerade sehr glücklich mit dem Nest, in das ich gefallen war. Sobald ich einen Job gefunden hatte, haute ich von zu Hause ab, Rosa machte es mir zwei Jahre später nach, allerdings mit abgeschlossenem Studium, was ein Vorteil ist.

Bis dahin war uns nicht aufgefallen, daß Ana der Kleber war, der uns zusammengehalten hatte. Ohne sie brach die Familie in Scherben auseinander.

Deshalb fiel es uns so schwer, zu glauben, daß Ana die Süße, Ana die Ausgeglichene, Ana das Vorbild an Besonnenheit tatsächlich in ein Loch gefallen sein könnte. Aber jetzt ist es amtlich.

Nach allem, was ich aus den Unterhaltungen mit meiner Mutter und mit meiner Schwester Rosa herausgehört habe, stehen die Dinge mehr oder weniger folgendermaßen: Eines Morgens stand meine Schwester Ana um sieben aus dem Bett auf, wie immer, machte das Frühstück, wie immer, weckte das Kind, wie immer, wickelte es, wie immer, und setzte sich mit großen Augen und verschlafenem Gesicht, das Kind immer noch auf dem Arm, ihrem Mann gegenüber an den Tisch. Dann erklärte sie mit fester Stimme, daß sie sich scheiden lassen wolle. Gründe nannte sie keine. Es gebe keinen anderen Mann, was Borja gedacht hatte, weil ein Mann wie Borja denken würde, daß eine Frau, die alles hat, was sich eine Frau nur wünschen kann (ein gesundes und hübsches Kind, einen liebenswürdigen und zuvorkommenden Gatten, eine Wohnung, die fünfzig Millionen Peseten wert ist), sich nur für einen anderen Mann (der ihr ein anderes gesundes und hübsches Baby und eine Wohnung für hundert Millionen bieten kann) scheiden lassen würde. Es gebe keinen anderen Mann, versicherte sie, und Borja hätte nie an ihren Worten gezweifelt, er hatte immer behauptet und behauptet immer noch, daß seine Frau unfähig sei, ihn zu betrügen, dafür hätte er sofort die Hand ins Feuer gelegt, und trotzdem bestand sie darauf und entgegnete folgerichtig, daß sie sich ohne weitere Erklärungen scheiden lassen wolle.

Also rief Borja bei meiner Mutter an, und beide waren sich einig, daß es für eine Frau wie Ana mit ihrem Verantwortungsbewußtsein nicht normal sei, sich von einem Tag zum anderen so einen Quatsch zu überlegen, selbst wenn sie in den letzten Wochen eigenartig gewesen war. Nein, eine Frau wie Ana kann sich nicht einfach so scheiden lassen, aus heiterem Himmel und ohne nennenswerten Grund. Also riefen sie einen Allgemeinmediziner an, der eine Weile an meiner Schwester herumallgemeinerte, sich dann mit ihr in ein Zimmer einschloß und ihnen, als er aus dem Zimmer herauskam, die Nummer eines privaten und sauteuren Psychiaters gab, welcher am nächsten Tag eine Nervenkrise diagnostizierte. Da waren Borja und meine Mutter aber erleichtert, denn bei einer Nervenkrise weiß ja niemand, was er tut, und demnach wußte Ana offensichtlich selbst nicht, was sie gesagt hatte. Also würde mit Gottes Hilfe und der modernen Medizin alles in Kürze zur Normalität zurückfinden. Ergebnis: Ana wurde in ein, wie meine Mutter sagte, Erholungsheim eingeliefert, was Borja eine Privatklinik und Rosa eine psychiatrische Klinik nannte und was, unter uns, eine Irrenanstalt ist. Ein Irrenhaus für Reiche, das schon.

Am Anfang konnte ich gar nicht glauben, was Rosa mir am Telefon erzählte, denn auch wenn Ana bei meinem letzten Besuch schlecht ausgesehen hatte, hätte ich doch nie vermutet, daß die ganze Geschichte solche Blüten treiben könnte, und aus lauter Verblüffung sagte ich zu Rosa, daß die Schwestern Gaena vom Verband der Psychiater in Madrid ein Denkmal errichtet bekommen werden, zum Dank für die ganze Kohle, die sie durch uns verdient haben. Aber Rosa meinte, die Geschichte gehe ja noch weiter, paß mal auf, Ana hatte offensichtlich die letzten Monate mit Beruhigungsmitteln und Appetithemmern zugebracht, was soviel heißt, wie, ihr habt mich richtig verstanden, daß Ana nicht nur wegen einer schlichten Depression im Irrenhaus gelandet ist, sondern daß meine Schwester, das Tennisclubmädchen, das Vorbild, die heilige Mutter und Ehefrau, eine Entziehungskur machte. Kaum zu glauben, aber wahr.

Fakt ist, daß Rosa mich abholen wollte, um mit mir zusammen bei Ana vorbeizuschauen. Rosa sagte, wir gingen alleine, weil Ana meine Mutter nicht sehen wollte, das war das Sahnehäubchen auf dem Überraschungskuchen, weil Anachen, seit ich denken kann, der Liebling meiner Mutter ist und im Leben keinen einzigen Schritt gemacht hat, ohne sie vorher zu konsultieren. Es blieb mir ein Rätsel, wieso Anachen derartige Instruktionen gegeben hatte.

Am Tag unseres Besuches habe ich fast den ganzen Vormittag vor dem Schrank zugebracht und mir den Kopf darüber zerbrochen, was ich anziehen sollte, wenn ich auf ein Mitglied meiner Familie stoße (sollte ich lieber sagen, mit meinem Geschlecht zusammenkomme?). Jeder, der die Familie Gaena ein bißchen kennt, weiß, daß ich weder meiner Mutter noch meinen Schwestern mit meiner Aufmachung besondere Freude mache. Aber nachdem ich meinen Schrank auf der Suche nach einem von diesen plissierten, blauen Röcken, die ich immer im Büro trug, zwanzig Minuten lang durchwühlt hatte, ging mir auf, wie absurd es war, sich in dem Moment, in dem die Welt um uns herum zusammenbrach, lange darüber nachzudenken, wie ich meinen Schwestern gefalle und wie nicht. Also zog ich wie immer meine Jeans und das erstbeste Hemdchen an, das ich aus dem Schrank fischte, zufälligerweise das mit *Nevermind* von Nirvana. Aber dann fand ich es unpassend, mit dem Bild eines Selbstmörders auf der Brust in ein Irrenhaus zu gehen, und zog mir im letzten Moment eines von *Shampoo* an, wobei ich in guter chromatischer Logik hoffte, das Kaugummirosa verleihe meinem Äußeren den Optimismus, der meiner Seele fehlte.

Die Anstalt lag vierzig Kilometer außerhalb von Madrid und war von einer hohen, weißen Mauer umgeben. Auf der Innenseite war die weiße Steinmauer, die das Haus schützte, mit Fachwerk aus eingeschobenem Holz verziert. Ein Blumenbeet mit Petunien und Levkojen leuchtete im Schatten einer großen Zeder. Hinten wuchsen Buchsbaumhecken in einer Linie zwischen den großen Bäumen. Es gab Zedern, Eichen und andere Bäume, deren Namen ich mir, als erbärmliche Städterin, nicht einmal vorstellen konnte. Ein Pfad mit Kieselsteinen führte durch den Garten bis zum Haus. Zwischen den Steinchen schaute Gras hervor.

Der *Alfa Romeo* glitt leise, wie die *Alfa Romeos* in der Fernsehwerbung gleiten, in Richtung Klinik, die auf den ersten Blick alles andere zu sein schien als eine Klinik, eher ein Ort mit einem gewissen nostalgischen Kolonialflair, einer Struktur aus einer anderen Zeit, die man eigentlich bei der jetzigen Funktion nicht vermutet hätte. Eine Eiche bot dem Vorplatz des Hauses Schatten, in dem zwei gewaltige Liegestühle aufgebaut waren. Wären diese modernen Details nicht gewesen, hätte alles so ausgesehen, wie ich mir die Farm *Tara* aus *Vom Winde verweht* vorgestellt habe. Fast wartete ich jeden Augenblick darauf, einen Schwarzen in Livree auftauchen zu sehen, der mir auf einem Silbertablett einen Punsch anbietet.

Wir gingen hinein. Drinnen stießen wir auf eine riesige und leere Empfangshalle, die gräßlich nach Putzmitteln roch. Auf der einen Seite standen ein paar blaue Sessel und Tischchen herum, die mit Mode- und Klatschzeitschriften übersät waren. Hinten saß in einer Art Aquarium ein gelangweilt aussehendes Mädchen vor einem Computer und einem großen Telefon und schaute uns fragend an. Meine Schwester ging in ihrer martialischen Art zu dem Glasgehäuse und erklärte mit klarer und lauter Stimme, wer wir sind und was wir wollen. Das Mädchen im Aquarium bat uns freundlich, einen Augenblick zu warten.

Ich ließ mich wie eine Marionette, der man die Fäden durchgeschnitten hat, ermattet in einen der blauen Sessel fallen. Währenddessen lief meine Schwester mit den Händen (bis auf die trotzigen Daumen) in den Taschen ihres Kamelhaarmantels in der Empfangshalle auf und ab. Sie bemerkte den neugierigen Blick des Mädchenfischs nicht, der fasziniert beobachtete, wie sich meine Schwester in ihrer blonden Arroganz mitten in dieser Empfangshalle in ihrer ganzen vertikalen Herrlichkeit von Einmeterachtzig aufgebaut hatte. Ermüdet schloß ich die Augen, das Bild meiner Schwester löste sich in farbige Bruchstücke auf. Ich hörte das Klackern ihrer Absätze auf dem Marmorboden, dieses rhythmische, monotone, energische und … und schlief ein.

Nach einigen Minuten, ich dümpelte bereits in schummrigen und unbestimmten Träumen umher, empfing uns eine Frau mit liebenswürdigem Aussehen, Mitte Dreißig, im obligatorischen weißen Kittel. Unsere Schwester, erklärte sie, ruhe sich im Moment in ihrem Zimmer aus, weil die Ärzte immer noch (sie haben ihr keinen freien Ausgang gewährt, dachte ich) damit beschäftigt seien, die adäquate Diagnose zu stellen, deshalb werde sie derzeit von den verschiedensten Ärzten untersucht, eine Prozedur, der sich alle Neuankömmlinge dieses Hauses (alle Patienten, präzisierte ich im Geiste) unterziehen müßten, damit der Befund richtig eingeschätzt werden könne.

Wie ein Vergil in weißem Kittel führte uns die Ärztin durch das Labyrinth der Korridore. Einige Patienten schlurften über die Flure: gutaussehende Jungs mit verlorenen Gesichtern, wahrscheinlich Junkies aus gutem Hause, wichtigtuerische Damen mit Perlenketten und Haarschleifen, eventuell Trinkerinnen edler Abstammung oder Bingosüchtige. Das eine oder andere ein bißchen verwirrte Alterchen schweifte umher und riskierte schon mal aus den Augenwinkeln einen schelmischen Blick auf mein rosa T-Shirt.

Erinnerungen an die Besuche bei Line. Das Metallgestell vom Bett, die abgedämmten Wände, die Infusionsflaschen, die Tuben, die Apparate, der Geruch nach Desinfektionsmitteln, der selbst die Unterhaltungen imprägnierte. Halbstündige Besuche, steril und deprimierend. Das Wort *Hospital* hat seinen ursprünglichen Sinn verloren. Aber das Zimmer von Ana hatte damit nicht das geringste zu tun. Es war bestimmt größer als meine Wohnung, und damit ist alles gesagt. Die Wände waren in einem beruhigenden hellen Grün gestrichen. Irgend jemand hatte die Jalousien heruntergelassen, aber man konnte trotzdem durch die Fenster (ohne Gitter) ein Quadrat von der leuchtenden Wiese im Garten sehen. Auf dem Nachttischchen thronte in einem Krug ein gewaltiger Strauß weißer Rosen, wunderschön hergerichtet, die Duftnote von Borja, dachte ich. Ana lag im Bett und stützte ihr blondes Köpfchen, ihre cherubinschen Löckchen, auf einen Kissenberg.

Rosa setzte sich auf die Bettkante und gab ihrer Schwester das Geschenk (ein bißchen steif), das sie mitgebracht hatte: ein Buch von Marina Mayoral. Ana legte es auf das Tischchen, ohne ihm auch nur die geringste Beachtung zu schenken, und fing sofort an zu reden, ich muß dazusagen, daß ich sie trotz der Umstände nie so selbstsicher erlebt habe wie in diesem Moment. Zuerst erklärte sie uns in ruhigem und bedächtigem, fast pädagogischem Tonfall die Geschichte mit den Tabletten, und dabei machte sie deutlich, daß sie sich unbewußt in diese Geschichte verstrickt hatte, daß sie mit Amphetaminen angefangen hatte, um abzunehmen, dann Beruhigungsmittel nahm, um die Nervosität der Amphetamine zu dämpfen, und ihr am Schluß das Ruder aus der Hand gelaufen sei. Trotzdem klang es nicht wie eine Rechtfertigung, sondern eher so, als wolle sie uns einfach mit den entscheidenden und notwendigen Informationen versehen, damit wir als ihre Schwestern im Bilde seien. Nicht mehr und nicht weniger. Sie erklärte, sie habe bisher im Hospital sehr ehrliche Unterhaltungen mit verschiedenen Ärzten geführt, die ihr versichert hatten, daß die Sache nicht so gravierend sei bzw. viel schlimmer ausgegangen wäre, wenn sie die Diät noch ein paar Wochen weiter betrieben hätte. Das hieß soviel wie, Ana plant bis auf weiteres in der Klinik zu bleiben, um ihr Problem zu beheben. Nachdem alles gesagt war, drehte sie den Kopf zu Rosa, schaute ihr fest in die Augen und fing an, mit ihr zu reden, als ob ich nicht existiere.

»Ich habe angerufen«, sagte sie, »weil ich glaube, daß du die intelligenteste Frau bist, die ich kenne. Und die einzige, die mir unter diesen Umständen helfen kann. Außerdem bist du meine Schwester, klar. Aber das hat damit nichts zu tun. Ich habe in den letzten Tagen immer wieder gedacht, wie klug du bist, ich meine, ich habe dir das nie gesagt. Außerdem ist mir klargeworden, daß ich dich fast nicht kenne, obwohl ich dich so sehr bewundere. Ich weiß ja auch nicht, im Grunde bin ich mir nicht sicher, ob ich auf dich zählen kann. Ich meine, ich weiß nicht, was du von mir denkst ...«

»Klar kannst du mit mir rechnen«, unterbricht sie Rosa mit

der ermüdeten und nachsichtigen Art von Lehrerinnen, »sag nicht solchen Unsinn, bitte.«

Ich wußte nicht, ob ich in der Szene etwas zu sagen hatte, aber niemand hatte mich gebeten, hinauszugehen, so daß ich blieb und zuhörte, wie Ana mit schnellem Stimmchen ihre Sorgen und Argumente entfaltete. Ana war entschlossen, sich scheiden zu lassen, und wollte wissen, ob ihr Mann diese Geschichte mit den Tabletten und der Einlieferung in die Klinik als Argument benutzen konnte, um das Sorgerecht für den Jungen vor Gericht zu erwirken. Ich verstand überhaupt nichts mehr, denn ich sah genausowenig wie meine Mutter irgendeinen logischen Grund dafür, warum Anachen sich Hals über Kopf dazu entschließen sollte, sich mir nichts, dir nichts scheiden zu lassen. Deswegen überraschte es mich auch so, daß Rosa die Sache ernst nahm und anfing, ihr von Fällen ihrer Arbeitskolleginnen zu erzählen, die sich hatten scheiden lassen und die das Sorgerecht für ihre Kinder behalten hatten, obwohl sie entweder als notorisch untreu oder wegen ihrer Alkoholprobleme hinlänglich bekannt waren, und sich sogar erbot, mit der Anwaltskanzlei zu sprechen, die ihre rechtlichen Angelegenheiten abwickelte. Ich traute meinen Ohren nicht, weil es überhaupt nicht zu meiner klugen, vernünftigen, rationalen und aufsehenerregenden Schwester Rosa paßte, sich automatisch auf die Seite von Ana zu schlagen, ohne sie wenigstens einmal zu fragen, was wohl jeder vernünftige Mensch gefragt hätte, was zum Kuckuck eigentlich los ist, ob ihr Mann sie schlage, ob er trinke, ob sie ihn mit einer anderen Frau erwischt hatte oder warum sich Ana sonst aus heiterem Himmel dazu entschlossen hatte, ihre Ehe über Bord zu werfen. Da schaute Ana mich fest an, mit diesen großen, suchenden Augen, die aussehen wie das offene Meer, und dem Ausdruck eines Engels, der in mir das verworrene Bild meiner selbst auslöste.

»Und du, Cristina, was meinst du?« fragte sie.

So unvorbereitet und wehrlos konnte ich nur sagen, was mir in diesem Moment aus tiefster Seele kam: Das Leben ist ein Kampf, in dem man sich nicht unterkriegen lassen darf. Damit schien sie zufrieden zu sein, jedenfalls fragte sie nichts mehr.

Sie habe nicht vor, länger als einen Monat an diesem Ort (dieser Ort, sagte sie, und vermied damit, die Einrichtung genauer zu bestimmen, in der sie gelandet war) zu bleiben, genug Zeit, fügte sie hinzu, um sich daran zu gewöhnen, ohne Tabletten zu leben. Ich pflichtete ihr insgeheim bei und beobachtete erstaunt die Verwandlung meiner Schwester.

Nach einer Weile erschien wieder dieselbe Ärztin, um uns mitzuteilen, daß unsere Besuchszeit vorbei sei. Wir plazierten die obligatorischen, schwesterlichen Küsse auf Anas Wange, verließen das Zimmer und gingen den ganzen Weg zurück, den wir gekommen waren.

Auf der Fahrt zurück nach Madrid wechselten wir kein Wort. Rosa hatte die Augen fest und konzentriert auf die Fahrbahn geheftet. Etwa eine halbe Stunde lang konnte ich meine Neugier beherrschen, aber dann mußte ich Rosa fragen, wieso sie Anas Geschichte so ernst genommen habe, während ich eher den Eindruck hätte, daß es sich um die Laune eines reichen und verzärtelten Mädchens handele, die sich aus Langeweile mit Tabletten vollgestopft habe. Wir wurden langsamer, und Rosas Blick schweifte von der Leitplanke hinüber zu meiner einfachen und unbedeutenden Person.

»Weißt du, wie alt ich bin, Cristina?« sagte sie. »Dreißig. Und weißt du, was ich in diesen dreißig Jahren aus meinem Leben gemacht habe? Nichts. Rein gar nichts.«

»Das würde ich gerade ja bei dir nicht behaupten. Du hast

eine Karriere hinter dir, die nur wenige Frauen in deinem Alter so hingekriegt haben.«

»Du verstehst mich nicht. Eben das ist nichts wert. Ich war noch nie bis zum Umfallen besoffen, habe keine Freundin, mit der ich mich herumstreite oder die ich beneide, habe noch nie bei einem Typen angerufen, obwohl er mich nicht mehr liebt, habe nicht einmal heimlich einen Arbeitskollegen begehrt ... Das heißt, ich habe keine der kleinen alltäglichen Tragödien erlebt, die das Salz in der Suppe jedes gewöhnlichen Sterblichen ausmachen. Diese Geschichten, wegen denen man die Luft liebt, die man atmet, den Boden, auf dem man steht, und die einem jeden Morgen Lust machen, aufzustehen, in der Hoffnung, der anbrechende Tag wird anders sein als der gestrige und anders als der morgige. In den letzten Jahren habe ich gelebt wie eine Maschine. Das ist alles. Ich war wie eine Wiederholung meiner selbst, aber war eben nicht ich selbst, weil es unmöglich sein kann, das ich jemand bin, der absolut nichts empfindet. Rein gar nichts.«

»Das verstehe ich gut«, murmelte ich. Weil sie haargenau meine Situation in der Bar beschrieb, in der ich jede Nacht Gläser abräumte, um schwitzende Körper herumkurvte wie ein kybernetischer Androide, der im Halbdunkel mit leerem Kopf meine Gesichtszüge trägt, meine Kurven und meine Gesten besitzt, um jede Nacht die sechs Stunden zu überstehen, ohne lange darüber nachzudenken.

»Das Schlimmste ist, ich habe es nicht einmal gemerkt«, fuhr Rosa fort, »mir war nicht einmal bewußt, was in mir vorging. Erst als das mit den Anrufen vor etwa einem Monat anfing.«

»Was für Anrufen?«

»Stell dir vor, irgend jemand ruft mich jede Nacht an, mehr oder weniger immer um dieselbe Uhrzeit. Er sagt nie etwas. Er spielt mir lediglich ein Lied vor. *The fatal hour* von Purcell. Ich weiß nicht, ob du das kennst?«

»Wahrscheinlich nicht. Sobald es kein Techno mehr ist...«

»Erinnerst du dich an diese schrecklichen Feste zum Abschluß des Schuljahres, die wir im *Colegio* veranstalteten?«

»Auf denen du immer mit dem Klavier aufgetreten bist und ich Gedichte vortrug?«

»Genau die – wir als Zirkusäffchen auf der Nonnenparty.«

»Stimmt.« Ich schmunzelte über die treffende Definition.

»Also gut, bei einem dieser Feste, ich muß etwa elf oder zwölf gewesen sein, wollte ich unbedingt dieses Lied singen, *The fatal hour*, also genau das, was mir der anonyme Anrufer immer vorspielt. Ich glaube nicht, daß du dich erinnerst, aber als ich elf war, habe ich Solfeggio und Klavier gelernt, nur keinen Gesang. Und die Lehrerin versuchte mir klarzumachen, daß ich Purcell nicht singen könne, daß ich die Partitur spielen könne, aber Gesangsunterricht haben müßte, um die Tonabstufungen treffen zu können: Ich bräuchte ein Repertoire, um zu verstehen, was Purcell mit diesem Lied sagen wolle.« Sie schaute mit verträumten Augen auf die Fahrbahn, und einen Augenblick lang bekam ich richtig Schiß, aus der Kurve zu fliegen. »Wir kriegten Ärger miteinander, sie schimpfte, ich sei ein Dickkopf, aber ich war nur darauf bedacht, zu singen, was ich wollte. Am Schluß habe ich meinen Kopf durchgesetzt und Purcell gesungen, weißt du? Dank meiner Willenskraft.«

»...was hätte Nietzsche dazu gesagt.«

»Und das Eigenartige daran ist«, fuhr sie mit bleichem und strengem Gesicht fort, ohne auf meine Bemerkung zu achten, und in ihren Augen schimmerten Tränen, die sie nicht loslassen wollte, »daß ich diese Geschichte total vergessen hatte, jahrelang habe ich nicht mehr daran gedacht, bis irgend jemand anruft und dieses Lied auflegt. Der Anrufer muß mich gut kennen. Ich habe mir schon den Kopf darüber zerbrochen, wer es sein könnte, alle Hochrechnungen und Wahrscheinlichkeitsanalysen habe ich durchgeführt, bis mir klar wurde, daß nicht der Absender, sondern die Message wichtig ist.«

»Die Message?«

»Mir ist klargeworden, daß es nicht wichtig ist, wer anruft, sondern daß die Botschaft zählt. Mich daran zu erinnern, daß es eine Zeit gab, in der ich Leidenschaft für Dinge empfinden konnte, in der ich Note für Note ein Lied lernte, obwohl sich keine andere Schülerin meines Alters getraut hätte, es zu solmisieren, geschweige denn zu singen. Daß es eine Zeit gab, in der ich für das kämpfte, was ich wirklich wollte. In der ich bei Purcell weinte.« Der Schatten einer Träne funkelte in ihren Augen. »Ich konnte vor lauter Glück weinen, aus reinem Einklang mit den Noten. Wie betäubt, wie abgeschottet habe ich in den letzten Jahren gelebt, ohne die Anrufe hätte ich mich nie daran erinnert. Verstehst du? Wer auch immer da anruft, zeigt mir, wie ich mich selbst verleugnet habe, wie ich mein Leben ruiniert habe. Indem ich mich in ein Büro verkrieche und die Anweisungen von ein paar Idioten befolge, deren Interessen durchsetze, die ich eigentlich ablehne. Es ist egal, wer angerufen hat, das ist nicht wichtig, im Grunde hat mich meine eigene Seele angerufen.«

Ich nahm die Worte meiner Schwester auf wie ein Beduine das Wasser. Es hätte mich weniger überrascht, wenn eines schönen Tages der Himmel in reinstem Moosgrün erstrahlen würde und die Blätter sich schlumpfblau im Winde wiegen würden, als meine Schwester, die große, sagen zu hören, ihre Seele habe sich per Telefon gemeldet.

»Vor einer Woche habe ich einen Entschluß gefaßt. Wußtest du, daß ich seit fünfzehn Monaten Prozac nehme?«

»Das hast du mir irgendwann mal erzählt«, bestätigte ich schnell und eifrig, damit die Geschichte nicht ins Stocken gerät.

»Die Ärzte sagten, man könne nicht von einem Tag auf den anderen damit aufhören. In einer Übergangsphase sollte ich langsam die Dosierung verringern. Aber ich wußte, daß ich einen schroffen Wechsel brauche. Also habe ich mich von meinen ganzen Reserven an Fluoxicetina verabschiedet. Vier Schachteln, Cristina, zwei in der Schublade im Nachttischchen und zwei im Büro. Alle vier wanderten in die Mülltonne. Und ich wartete in aller Ruhe auf das, was da kommen würde, die Krise oder was auch immer. Es passierte gar nichts, weißt du? Alle sagten, es sei wahnsinnig gefährlich, Prozac mit einem Schlag abzusetzen, vor allem, wenn man es längere Zeit genommen hat, wie ich, daß man eine ernste Krise bekäme, eine depressive Phase, schizophrene Knospen könnten wuchern, was weiß ich. Aber es passierte gar nichts. Dann habe ich vor ein paar Tagen, besser gesagt, vorgestern Nacht, dieses Lied von Purcell aus meinen alten Platten herausgesucht, gesungen von James Bowan, legte den Hörer neben das Telefon, saß seelenruhig in meinem Sessel und fing an, das Lied immer wieder zu hören, und erinnerte mich nach und nach an jede Note, an den Text, die Akkorde, das Arpeggio …« Sie spulte die Worte herunter, in einem rhythmischen und gleichförmigen Sermon. »Jede Note schlug wie ein Faustschlag in mein Inneres, und von diesen Schlägen ging eine solche Hitze bis zu meinem Herzen aus, daß es explodierte und sich in Fragmente zersetzte. Die Musik brodelte, raste wie im Galopp durch meine Venen, schien die ganze Welt zu enthalten und in dieser Welt auch mich, mein wahres Ich, das so viele Jahre hindurch dort geschlafen hat und stürmisch erwacht ist, berauscht vor Enthusiasmus. Cristina, verstehst du mich?«

Ich nickte, aber bekam kein Wort heraus. Ja, ich habe das oft empfunden, wenn ich Musik hörte, aber ich hätte nie gedacht, daß meine Schwester es auch empfinden könnte, und noch viel weniger, daß sie in der Lage sei, es so zu beschreiben.

»Ich mußte weinen«, fuhr sie fort, die grauen Augen waren feucht und fest auf die Fahrbahn gerichtet, »wie ich seit Jahren nicht mehr geweint hatte, Schluchzen, daß es mir fast die Brust zerrissen hätte. Ich hörte nicht auf zu weinen, aber das Wichtigste, Cristina, das Wichtigste war, daß ich seit sehr langer Zeit wieder einmal weinte, seit ich weiß nicht wie vielen Jahren, ich glaube, seit Papa verschwunden ist. Und jetzt sehe ich die Welt total anders, Cristina, es gibt etwas Wichtiges in diesem Leben, in einem selbst, und es handelt sich um das einzige, was jeder hat, das einzige, was jeder zu Grabe tragen wird, und wenn Ana sich entschieden hat, ihren Mann zu verlassen, und es ihr erster eigener Entschluß ist, den sie in ihrem Leben getroffen hat, wenn es das erstemal ist, daß sie sich traut, sie selbst zu sein, unabhängig von den Einflüssen anderer, dann kannst du sicher sein, daß ich nicht die sein werde, die sie davon abzubringen versucht, sondern daß ich voll hinter dem stehe, was sie will. Verstehst du?«

»Klar«, murmele ich, die Stimme dünn wie ein Fädchen. Vor Überraschung konnte ich kaum noch sprechen.

»Jetzt ist der Moment gekommen, in dem ich Dinge zulassen muß, die ich früher nicht wahrhaben wollte, ich glaube, ich muß wieder, wie Ana auch, zu mir selbst finden. Mir offen eingestehen, daß mir meine Arbeit keinen Spaß macht, daß mir Männer nicht gefallen, wer weiß ... was sonst noch alles hochkommen wird. Ich muß wieder das mutige kleine Mädchen werden, das ich einst war, und das wiedergewinnen, was ich verloren habe, als ich größer wurde.«

Ich hörte meine Schwester solche Sachen sagen, meine Schwester, die Kartesianerin, die Rationalistin, die Empiristin, die sich unerwartet in eine Mystikerin verwandelt hatte, und nachdem sich nun auch noch die heilige Schwester, die Tugendhaftigkeit in Person, die heilige Frau und Mutter, Hals über Kopf entschlossen hatte, ihren Langweiler von Mann zu verlassen, blitzte eine Art Erleuchtung in mir auf. Schon als wir kleine Mädchen waren, hatte irgend jemand (meine Mutter oder Gonzalo oder die Nonnen oder alle zusammen oder die Welt) entschieden, daß wir extrem verschieden seien, daß das moderne Mädchen aus der Werbung von *Kas Orange* nicht die Hausfrau ist, die die Wäsche mit Seifenlauge *Neutrex* wäscht, die wiederum nichts mit der Geschäftsfrau zu tun hat, die Bundesschatzbriefe kauft. Zweifelsohne hat sich meine Schwester genauso in ihr verglastes Büro geflüchtet, wie ich mich in meiner cyberschicken Bar verkrochen habe und Anachen sich in ihrer Wohnung *Gastón y Daniela* verschanzt hat, und Ana hat sich an die Appetithemmer rangemacht, ich mich ans Ecstasy und Rosa sich ans Prozac, und wenn durch unsere Venen dasselbe Blut desselben Vaters und derselben Mutter fließt, wieso sollen wir dann so verschieden sein? Wer sagt uns denn, daß wir am Ende nicht ein und dieselbe Person sind?

Die Straße schlängelte sich durch die ockerfarbene Landschaft, und der Abend senkte sich über den goldenen Blütenstaub. Die Ähren bewegten sich in milden gelben Wellen im Wind. In der Ferne erhob sich das stolze Madrid, eine monströse Silhouette aus Zement und Beton, die sich drohend am Horizont abzeichnete, gewaltig und grau; das Auto visierte diese unruhige Masse an wie ein Erkundungsraumschiff, das nach einem ruhigen Flug zu seinem Mutterschiff zurückkehren wird. Madrid sieht von Ferne aus wie der Stern des Todes. *Darth Va-*

der, dachte ich, hier kommen deine Kriegerinnen, mach uns die Tore auf.

Ich habe ganz vergessen, euch etwas zu sagen: Meine Mutter heißt Eva. Aber ich hoffe, wir sind Töchter Liliths.

Dank an:

natürlich meine Mutter und meine Geschwister (samt Anhang). Mein Jammern hörten und ertrugen die Freunde: Luis José Rivera, Pilar de Haya und Colin Terry.

Bei der Fnac hielten mich aus: Paula, Ignacio und Merceditas.

Die Barcelona Connection: Inma Turbau und José María Cobos.

Essen bekam ich von: Ángeles Matesanz, Gracia Rodríguez und Salva Pulido.

Mit ihren Vorschlägen arbeiteten aktiv mit: Ruth Toledano, Dichterin; Miguel Barroso, Entomologe; Miguel Zamora, stilistische Korrekturen; Ismael Grasa, Detektor von Redundanzen; Miguel Ángel Martín, Lehrling im Bereich Psychokiller; J. Á. Mañas und Antonio Domínguez, vielversprechende junge Talente; Isabelita Guasp, Fahnenkorrektorin; Antonio Dyaz, Cyberpunk; und Carlos Pujol, Verleger und ohne jeden Zweifel Verleger.

Mir retteten das Leben: Pedro Pastor in Sitges (Alkoholvergiftung), Abby Cooke in Edinburgh (vollständige Umnachtung) und Javier (Konsul) in Dublin (Pfeiffer-Drüsenfieber).

Mit mir zogen um die Blöcke: *Libres para siempre* (Almudena, Ana, Álvaro und Miguelito) und die Vorstädter (Gervasito, Mariluz und die ganze Bande).

Ulla Akerman, Maya Simínovich, Elena Álvarez, Pepo Fuentes, Berta Herrera und Isabel Gardela Dank für die Unterstützung und Zärtlichkeit. Santiago Segura, um sein ungeheures Ego nicht zu verletzen.

Korrektor der ersten Versionen: Santiago Torres.

Mein Asyl in London: Federico Torres.

James Bruton inspirierte das halbe Buch.

Iain Petterson ließ mich seinen Namen benutzen.

Unterstützung: Isabel Andrade, Rubén Caravaca, Javier Bonilla, Perdro Calleja und Chechu Monón.

Die Geschichte mit der Verhaftung auf der Wache ist durch einen Artikel von Tom Hodkingson inspiriert, die vom Supermarkt durch einen von Vicky Mondo Brutto; die im Autobus basiert auf dem Drehbuch *Ellos lo tienen más fácil*, Coautor: Miguel Santesmases.

Das Photo auf dem Umschlag zeigt mich selbst.

Im allgemeinen danke ich allen, die mich gern haben. Leider paßt ihr nicht alle hier drauf, tut mir leid. Die, die wirklich nicht hierher gehören, sind die, die mich nicht ausstehen können.